ein herz in fesseln

Die Kriegerinnen von Rivenloch, Band 2

WEITERE BÜCHER VON GLYNNIS CAMPBELL

Die Kriegerinnen von Rivenloch
Schiffbruch (*The Shipwreck*) [Novelle]
Eine gefährliche Braut (*Lady Danger*)
Ein Herz in Fesseln (*Captive Heart*)
Des Ritters Belohnung (*Knight's Prize*)

Die Ritter von de Ware
Das Verlöbnis (*The Handfasting*) [Novelle]
Mein Ritter (*My Champion*)
Mein Krieger (*My Warrior*)
Mein Held (*My Hero*)

Geächtete im Mittelalter
Die Viehdiebin (*The Reiver*) [Novelle]
Ein gefährlicher Kuss (*Danger's Kiss*)
Die Zuflucht der Leidenschaft (*Passion's Exile*)
Die Erlösung des Verlangens (*Desire's Ransom*)

Die schottischen Frauen
Der Verdammte (*The Outcast*) [Novelle]
MacFarlands Frau (*MacFarland's Lass*)
MacAdams Frau (*MacAdam's Lass*)
MacKenzies Frau (*MacKenzie's Lass*)

DANKSAGUNGEN

Herzlichen Dank an:

America, Kathy Baker, Dr. Barbara Barnett,
Orlando Bloom, Brynna Campbell, Dick Campbell,
Dylan Campbell, Richard Campbell, Carol Carter,
Lucele Couts, Karen Kay, Hudson Leick,
Lauren Royal, Betty und Earl Talken,
Shirley Talken, Charles und Nancy Williams
und an alle, die *Starcraft* spielen.

WIDMUNG

Für
Oma Edna,
die vier Jungen großgezogen hat,
sechs Ehemänner überlebt hat,
ein indisches, rotes Motorrad fuhr
und einen Schönheitssalon besaß,
lange, bevor Superfrauen modern waren.

Ein besonderer Dank geht an:
Melanie, Helen und Lori,
für ihr Vertrauen.

KAPITEL 1

helena war betrunken. Betrunkener, als sie je zuvor in ihrem Leben gewesen war. Aus diesem Grund konnte sie sich nicht aus dem Griff des normannischen Ochsen, der sie die Burgtreppe hinunterzog, befreien, so sehr sie es auch versuchte.

„Hört auf, Weib!", zischte ihr Fänger und stolperte auf einer Stufe in der Dunkelheit. „Verdammt, Ihr bringt uns noch beide um."

Sie hätte danach noch mehr gekämpft, wenn ihr rechtes Knie nicht plötzlich wie Pudding nachgegeben hätte. Fürwahr, wenn der Normanne sie nicht gegen seine breite Brust gehalten hätte, wäre sie mit dem Kopf voran die Steintreppe hinuntergestürzt.

„Verdammt", knurrte er ihr ins Ohr und seine riesigen Arme hielten sie eisern fest.

Sie verdrehte die Augen, als der nächste Schwindelanfall kam. Wenn ihre Muskeln nur mitarbeiten würden, dachte sie, könnte sie sich losreißen und den verfluchten Mistkerl die Treppe hinunterstoßen.

Aber sie war völlig betrunken.

Sie hatte gar nicht gemerkt, wie sehr, bis sie im Schlafzimmer des Bräutigams ihrer Schwester mit dem Dolch in der Hand stand und bereit war, ihn zu töten.

Wenn sie nicht so betrunken gewesen wäre und in der Dunkelheit nicht über seinen Knappen gestolpert wäre, der am Fußende des Bettes wie ein treuer Hund schlief, hätte sie es vielleicht geschafft.

Verdammt, das war ein ernüchternder Gedanke. Helena, die Tochter eines Lords und ehrbare Kriegerin von Rivenloch hätte fast recht unehrenhaft einen Mann im Schlaf erstochen.

Es war nicht allein ihre Schuld, beschloss sie. Sie hatte sich bis in die frühen Morgenstunden mit ihrer älteren Schwester, Deirdre, bei einigen Bechern selbst bedauert und über das Schicksal von Miriel, ihrer kleinen Schwester, geklagt, die gegen ihren Willen mit dem Ausländer verheiratet werden sollte. Und unter dem Einfluss von übermäßig viel Wein hatten sie geschworen, dass sie den Mann töten würden, wenn er Miriel auch nur anrührte.

Zu dem Zeitpunkt erschien es ihnen eine sehr noble Idee zu sein. Aber wie sie von dem betrunkenen Schwur dazu gekommen war, sich tatsächlich in das Zimmer des Bräutigams mit einem Messer in der Hand zu schleichen, wusste Helena nicht.

Eigentlich war sie erstaunt gewesen, den Dolch in der Hand zu haben, allerdings nicht halb so erstaunt wie Colin du Lac, der muskulöse Knappe, über den sie gestolpert war und der sie nun die Treppe halb hinunterschob und halb trug.

Wieder einmal war Helena Opfer ihrer eigenen Unüberlegtheit geworden. Deirdre schimpfte Helena häufig dafür aus, dass sie zuerst handelte und erst danach Fragen stellte. Helenas schnelle Reflexe hatten sie jedoch mehr als einmal vor Missetätern, Mördern und Männern gerettet, die sie für eine hilflose, junge Frau hielten. Während Deirdre die Konsequenzen abwog, wenn sie einen Mann für seine Beleidigung bestrafte, würde Helena einfach ihr Schwert ziehen und seine Wange mit einer Narbe markieren, die er bis zu seinem Tod tragen würde. Die Nachricht war deutlich. Niemand legte sich mit den Kriegerinnen von Rivenloch an.

Aber dieses Mal, fürchtete sie, dass sie zu weit gegangen war.

Pagans Mann knurrte, als er sie über die letzte Stufe trug. Verfluchter Knappe – trotz seines minderwertigen normannischen Bluts war er so stark und entschlossen wie ein Bulle. Mit einer letzten Anstrengung setzte er sie an der Schwelle zur großen Halle ab.

In der Dunkelheit erschien der Raum wie eine riesige Höhle. Bei Tag hingen überall die zerfledderten Fahnen besiegter Feinde. Aber bei Nacht hingen die Fetzen in der Luft wie verlorene Geister.

Eine Katze zischte und huschte am Kamin vorbei, wobei sie einen gespenstischen Schatten warf. In der Ecke regte sich kurz ein Hund bei dieser Störung, knurrte einmal und legte dann seinen Kopf wieder auf seine Pfoten. Aber alle anderen Bewohner der großen Halle, Dutzende schlafender Diener, lagen auf Haufen aus Schilf oder schliefen tief und fest gegen die Wand gelehnt.

Helena wehrte sich erneut und hoffte, einen von ihnen zu wecken. Es waren schließlich *ihre* Diener. Jeder, der sehen würde, dass die Burgherrin entführt wurde, würde Alarm schlagen.

Aber es war unmöglich, durch den Knebel, den ihr widerwärtiger Entführer ihr in den Mund gestopft hatte, ein Geräusch von sich zu geben. Und selbst wenn sie es schaffte, bezweifelte sie, dass irgendjemand aufstehen würde.

Die Burgbewohner waren erschöpft von den eiligen Vorbereitungen für die Farce einer Hochzeit, die am Morgen stattfinden sollte.

„Hört auf, Weib", schnauzte Sir Colin sie an und stieß ihr in die Rippen, „sonst hänge ich Euch schon jetzt."

Unwillkürlich bekam sie einen Schluckauf.

Sicherlich war dies nur eine leere Drohung. Die Normannen könnten sie nicht hinrichten. Schon gar nicht in ihrer eigenen Burg. Nicht, wenn ihr einziges Verbrechen war, dass sie ihre Schwester beschützen wollte. Außerdem hatte sie Pagan ja nicht getötet. Sie hatte nur *versucht*, ihn zu töten.

Trotzdem musste sie vor Zweifel schlucken.

Diese Normannen waren die Vasallen des Königs von Schottland und der König hatte Pagan befohlen, eine der Töchter von Rivenloch zu heiraten. Wenn Helena es geschafft hätte, den Mann des Königs zu töten, wäre das Hochverrat und würde mit Tod durch den Strang bestraft.

Bei diesem Gedanken wurde ihr schwindelig in Colins Armen.

„Hey. Ruhig, Helena-Höllenfeuer." Sein Flüstern ließ sie erschaudern. „Jetzt werdet mir nicht ohnmächtig."

Sie runzelte die Stirn und bekam einen weiteren Schluckauf. Helena-Höllenfeuer! Er hatte ja keine Ahnung. Und wie konnte er glauben, dass sie ohnmächtig werden würde? Kriegerinnen wurden nicht ohnmächtig. Das waren nur ihre Füße, die sich in der Decke verhedderten, während sie durch das Schilf in der großen Halle schlurften.

Als sie dann über den Steinboden in Richtung Kellertreppe gingen, wurde sie von einem nur allzu vertrauten Gefühl alarmiert.

Scheiße, sie würde sich erbrechen müssen.

Ihr Magen zog sich ein erstes Mal zusammen. Dann noch einmal. Ihre Augen weiteten sich vor Entsetzen.

Ein Blick auf ihre verschwitzte Stirn und ihre blasse Gesichtsfarbe sagte Colin, warum sie stehen geblieben war.

„Scheiße!", zischte er.

Sie würgte erneut und er nahm den Knebel aus ihrem Mund und beugte sie gerade rechtzeitig über seinen Arm und von ihm abgewandt nach vorn.

Glücklicherweise schlief hier niemand.

Er hielt ihr den Kopf, während sie ihr Abendessen erbrach und er konnte nicht anders, als Mitleid mit der elenden, kleinen Mörderin zu haben. Offensichtlich hätte sie nicht versucht, Pagan im Schlaf zu töten, wenn sie nicht so sturzbetrunken gewesen wäre.

Und er hatte mit Sicherheit nicht die Absicht, das Mädchen wegen Hochverrats durch den Strang hinrichten zu lassen, ganz gleich, was er sie glauben machte. Die Schwester von Pagans Braut hinzurichten würde das Bündnis zerstören, das sie mit den Schotten bilden wollten. Was sie getan hatte, hatte sie offensichtlich getan, um ihre kleine Schwester zu beschützen. Außerdem, wer könnte eine Schlinge um einen so schönen Hals legen?

Trotzdem wollte er nicht, dass das Mädchen dachte, sie könnte einen Mann des Königs angreifen, ohne dass dies Konsequenzen hätte.

Es war Colin völlig unverständlich, warum die drei Schwestern von Rivenloch seinen Hauptmann so sehr hassten. Sir Pagan de Cameliard war ein Mann, der eine unvergleichliche Kampftruppe führte. Aber er ging auch freundlich und sanft mit den Damen um. Tatsächlich schwärmten die Weiber oft vom gutaussehenden Gesicht des Hauptmanns und seiner prächtigen Gestalt. Jede nur halbwegs vernünftige Frau wäre erfreut, Pagan als Ehemann zu bekommen. Colin hätte erwartet, dass die drei Schwestern, die schon so lange in der abgelegenen Wildnis Schottlands lebten, sich um das Privileg reißen würden, einen glorreichen Adligen wie Pagan Cameliard zu heiraten.

Stattdessen kämpften sie darüber, wer sich mit ihm belasten müsste. Es war verwirrend.

Die arme Helena hatte aufgehört sich zu erbrechen und jetzt zitterte das hübsche, bemitleidenswerte Mädchen wie ein kleines Kätzchen, das verstoßen worden war. Aber Colin musste trotz seines Mitleids vorsichtig sein. Dieses Kätzchen hatte ihre Krallen gezeigt. Er richtete sie auf und zog sofort seinen Dolch und legte ihn an ihren Hals.

„Ich erspare Euch den Knebel jetzt", flüsterte er im ernsten Ton, „aber ich warne Euch: Schreit nicht, sonst wäre ich gezwungen, Euch die Kehle durchzuschneiden."

Wenn sie Colin besser gekannt hätte, hätte sie ihm natürlich ins Gesicht gelacht. Es stimmte, dass er ohne zu zögern einen Mann töten und einen feindlichen Ritter mit einem einzigen, fachmännischen Schlag ins Jenseits befördern konnte. Er war stark und schnell mit dem Schwert und er hatte einen untrüglichen Instinkt, beim Gegner die Stelle der größten Verwundbarkeit auszumachen. Aber in Bezug auf schöne Frauen war Colin du Lac ungefähr so gefährlich wie ein Hundebaby.

Glücklicherweise glaubte das Mädchen seiner Drohung. Oder vielleicht war sie einfach zu schwach, um zu kämpfen. So oder so stolperte sie gegen ihn und zitterte, als er die Decke fester um ihre Schultern wickelte und sie weiterführte.

Neben dem Eingang zum Lager gab es eine Schüssel und einen Krug zum Waschen. Dorthin steuerte er sie und lehnte sie an die Wand, damit sie nicht umfiel. Sie schaute ihn immer noch finster und voller Zorn an, aber ihr erbärmlicher Schluckauf ruinierte die Wirkung ihres Blicks völlig. Und glücklicherweise hatte sie nicht mehr die Kraft, ihren Zorn in Taten umzusetzen.

„Öffnet Euren Mund", murmelte er und mit seiner freien Hand hob er den Wasserkrug.

Sie presste die Lippen zusammen wie ein widerspenstiges Kind. Selbst jetzt mit dem Feuer in ihren Augen und ihrem fest geschlossenen Mund war sie wirklich das exquisiteste Wesen, das er jemals gesehen hatte. Ihre Locken fielen über ihre Schultern wie der Schaum eines Wasserfalls in den Highlands und ihre Kurven waren verführerischer als die gewundene Silhouette eines mit Wein gefüllten Kelchs.

Sie schaute ihn zweifelnd an, als wenn sie ihn verdächtigte, dass er das Wasser dazu benutzen würde, um sie an Ort und Stelle zu ertränken.

Er vermutete, dass sie das Recht hatte, Zweifel zu hegen. Noch vor wenigen Augenblicken in Pagans Schlafzimmer hatte er ihr gedroht; mit was war es noch mal? Er würde sie dahin bringen, wo niemand ihre Schreie hören könnte und ihre wilde Art aus ihr herauspeitschen? Er zuckte zusammen, als er sich an seine groben Worte erinnerte.

„Hört", vertraute er ihr an und stellte den Krug ab, „ich habe Euch gesagt, dass ich Euch nicht vor der Hochzeit bestrafen würde. Ich bin ein Mann, der sein Wort hält. Solange ihr mich nicht zwingt, werde ich Euch an diesem Abend keinen Schaden zufügen."

Langsam und zögerlich machte sie den Mund auf. Vorsichtig schüttete er ein wenig Wasser in ihren Mund. Sie wirbelte das Wasser in ihrem Mund herum und er hatte den Eindruck, dass sie sich danach sehnte, es zurück in sein Gesicht zu spucken. Aber mit seiner Klinge an ihrem Hals traute sie sich nicht. Sie beugte sich vor und spuckte in das Schilf.

„Gut. Kommt jetzt."

Als sie zuerst angekommen waren, hatte Pagans Braut ihnen die schottische Burg gezeigt, die ihr neues Zuhause werden würde. Rivenloch war eine beeindruckende Festung, die in ihren besten Tagen wahrscheinlich prächtig gewesen und jetzt ein wenig heruntergekommen war, aber noch zu reparieren lohnte. Die Ringmauer umgab einen riesigen Garten, eine Obstwiese, Ställe, Hundezwinger und einen Taubenschlag. In der Mitte des Burghofs stand eine kleine Kapelle aus Stein und an der inneren Mauer befanden sich ungefähr ein Dutzend Werkstätten. Am hinteren Ende des Besitzes lag der Übungsplatz und die imposante quadratische Burg in der Mitte besaß eine große Halle, mehrere Schlafzimmer, Ankleidezimmer, ein Lager, eine Küche und mehrere Kellerräume. Jetzt brachte er seine Gefangene in einen der Kellerräume unter der Burg.

Er ließ Helena vorangehen und stieg die groben Steinstufen beim Kerzenlicht der Wandleuchten hinab. Unter ihnen huschten kleine Wesen auf ihren nächtlichen Runden herum. Colin verspürte ein wenig Reue und überlegte, ob die Keller wohl von Mäusen befallen waren und ob es grausam war, Helena dort einzusperren und ob sie Angst vor Mäusen hatte. Aber ebenso schnell beschloss er, dass ein Messer schwingendes Weib, das nachts in die Kammer eines Mannes kam und bereit war, ihn im Schlaf zu erdolchen, wahrscheinlich vor sehr wenig Angst hatte.

Sie hatten schon fast das untere Ende der Treppe erreicht, als das Mädchen leicht stöhnte und plötzlich in seinen Armen zusammensackte, als wären ihre Knochen geschmolzen.

Aufgrund des plötzlichen Gewichts an seiner Brust geriet er aus dem Gleichgewicht und schlug mit der Schulter gegen die Steinmauer, wobei er seinen Arm um ihre Taille schlang, damit sie nicht fiel. Um einem unerfreulichen Unfall vorzubeugen, warf er sein Messer weg und es fiel klirrend die Stufen hinab.

Dann fiel sie nach vorn und er wurde von ihr mitgezogen. Nur mit reiner Kraft war er in der Lage, zu verhindern, dass sie mit dem Kopf voran auf den kalten, harten Steinboden unten stürzte. Aber während er sich die letzten paar Stufen hinunter kämpfte, blieb die Decke an seiner Ferse hängen und rutschte von ihrem Körper. Er verlor den Griff an ihrer Taille und versuchte verzweifelt, sie zu ergreifen, während ihre Knie nachgaben.

Seine Hände ergriffen etwas Weiches und Nachgiebiges, während er die letzte Stufe hinunterschlidderte und schließlich wieder Halt am unteren Ende der Treppe fand.

Colin hatte bereits genügend Brüste gestreichelt und er erkannte das weiche Fleisch, das sich lieblich in seine Handfläche drückte, sofort. Aber er traute sich nicht loszulassen, aus Angst, dass sie auf den Boden fallen würde.

Im nächsten Augenblick erhob sie sich wieder mit einem zornigen Keuchen und Colin wusste, dass er in Schwierigkeiten steckte. Da er bereits in der Vergangenheit Ohrfeigen für Griffe an Brüste erhalten hatte, war er glücklicherweise vorbereitet.

Als ihr Arm nicht mit der offenen Handfläche, sondern mit geballter Faust in seine Richtung kam, ließ er sie los und duckte sich außer Reichweite. Ihr Schwung war so kraftvoll, dass sie sich zur Hälfte drehte, als sie durch die leere Luft zischte.

„Heilige ...", keuchte er. Wenn das Mädchen nicht

betrunken gewesen wäre, hätte der Schlag ihn sicherlich umgehauen.

„Ihr Mistkerl", lallte sie. Sie blinzelte und versuchte, sich auf ihn zu fokussieren, während sie ihre Hände zu Fäusten ballte und ihren nächsten Schlag plante. „Nehmt Eure Hände von mir. Sonst trete ich Euch in Euren verfluchten normannischen Arsch. Das schwöre ich."

Ihre Hände fielen runter und ihre Augen verschwammen, während sie erst nach links und dann nach rechts wankte und einen Schritt zurückstolperte. Dann verließ sie ihre letzte Kampfeslust. Er eilte vor und fing sie gerade noch auf, bevor sie zusammenbrach.

Sie lehnte sich an die Seite seines Körpers und ihr ganzer Zorn und Kampfeswille hatte sie verlassen. Nun sah sie weniger wie eine Kriegerin aus und eher wie die unschuldsvolle Helena, die er zum ersten Mal beim Baden im See von Rivenloch gesehen hatte – eine entzückende Sirene mit sonnengebräunter Haut und nicht zu bändigendem Haar, die verführerisch durch seine Träume plätscherte.

War das erst heute Morgen gewesen? So viel war in den letzten paar Wochen passiert.

Vor zwei Wochen hatte Sir Pagan den Befehl von König David von Schottland erhalten, sich nach Norden nach Rivenloch zu begeben und eine von Lord Gellirs Töchtern zu heiraten. Zu jenem Zeitpunkt war der Grund des Königs hierfür ein Geheimnis. Aber jetzt war klar, was er vorhatte.

Nach dem Tod König Heinrichs war England in Aufruhr und Stephen und Mathilda kämpften gegeneinander um den Thron. Der Aufruhr hatte entlang der Grenze eine Gesetzeslosigkeit geschürt, in der sich landhungrige englische Barone die Freiheit nahmen, unbewachte schottische Burgen an sich zu reißen.

König David hatte Pagan eine Braut und damit das Amt des Vogts von Rivenloch gewährt und hoffte, dass er die wertvolle Burg gegen die englischen Plünderer beschützen würde.

Trotz der Genehmigung des Königs war Pagan vorsichtig vorgegangen. Er war mit Colin und seinen Rittern vorausgereist, um die Haltung des Rivenloch-Clans auszuloten. Die Normannen waren zwar Verbündete der Schotten, aber er bezweifelte, dass sie eine herzliche Begrüßung bekommen würden, wenn sie mit der ganzen Truppe wie eine Eroberungsarmee ankamen, um die Tochter des Lords zu beanspruchen.

Wie sich herausstellte, hatte er Recht, misstrauisch zu sein. Zumindest von den Töchtern waren sie weit weniger als herzlich empfangen worden. Aber mit der Gnade Gottes würde morgen Mittag, nachdem das Bündnis mit einer Ehe besiegelt worden war, Frieden regieren. Und wenn die Schotten erst einmal wohl gestimmt waren, würden sie sicherlich die Ritter von Cameliard mit Getränken und Feierlichkeiten in Rivenloch willkommen heißen.

Helena schnarchte im Schlaf und Colin lächelte reumütig zu ihr hinab. Sie würde ihn nicht willkommen heißen. Tatsächlich würde sie wahrscheinlich lieber seine Kehle durchschneiden.

Er bückte sich und legte einen Arm unter ihre Knie und hob sie leicht in seine Arme.

Einer der kleinen Lagerräume sah aus, als würde er nur selten benutzt. Darin waren nur kaputte Möbel und Werkzeuge, stapelweise Lumpen und verschiedene leere Behälter. Auf der Außenseite war ein Riegel angebracht und unter der Tür war ein schmaler Spalt, damit Luft hereinkam und wahrscheinlich war dieser Raum einst eine Art Kerker.

11

Es war der ideale Ort, um ein widerspenstiges Weib für die Nacht unterzubringen.

Er legte die Decke auf ein improvisiertes Bett aus Lumpen, damit sie sich hinlegen konnte. Sie war zwar vielleicht eine Attentäterin, aber sie war auch eine Frau. Sie hatte zumindest ein wenig Behaglichkeit verdient.

Nachdem er die Decke an ihren Schultern eingesteckt hatte, konnte er es sich nicht verkneifen, eine Locke ihres üppigen, goldbraunen Haars zurückzuschieben und sie auf die Stirn zu küssen. „Schlaft gut, kleine Helena-Höllenhündin."

Er ging hinaus, schloss und verriegelte die Tür hinter sich und setzte sich dann dagegen, wobei er die Arme über seiner Brust verschränkte und die Augen schloss. Vielleicht konnte er noch eine Stunde vor dem Morgengrauen schlafen.

Wenn alles gut ging, würde die Sache bis zum Nachmittag vorbei sein und der Rest der Cameliard-Gesellschaft würde eintreffen. Sobald Pagan ordnungsgemäß verheiratet war, würde es sicher sein, Helena freizulassen.

Er staunte erneut über das seltsame schottische Mädchen. Sie war wie keine Frau, die er jemals kennengelernt hatte – sie war kühn und selbstbewusst und doch unleugbar weiblich. Beim Abendessen hatte sie geprahlt, wie fachmännisch sie mit dem Schwert umgehen konnte und keiner der Schotten hatte widersprochen. Und sie hatte ihm von einem lokalen Geächteten erzählt und versucht, ihn mit grauenvollen Details zu schockieren, die jeder anderen Frau Angst gemacht hätten. Sie hatte ihr ungezügeltes Temperament gezeigt, als ihr Vater Miriels Hochzeit verkündete und sie hatte geflucht und mit der Faust auf den Tisch geschlagen und nur ihre ältere Schwester hatte sie aufgehalten. Und ihr Appetit ... er schmunzelte, als er sich erinnerte, wie sie das Fett von ihren Fingern geschleckt hatte. Die junge Frau hatte so viel gegessen wie zwei erwachsene Männer.

Und doch hatte sie einen äußerst weiblichen Körper. Seine Lenden spannten sich bei der Erinnerung an ihre nackte Gestalt im Teich – dem kurzen Blick auf ihren Po, als sie untertauchte, das leichte Hüpfen ihrer vollen Brüste, als sie ihre Schwester nass spritzte, ihre schlanken Oberschenkel, die schmale Taille, die strahlend weißen Zähne und das Zurückwerfen ihrer von der Sonne gesprenkelten Haare, während sie im Wasser wie ein junges Fohlen spielte.

Er seufzte. Es brachte nichts, sich wegen eines Mädchens aufzuregen, das volltrunken auf der anderen Seite der Tür schlief.

Trotzdem konnte er nicht aufhören, an sie zu denken. Helena war einzigartig. Faszinierend. Lebhaft. Er hatte noch nie eine so sturköpfige und so ungezähmte Frau kennen gelernt. So frisch und wild wie Schottland selbst. Und ebenso unvorhersehbar.

Tatsächlich hatte Pagan Glück gehabt, dass er die ruhige, liebliche, gehorsame Miriel und nicht Helena als Braut erwählt hatte. Mit diesem Weib hätte er alle Hände voll zu tun gehabt.

Mehr als alle Hände voll, überlegte er mit einem lüsternen Grinsen und erinnerte sich an die versehentliche Liebkosung, die er vor wenigen Augenblicken genießen konnte. Verdammt, sie hatte einen entzückenden Körper. Vielleicht könnte er das Mädchen irgendwann mit seinem Charme so weit bringen, dass sie ihm weitere Freiheiten erlaubte. Bei dem Gedanken kribbelte es in seinen Lenden.

Zuvor, als er ihre Attentatspläne vereitelt hatte und sie in seinem Arm festgesetzt hatte und in einem Anflug von Wut gedroht hatte, sie zu brechen, hatte sie ihn mit einem Blick aus ihren grünen Augen durchbohrt, der so heiß war wie ein eiserner Feuerhaken. Aber sie war verwirrt und verzweifelt gewesen und nicht ganz bei Sinnen.

Wenn Sie morgen früh aufwachte und erkannte, was sie in ihrem trunkenen Zorn getan hatte, würde sie wahrscheinlich vor Scham erröten und vor Reue weinen. Und wenn sie bei Tag erkannte, welche Gnade dieser Normanne ihr gezeigt hatte, seine Geduld, seine Freundlichkeit und sein Mitleid, würde sie ihm vielleicht wohlgesonnener sein. Fürwahr, beschloss er und lächelte zufrieden, als er einschlief, würde sie sich dann über seine Liebkosung freuen.

KAPITEL 2

elena hasste Colin du Lac. Von ganzem Herzen. Mit jeder Faser ihres Seins. Wenn sie an diesem Morgen nicht solche Schmerzen gehabt hätte und zu all dem Hass nicht auch noch ein schreckliches Pochen in ihrem Kopf dazugekommen wäre, hätte sie ihren Hass kundgetan, indem sie mit ihren Fäusten gegen die Eichentür geschlagen und so laut sie konnte geschrien hätte.

Aber heute musste ihr Groll still und schwelend sein, denn der Genuss von viel zu viel Wein hatte einen sauren Geschmack in ihrem Mund hinterlassen und ein dumpfer Kopfschmerz drohte ihren Schädel zu spalten.

Sie saß auf einem Haufen Lumpen, die ihr Wärter ihr wohl zu einer groben Schlafstätte aufgetürmt hatte, legte ihren Kopf auf ihre angezogenen Knie und drückte mit den Händen gegen ihre schmerzenden Schläfen.

Warum hatte sie sich letzte Nacht so betrunken? Und warum war sie so verdammt unbedacht gewesen? Wenn sie nur abgewartet hätte, wäre ihr vielleicht eine bessere Lösung eingefallen, um Miriels Hochzeit zu verhindern. Eine klügere Lösung. Eine, bei der man nicht den Bräutigam im Schlaf tötete.

15

Aber jetzt, während Helena machtlos in diesem verfluchten Keller schmachtete, stand die arme Miriel zweifellos zitternd neben ihrem Bräutigam und murmelte schüchtern die Versprechen, die sie für immer zu seinem Eigentum machen würden.

Helena erschauerte. Sie hatte Pagan Cameliard kurz gesehen, als er nackt von seinem Bett aufgestanden war. Der Mann war leicht doppelt so groß wie Miriel, war kräftig gebaut und sehr muskulös. Tatsächlich hatte er versprochen, Miriel nicht gegen ihren Willen zu nehmen, aber Helena vertraute dem Normannen nicht. Und wenn sie sich vorstellte, dass ihre unschuldige Schwester von einem solchen Ungeheuer misshandelt würde, wurde ihr schlecht.

„Scheiße!", bellte sie frustriert und zuckte zusammen, als der Fluch einen Schmerz quer durch ihren Kopf verursachte.

Wenn sie nur nicht so viel Wein getrunken hätte.

Wenn sie nur nicht über den lästigen Colin du Lac gestolpert wäre.

Wenn sie nur nicht ihr Ziel mit dem Dolch verfehlt hätte, dachte sie mit grimmiger Gemeinheit.

Mit den Handballen drückte sie gegen ihre geschlossenen Augen. Sie wusste, dass sie keinen kaltblütigen Mord begehen könnte, ob sie nun betrunken war oder nicht. Sie war zwar eine wilde Kriegerin, aber keine Attentäterin. Selbst wenn sie nicht gestolpert wäre und quer auf Pagans Bett gefallen wäre, hätte sie eine Entschuldigung gefunden, ihn nicht zu erdolchen.

Aber der Normanne hatte sie mit einem Messer in der Hand und Blutdurst in den Augen erwischt. Nun würde sie ihn niemals davon überzeugen können, dass sie nicht imstande dazu gewesen wäre und unschuldig war.

Sie zitterte, als sie sich an Colins Worte erinnerte. *Das ist Hochverrat. Dafür solltet Ihr hängen.*

Sie hob ihre Hand unwillkürlich an ihren Hals. Das war doch sicherlich eine leere Drohung. Ein Ausländer konnte nicht einfach zu einer schottischen Burg reiten, die Tochter des Lords heiraten und dann ihre Schwester hinrichten. Es stimmte, dass Pagan Vogt von Rivenloch werden würde, wenn er Miriel geheiratet hatte und dies war ein Amt, das mit erheblicher Macht ausgestattet war, insbesondere, wenn man Lord Gellirs schwindenden Verstand bedachte. Aber die drei Schwestern waren ganz gut ohne die Hilfe ihres Vaters zurechtgekommen. Und Pagans Hilfe brauchten sie auch nicht. Und mit Sicherheit brauchten sie ihn nicht, damit er sie als erste Amtshandlung hängen ließ.

Aber selbst wenn er sie nicht an den Galgen brachte, hatte er sie doch in den Fängen seines Partners, Colin du Lac, gelassen. Der Mann hatte ihr bereits mit körperlicher Züchtigung gedroht. Er hatte Strafen einer langfristigeren Art angedeutet. Und bei dem Kampf auf der Treppe letzte Nacht, hatte der Schurke seine dreckigen Hände auf ihre Brust gelegt, als wäre sie eine bereitwillige Dirne.

Sie hatte dem Knappen vom ersten Augenblick an, als sie ihn beim Abendessen sah, misstraut. Seine grünen Augen hatten vor Schalkhaftigkeit gefunkelt, sein schwarzes Haar war zu lang und so widerspenstig wie seine Natur und seine Lippen waren bei andauernder Belustigung leicht nach oben gebogen. Der Normanne war frech, unverschämt und hinterlistig, die Art von Mann, die glaubte, dass er alles haben könnte, was er wollte. Er hatte sich schon an Rivenlochs Weinvorräten bedient und sich eingenistet.

Sie wollte verdammt sein, wenn er sich auch an ihr bediente.

Sie schaute mit zusammengekniffenen Augen zur Tür, als wenn sie ein Loch hindurch brennen und ihn auf der anderen Seite versengen könnte. Natürlich war er nicht dort. Inzwischen dürften alle in der Kapelle im Burghof versammelt sein, um an der Hochzeitszeremonie teilzunehmen.

Sie fluchte leise und stand langsam auf, um den schummerigen Keller nach irgendetwas abzusuchen, das sie verwenden könnte, um sich zu befreien.

Der Raum, in den er sie gebracht hatte, war voller unnützer Dinge - Truhen mit kaputten Schlössern, Schemel mit zerbrochenen Beinen, undichte Töpfe, zerrissene Pergamente und Lumpen, mit denen man nur noch seinen Dolch polieren oder sich den Arsch abwischen konnte.

Ihr Magen knurrte und sie schaute finster, während sie ihren flachen Bauch mit der Hand rieb.

Eine Tür weiter war eine Speisekammer voller Käse und Speck, Hafer und gesalzenem Fisch. Dahinter war ein Keller voller Gewürze und Zuckerwerk. Aber natürlich hatte der Normanne sie in dem Raum, in dem kein Essen gelagert wurde, eingesperrt.

Vielleicht, dachte sie mürrisch, wollte er sie verhungern lassen.

Sie betrachtete die große Ritze unten an der Tür, wo ein schwaches Licht hereinströmte und sie verhöhnte. Dann runzelte sie die Stirn. Wenn sie ihren Arm durch die Ritze strecken könnte ... und irgendwie den Bolzen aus seiner Verriegelung schieben könnte ...

Sie bräuchte ein Schwert oder einen langen Stock, aber es könnte funktionieren.

Hoffnungsvoll ließ sie sich auf den Boden fallen, um unter der Tür zu schauen und streckte dann langsam ihre

Hand durch die Ritze. Aber ganz gleich, wie sie drückte und sich mühte, sie kam nicht weiter als ihren Ellenbogen.

„Scheiße!"

Sie zwängte ihren Arm zurück und versuchte es wieder an einer anderen Stelle. Der Boden war uneben. Vielleicht war der Riss an einer anderen Stelle breiter.

Aber wieder blieb ihr Arm stecken.

Sie versuchte es noch zwei Mal und erntete lediglich einen roten, abgeschürften Arm für ihre Mühen.

Dann schaute sie sich den linken Rand der Tür an und erspähte ein kleines Objekt auf dem Boden. Es war zu dunkel, um zu sagen, um was es sich handelte oder ob sie es überhaupt erreichen könnte. Aber die Möglichkeit, dass es etwas Essbares sein könnte, überzeugte sie, es zu versuchen.

Dieses Mal nahm sie ihren linken Arm und drückte eine Wange auf den kalten Kellerboden; dann streckte sie sich, soweit sie konnte und fuhr den Boden mit ausgestreckten Fingern entlang und versuchte, das Objekt zu erreichen - aber vergebens.

Vor Schmerz und Anstrengung stöhnend schaffte sie es noch einen Zoll weiter und ihr Mittelfinger berührte etwas Kaltes und Hartes. Angesichts ihres Triumphs stockte ihr der Atem und sie griff nach dem Ding, bis sie es schaffte, es näher an sich heranzubringen. Schließlich war das Objekt nahe genug, dass sie danach greifen konnte. Und als ihre Hand die vertrauten Konturen umschloss, lächelte sie und vergaß dabei ihre Kopfschmerzen.

Colin schüttelte den Kopf, während er die Kellertreppe hinunterging. Dieser Tag war wirklich seltsam gewesen. Er war früh aufgewacht und hatte den Riegel am Lagerraum überprüft und danach ging er, um Pagan bei den Vorbereitungen für seine Hochzeit zu helfen. Und was war das für eine Hochzeit gewesen, bei der Donner und Blitze den Himmel zerbarsten und Regen mit einer solchen Wucht auf die Erde prasselte? Und dann erst die Dienerin – eine verschrumpelte, ungezogene alte Schachtel aus dem Orient, und der Vater der Braut – ein wahnsinniger alter Mann mit der Haltung eines Wikingers und die Braut ...

Sie war die größte Überraschung von allen. Und zu Colins Überraschung schien es Pagan nicht im Mindesten etwas auszumachen, dass er die falsche Schwester heiratete.

Und wenn das noch nicht genug Aufregung für einen Morgen war, hatten Rivenlochs Wachen eine sich nähernde Armee gesehen, eine Armee, die nach Deirdres Überzeugung eine englische war. Aber natürlich wussten Pagan und Colin es besser. Es handelte sich um die Ritter von Cameliard. Doch Pagan hatte diese Tatsache den Schotten nicht offenbaren wollen. Er hatte beschlossen, ihre Ankunft als Übung zu verwenden, um Rivenlochs Verteidigung zu testen.

Und jetzt war Colin losgeschickt worden, um Helena zu holen, die gemäß Deirdre die stellvertretende Befehlshaberin der Wache war.

Eine Frau als Befehlshaberin der Wache. Er schauderte. Was würden sich die Schotten als nächstes einfallen lassen?

Er hatte natürlich nicht die Absicht, Helena freizulassen. Er würde die Kampftruppe von Rivenloch keiner Frau unterstellen, die versucht hatte, seinen Hauptmann zu töten. Sie würde wahrscheinlich den

Bogenschützen befehlen, auf die Ritter von Cameliard zu schießen.

Aber obwohl er noch nicht vorhatte, das blutrünstige Fräulein freizulassen, konnte er sie jedoch nicht ohne Trost in ihrem Gefängnis schmachten lassen. Sie war schließlich nur ein junges und dummes Mädchen. Außerdem litt sie wahrscheinlich heute Morgen an Reue und Hunger als Folge ihrer Völlerei. Er lächelte, als er das warme, duftende Rosinenbrot, das er in der Küche stibitzt hatte, auswickelte. Zumindest könnte er eine ihrer Unannehmlichkeiten beheben.

Er überlegte, welchen Dank er wohl für sein Mitleid bekäme und klopfte an die Kellertür. „Guten Morgen, kleines Höllenfeuer. Seid Ihr wach?"

Es gab keine Reaktion.

Er drückte sein Ohr an die Eichentür. „Lady Helena?"

Plötzlich warf sie sich mit einem dumpfen Schlag gegen die Tür.

Überrascht zuckte er zurück.

„Hilfe!", röchelte sie durch den Spalt in der Tür. „Hilfe ... bitte ... ich kann nicht at- ... kann nicht at- ..."

Alarmiert ließ er das Brot auf den Boden fallen, sprang vor und schob den Riegel zurück und öffnete die Tür. Sein Herz zog sich vor Furcht zusammen, während er den schummerigen Raum überprüfte.

Sie hatte sich flach gegen die Wand gedrückt und als er eintrat blieb ihm noch nicht einmal Zeit, seinen Mangel an Vorsicht zu bedauern, denn sie griff ihn an, indem sie ihn gegen die Wand drückte und ein Messer an seinen Hals hielt.

„Ein Laut und ich schneide Euch", bellte sie ihn an. „Wenn Ihr Euch bewegt, schneide ich Euch. Wenn Ihr nur daran denkt, Widerstand zu leisten, vergieße ich Euer stinkendes Normannenblut über den ganzen Kellerboden."

Immer noch vom Schreck verwirrt, murmelte er: „Woher habt Ihr -"

Er spürte ein scharfes Stechen, als die Spitze sich in sein Fleisch bohrte. Er zuckte zusammen. Scheiße, das Weib meinte es ernst, so ernst wie ihre Schwester, die Pagan gestern mit ihrem Schwert gezeichnet hatte.

„Es ist Euer eigener Dolch, Narr", säuselte sie.

Der Dolch, den er letzte Nacht auf der Treppe hatte fallen lassen - irgendwie hatte sie ihn bekommen.

Mit ihrer freien Hand durchsuchte sie ihn ohne Ehrfurcht und tastete ihn an Taille und Hüfte ab, wobei sie seinen Speisedolch wegnahm, ihm aber die Münzen ließ, die er in der Nacht zuvor von ihrem Vater gewonnen hatte. Unter anderen Umständen hätte Colin eine solch aggressive Behandlung von einer Frau genossen. Aber ihre Berührung hatte nichts Verführerisches oder Zärtliches und zu seinem Leidwesen spürte er, dass er tatsächlich der Gnade dieses Weibs ausgeliefert war, auch wenn dies unglaublich schien.

Männer konnten solche Narren sein, dachte Helena und steckte ihre eilig dahin gekritzelte Nachricht in ihr Kleid, während sie den Normannen mit ihrem Messer an seinen Rippen nach vorne stieß. Sie nahmen immer an, dass Frauen wehrlose Kreaturen wären, ohne Muskeln und mit nur wenig Verstand gesegnet. Auf Helena traf weder das eine noch das andere zu. Aye, wie viele andere Frauen war sie ungestüm, aber dieses Mal würde ihre Impulsivität süße Früchte tragen.

„Langsam", sagte sie zu ihm, während er die Treppe erklomm. Sie brauchte Zeit, um die Lage einzuschätzen, bevor sie oben ankamen.

Vom Treppenhaus aus sah sie zu ihrer Überraschung, dass der ganze Haushalt vor Aktivität brummte. Männer griffen zu den Waffen. Miriel scharte die Frauen und Kinder um sich. Diener eilten hin und her mit den Armen voller Kerzen und Käse und Decken. Vorbereitungen für etwas weitaus ernsteres als einfache Hochzeitsfeierlichkeiten waren im Gang. Tatsächlich sah es so aus, als würde sich die Burg auf eine Belagerung vorbereiten.

Bevor der Normanne seine Gegenwart kundtun konnte, zog sie ihn an seiner Jacke zurück und drückte ihn gegen die Wand im Treppenhaus, wobei sie die Spitze des Dolches gegen die in seinem Hals pulsierende Ader drückte. Sie zischte ihm zu: „Was ist passiert?"

Trotz der Tatsache, dass sie sein Leben in der Hand hatte, glitzerten seine Augen seltsam amüsiert und eine Seite seines Mundes verzog sich erstaunlicherweise nach oben, als wenn er jeden Augenblick genießen würde. Das erzürnte sie ungemein.

„Sprecht!", fauchte sie ihn an.

Er kam ihrer Aufforderung nach. „Eine Armee nähert sich."

Ihr Herz raste. „Eine Armee. Was für eine Armee?"

Er zögerte.

„*Welche* Armee?" fragte sie.

„Die Ritter von Cameliard."

Sie runzelte die Stirn. Konnte das stimmen? Befehligte Pagan tatsächlich eine Kompanie von Rittern? Deirdre und sie hatten spekuliert, ob sein Titel eine List war und dass Pagan nur ein wandernder Ritter ohne Land und Geld war, der den König irgendwie davon überzeugt hatte, ihn mit einer Schottin mit Land und Geld zu verheiraten. „Pagans Ritter?"

„Mm."

Aber Rivenloch bereitete sich auf eine Schlacht vor. Warum würden die Ritter von Cameliard die Burg angreifen, in der ihr Befehlshaber residierte? Außer, wenn ...

Vielleicht reichte Pagan der Posten als Vogt von Rivenloch nicht. Vielleicht wollte der Teufel die Burg für sich selbst beanspruchen.

Sie fluchte leise, als ihr die Wahrheit klar wurde. „Sie wollen die Burg belagern."

Colin schwieg, aber seine Augen funkelten dunkel.

Das veränderte ihre Pläne.

Sie hatte vorgehabt, ihn zu entführen und in der Kate im Wald als Geisel zu halten, bis Pagan zustimmte, seine Ehe mit Miriel zu annullieren. Aber wenn Cameliards Männer Rivenloch angriffen, wurde sie hier gebraucht, um die Krieger zu befehligen.

Andererseits könnte sie ihre Geisel zu einem noch besseren Zweck verwenden.

Wie wertvoll war Colin du Lac für die Leute von Cameliard?

Sie schaute ihn schnell prüfend und abschätzend an. Er war zweifellos kräftig und stark und groß mit breiten Schultern und war wahrscheinlich ein fähiger Krieger. Aber er besaß auch ein hübsches Gesicht, war selbstsicher, und konnte Gedichte vortragen - genau die Art von Kerl, den die Schotten verachteten. Vielleicht legten die Normannen bei einem Mann andere Maßstäbe an. Wenn dem so war, war Colin du Lac die Rückgabe von Rivenloch wert?

Es war ein riskanter Handel, zu dem sie aber gezwungen war.

„Wir unternehmen eine Reise", beschloss sie.

Er hob die Augenbrauen. „Jetzt? Aber ..."

„Ruhe!" Sie hob die Klinge ein wenig und zwang ihn, den Kopf zu heben. „Ihr sprecht erst wieder, wenn ich es Euch erlaube. Wir gehen jetzt durch die große Halle und über den Burghof und dann durch das vordere Tor. Achtet darauf, in keiner Art und Weise Aufmerksamkeit auf uns zu lenken, denn ich halte meinen Dolch an Eure Rippen und ich warne Euch, dass Ihr nicht der erste Mann wärt, dessen Fleisch mein Dolch durchdringt, wenn Ihr nicht gehorsam seid."

Inmitten des Chaos war es ziemlich einfach sich an der Wand entlang unbemerkt durch die Halle zu schleichen. Colin machte ihr keine Schwierigkeiten, außer dass er immer mal vor Schmerzen stöhnte, wenn ihre Klinge sich ein bisschen zu weit in seine Seite bohrte. Selbst den Burghof zu überqueren war nicht schwer, obwohl sie sich ärgerte, dass das Wetter für eine Schlacht denkbar ungeeignet war. Der Regen hatte den Boden aufgeweicht und die grauen Wolken sahen so launenhaft aus wie ein kleiner Junge mit einem blutigen Knie, der nicht wusste, ob er nun weinen sollte oder nicht. Sie hatten beide keinen Umhang und sie wünschte sich, dass sie daran gedacht hätte, die Decke aus dem Keller mitzunehmen.

Die Herausforderung bestand darin, durch die vordere Pforte herauszukommen. Die Wachen von Rivenloch waren auf eine Belagerung so vorbereitet worden, dass sie die Tore sicherten, sobald sich die Kühe und Schafe innerhalb der Mauern befanden. Sie überlegte schnell und rief dann zu der Wache, die für das Fallgitter zuständig war: „Öffnet die Tore! Drei von Lachanburns Kühen sind auf unser Land gelaufen. Die bringen wir auch nach drinnen."

Die Wache nickte. Lachanburn war Rivenlochs nächster Nachbar und die Beziehung zwischen den beiden Clans war zu einem Drittel ein Bündnis und zwei Dritteln Rivalität. Mit nahezu kindlicher Freude kämpften sie um Rinder. Daher würde die Wache verständlicherweise gern das Fallgitter hochziehen in der Hoffnung, ein paar mehr von Lachanburns Kühen zu erbeuten.

Als sie sich außerhalb des Tors befanden, steuerte Helena ihren Gefangenen schnell in Richtung Wald. Auf dem Hügel befand sich bereits eine beeindruckende Anzahl Normannen. Sie wagte es nicht zu riskieren, dass sie entdeckt wurden. Wenn sie einmal nicht wachsam wäre, könnte sie ebenso schnell zur Geisel für die Normannen werden.

Als sie schließlich in Deckung durch die dichten Tannen und Eichen von Rivenloch gelaufen waren, fühlte sie sich sicher.

Sie war versucht, an dem Aussichtspunkt am Waldrand stehenzubleiben und Pagans Armee zu beobachten und zu schauen, was passieren würde. Aber zu ihrem eigenen Vorteil musste sie tiefer in den Wald gehen zu einem Ort, den nur ihre Schwestern kannten. Sie stupste ihn an, dass er weiterging. „Bewegt Euch."

Er grinste verschlagen. „Ach, jetzt verstehe ich." Er klackte mit der Zunge. „Wisst Ihr, wenn Ihr mich im dunklen Wald vergewaltigen wollt, hättet Ihr nur ..."

„Ruhe!"

Helena konnte die Ablenkung durch einen aufgeblasenen Normannen, der glaubte, er sei ein Geschenk Gottes an das weibliche Geschlecht, nun gar nicht gebrauchen. Vielleicht verführten Colin du Lacs tanzende Augen und sein betörendes Grinsen andere Mädchen, aber Helena ließ sich nicht so leicht von solch durchsichtigen Tricks zum Narren halten.

Sie schob ihn weiter vor.

Ein Weg, den die Schwestern sorgsam geheim hielten, wand sich durch den Wald. Herabfallende Blätter verbargen die Spur und der Weg wurde von Ästen verdeckt. Aber die Rivenloch Schwestern nutzten ihn schon so lange, wie Helena sich erinnern konnte.

An seinem Ende ungefähr fünf Meilen weiter stand eine Tagelöhner-Kate und sie wurde seit Jahren von den Schwestern als Treffpunkt und Zufluchtsort genutzt.

Sie waren vielleicht zweihundert Meter weit gegangen, als sie ihren Gefangenen stehen bleiben ließ. Sie musste noch eine Vorsichtsmaßnahme ergreifen. „Legt Euch hin."

Die Augen des Kerls funkelten vor Schalkhaftigkeit und er hob eine Augenbraue bei ihrem Befehl. Man musste ihr zugutehalten, dass sie dem Drang widerstand, ihm das Grinsen aus dem Gesicht zu schlagen.

„Auf den Bauch mit den Händen nach hinten."

Er betrachtete sie mit lüsternem Vergnügen. „Wie Ihr wünscht."

Während er hilflos auf dem Boden lag, wühlte sie unter ihrem Surcot und verwendete ihr Messer, um zwei Stoffstreifen vom unteren Ende ihres Leinenunterkleids abzuschneiden. Einen schlang und verknotete Sie um seine Handgelenke und dabei war sie grob genug, dass er das Gesicht verzog.

„Langsam, Weib. Es gibt keinen Grund, so grob zu sein", schimpfte er und fügte hinzu: „Ich bin recht empfänglich für Euer Vergnügen."

„Es geht hier *nicht* um Vergnügen, Sir."

Dieses Mal war ein Hauch von Sarkasmus in seiner Stimme. „Wer würde in solch lieblicher Gesellschaft kein Vergnügen finden?"

Das spekulierende Glitzern in seinen Augen gefiel ihr

überhaupt nicht. Sie band das zweite Tuch um seinen Kopf und verknotete es an seinem Hinterkopf und machte ihn so an und für sich blind. Falls er ihr entkam, wollte sie nicht, dass er den Weg nach Hause fand.

Er klackte mit der Zunge. „Jetzt kann ich Euch nicht mehr anschauen. Leider nehmt ihr mir jetzt ..."

„Hoch!" Sie hatte keine Zeit für seinen blumigen Unsinn. Es stimmte, was sie über die Normannen gehört hatte. Sie waren so weich wie Babys, hatten süße Zungen und weiche Locken und parfümierte Wangen.

Sie zog ihn auf die Füße und erhaschte heimlich seinen Duft. Er roch anders als die Männer in ihrem Land, aber es war weder weiblich noch unangenehm. Tatsächlich strömte seine Haut ein angenehmes Gewürz aus, wie der Zimt, den Miriel auf die Apfelkuchen streute.

„Wenn ihr mir nur sagt, was Ihr begehrt ...", murmelte er kokett.

Der Mann war unverbesserlich. „Wenn Ihr weiter so schwatzt, wird es mein Begehr sein, Euch auch noch zu knebeln."

„Schon gut", sagte er seufzend und nachgiebig. „Ich werde meinen Mund halten." Und das tat er auch, obwohl das anzügliche Lächeln auf seinem Gesicht blieb.

Colin stand vor einem Rätsel. Normannische Frauen baten ihn nie, still zu sein. Sie *liebten* es zu reden. Sie fanden seine Liebeleien sehr charmant. Von den faltigen alten Schachteln, bis hin zu den Babys in der Wiege, kicherte und gurrte jedes Fräulein über Colins Komplimente.

Was stimmte nicht mit diesem Weib?

Sie grub ihre Finger in seinen Oberarm und schob ihn nach vorne, wobei er blind durch die Blätter schlurfte und sein Gang ungelenk wirkte.

Es lag an den Schotten, entschied er. Sie mussten alle verrückt sein. Die Männer trugen Röcke und die Frauen Schwerter. Und *dieses* Mädchen hatte scheinbar ein Herz, das so undurchdringlich wie eine Rüstung war.

Nicht nur bereute sie ihre Gewalttat von letzter Nacht nicht, sondern sie schien auch noch darauf aus zu sein, sie fortzuführen. Er stöhnte, als sie mit dem Dolch wieder in seine Rippen stieß. Bei Gott, plante das Mädchen einen langsamen Tod für ihn, indem sie ihm Tausende Kratzer zufügte?

Als sie weiter in den Wald hineingingen, bemerkte Colin, dass sich seine anderen Sinne schärften. Jetzt konnte er Helenas schweres Atmen hören, ihre leichten Schritte und das leise Rascheln ihrer Röcke. Er atmete die kühle, vom Regen gereinigte Luft ein. Über dem penetranten Geruch der Tannen lag der schwache Duft seiner Fängerin, ein undefinierbarer Duft, der einfach nur sauber, weiblich und so anspruchslos war, wie das Mädchen an sich. Die Stelle, an der sie seinen Arm ergriffen hatte, wurde warm von der Berührung, die so täuschend intim war wie die einer Liebhaberin.

Über mehrere Meilen gingen sie weiter, ohne zu sprechen, bis Colin ironisch anfing zu überlegen, ob sie den ganzen Weg in die Normandie mit ihm marschieren wollte.

Dass Helena ihn entführt hatte, war zunächst überraschend gewesen und dann amüsant. Aber jetzt ging die Sache zu weit. Wenn Sie noch viel weiter ging, würden die Leute von Rivenloch und Cameliard anfangen, sich Sorgen zu machen und das mit gutem Grund. Schließlich konnte Colin das Mädchen gefesselt und mit verbunden Augen nicht vor Missetätern, die sich in der Wildnis Schottlands versteckten, beschützen.

Er beschloss, dass er genug gehabt hatte und zog plötzlich heftig gegen ihren Griff, blieb stehen und bekam dafür einen versehentlichen Stich von ihrem Messer. „Scheiße!"

„Was ist los?", fragte sie.

„Ich möchte sprechen."

Sie seufzte schwer. „Dann los."

Charme funktionierte nicht bei ihr. Vielleicht half Offenheit. „Was genau habt ihr vor, Mylady?"

„Das geht Euch nichts an."

„Ganz im Gegenteil, ich bin schließlich derjenige, der sich an der Spitze Eures Dolches befindet. *Meines* Dolches."

„Stimmt."

„Also?"

Ihr selbstzufriedenes Lächeln war schon fast fühlbar. „Ihr Sir, seid meine Geisel."

Wenn diese Worte zu einem anderen Zeitpunkt gekommen wären, hätten sie sein Blut in Wallung gebracht. Entführer und Geisel. Es hörte sich an wie eines der Verführungsspielchen, die er so gerne spielte – der Stalljunge und die Melkerin, der Pirat und der vergrabene Schatz, der Wikinger und die Jungfrau. Aber er hatte den Verdacht, dass dies kein Spiel war. „Eure Geisel?"

„Aye", brüstete sie sich. „Sollten die Ritter von Cameliard auf die Idee kommen, Rivenloch erobern zu wollen, werde ich Euer Leben als Pfand für die Rückgabe einsetzen."

Einen Augenblick lang war er sprachlos, während er ihre Worte verdaute. Dann bemerkte er ihren Fehler. „Ihr glaubt, dass die Ritter gekommen sind, um die Burg zu erobern."

„Was meint ihr damit, ich *glaube*?", schnauzte sie ihn an. „Ihr habt doch selbst gesagt, dass sie angreifen."

„Das habe ich nicht."

„Das habt ihr wohl!"

Er schüttelte den Kopf. „Ich habe gesagt, dass sie sich näherten. Ihr habt angenommen, dass sie angreifen."

„Was?", flüsterte sie. Er konnte schon fast hören, wie ihr schottisches Blut anfing zu kochen.

„Seltsam. Eure Schwester hat den gleichen Fehler gemacht. Sie hat den Befehl gegeben, sich für eine Belagerung bereit zu machen.

Plötzlich spürte er den Dolch unter seinem Kinn und er zuckte überrascht zurück. Vielleicht, dachte er, während seine Ader unter dem kalten Stahl pulsierte, hätte er der Kriegerin nicht die Wahrheit sagen sollen.

KAPITEL 3

helena bekam wieder pochende Kopfschmerzen. „Sie greifen gar nicht an", wiederholte sie.

„Wohl kaum", sagte er mit einem Grinsen. „Warum sollten sie angreifen? Wir sind gekommen, um ein Bündnis zu schließen."

Sie biss die Zähne zusammen. Die Normannen waren erst einen Tag da und schon hatten sie ihre ganze Welt auf den Kopf gestellt.

Sie kniff die Augen zusammen, während es in ihrem Kopf fieberhaft arbeitete. Wenn die Normannen nicht angriffen, brauchte sie Colin du Lac nicht als Geisel im Gegenzug für Rivenloch.

Aber das bedeutete nicht, dass sie nicht mit ihrem ursprünglichen Plan, Miriel zu retten, fortfahren könnte. Das Pergament mit ihrer Forderung für seine Freiheit, die sie im Lagerraum gekritzelt hatte, steckte immer noch zwischen ihren Brüsten. Sie brauchte nur einen Boten.

„Kommt." Sie senkte den Dolch und zog an seinem Arm. „Ich habe eine andere Verwendung für Euch." Er wollte schon spekulativ grinsen, aber bevor er den Mund aufmachen konnte, um eine anzügliche Bemerkung fallen zu lassen, schob sie ihn nach vorn. „Nicht ein Wort!"

Sie mussten sich beeilen. Der Umweg würde ihre Reise um eine Stunde verlängern, aber mit ein bisschen Glück würde sie einen vertrauenswürdigen Boten finden.

Am westlichen Ende des Waldes wohnte ein einzelner Mönch in einer kleinen Kate. Er war ein bescheidener Diener Gottes, der sich um die außerhalb liegenden Bauernhöfe kümmerte, die Kranken versorgte und die Armen segnete. Er lebte von dem, was die Kleinbauern ihm geben konnten. Helena wusste, dass sie sich darauf verlassen konnte, dass er ihre Botschaft abliefern würde.

Schnell durchquerten sie den Wald, indem sie einem schmalen Pfad durch Tannen und Farne in Richtung der Behausung des Mönches folgten. Während sie weitereilten, bemerkte Helena, dass ihr geschwätziger Gefangener seltsam niedergeschlagen wirkte. Vielleicht hatte er sich mit seiner Gefangennahme abgefunden. Typisch Normanne. Fürwahr, sie überlegte, ob sie überhaupt Rückgrat hatten. Wenn *sie* es gewesen wäre, hätte sie den ganzen Weg um sich geschlagen und gebrüllt.

Im Nachhinein hätte sie bei seinem Schweigen Verdacht schöpfen sollen, dass er etwas im Schilde führte.

Als sie eine kleine Lichtung erreichten, auf der Veilchen und Butterblumen wuchsen, streckte ihr Gefangener den Fuß aus und versuchte sie zum Stolpern zu bringen.

Sie war flink genug, das Gleichgewicht zu halten. Aber er hatte es geschafft, sich außer Reichweite ihres Dolches zu ducken und drehte nun den Kopf hin und her, und versuchte die Augenbinde abzustreifen, während er unbeholfen weg von ihr in den Ginster vor ihnen schlurfte.

Sie stemmte die Hände in ihre Hüften. „Wo zum Teufel wollt Ihr denn hin?"

Er manipulierte die Augenbinde insoweit, als dass er mit einem glitzernden, grünen Auge darunter sehen konnte. „Zurück."

Sie schüttelte den Kopf. „Dann müsst Ihr durch mich hindurch."

Er schnaufte, stemmte die Füße in den Boden und war bereit zum Angriff. „Ich schlage vor, dass Ihr zur Seite tretet."

Im nächsten Augenblick raste er vorwärts.

Bis zum letztmöglichen Augenblick blieb sie stehen und trat dann zur Seite. Als er vorbeikam, stupste sie ihn leicht zur Seite.

Sein Schwung war nicht aufzuhalten. Er stolperte über die Büsche und fiel hin, wobei er mit der Schulter mit einem so dumpfen Knall aufkam, dass sogar Helena zusammenzuckte.

„Verflucht!", schrie er und rollte sich von seiner Schulter ab.

Sie runzelte die Stirn. Bei Gott, hatte er sich verletzt? Sie hoffte es nicht. Nicht, dass es ihr etwas ausmachte, wenn der Mann ein paar Kratzer erlitt. Aber sie konnte keine Geisel gebrauchen, die einen Physikus benötigte.

Er drehte sich auf die Seite und keuchte. „Mein Arm ist, glaube ich..."

Sie blickte misstrauisch auf seinen Arm. „Gebrochen?" Er sah nicht danach aus. Zumindest war sein Ellenbogen richtig herum gebeugt. Außerdem war er mit den Armen auf dem Rücken gefesselt gefallen. Vielleicht hatte er sich den Arm ausgekugelt. Das war ihr schon einmal passiert. Es war schrecklich schmerzhaft.

Er versuchte, sich aufzusetzen, fluchte fürchterlich und fiel zurück auf den Boden.

Sie seufzte voller Abscheu vor sich selbst. Auch wenn sie eine rücksichtslose Kriegerin war, legte sie keinen Wert auf unnötiges Leiden. Sie nahm an, dass sie ihn losbinden und ihm wohl eine Schlinge für seinen Arm machen müsste. Während er vor Schmerzen keuchte, näherte sie sich und zuckte vor unfreiwilligen Mitleid zusammen; sie steckte das Messer in ihren Gürtel. „Bleibt ruhig. Ich schaue nach, ob etwas gebrochen ist."

Bevor sie sich richtig neben ihn knien konnte, schwang er plötzlich seine Beine herum und erwischte sie in den Kniekehlen, wobei er sie zu Fall brachte und rückwärts in die wilden Blumen stieß. Als ihre Ellenbogen auf dem Boden aufkamen und ihr Rock über ihren Kopf flog, nahm der Schreck ihr den Atem.

Oh Gott, sie *hasste* den Normannen.

Einen Augenblick lang lag sie fassungslos da und versuchte sich vorzustellen, wie sie in diese Falle hatte tappen können. Dann schüttelte sie die Lächerlichkeit dieses Augenblicks ab, wie ein Hund das Wasser abschüttelt. Zornig fuchtelte sie mit den Armen, um sich von ihren Röcken zu befreien, stand auf, spuckte eine Haarlocke aus ihrem Mund und zog ihren Dolch.

Er sah sie kommen, hatte aber keine Zeit, wenigstens auf die Knie zu kommen. Das eine Auge, mit dem er sehen konnte, weitete sich, als sie mit Mordlust in ihren Augen auf ihn zu marschierte und er machte sich bereit, um sein Leben zu kämpfen.

Bevor er aufstehen konnte, stellte sie einen Fuß auf seinem Arm ab und drückte ihn zurück auf den Boden. „Ein gebrochener Arm? Ich zeige Euch einen gebrochenen Arm."

Er kniff sein Auge zusammen und machte sich bereit für den Stoß.

Sie hatte natürlich nicht die Absicht, seinen Arm zu brechen. Sie war nicht die Art von Krieger, die einen Mann verwunden würde, wenn er am Boden lag, ganz gleich was Colin von ihr glaubte. Obwohl sie zornig auf ihn war, weil er sie überlistet hatte, war sie noch zorniger mit sich selbst, weil sie sich hatte überlisten lassen.

„Keine Angst", murmelte sie. „Ich habe keine Lust auf feigen Katzenjammer. Außerdem wärt Ihr dann als Geisel völlig nutzlos."

Colin runzelte die Stirn und war beschämt von der Tatsache, dass dieses Teufelchen von einem Mädchen ihren Stiefel auf seinen Arm platziert hatte, wie ein Jäger auf dem von ihm erlegten Wild. Er hatte sie fast überlistet. Fast.

Wenn er nur die Augenbinde hätte abschütteln können.

Wenn er nur die Zeit gehabt hätte, in die Hocke zu gehen.

Wenn er, dachte er reumütig, nicht vom Anblick von Helenas langen, herrlichen Beinen gelähmt gewesen wäre, als sie diese im Fallen unwillkürlich spreizte und die verlockende Tatsache offenbarte, dass sie unter ihrem Rock rein gar nichts trug.

Während sie sich weiterhin verächtlich über seinen Wert äußerte, hörte er, dass jemand des Weges kam. Vielleicht war es der *Schatten*, der Gesetzlose, von dem sie beim Abendessen gesprochen hatte und der sich mit teuflischer Geschwindigkeit bewegte und seine Opfer verwirrt und ohne Geld zurückließ. Oder vielleicht war es einer der berüchtigten Highlander, ein halbnackter Wilder, der gekommen war, um zu vergewaltigen und zu plündern. Wer auch immer sich hier in dem tiefen Wald versteckte, er führte mit Sicherheit nichts Gutes im Schilde.

Colins ritterlicher Instinkt regte sich. Trotz ihrer derzeitigen Umstände, trotz Helenas Verrat, trotz der Tatsache, dass ein unehrenhafter Teil von ihm sich danach sehnte, sie über das Knie zu legen und die Arroganz aus ihr herauszuprügeln, war Colin doch in erster Linie ein Ritter, der geschworen hatte, die Damen zu beschützen.

„Schneidet die Fesseln durch!", zischte er. „Da kommt jemand. Löst meine Fesseln."

Zweifelnd hob sie eine Augenbraue.

„Das ist keine List, ich schwöre es, Mylady. Löst meine Fesseln und ich werde Euch verteidigen."

„Mich verteidigen?", höhnte sie. „*Ihr* werdet *mich* verteidigen?"

„Beeilt Euch", sagte er eindringlich. „Könnt Ihr es nicht hören? Da kommt jemand."

„Ich höre es", versicherte sie ihm in einem Tonfall, den Colin für unangemessen ruhig hielt.

Vielleicht könnte er ihr Angst machen, dass sie ihn dann losband. „Was, wenn es der *Schatten* ist?"

Sie zuckte mit den Schultern. „Zu laut." Dann ärgerte sie ihn, indem sie sich zu ihm herab beugte und ihm zuzwinkerte. „Keine Angst, Kleiner. Ich passe auf Euch auf."

Die letzte Person, die Colin auf dem Weg vermutet hätte, war ein Mönch. Aber als er die grobe braune Kutte und die Tonsur auf dem Kopf sah, wusste er, dass kein Ärger, sondern die Erlösung gekommen war.

Schnell, bevor Helena ihren Mund öffnen könnte und ihn verraten hätte, platzte er heraus: „Bruder! Dem Herrn sei Dank, meine Gebete wurden erhört."

Der junge Mönch erstarrte auf dem Weg und sah aus wie ein erschrockenes Reh.

„Ich bitte Euch, freundlicher Bruder, befreit mich",

flehte Colin. „Ich fürchte, dass diese arme, fehlgeleitete Frau mich für einen anderen hält und beabsichtigt, mich ..." Er schluckte dramatisch. „... zu töten."

Der Mönch blickte nervös von einem zum anderen und blinzelte. „Ich bitte Euch ..."

„Sie scheint", flüsterte Colin, „verrückt zu sein."

Er erwartete, dass Helena protestieren würde.

Aber sie tat es nicht. Stattdessen grinste sie ihn herablassend an und richtete sich dann auf, um dem Mönch entgegenzutreten. „Bruder Thomas. Wie schön, Euch zu sehen."

Colins Hoffnungen schwanden im gleichen Maß, wie seine Schultern herabfielen.

Der Mönch wackelte mit dem Kopf. „Lady ... Lady ..."

„Helena."

„Aye. Ihr seid eine der Damen von der Burg. Aber was ..." Der Mönch öffnete den Mund, als wollte er noch etwas sagen, konnte aber keine Worte finden.

„Ich brauche Eure Hilfe", säuselte sie.

Ihre Bitte schien den Mann zum Leben zu erwecken, als wenn sie einen Zauberspruch aufgesagt hätte. Er stellte sich gerade hin. „Ich bin Gottes Diener und der Eure, Mylady."

Colin verdrehte die Augen und fluchte im Stillen über die Macht, die schöne Frauen sogar über Geistliche hatten.

Sie sucht im Oberteil ihres Kleides und zog ein Stück Pergament heraus. „Ich möchte, dass Ihr dies nach Rivenloch an meine Schwester Deirdre überbringt."

Der Mönch streckte die Hand nach dem Pergament aus.

„Macht es nicht", warnte Colin.

Zufrieden beobachtete er, dass der Mönch zögerte.

„Nun macht schon", redete Helena ihm gut zu und wedelte mit dem Pergament wie mit einem Knochen vor einem Hund.

„Wenn die Dame mir nichts Böses will, warum hat sie mich dann gefesselt?", fragte Colin. „Und warum fuchtelt sie mit einem Dolch herum?" Der Mönch runzelte verwirrt die Stirn. Colin verwendete diesen Vorteil in eigener Sache. „Ich sage Euch, sie will mich töten."

Er erwartete, dass Helena den Priester umgarnte und ihre Unschuld beteuerte, in vorgetäuschte Tränen ausbrach oder über den Zustand von Colins krankem Hirn lamentierte. Er erwartete nicht, dass sie die Wahrheit sagen würde.

„Aye, ich werde ihn umbringen", sagte sie ruhig, „wenn diese Botschaft nicht zu meiner Schwester gelangt."

Der Mönch sah so erschrocken aus, wie Colin sich fühlte.

„Und wenn ihr mich dazu zwingt, einen Mord zu begehen, Bruder Thomas", sagte sie zu ihm, „und meine Seele dann für immer verdammt ist, fürchte ich, dass Ihr Schuld daran wärt."

Colin stand da mit offenem Mund. Ihre verschnörkelte Logik war verwirrend. Lange Zeit konnte keiner der Männer etwas dazu sagen.

„Oh nay, Mylady", stotterte der Mönch schließlich. „Ich nehme doch an, dass es gar keinen Grund gibt, dass ihr … ihm überhaupt Schaden zufügen müsst." Er schaute Colin mit einem gezwungenen Lächeln an, das alles andere als beruhigend war.

Colin schaute finster, als der Mönch das Pergament von Helena entgegennahm.

„Gott segne Euch, Mylady", sagte der Mönch und senkte nervös den Kopf. Und als er an Colin vorbeikam, murmelte er: „Und möge Gott Euch retten, Mylord."

Dann eilte der dürre, nutzlose Geistliche auf dem engen Pfad davon und zerstörte Colins letzte Hoffnung.

Während Colin Bruder Thomas ungläubig hinterher starrte, hatte Helena schon fast Mitleid mit dem verwirrten Normannen. Schließlich hatte er sich tapfer bemüht. Er konnte ja nichts dafür, dass sein Verstand ihrem unterlegen war.

„Das wäre dann erledigt", sagte sie und war zuversichtlich, dass Bruder Thomas ihre Nachricht abliefern würde. Sie ging in die Hocke und ergriff Colin an der Schulter. „Lasst uns gehen."

„Nay", sagte er und zog sich von ihr zurück. „Erst, wenn ich ein paar Antworten von Euch bekomme."

Sie runzelte die Stirn. Glaubte er wirklich, dass er in einer Position war, in der er mit ihr handeln konnte? Warum konnte er es nicht einfach akzeptieren, dass er ihrer Gnade ausgeliefert war? Vielleicht hatte sie sich nicht ganz deutlich ausgedrückt. Sie berührte sein Ohrläppchen mit ihrer Dolchspitze. „Ihr wisst doch, dass ich Bruder Thomas zurückrufen könnte", überlegte sie laut. „Es ist noch nicht zu spät, der Botschaft etwas hinzuzufügen." Er erstarrte sichtbar. „Ein Ohr ... oder einen Finger oder ..." Sie tat so, als würde sie überlegen und betrachtete dabei die infrage kommenden Körperteile.

Dann bemerkte sie, dass er sie mit dem freigelegten Auge anstarrte, als würde er sie einschätzen, beurteilen und auf ihre Seele wetten. Und obwohl er hilflos auf dem Boden lag und ihr vollständig ausgeliefert war, schien es plötzlich, als würde er mit seinem glitzernden, sehenden Auge direkt in ihr Herz blicken.

Verunsichert streckte sie die Hand aus und zog die Augenbinde wieder runter.

Mutig hob er sein Kinn, was für jemanden, der auf dem Bauch lag, nicht einfach war. „Ihr könnt natürlich machen, was Ihr wollt. Aber Ihr solltet wissen, dass ich Schmerzen nicht ertragen kann und daher wahrscheinlich wie ein abgestochenes Schwein schreien werde."

Sie hob eine Augenbraue.

„Und Blut!", fuhr er fort. „Ich habe mir einmal einen Finger an einem Dorn gestochen und es hat drei Tage lang geblutet."

Sie hatte noch nie etwas so Lächerliches gehört. „Drei Tage?", wiederholte sie.

„Aye. Aber ich bin bereit, einen Handel mit Euch zu schließen, Mylady und uns die Mühe zu ersparen, mich zu verunstalten."

Eine skrupellosere Frau als Helena hätte ihm das Ohr abgeschnitten, um ihm zu zeigen, wie einfach dies war. Aber Helena war nur grausam, wenn sie dazu gezwungen war. Und in diesem Augenblick, wo der Normanne wie eine Gans gebunden war, konnte sie es sich leisten, gnädig zu sein. Und obwohl sie es nur ungerne zugab, war sie von seiner Gerissenheit beeindruckt. Einen so schlagfertigen Mann traf man nur selten.

„Wirklich?", sagte sie und beugte sich wieder zu ihm herab. Da sie vom Funkeln seiner Augen abgelenkt war, hatte sie zuvor nicht gemerkt, wie schön sein Mund geformt war. Seine Lippen wirkten weich und doch fest und wo sie sich teilten, sah sie die weißen Spitzen seiner Zähne, wobei einer vorne etwas schief war, gerade so, um den gutaussehenden Ritter verletzlich wirken zu lassen. Seine Nase war ebenfalls perfekt geformt, nicht zu schmal und nicht zu breit und seine Nasenlöcher blähten sich ein wenig auf, während er auf ihre Antwort wartete.

„Mylady?"

Sie schüttelte den Kopf, um sich wieder zu sammeln. „Ihr seid wohl kaum in einer Position, dass Ihr Bedingungen stellen könntet, Sir."

„Nichtsdestotrotz scheint Ihr mir eine vernünftige Frau zu sein."

Sie runzelte die Stirn. Niemand hatte Helena jemals vernünftig genannt. Sie war in keinster Weise vernünftig. Der Normanne war entweder schwachsinnig oder er log. „Dann los."

„Wenn Ihr mir eine Frage beantwortet, Mylady, werde ich mich nicht mehr sträuben, sondern freiwillig mit Euch gehen."

„Eine Frage?"

„Aye."

„Stellt sie."

„Wenn ihr mich nicht als Geisel für Rivenloch einsetzen könnt, was habt Ihr dann vor? Was stand in der Botschaft?"

Sie blinzelte. Was ging es ihn an? Es würde sein Schicksal nicht ändern. Was mit ihm passierte, hing von Pagan ab. Andererseits war es auch kein großes Geheimnis. Und wenn Colin meinte, was er sagte, dass er kooperieren würde ... „Wenn ich Euch antworte, kommt Ihr dann freiwillig mit?"

„Aye."

„Und Ihr werdet keine Hinterhältigkeit mehr versuchen?"

„Keine Hinterhältigkeit. Ich schwöre es bei meiner Ehre als Ritter."

Sie grinste. Vielleicht war er doch nicht so schlau, wie

sie dachte. Der Handel war einfach zu gut. Sie würde ihm nichts geben und er gab ihr alles.

„In Ordnung", sagte sie und steckte ihren Dolch in die Scheide. „In der Nachricht stand: Ich habe den Normannen als Geisel genommen. Ich gebe ihn erst zurück, wenn die Hochzeit annulliert wurde."

„Was?"

Sie wiederholte: „Ich habe den Normannen ..."

„Aye, ich habe Euch verstanden, aber was ... wie ... ach, verflucht ..."

Sie kicherte selbstzufrieden. „Jetzt *muss* er meine Schwester zurückgeben."

„Das wird er nicht tun."

Was, wenn er die Botschaft zerriss, bevor Deirdre sie las?

„Oh, ich glaube schon."

Der hübsch geformte Mund des Normannen zeigte an den Winkeln nach unten. „Ihr kennt Pagan Cameliard nicht."

„Und Ihr kennt die Kriegerinnen von Rivenloch nicht."

Er schüttelte den Kopf, als wäre ihm ein Streich gespielt worden, sagte aber nichts mehr.

Sie half ihm auf die Füße und dann gingen sie schweigend den Pfad entlang weiter. Wie versprochen ging er freiwillig, aber für Helena warf sein Schweigen einen dunklen Schatten auf ihr Abenteuer.

Mit jeder Meile, die sie sich von Rivenloch entfernten, wurde Helenas Unbehaglichkeit größer. Könnte Colin Recht haben? Was, wenn er nicht so wertvoll für Pagan war, wie sie angenommen hatte? Was, wenn Pagan den Verlust seines Knappen als vernünftigen Preis erachtete, den es zu zahlen galt, damit er eine Braut seiner Wahl heiraten könnte? Was,

43

wenn er die Botschaft zerriss, bevor Deirdre sie las? Was, Gott bewahre, wenn sie nichts von ihrer Schwester hörte? Wie lange würde sie im Wald warten müssen? Wie lange könnte sie Colin als Geisel gefangen halten?

Und am wichtigsten, wie lange könnten sie ohne Essen überleben?

Ihr Magen knurrte bereits, als sie schließlich den kleinen Eichenwald erreichten, wo die Kate stand. Sie war so von Efeu, Moos und Farnen überwachsen, dass ihre Mauern aus Blättern zu bestehen schienen und im Schatten der Laubbäume war das Gebäude kaum sichtbar. Die Tür hing ein wenig herunter und die verrotteten Fensterläden hingen an dem einzigen Fenster und sahen aus, als würden sie bei dem kleinsten Windstoß davonfliegen. Das Dach bestand mehr aus Löchern als aus Stroh, aber wilder Wein war darüber gewachsen und füllte die Lücken und so war die Kate ein recht guter Schutz vor den Elementen.

Einst hatte die kleine Kate einem Bauern gehört und in der Nähe befand sich eine Lichtung, auf der Gerste angebaut worden war. Aber auch die war nun schon seit langem mit Ginster und Heidekraut, wilden Blumen und Unkräutern überwachsen. Am Hügel entsprang eine Quelle, aus der ein Rinnsal, dann ein Bach und dann ein plätscherndes Flüsschen wurde, das in einen der beiden Seen mündete, nach denen Rivenloch benannt war.

„Wir sind da", verkündete Helena und hielt an der Schwelle der Kate an, um Colin die Augenbinde abzunehmen.

Colin wusste nicht, was er erwartet hatte. Vielleicht einen heiligen Zufluchtsort. Oder eine benachbarte Burg. Oder das bescheidene Heim von einem von Helenas Verbündeten.

Er hatte sicherlich keine Bruchbude mitten im dunklen Wald erwartet, eine zusammengebrochene Kate, die aussah, als wenn sie lichtscheue Zwerge und mit Warzen bedeckte Kröten beherbergte.

„Oh, das ist aber schön", sagte er höhnisch.

Verärgert über seinen Sarkasmus schubste Helena ihn nach vorn. „Sir, Ihr werdet froh sein über den Unterschlupf, wenn die Wölfe kommen."

Er betrachtete die Girlanden aus Efeu und Farnen und das Moos an den Wänden und überlegte, ob es unter den Pflanzen auch Mauern gab.

„Ich bezweifle, dass Wölfe sich von dieser Bruchbude abhalten lassen würden", murmelte er.

„Vielleicht sind Sie schon da", sagte sie. Dann tat sie etwas außerordentlich Heldenhaftes, etwas, das ihn überraschte. Sie ergriff ein Stück von seinem Hemd, um ihn in Reichweite zu halten, stellte sich zwischen ihn und den Eingang und benutzte den Schaft des Dolches, um die Tür ein Stückchen aufzustoßen. Wenn ein wildes Tier sich drinnen versteckt hatte, würde es sie zuerst angreifen.

Das verstörte ihn doch sehr.

„Wartet", sagte er. „Erlaubt mir."

„Ich glaube eher nicht." Sie schüttelte den Kopf. „Ich will meine Geisel nicht an ein angreifendes Wildschwein verlieren."

„Und ich will meine Sporen nicht aus Mangel an Ritterlichkeit verlieren", beharrte er. „Wie viel Erfahrung habt ihr denn bei der Abwehr von wilden Tieren?"

Eine Seite ihres Mundes bog sich nach oben zu einem hinterlistigen Grinsen. „Einschließlich Euch?"

Unter anderen Umständen hätte er das Lächeln als

einladend empfunden. Die Tatsache, dass sie ihn ein Tier genannt hatte, machte ihm nichts aus. Frauen hatten ihn schon alles Mögliche genannt – Knappe, Mistkerl, wildes Tier – und immer mit Zuneigung. Aber dies war weder die Zeit noch der Ort für Liebeleien. Hinter der Tür könnten gefährliche Kreaturen herumstreichen. Und er hatte nicht vor, eine Dame als Schild gegen sie zu verwenden.

„Schneidet meine Fesseln durch und gebt mir das Messer. Ich kann ...“

Ohne Warnung und seine Anweisungen völlig ignorierend, stieß sie fest und rücksichtslos gegen die Tür. Sie ging weit auf und stieß gegen die innere Wand mit einem lauten Knall und eine Staubwolke stieg auf.

Er stand da mit offenem Mund. Wenn sich ein wildes Tier drin befand, würde es sie nach dem warnenden Knall sicherlich angreifen.

Glücklicherweise hörte er von drinnen nur das Umherhuschen winziger Wesen, die vor dem Licht flohen. Und außer ein paar Spinnen, die fieberhaft an ihren beschädigten Netzen an der Tür hochgekrabbelten, sprangen keine wilden Tiere aus der Dunkelheit hervor. Aber als Helena sich umwandte, um ihm zu versichern, dass es sicher war, war er gleichzeitig so entsetzt und blass, dass er nicht sprechen konnte.

Sie bemerkte seine Gelähmtheit und hob herausfordernd eine Augenbraue. „Ihr Normannen habt doch keine Angst vor Mäusen, oder?“

Colin war zu erschüttert, um zu antworten. Als Helena ihn in die Kate zog, konnte er nur eines denken.

Diese Frau bedeutete Ärger.

Sie war sorglos und wild und viel zu wagemutig für ihr eigenes Wohl. Diese Art von Impulsivität würde sie eines

Tages das Leben kosten. Sie würde *ihn* wahrscheinlich auch umbringen.

„Es ist nicht, an was ihr Normannen so gewöhnt seid mit Euren parfümierten Kissen und seidenen Laken", sagte sie mit unverhohlenem Widerwillen, während er das Innere betrachtete, „aber es ist ausreichend."

Parfümierte Kissen? Seidene Laken? Colin hatte keine Ahnung, von was sie sprach. Sein Bett war aus grobem, einfachem Leinen und wenn er nicht gerade in die Schlacht zog, war er froh, wenn er eine flache Stelle für ein Bett aus Blättern fand und sich mit seinem Umhang bedecken konnte. Er wusste nicht, woher das Weib ihre Ideen über die Normannen hatte.

Das Innere der Kate war überraschend ordentlich. Obwohl eine dünne Staubschicht alles bedeckte, war der fest gestampfte Erdboden mit gelben Binsen ausgestreut, wilder Wein wuchs zwischen den Rissen der verputzten Wände und die spärlichen Möbel in dem Raum erschienen robuster als das Gebäude an sich.

Feuerholz lag im Kamin und drei eiserne Kochtöpfe hingen an einer Stange über dem Feuer. Neben dem Kamin befanden sich ein Eimer, ein Krug, ein aufgewickeltes Seil, drei Tassen und ein Tongefäß voller Löffel in verschiedenen Größen. Ein dreibeiniger Schemel stand neben einer kleinen Holzkommode und eine Laterne mit einem Zündstein hing an einem Haken an der Wand. An einer Wand stand ein relativ sauberes Bett. Das Äußere der Kate war vielleicht überwachsen, aber jemand hatte das Innere erst vor kurzem benutzt.

„Bringt Ihr alle Eure Geiseln hierher?", fragte er sie.

Sie grinste und nickte dann in Richtung Bett. „Legt Euch auf das Bett."

Er warf ihr einen lüsternen Blick zu. „Wenn Ihr darauf besteht."

Während er sich ungelenk auf seine gefesselten Arme legte, holte sie das aufgewickelte Seil von neben dem Kamin und schnitt vier Stücke von je einem Meter ab.

Sie ergriff eines seiner Fußgelenke und fing an, es an ein Bein des Bettes zu binden. Er verstand zwar ihren Wunsch, ihn als Gefangenen zu behalten, aber es gefiel ihm gar nicht, dass er nun wehrlos war.

„Mylady, ist das wirklich notwendig?"

„Ich kann es nicht zulassen, dass meine Geisel flieht."

„Aber was, wenn es ein Feuer gibt? Oder wenn Wölfe kommen? Was, wenn ..."

„Ich habe es Euch schon einmal gesagt", sagte sie und machte einen Knoten, „ich brauche Euch lebendig. Ich werde nicht zulassen, dass Euch irgendetwas zustößt."

Er biss die Zähne zusammen, als sie anfing, sein anderes Bein fest zu binden. Er war so erzogen worden, dass er sich auf sich selbst verließ. Es war schon schwer genug für ihn, sich auf seine Ritter-Kameraden zu verlassen. Aber einer Frau zu vertrauen und noch dazu einer ungestümen wie dieser ...

„Was, wenn ich Euch mein Wort gebe, dass ich nicht fliehen werde?"

Sie schaute ihn direkt an. „Euer Wort? Das Wort eines Normannen?"

„Ich habe Wort gehalten, freiwillig mitzukommen", argumentierte er.

„Ihr habt Euer Wort gehalten, weil ich das Messer in der Hand hatte."

Sie hatte nur zur Hälfte Recht. Als er ihr sein Versprechen gegeben hatte, hatte er einen Fluchtversuch gar nicht in Erwägung gezogen, obwohl es wahrscheinlich

Dutzende von Gelegenheiten gegeben hatte. Er war schließlich ein Ehrenmann.

Er richtete sich auf dem Bett so weit wie möglich auf und versuchte die Taubheit in seinen Händen, die unter ihm gefangen waren, zu lösen. Sie ergriff seine gefesselten Handgelenke, schnitt das Leinen durch und befreite seine Arme. Aber sie achtete darauf, ihre Waffe wieder an seinen Hals zu legen.

„Arme hoch", sagte sie

„Ich hoffe Ihr habt Recht", murrte er. „Ich hoffe Eure Schwester kommt, bevor Diebe hier auftauchen."

Sie band seinen rechten Arm am Holzrahmen fest. „Überlasst mir die Sorge wegen der Diebe, Normanne."

Als sie sich über ihn lehnte, um sein linkes Handgelenk zu ergreifen, war er versucht, einen letzten Fluchtversuch zu unternehmen. Ein unerwarteter Faustschlag würde sie wahrscheinlich bewusstlos machen.

Zwei Dinge hielten ihn auf.

Das erste war Ritterlichkeit. Colin hatte Frauen immer vorsichtig behandelt. Er hatte noch nie die Hand gegen eine Frau erhoben. Tatsächlich wurde er einer Dame gegenüber nur selten laut. Der Gedanke, einer Frau absichtlich weh zu tun, war unzumutbar.

Aber die zweite Sache, die ihn innehalten ließ, war die Tatsache, dass, als Helena über ihn hinweg reichte, sie auf den Binsen das Gleichgewicht verlor und nach vorn gegen seine Brust fiel. Er erstarrte und war sich sicher, dass er spüren konnte, wie der Dolch sich in seinen Hals bohrte. Glücklicherweise waren ihre Instinkte blitzschnell. Sie zog die Klinge zurück, bevor sie Schaden anrichten konnte.

Aber während sie da auf seinen Rippen lag, trafen sich für einen kurzen Moment ihre Blicke und ein Bewusstsein gegenseitiger Verletzbarkeit ging zwischen ihnen hin und her. Sie könnte ihn erdolchen. Er könnte sie entwaffnen. Stattdessen hatten sie sich festgefahren. Und in jenem Augenblick, als er in ihre überraschten grünen Augen blickte, er sich nicht bewegen und nicht atmen konnte, erspähte er unter ihrer Prahlerei und respektlosen Art ein sanftes Herz.

Im nächsten Augenblick war es weg. Sie schloss ihre Augen und ihre Seele vor ihm und erhob sich von seiner Brust mit einem abwertenden Stirnrunzeln.

Dann band sie seine andere Hand fest.

Colin kämpfte gegen zunehmendes Unbehagen. Es war nicht das erste Mal, dass eine Frau ihn an ein Bett fesselte, aber Helena war die erste, die es ihm unmöglich machte zu fliehen. Wenn irgendetwas passierte, wäre er hilflos, sich selbst ... oder sie zu verteidigen.

Als ihre Aufgabe vollbracht war, nickte Helena zufrieden. Sie steckte das Messer in die Scheide, trat vier Schritte zurück und setzte sich auf den dreibeinigen Schemel. Sie war immer noch fassungslos, dass sie fast ihre Geisel erdolcht hatte. Zumindest versuchte sie sich selbst davon zu überzeugen, dass das der Grund für ihre Atemlosigkeit war. Die Tatsache, dass Colins Blick einen Augenblick lang ohne Spott gewesen war und voller Bewunderung geglüht hatte, hatte nichts damit zu tun, dass ihr Herz raste.

„Mylady, das ist töricht und ..."

„Pssst." Sie wollte seine Argumente nicht hören. Nun, da ihre Geisel gefesselt war, konnte sie sich in dem Wissen ausruhen, dass es heute keine Aufregung mehr geben würde.

Colin kam ihrem Befehl nach und schien tief in Gedanken versunken zu sein, während er da lag und an die brüchige Decke der Kate starrte. Jetzt würde sie einfach dasitzen und warten.

Und warten

Und warten.

Ihr Magen knurrte laut und sie blickte verlegen hinüber, um zu sehen, ob Colin das Geräusch gehört hatte. Er hatte es gehört. Obwohl er den Blick nicht von der Decke abwendete, verzog sich sein Mund amüsiert.

Sie schaute finster. „Wenn Ihr mich in einen Keller mit *Essen* eingesperrt hättet ..."

„Verzeiht mir", sagte er.

Sie knabberte auf ihrer Unterlippe. Oh Gott, sie hatte solchen Hunger. Viele machten sich über ihren unbändigen Appetit lustig, aber sie erahnten nicht, wieviel Nahrung sie als Kriegerin benötigte. „Deirdre sollte vor Einbruch der Nacht eine Nachricht schicken", sagte sie halb zu sich selbst.

„Und wenn nicht?"

Darüber wollte Helena gar nicht nachdenken. In ihrer Unüberlegtheit hatte sie keinerlei Vorräte mitgenommen. Wenn sie gezwungen waren, die Nacht über hier zu bleiben, würde sie am Morgen ihre Pläne ernsthaft überdenken müssen.

Sie wartete weiter rastlos wie eine Wildkatze und strich durch den kleinen Raum, ließ sich dann auf den Schemel fallen und ging wieder ans Fenster, um durch die herabhängenden Läden zu schauen; aber sie sah nur, dass es immer dunkler wurde.

Als sie zum zwölften Mal ans Fenster trat, konnte sie die Silhouette der hohen Bäume in der Dunkelheit kaum noch ausmachen. Es war neblig und sie zitterte vor Kälte. Jetzt würde niemand mehr kommen. Obwohl Helena keine Angst hatte, was den Wald betraf, ging die vorsichtige Deirdre niemals nach Einbruch der Dunkelheit in den Wald.

Sie seufzte und wandte sich vom Fenster ab. Es sah so aus, als würden sie dann doch die Nacht in der Kate verbringen müssen.

Sie durchwühlte den Inhalt der Kommode. Darin befand sich eine Wolldecke mit Mottenlöchern und diese warf sie auf Colin. Er musste ein Teil davon aus seinem Mund ausspucken, aber der Rest bedeckte ihn von den Schultern bis zu den Waden. Sie zog die beiden restlichen Decken heraus, die ebenso abgewetzt und verschlissen waren wie die erste und verwendete eine davon als Matratze für sich auf dem Boden neben dem Bett, in dem sie Stroh darunter stopfte.

Es war lächerlich, dachte sie, dass sie auf dem harten Boden schlief, während ihre Geisel das Bett nahm. Aber der Bettrahmen war robuster, um ihn fest zu binden als die Wände der Kate, die zusammenbrechen könnten, wenn er mit genug Kraft daran zog.

Sie streckte die Füße in Richtung von Colins Kopf und zog die letzte Decke über sich und beobachtete, wie es in der Kate langsam ganz dunkel wurde.

Gerade als sie aufgeben wollte, dass sie jemals einschlafen könnte, flüsterte Colin in der Dunkelheit: „Seid Ihr wach?"

Sie war versucht, ihm nicht zu antworten. Sie wollte nicht hören, wie er prahlte, dass er Recht gehabt hatte, dass niemand ihre Botschaft beantwortet hatte.

Aber sie war unruhig und hungrig und gelangweilt. Eine Unterhaltung wäre eine willkommene Abwechslung bei der Langeweile. Selbst, wenn sie sie mit einem Normannen führen musste.

„Was wollt Ihr?"

„Sagt mir, *Höllenfeuer*, habt ihr vor irgendetwas Angst?"

Sie ärgerte sich über seinen Spitznamen für sie. „Abgesehen davon, die ganze Nacht mit einem geschwätzigen Normannen in einer Kate eingesperrt zu sein?"

Er lachte. „Aye, abgesehen davon."

„Angst ist Zeitverschwendung."

„Aber sicherlich habt ihr Angst vor irgendetwas."

Sie zuckte mit den Schultern. „Vor was sollte man Angst haben?"

„Wilde Tiere. Die Dunkelheit." Er hielt inne und fügte dann hinzu: „Zu verhungern."

Sie schnaubte „Keine Angst, Normanne. Ich werde dafür sorgen, dass wir nicht verhungern." Sie grinste in der Dunkelheit. „Obwohl es Euch gut täte, ein paar Pölsterchen zu verlieren."

„Pölsterchen?", platzte er heraus. „Ich bestehe nur aus Muskeln, Ihr böses Weib, und das wisst Ihr auch."

„Und wie konnte ich es dann schaffen, Euch in dem Keller zu überwältigen?"

Sein Lachen schien den Raum zu erwärmen. „Das war eine kluge List, kleine Füchsin, mich so in Euren Bau zu locken."

Sie runzelte die Stirn und wollte verärgert sein, aber insgeheim freute sie sich über sein Lob, das scheinbar aufrichtig gemeint war.

„Wo habt ihr solche Listen gelernt?"

„Indem ich oft mit törichten Männern zu tun hatte", sagte sie trocken.

„Ach so."

In dem Augenblick, als sie die Worte gesagt hatte, taten sie ihr bereits leid, denn ihre schneidende Bemerkung brachte Colin zum Schweigen. Und so sehr sie auch behauptete, den Mann zu verachten, war die Unterhaltung mit ihm doch nicht unangenehm. Er war ein ziemlich schlagfertiger Mann, auch wenn er das meiste davon auf Schmeicheleien verschwendete. Beim Abendessen war er gebildet, weit gereist und irgendwie interessant erschienen. Und in einer kalten, leeren Nacht wie dieser war eine stimulierende Unterhaltung sehr willkommen.

Nach längerem Schweigen gab sie nach und antwortete ein wenig freundlicher. „Meine Schwester und ich haben immer gegen Männer gekämpft, die größer und stärker waren als wir. Wir haben gelernt, uns eher auf unseren Verstand als auf unsere Muskeln zu verlassen."

Als er nicht gleich antwortete, nahm sie an, dass er eingeschlafen war.

Schließlich antwortete er ihr leise. „Wenn Eure Muskeln nur halb so fähig sind wie Euer Kopf, Mylady, dann seid Ihr in der Tat ein würdiger Gegner."

Sie war froh, dass es dunkel war, denn bei diesem Kompliment errötete sie. Sicherlich war es nur eine leere, normannische Schmeichelei. Verwirrt spürte sie wieder das Schweigen und suchte nach Worten. Schließlich antwortete sie widerstrebend: „Der Trick mit Eurer Schulter ... war auch sehr klug."

Sein Lachen nahm ein wenig Spannung heraus. „Das? Das war eine Inspiration, die der Verzweiflung geschuldet war. Der Sturz war ein Versehen."

Sie lächelte. Der arme Normanne *hatte* sich tatsächlich verletzt.

Schweigend legte sich wieder über die Kate und sie war sich sicher, dass ihr Gefangener dieses Mal eingeschlafen war. Im Laufe der Nacht wanderten Helenas Gedanken zurück nach Rivenloch.

Hatte Deirdre die Botschaft rechtzeitig erhalten? Würde sie dienen, um den Vollzug der Ehe zu verzögern oder schmachtete die arme Miriel in diesem Augenblick in ihrem Ehebett?

„Ihr seid unruhig", murmelte Colin und erschreckte sie.

„Vielleicht weil mich dauernd jemand aufweckt."

„Was beunruhigt Euch?"

Sie hatte keine Ahnung, wie er darauf gekommen war, dass sie sich Sorgen machte und warum sie ihre geheimsten Gedanken ihrem Feind offenbaren sollte, war ihr ein Rätsel. Aber die Wahrheit schien ihr so leicht über die Lippen zu kommen wie Butter auf einem warmen Messer. „Wenn er ihr weh tut ... ihr auf irgendeine Art und Weise etwas zuleide tut ..."

„Pagan? Beim heiligen Kreuz, Mylady, er ist kein Vergewaltiger. Aye, er hat einen wilden Ruf als Krieger, aber alle Frauen behaupten, er sei ein äußerst zärtlicher Liebhaber."

„Alle Frauen?" Sie wurde säuerlich. „Also ist meine Schwester mit einem Herumtreiber verheiratet?"

„Nay", antwortete er hastig. „Ganz und gar nicht. Pagan hat nicht halb so viele Frauen gehabt wie ich."

Helena verdrehte die Augen, eine Geste, die in der Dunkelheit völlig verschwendet war. „Ach. Ihr seid also ein schlimmerer Herumtreiber."

„Nay. Ich meinte ja nur ..."

„Und wie viele Frauen habt ihr gehabt? Schnitzt Ihr eine Kerbe in Euren Sattel für jede ..."

„Verdammt! Hier geht es doch nicht um mich. Es geht um Pagan." Er seufzte verärgert und versuchte aus der Grube, die er sich gegraben hatte, herauszukommen. „Er ist ein guter Mann, ein besserer Mann als ich. Und er ist ein

Mann, der sein Wort hält. Er hat Euch letzte Nacht geschworen, dass er Eure Schwester nicht gegen ihren Willen nehmen wird. Das wird er nicht."

Helena wünschte sich, dass sie das glauben könnte.

„Ich schwöre es auf meinen Sporen", fügte er hinzu. „Sie wird zu nichts gezwungen werden."

Mit dieser schwachen Versicherung drehte sich Helena auf die Seite und zog die dünne Decke über ihre Schultern. Aber nicht die Angst um Miriel hielt sie jetzt wach. Es war das Bild von Colin, wie er die Frauen zählte, die er bis jetzt gevögelt hatte, und die erschreckende Tatsache, dass es ihr überhaupt etwas ausmachen sollte.

Als schließlich die nachtaktiven Tiere langsam hervorkamen, die Mäuse an den Mauern der Kate entlang liefen, die Eulen draußen riefen und ein einsamer Wolf weiter weg heulte, legte sie den Dolch neben ihrem Kopf ab und schlief mit einer Hand am Schaft ein.

KAPITEL 4

Colin erwachte vor Morgengrauen vom Geräusch von Helenas Atmen. Es war nicht wirklich ein Schnarchen oder Schnaufen, sondern etwas dazwischen. Das Zimmer war immer noch dunkel wie ein Grab und so kalt, dass ihr Atem zu Nebel wurde.

Sein ritterliches Herz hegte Mitleid mit dem zitternden Mädchen. Er neigte den Kopf nach vorn und konnte den Rand seiner Decke mit den Zähnen greifen und Stück um Stück mit viel Mühe zog er sie von sich runter bis sie auf sie fiel. Es gab ein Schnauben und ein Rascheln, als sie aufwachte, sich bewegte und dann wieder einschlief.

In der Zwischenzeit lag er wach und zitterte und überlegte, was der Tag wohl bringen würde.

Er war sicher, wenn Pagan Helenas Botschaft abfing, würde er es für den größten Scherz halten, dass Colin von einem Weib als Geisel genommen worden war. Pagan würde sich nicht beeilen, ihn zu retten und Colin könnte hier noch tagelang vor sich hin schmachten. Und wenn man bedachte, wie hübsch seiner Entführerin war, war das vielleicht gar nicht so schrecklich.

Aber sie hatten keinerlei Vorräte, um längere Zeit zu

bleiben. Sie hatte kein Essen mitgebracht, und ihre eigene einzige Jagdwaffe war sein Dolch. Er hatte Geld, aber das würde ihnen im Wald nichts nützen.

Würde sie ihre Forderung noch einmal überdenken? Könnte er sie überzeugen, dass Pagan niemals einwilligen würde? Dass Pagan zwar nicht uneinsichtig, aber sicherlich resolut war? Dass er ein weiser Anführer war und nur das Wohl Rivenlochs im Sinn hatte?

Jede andere Frau hätte Colin in kürzester Zeit aus der Hand gefressen. Aber dieses Mädchen war eine Herausforderung. Sie war keine alberne Knospe, die bei seiner Berührung aufblühte. Helena war eher wie die Distel von Schottland, hell und schön anzusehen, aber voller gefährlicher Dornen.

Trotz der Kälte schlief Colin wieder ein und träumte, dass er nach einer lila Distel auf einem riesigen Feld voller blasser Stiefmütterchen suchte.

Einige Stunden später wachte er auf, als sie Tür geschlossen wurde. Helena kam von draußen herein. Sie war wohl draußen gewesen, um ihre Notdurft zu verrichten, etwas, was er auch bald würde tun müssen.

Sonnenlicht kämpfte sich durch das Laub und tauchte den Raum in eine mattgoldene Farbe. Sie kam aus der verschwommenen Glut herein, gekleidet in ihren Surcot in hellem Safran und die schottische Schönheit sah so großartig aus wie Apollo, wie er immer noch von seinem Sonnenwagen erhitzt war. Sie kam näher und er bemerkte, dass sie etwas in ihren Händen hielt.

„Guten Morgen", murmelte er und kniff die Augen zusammen, um sie dem Tageslicht anzupassen.

„Ich habe einige Erdbeeren gefunden", sagte sie. „Ihr werdet Eure Kraft für den Rückweg brauchen."

Das machte ihn ganz wach. „Sind Sie gekommen?"

„Nay. Aber sie werden kommen. Schon bald."

„Hmm." Er wünschte, er hätte ihre Zuversicht.

„Mund auf", sagte sie und kam näher mit ihren Händen. Der verführerische Duft von reifen Beeren ließ ihm das Wasser im Mund zusammen laufen.

Sie waren so lecker, wie sie dufteten. Während sie die winzigen Beeren eine nach der anderen in seinen Mund fallen ließ wie die anbetende Konkubine eines arabischen Prinzen, brauchte Colin seine ganze Willenskraft, dass er den süßen Saft nicht noch von ihren Fingern schleckte.

„Deirdre sollte im Laufe des Morgens eintreffen", sagte sie voraus.

Colin glaubte es eher nicht. Wenn Pagan die Frau erfolgreich verführt hatte und dessen war Colin sich sicher, würde sie noch stundenlang bei ihm im Bett liegen bleiben.

Helena steckte eine weitere Beere zwischen seine Lippen und er nippte scherzhaft an ihrer Fingerspitze, was ihm einen finsteren Blick einbrachte. Während er die Erdbeere zwischen seinen Zähnen zermalmte, bemerkte er plötzlich, dass sie ihm seine Decke zurückgegeben hatte. Das musste sie getan haben, bevor sie nach draußen gegangen war. Er grinste. Das kleine Höllenfeuer war doch nur halb so herzlos, wie sie vorgab zu sein.

Als sie ihm eine weitere Beere anbot, wandte er sich ab. „Nehmt Ihr den Rest. Ihr müsst halb verhungert sein."

Sie verschwendete keine Zeit und verschlang die Handvoll Beeren heißhungrig.

„Darf ich Euch etwas fragen, Mylady." Nun, da ihr Hunger für den Augenblick gestillt war, würde sie vielleicht zuhören. „Wenn Ihr gewinnt und diese Ehe annulliert wird, was hofft Ihr damit zu erreichen? Schließlich ist es eine

Verbindung, die von Eurem eigenen König befohlen wurde."

Sie schleckte den Saft von ihrem Daumen ab. „Ich finde nicht, dass meine kleine Schwester eine Figur im Spiel des Königs sein sollte."

„Es ist kein Spiel. Es ist ein echtes Bündnis. Ihr wisst doch, dass die Normannen und Schotten Verbündete sind."

„Trotzdem sollte Miriel nicht als Opfer dienen. Sie ist zu jung und zu ..."

„Wartet." Colin blinzelte. „Miriel. Ihr habt Miriel gesagt?"

„Aye, meine Schwester."

Er schüttelte den Kopf. „Aber Miriel hat Pagan nicht geheiratet."

Ihre Augen wurden größer. „Was?"

„Sie hat ihn nicht geheiratet."

„Was soll das heißen?"

„Sie – hat ihn – nicht geheiratet."

Verständnis zeigte sich in Helenas Augen und sie stieß ihn fest. „Warum habt Ihr mir das nicht gesagt? Ihr habt es zugelassen, dass ich Euch für nichts und wieder nichts entführe."

„Ihr mich?"

„Also ist Miriel unberührt und Pagan ist nicht der Vogt von Rivenloch."

„Nicht ganz."

„Was meint Ihr mit nicht ganz?"

„Pagan ist der Vogt." Er machte sich bereit für einen weiteren möglichen Stoß. „Deirdre hat ihn geheiratet."

„Was?"

„Deirdre hat sich als Miriel verkleidet und Pagan geheiratet."

Helenas Gesicht veränderte sich auf seltsame Art und Weise von Schock zu Empörung und schließlich zu Zorn. „Das hinterhältige Biest! Das hatte sie von Anfang an geplant. Sie hat mich absichtlich betrunken gemacht und ..."

„Ihr freut Euch nicht?"

„Nay, ich freue mich nicht!"

„Aber Miriel wurde vor einer Hochzeit mit Pagan gerettet."

„*Ich* hätte den Mistkerl heiraten sollen", knurrte sie.

„Ihr?" Er brach in Gelächter aus, was ein großer Fehler war.

Helenas Augen funkelten, als sie ihren Dolch zog und ihn vor seinen Augen hin und her schwang. „Aye. Ich. Was spricht dagegen?"

„Nichts", sagte er und versuchte sein Lachen zu unterdrücken. „Nur ..."

„Nur was?", fragte sie bissig.

Er hätte ihr schmeicheln können und ihr sagen können, dass sie viel zu schön und lieblich sei, um an Pagan verschwendet zu werden. Hätte er. Er hätte es tun sollen, aber er musste bedenken, dass sie keine drei Zoll von seinem Kinn eine scharfe Klinge hielt. Helena war schlau. Sie würde seine Täuschung sofort merken. Er müsste ihr die Wahrheit sagen oder zumindest eine diplomatische Version der Wahrheit.

„Pagan mag es, wenn seine Frauen eher ... formbarer sind: Mit schwachem Willen. Mit weichen Knien. Mit schwachem Verstand."

„Hmm."

„Keiner von Euch wäre in einer solchen Ehe zufrieden."

„Man muss nicht zufrieden sein. Ich bin mir sicher, dass Deirdre es nicht sein wird." Sie steckte ihr Messer wieder in die Scheide und zog sich zurück. „Und wenn Pagan auch nur im entferntesten glaubt, dass sie einen schwachen Willen hätte ..."

Colin runzelte die Stirn. Das letzte Mal, als er Pagan und Deirdre zusammen gesehen hatte, stritten sie sich wegen der Verteidigungsanlage der Burg. Vielleicht hatte Helena Recht. Vielleicht würde ihre Ehe unglücklich werden. Aber er glaubte es nicht. Der Funken von Rivalität könnte schnell in eine glühende Liebe umschlagen.

Plötzlich wurde ihm klar, dass Helena keine Geisel mehr brauchte, da Miriel ja nun gerettet war. „Heißt das, dass wir jetzt zurückgehen können?"

„Zurückgehen? Nay. Ich möchte immer noch, dass die Ehe annulliert wird."

„Aber warum?" Colin begann zu verstehen, warum König David die Ritter von Cameliard geschickt hatte, um die Burg zu übernehmen. Er bezweifelte, dass die drei miteinander wetteifernden Schwestern lange genug aufhören könnten zu streiten, um eine Art und Weise zu vereinbaren, wie das Fallgitter heruntergelassen werden sollte.

„Weil ich beabsichtige, ihn zu heiraten." Helena schnaubte: „Es sollte *mein* Opfer werden."

„Opfer." Colin schüttelte den Kopf. „Wo wir herkommen, wird Pagan Cameliard als wertvoller Preis angesehen."

„Vielleicht für die unschuldige Tochter eines Kleinbauern."

Er verzog den Mund, kniff die Augen zusammen und starrte sie gnadenlos weiter an. „Oh nay", sagte er mit einem Nicken. „Ich verstehe es jetzt. Ihr habt Euch heimlich in den Hauptmann verliebt und wolltet ihn für Euch selbst."

Ihr beleidigtes Erschauern war großartig. „Ihr seid

verrückt. Warum sollte ich freiwillig einen ... einen ... heiraten."

„Normannen?"

Sie erschauderte erneut.

„Sagt mir, Mylady, warum hasst Ihr die Normannen so sehr?"

Sie grinste. „Wir werden nicht lange genug hier sein, um alle Gründe aufzuzählen."

„Ihr seid ein grausames Weib", sagte er und klackte mit der Zunge. „Also gut, sagt mir nur *drei* Dinge, die Ihr an den Normannen hasst."

Seufzend begann sie: „Normannen sind weich. Sie sind verwöhnt." Dann kniff sie die Augen boshaft zusammen. „Und sie haben keine Eier."

Helena erwartete, dass das dem Normannen die gute Laune verderben würde. Vielleicht würde er jetzt seine Fassung verlieren.

Sie irrte.

Er lachte. „Wirklich? Und wie viele Normannen habt Ihr schon kennengelernt?"

Sie runzelte die Stirn. „Euer Ruf eilt Euch voraus."

„Ihr habt also noch nie einen Normannen kennengelernt." Seine Augen funkelten amüsiert. „Vor mir."

„Was wollt Ihr damit sagen?"

„Ihr wisst schon, dass die Normannen die Sachsen erobert haben?"

Sie schaute finster.

„Und dass Euer König David nach den Normannen gerufen hat, um für die Schotten zu kämpfen?"

Sie kochte.

„Oh aye", fuhr er fort, „ wir sind ziemlich berühmt für unsere ..."

„Parfümierten Hunde", platzte sie heraus.

„Was?" Nach einer erstaunten Pause brach er in Gelächter aus und obwohl es auf ihre Kosten ging, ließ der Klang die dunkle Kate heller erscheinen.

„Ich weiß alles über die Normannen", knurrte sie gereizt. Sie hatte Geschichten von schottischen Reisenden gehört, die behaupteten, dass die Normannen so weich waren, dass sie noch nicht mal einen Bart wachsen lassen konnten, dass sie sich ausschließlich von Zuckerwerk und Pralinen ernährten und dass sie alles von ihren Kissen bis hin zu ihren Tieren parfümierten. Angesichts Colins unbekümmerter Art war es nicht schwer zu glauben, obwohl die dunklen Bartstoppeln auf seinem Kinn zumindest einem der Gerüchte widersprachen.

Als das Gelächter nachließ, lächelte er sie liebevoll an. „Ach, Mylady, Ihr wisst nur wenig über die Normannen und Ihr wisst nichts über mich."

Sein Lächeln war entwaffnend. Abwehrend hob sie ihr Kinn. „Ich weiß, dass sie arrogant und Herumtreiber sind", sagte sie und erinnerte ihn an seine Prahlerei.

Er zuckte zusammen. „Ich bin nicht wirklich ein Herumtreiber. Und dieses Gerücht muss ich für Euch, meine Süße, aus der Welt schaffen." Er runzelte die Stirn. „Im Augenblick jedoch fürchte ich, dass ich ein viel dringenderes Bedürfnis habe."

Herausfordernd verschränkte sie die Arme. Sie würde nicht noch einmal auf eine seiner Listen hereinfallen. „Wirklich?"

„Ein *dringendes Bedürfnis*", sagte er eindringlich und runzelte die Stirn.

Sie starrte ihn an und wartete.

„Verdammt, Weib", schnauzte er sie an. „Ich muss *pinkeln.*"

Sie nahm die Arme herunter und spürte, wie sie errötete. Natürlich. Das war eine weitere Sache, die sie nicht berücksichtigt hatte, als sie zur Entführerin wurde. Sie hatte erwartet, dass sie ihn einfach fesseln könnte und mit ihm fertig sein würde, wenn Deirdre kam. Sie hatte nicht daran gedacht, dass sie auch für seine menschlichen Bedürfnisse verantwortlich sein würde. Was sollte sie jetzt machen?

Als wenn er ihre Gedanken lesen könnte, sagte er: „Ihr könntet mir einen Nachttopf bringen, aber da Ihr meine Hände gefesselt habt, brauche ich vielleicht etwas ..." Er zwinkerte ihr zu. „Hilfe."

Sie ärgerte sich, dass sie noch mehr errötete. Es war ja nicht, als hätte sie noch nie einen nackten Mann gesehen. Sie wohnte ja praktisch in der Waffenkammer, wo dauernd Männer nur halb angezogen herumstanden. Aber bei dem Gedanken an diesen Fremden, diesen *Normannen* ...

„Vielleicht", drohte sie, „lasse ich Euch einfach in die Hose pinkeln."

Er zuckte mit einer Augenbraue. „Ich nehme an, dass Ihr das könnt. Aber ich mag gar nicht daran denken, welche Strafe Pagan Euch zukommen lässt, wenn Ihr seinen Lieblingsknappen so grausam behandelt."

„Das wird nicht mehr in seiner Hand liegen. Er wird dann nicht mehr Vogt sein."

„Hmm. Das sagt Ihr."

Helenas Lippen zuckten vor Missfallen. Das war eine weitere Sache, die sie von einer Geisel nicht erwartet hatte, dass sie sich seine Meinung anhören müsste. „Deirdre *wird* kommen und die Ehe *wird* annulliert."

„Und ich muss immer noch pinkeln", sagte er trocken.

Sie schaute ihn finster an, als ob er sein Bedürfnis absichtlich so geplant hätte. Aber sie wusste, dass dem nicht so war.

Inspiriert zog sie ihren Dolch. „Seht Ihr den Astknoten in der Holzkommode?"

Verwirrt sagte er vorsichtig: „Aye."

Mit einer blitzschnellen Handbewegung warf sie den Dolch, sodass er den genau in der Mitte des Knotens stecken blieb. Dann schaute sie ihn an, um seine Reaktion abzuschätzen.

Er pfiff leise und sagte anerkennend: „Beeindruckend."

Sie ging hinüber, um die Waffe zurückzuholen. „Ich erwische ein Kaninchen auf fünf Meter", erzählte sie ihm. „Ihr werdet nicht so weit weg sein und Ihr werdet niemals außerhalb meiner Sichtweite sein."

Sie befreite seinen Handgelenke und ließ ihn seine Füße selber aufbinden, während sie ihn mit dem Dolch in der Hand beobachtete. Dann ließ sie ihn langsam aus der Kate zu einem Ginsterbusch gehen.

Sie stand ein wenig abseits, während er seine Hosen öffnete und sie weit genug hinunter zog, damit er sich erleichtern konnte. Sie errötete nicht, weil es so laut auf die Erde tröpfelte und auch nicht auf Grund der Tatsache, dass ein Normanne auf schottischen Boden pinkelte. Ihr wurde heiß, als sie ein kleines Stück seiner Hüfte sah, die muskulös und ebenso sonnengebräunt wie der Rest von ihm war und sie einen kurzen Blick auf sein in feinen, schwarzen Locken eingebettetes Gemächt erhaschte, als er seine Hose wieder befestigte. Aber sie ärgerte sich wirklich über die Tatsache, dass der verbotene Anblick ihr Herz schneller schlagen ließ.

Gereizt marschierte sie wieder mit ihm zurück in die Kate.

„Ich bin Euch dankbar, Mylady", sagte er mit einem ironischen Grinsen, als sie durch die Tür gingen. „Ich bin mir sicher, dass Pagan nachsichtig mit Euch sein wird wegen Eurer Freundlichkeit mir gegenüber."

Sie runzelte die Stirn, während sie dafür sorgte, dass Colin sich auf den Boden setzte, damit sie seine Hände auf seinem Rücken fesseln konnte und dann band sie einen Fuß wieder an dem Bettpfosten fest, damit er nicht weggehen konnte.

„Wenn ihr vielleicht noch etwas mehr zu Essen für mich finden würdet", schlug er vor, „würde Pagan noch gnädiger sein."

Sie erzählte ihm nicht, was genau sie geplant hatte. Seine manipulierende Art gefiel ihr nicht. Und die Möglichkeit, dass er vielleicht Recht hatte und dass Pagan ihn vielleicht gar nicht befreien wollte, gefiel ihr am allerwenigsten. Der Mann hatte Zweifel in ihrem Kopf gesät und jetzt konnte sie den Verdacht nicht mehr abschütteln, dass sie vielleicht länger als beabsichtigt in dieser Kate würden bleiben müssen. Schlimmer noch, Deirdre würde vielleicht gezwungen sein, Pagan zu sagen, wo sie sich aufhielten und er würde persönlich kommen.

Solche dunklen Gedanken begleiteten sie von der Kate zu einer Stelle im Gebüsch ungefähr fünfzig Meter entfernt, wo sie sich an einem schmalen Weg mit abgeknicktem Gras hockte und darauf wartete, dass ein Kaninchen auftauchte.

Was Pagan betraf, hatte sie Verrat am König verübt. Und jetzt machte sie die Angelegenheit noch komplizierter, in dem sie seinen Knappen als Geisel festhielt. Wenn die Dinge nicht so funktionierten, wie sie es geplant hatte, wenn die hinterhältige Deirdre sich weigerte, die Ehe annullieren zu lassen, was angesichts dessen, dass sie sich für Miriel geopfert hatte, wahrscheinlich war, dann würde Helena für ihre Missetaten geradestehen müssen. Und eine dieser Missetaten war Hochverrat.

Obwohl ihre Finger vor Zweifeln zitterten, schaffte sie es, das Frühstück innerhalb einer Stunde zu erlegen. Was Kaninchen betraf, war sie die beste Jägerin auf Rivenloch. Sie schwang das schlaffe Tier über eine Schulter, ergriff den Eimer, den sie zuvor am Bach gefüllt hatte und dachte, dass nun zumindest eines ihrer Probleme gelöst war.

In der Kate zündete sie im Kamin ein Feuer, häutete und säuberte das Kaninchen und spießte es auf einem Ast auf, den sie im Wald gefunden hatte. Dabei beobachtete Colin sie von seinem Platz auf dem Fußboden. Schon bald erfüllte der Duft von gebratenem Fleisch den Raum und ihr Magen begann nun ernsthaft zu knurren.

Während sie das Kaninchen über das Feuer hielt, dachte sie wieder über ihre Optionen hinsichtlich Colin und Pagan und dem König nach. Selbst wenn es zum Äußersten kam, wenn Deirdre die Annullierung verweigerte, würde er doch nicht etwas so Unüberlegtes tun, wie die Schwester der Braut hinzurichten. Bei den Eiern Satans! Sie war betrunken gewesen. Das war offensichtlich. Und sie hatte nur ihre Schwester verteidigen und sich nicht gegen den König stellen wollen. Sicherlich würde jeder mit ein wenig Verstand …

„Entschuldigung."

Sie schaute hinüber zu Colin. Auf seiner Stirn hatte sich eine Sorgenfalte gebildet.

„Das Kaninchen", sagte er. „Es ist zu nah am Feuer."

Er hatte Recht. Abwesend hatte sie den Ast zu weit nach unten gesenkt. Sie hob ihn wieder an.

68

Während sie immer noch in die Flammen starrte, murmelte sie: „Neulich in der Nacht, in der ich in Eure Kammer gekommen bin, wusstet ihr doch, dass ich betrunken war."

„Oh aye, sehr betrunken."

„So betrunken, dass ich für meine Handlungen nicht zur Rechenschaft gezogen werden sollte." Als er schwieg, blickte sie ihn direkt an.

Ein langsames, berechnendes Grinsen machte sich auf seinem Gesicht breit. „Das hängt davon ab." Dann schaute er zum Feuer. „Passt auf!"

Sie zog das Kaninchen aus den Kohlen. Es hatte nur einen schwarzen Fleck auf einer Seite, sonst nichts. Zischend tropfte Fett in das Feuer. Sie versuchte sich auf den Kamin zu konzentrieren. „Ihr werdet mich nicht hinrichten."

Colin blickte zu der atemberaubenden schottischen Kriegerin und war fasziniert von der seltsamen Mischung aus Stärke und Verletzlichkeit in ihrer Haltung. Sie hatte keine Frage gestellt. Sie hatte eine Aussage gemacht. Aber Unsicherheit hatte diese ausgelöst.

Sie hatte guten Grund, an ihm zu zweifeln. Er hatte in der Nacht zuvor einige furchtbare Drohungen ausgestoßen, als er sie wegsperrte, dass er sie an die Kette legen würde, bis er bereit war, sie für Hochverrat zu hängen.

Es wäre verführerisch, ihre Ängste zu beschwichtigen, zuzugeben, dass er unbedacht gesprochen hatte und sie wissen zu lassen, dass er bei Frauen in keinster Weise grausam war. Aber da er gerade ihrer Gnade ausgeliefert war, war es für ihn nützlicher, sie glauben zu lassen, dass er zu allem in der Lage war.

„Ihr *solltet* hingerichtet werden", sagte er, „wenn ihr Euch weigert, dem Gebot des Königs zu folgen."

„Aber *Ihr* würdet mich doch nicht hängen."

Er antwortete nicht und war vom Anblick ihres schönen Profils gegen das flackernde Feuer gefesselt.

„Oder würdet Ihr?", fragte sie, wobei sie sich ihm mit Augen wie flüssige Smaragde zuwandte.

Mit jeder Faser seines Körpers sehnte er sich danach, nay zu rufen und ihre Angst zu beschwichtigen. Aber ihre Unsicherheit war der beste Verhandlungsgegenstand, den er besaß.

„Ich würde die Beweise abwägen, die Umstände berücksichtigen, Eure Reue bemessen und zukünftige Missetaten einkalkulieren müssen." Er schnaubte und fügte hinzu: „Und sehr viel hängt davon ab, wie ich in Eurer Gefangenschaft behandelt werde."

Sie schaute verärgert bei seiner Antwort. Er vermutete, dass sie zu einem Normannen nicht freundlich sein wollte. Aber jetzt hing ihr eigenes Schicksal davon ab.

„Ich habe Euch nicht schlecht behandelt", sagte sie zu ihrer Verteidigung. „Ich habe Euch nicht wehgetan und ich habe Euch das Bett überlassen und selbst auf dem Boden geschlafen. Ich habe Euch in den Wald zum Pinkeln gehen lassen. Und jetzt bereite ich Euer Frühstück zu."

„Ihr verbrennt es", berichtigt Colin sie, als grauer Rauch von der Unterseite des Bratens emporstieg.

„Was?"

„Ihr verbrennt mein Frühstück." Vom Kaninchen ging eine Flamme auf.

Sie wandte sich gerade rechtzeitig um, dass sie sah, dass der trockene Stock durchbrach und das Kaninchen in die Kohlen fiel, wobei es sich wie ein griechisches Feuer entzündete. „Scheiße!"

Bevor er sie warnen konnte, streckte sie die Hand ins

Feuer zog den Braten heraus. In ihrer Eile, das heiße Ding wieder loszulassen, ließ sie es auf dem Boden fallen und löschte die Flammen mit einer der Decken.

Der Braten war so verkohlt, dass er nicht mehr zu erkennen war.

Aber als er abgekühlt war, hob Elena das Ding auf, riss ein Bein ab und bot es ihm an.

Er war sich nicht sicher, ob er dankbar sein sollte. Es war schließlich kaum genießbar. Aber er war ein Gentleman. Als er ein Stück abbiss, sagte er aus Höflichkeit nicht, dass das verbrannte Äußere bitter schmeckte und das Innere zäh und fast roh war.

„Mm." Aber er fürchtete, dass die Wahrheit an seinem Gesicht abzulesen war, denn während er kaute und das zähe Stück hinunterwürgte, konnte er seinen Widerwillen nicht verbergen.

Sie schnaubte und riss für sich selbst auch ein Bein ab und obwohl sie versuchte vorzutäuschen, dass es lecker war, musste auch sie würgen.

„Ich nehme an, Ihr könntet es besser." Ihre Stimme triefte vor Sarkasmus.

Er musste lächeln. Von all den absurden Charaktereigenschaften, die sie ihm zugesprochen hatte, hatte sie die eine vergessen, die seltsamerweise der Wahrheit entsprach. „Wusstet ihr es nicht? Normannen sind die besten Köche der Welt."

KAPITEL 5

elena schaute ihn so skeptisch an, dass er in lautes Gelächter ausbrach. „Nun kommt schon. Ihr glaubt, dass ich ... meinen Hund parfümiere und in einem seidenen Bett schlafe und doch glaubt Ihr nicht, dass ich kochen kann."

„Das scheint mir eine normannische Charaktereigenschaft zu sein", gab sie murrend zu.

„Ich schließe einen Handel mit Euch ab. Da ihr so eine gute Jägerin seid, bringt Ihr das Wild und ich brate es für uns."

Sie blickte auf das verbrannte Fleisch in ihrer Hand und dachte über sein Angebot nach. „Das ist aber kein Trick?"

„Ich bin genauso hungrig wie Ihr."

Einen Augenblick später warf sie das verbrannte Fleisch ins Feuer und rieb die schwarze Kohle von ihren Händen. „In Ordnung." Sie wandte sich um, um nach draußen zu gehen, blieb stehen und drehte sich zurück und hob warnend den Zeigefinger in seine Richtung. „Aber seid gewahr. Ich bin nicht außer Hörweite. Wenn jemand kommt, merke ich es. Ihr werdet keine Zeit haben, Euch schluchzend bei jemandem zu beschweren, dass Ihr Euch schlecht behandle."

„Schluchzend? Ich schluchze nicht."

Ungläubig hob sie eine Augenbraue und wandte sich dann zum Gehen.

„Ach", sagte er, „ich werde ein paar wilde Zwiebeln brauchen."

Sie blieb stehen.

„Und Rosmarin, wenn Ihr es findet."

Sie erstarrte. „Und würdet Ihr ein paar Goldfäden spinnen, während ich weg bin?"

Er ignorierte ihren Scherz. „Und solltet Ihr ein wenig Borretsch oder Minze finden ..."

Über die Schulter rief sie ihm zu: „Ich hoffe, dass es das wert ist."

Er grinste. Sie würde überrascht sein, was ein Normanne mit ein paar Kräutern zustande bringen konnte. Wenn man in der Wildnis von England und Frankreich im Krieg unterwegs war und nur wenig zur Verfügung stand, lernte man, erfinderisch zu sein.

Als Helena die Tür hinter sich zuschlug, hoffte Colin zum ersten Mal seit seiner Ankunft, dass die Rettung nicht so schnell kommen würde.

Sie war fast eine Stunde weg und in der Zeit beschäftigte Colin sich mit sich selbst – zuerst betrachtete er die Kate ganz genau, bis er sich jedes Astloch und jede Ritze eingeprägt hatte und dann, summte er die Balladen, die Pagans anderer Knappe, Boniface, oft beim Abendessen zum Besten gab. Plötzlich überkam ihn aber ein seltsames Gefühl, dass ihn mitten im Lied aufhören ließ. Schweigend betrachtete er den Raum, konnte aber nicht feststellen, dass sich etwas verändert hätte und doch beschlich ihn so ein Gefühl, das etwas anders war. So seltsam es auch schien, er war schon fast überzeugt, dass sich ein Astloch bewegt hatte oder eine Spinne aus ihrem Netz verschwunden war. Ein flüchtigen Augenblick lang überlegte er, ob Geister an diesem Ort herumspukten.

Die Luft um ihn herum schien erwartungsvoll zu flimmern und er glaubte, dass er gesehen hätte, wie etwas an der Lücke in den Fensterläden vorbei flatterte. Aber als er den Kopf hob, um nachzusehen, war es weg.

Er schluckte die plötzliche Angst herunter, das dort draußen ein Wolf sein könnte, der den Weg nach drinnen suchte, und dass Helena in Gefahr sein könnte. Er zog an seinen Fesseln und verfluchte das Weib im Stillen, dass sie ihn so hilflos zurückgelassen hatte.

Aber während er noch auf die schmale Ritze starrte und wartete, dass das, was sich da draußen aufhielt, noch einmal vorbeikäme, bemerkte er gar nicht, dass die Gestalt auf geheimnisvolle Art und Weise in der Kate aufgetaucht war. Als er schließlich zum Kamin blickte, keuchte er vor Schreck und kroch rückwärts, wobei er an das Bett stieß.

„Scheiße!"

Er wusste nicht, wie der Mann in die Karte gekommen war. Er war wie durch Zauberei erschienen. Und jetzt wusste Colin, wie der Dieb seinen Namen bekommen hatte.

Der *Schatten*.

Er war eine zierliche Gestalt und von Kopf bis Fuß in Schwarz gekleidet. Seine Hose war aus schwarzem Tuch. Seine Hände waren von schwarzem Leder bedeckt. Selbst um den Kopf hatte er etwas Schwarzes gewickelt, das hinten zugebunden war und nur einen winzigen Schlitz zum Atmen und zwei kleine Löcher für die Augen offen ließ. Er trug keine Waffe, aber es war möglich, dass er etwas in den Falten seines Surcots versteckte.

Obwohl Colin erschrocken war, hatte er keine Angst vor dem Eindringling. In all den fürchterlichen Geschichten, die

Helena über den berüchtigten Gesetzlosen erzählt hatte, war in keiner von einer tödlichen Verletzung die Rede. Und obwohl der *Schatten* mit überirdischer Heimlichkeit in die Kate geschlüpft war, war er offensichtlich menschlich.

Als Colins Herz sich ein wenig erholt hatte, fragte er: „Was wollt Ihr?"

Der *Schatten* ignorierte ihn und betrachtete stattdessen das Innere der Kate, ähnlich wie Colin in der letzten Stunde. Also nutzte Colin den Augenblick, um im Gegenzug seinen Feind zu mustern.

Der Mann bewegte sich, ohne auch nur ein Geräusch von sich zu geben. Seine Stiefel mussten aus sehr weichem Leder gemacht sein, denn seine Schritte waren so flüssig wie die einer Wildkatze. Wie ein gut ausgebildeter Krieger hielt er die Arme leicht nach oben und weg von seinem Körper, bereit blitzschnell zuzupacken oder sich in jede erdenkliche Richtung zu bewegen.

Der *Schatten* ging zurück zu dem glimmenden Feuer und stellte eine schwarze Tasche am Kamin ab. Er hockte neben dem dreibeinigen Schemel, betrachtete den verbrannten Braten und hob dann etwas vom Boden auf - eine einzige lange Haarsträhne. Helenas. In einer einzigen anmutigen Bewegung drehte er sich, stand auf und nahm die Strähne zwischen den Daumen und Zeigefinger seiner Hand und streckte sie fragend Colin entgegen.

Um Helena zu beschützen, sagte Colin: „Sie ist weg. Vor Einbruch der Nacht wird sie nicht zurück sein."

Zufrieden ließ der *Schatten* die Strähne fallen.

Dann verschwendete er keine Zeit mehr und kam näher, um den Beutel mit Münzen zu erforschen, den Colin an seiner Hüfte trug. Es war das Geld, das er von Lord Gellir gewonnen hatte.

Scheinbar übersah der *Schatten* die Tatsache, dass eines von Colins Beinen ungefesselt war. Als der Dieb anfing, an seinem Lederbeutel zu ziehen, streckte Colin sein Bein aus, um ihn zum Stolpern zu bringen.

An das, was danach passierte, konnte Colin sich nur noch verschwommen erinnern. Irgendwie sprang der *Schatten* über sein geschwungenes Bein, ergriff Colin dann am Knöchel, drehte sein Bein und plötzlich lag auf seinem Bauch. Als er dann einen Fuß auf Colins Rücken setzte, um ihn dort festzusetzen, schrie Colin auf, da das verdrehte Knie seines gefesselten Beins fast bis zum Brechen gestreckt war.

Während er vor Schmerzen fluchte, beugte sich der *Schatten* zu seiner Überraschung zu ihm und hob den Zeigefinger an sein Gesicht.

„Schon gut", keuchte Colin. „Schon gut."

Der Kerl hob seinen Fuß dann weg und drehte ihn wieder um und löste so die Spannung an seinem Knie. Colin atmete erleichtert aus, der *Schatten* holte ein winziges Messer aus seinem Surcot und schnitt den Beutel mit den Münzen ab. Vielleicht war es ganz gut, dass Colin es nicht geschafft hatte, den Dieb zu überwältigen. Das Messer war so fein geschliffen, dass es dünn wie Pergament war.

Colin hätte schwören können, dass der *Schatten* ihm hämisch zu zwinkerte, bevor er den Beutel in seinem Surcot verstaute. Dann warf er das Messer mit einer geschickten Handbewegung quer durch die Kate. Colin folgte dem Weg des Messers, wie es in das Holz des Fensterladens flog und sein schwarzer Schaft zitterte, als die Klinge zur Ruhe kam.

Als Colin den Blick von dem Messer abwandte, war der Gesetzlose wieder verschwunden. Nur ein leichtes Lichtflackern im Raum und die sich schnell bewegenden

Schatten auf dem Boden machten ihm klar, dass der Mann entgegen allen Grundsätzen der Schwerkraft durch ein Loch im Dach entkommen sein musste.

Eine ganze Zeit lang konnte Colin nur erstaunt starren. Nachdem er Helenas Geschichten über den unglaublichen *Schatten* gelauscht hatte, hatte er sie für eine Übertreibung gehalten. Aber jetzt hatte er gesehen, wie wendig der Räuber tatsächlich war. Es war kein Wunder, dass er noch nicht gefangen worden war.

Aber das Martyrium war noch nicht vorbei. Helena war noch draußen. Was, wenn der *Schatten* sie fand ... bei Gott, keiner wusste, was der Bösewicht tun würde, wenn eine unerschrockene Schottin ihm gegenüber trat. Oder wie die waghalsige Helena sich selbst in Gefahr bringen würde.

Mit erneuter Entschlossenheit zog Colin an seinen Fesseln. Aber ganz gleich wie sehr er seine Handgelenke drehte, schaffte er es nur seine Haut an dem steifen Seil abzuschürfen.

Als er ein Geräusch an der Tür hörte, tropfte ihm bereits der Schweiß von der Stirn und seine Unterarme brannten, wo die Haut zerfetzt war.

Helena stand in der Tür und war Gott sei Dank unbeschadet. Über ihre Schulter war ein Kaninchen geschlungen und in der Hand hielt sie ein Bündel frischer Kräuter.

„Gott sei Dank, ihr seid sicher", sagte er schnell und war außer Atem vor Erleichterung. „Habt Ihr ihn gesehen? Ist er noch draußen?"

„Wer?"

„Der *Schatten*."

„Der *Schatten*?"

„Aye. Er war gerade hier."

Sie grinste. „Wirklich?" Sie schloss die Tür mit einem Hüftschwung.

„Er war es! Er hat mein Geld gestohlen. Wenn ihr mich los bindet, kann ich Ihn vielleicht immer noch fangen."

Sie schüttelte den Kopf. „Das kann nicht Euer Ernst sein."

Wenn er nicht gefesselt wäre, hätte er sie an ihrem Surcot gezogen und ihr gezeigt, wie ernst es ihm war. „Verdammt Weib, es stimmt! Jetzt schneidet die Fesseln durch, bevor er geflüchtet ist."

Sie lächelte ihn wissend an und bewegte sich mit ungemeiner Gelassenheit zum Kamin.

Der Frust kochte in ihm hoch. „Ihr glaubt mir nicht."

„Stimmt."

„Und wie erklärt ihr Euch das?" Mit dem Kinn deutete er auf den Beutel, den der Dieb zurückgelassen hatte.

Sie folgte seinem Blick und schaute finster auf die Tasche aus schwarzem Tuch. Langsam ließ sie die Kräuter in einen Topf fallen und legte das Kaninchen über einen anderen. „Wo kommt das her?"

Er schnaubte. „Ich habe es Euch doch gerade gesagt."

„Der *Schatten*?" Sie schaute zu ihm hin. „Wirklich?"

„Aye!"

„Seid ihr sicher, dass er es war?"

Er seufzte leidend. „Ganz in schwarz? Klein? Gelenkig? Blitzschnell?"

Erleichtert stellte er fest, dass Helena ihm endlich zu glauben schien. Sie nickte und zog ihren Dolch.

„Gutes Weib. Befreit mich." Er drehte sich, um sie an das Seil heranzulassen „Bleibt in der Kate", befahl er. „Er wird hier nicht nach Euch suchen. Wenn ich nicht zurück bin ..."

Aber Helena schien ihm nicht zuzuhören. Auch bewegte sie sich nicht von der Stelle. Er schaute finster. Was ging nur in ihrem eigensinnigen Kopf vor? Sie hielt den Dolch immer noch in der Hand, schien es aber nicht eilig zu haben, seine Fesseln durchzuschneiden.

„Ich bitte Euch, Mylady. Die Zeit läuft uns davon. Inzwischen ist er wahrscheinlich schon halb ..."

Sie startete zur Tür und kniff die Augen grimmig zusammen. Plötzlich wusste er genau, was sie dachte.

Verdammt. Sie wollte doch wohl nicht ...

„Wartet!" Er fühlte sich wie ein Ritter, dessen Pferd auf einen Abgrund zu galoppierte. „Wartet!"

„In welche Richtung ist er gegangen?", fragte sie und umklammerte die Waffe mit den Fingern.

„Oh nay. Ihr werdet nicht selbst hinausgehen ..."

„In welche Richtung?"

Er schloss den Mund und weigerte sich zu antworten. Er wollte verdammt sein, wenn er ihr dabei half, sich selbst umzubringen.

„Schon gut", sagte sie. „Ich finde seine Spur auch allein."

„Nay! Wartet!"

„Ich habe keine Zeit, Normanne. Wie Ihr schon sagtet, es ist Zeitverschwendung."

„Aber ich ..." Er platzte das erste, was ihm in den Sinn kam, heraus: „Ich habe gelogen."

„Was?"

Er seufzte und starrte auf den Boden. „Ich habe gelogen", murmelte er und zuckte mit den Schultern. „Es war gar nicht der *Schatten*."

Sie zögerte und wägte seine Worte ab. „Ihr habt gelogen."

Er nickte.

„Ihr habt *gelogen*?" Sie blickte auf die zurückgelassene Tasche. „Wer hat dann ..."

„Da war ein Dieb", verbesserte er sich, „aber er ... er ist schon seit einer Stunde weg. Ich hatte gehofft ..."

Ihr Blick war voller Verachtung. „Aye?"

Oh Gott, es verletzte seinen Stolz, wie sie ihn ansah, als wäre er ein rückgratloser Lügner. Aber ihr Zorn war ein geringer Preis für ihre Sicherheit. „Ich dachte ..."

„Ihr hattet gehofft", beendete sie den Satz für ihn, „dass ich Euch losbinden würde, damit Ihr fortlaufen könnt." Sie steckte ihren Dolch wieder in die Scheide und er atmete erleichtert auf. „Wie ich schon sagte, Normanne", höhnte sie, „keine Eier."

Er schaute finster. Es ärgerte ihn, dass er den Feigling spielen musste. Bei Gott, er war schließlich ein verdammter Ritter von Cameliard! Und selbst in dieser bekannten Truppe war Sir Colin du Lac für seinen Heldenmut bekannt. Er hatte den Angriff in der Schlacht von Moray geführt. Bei Ritterspielen hatte er zahllose Trophäen für seinen Mut gewonnen. Einmal war er sogar in ein brennendes Haus gelaufen, um eine ganze Schar Huren zu retten. Von wegen keine Eier.

Helena seufzte und schien seltsam enttäuscht. Sie hatte schon fast angefangen zu glauben, dass dieser Normanne anders war, dass er ein wenig Mut besaß. Aber nein, er erwies sich als ebenso feige wie der Rest seiner Landsmänner.

Sie vermutete, dass es ganz gut war, dass er ein Feigling war. Schließlich waren Feiglinge als Gefangene einfacher zu handhaben als Helden. Und doch konnte sie nicht anders, als sich zu ärgern.

Mit einem missbilligenden Grinsen kniete sie sich neben den schwarzen Beutel, den der Gesetzlose zurückgelassen hatte und löste die Kordel. Sie hätte es wissen müssen, dass der Normanne log. Der *Schatten* war unheimlich vorsichtig. Er würde nicht so nachlässig sein und einen Beutel zurücklassen. Der einzige Beweis, den man vom *Schatten* jemals gefunden hatte, war das schwarze Messer, sein Markenzeichen, das er manchmal in eine Wand steckte, nachdem er sein Verbrechen verübt hatte.

Helena öffnete den Beutel. Darin befanden sich mehrere kleine Päckchen. Vielleicht hatte der Räuber etwas Wertvolles hinterlassen. Vorsichtig wickelte sie eines der in Tuch gewickelten Päckchen aus. Es enthielt zwei Arten von Käse. In einem weiteren Päckchen befanden sich ein Dutzend Haferkuchen. Im dritten Tuch lag ein großes Stück gesalzenes Schweinefleisch. In einem verknoteten Lappen lagen locker verteilt reife Kirschen. Der Dieb hatte unwissentlich ein richtiges Festmahl für sie hinterlassen.

„Vielleicht war Euer Geld doch gut angelegt", rief sie zu Colin. „Hier ist genug Proviant für mindestens einen weiteren Tag."

„Proviant? *Das* hat er zurückgelassen?"

„Aye und es geschieht ihm Recht, dass er für sein Verbrechen heute Abend einen leeren Bauch haben wird."

„Für den Preis, den ich gezahlt habe, müssten es goldene Schwaneneier sein", beschwerte er sich. „Ich hatte sechs Münzen bei mir."

Sie hob eine Augenbraue. „Münzen, die Ihr zweifellos von meinem Vater gewonnen habt."

Lord Gellir spielte fast jeden Abend und aus diesem Grund hatten es sich die Leute von Rivenloch angewöhnt, den größten Teil ihrer Gewinne an die Schwestern zurückzugeben. Auf diese Art und Weise hatten die häufigen Verluste des Lords keine Auswirkungen auf die öffentliche Kasse. Bei Fremden war das natürlich eine andere Sache. Sie nahmen ihre Gewinne mit und verloren sie manchmal an den *Schatten*.

„Auf jeden Fall", sagte sie, „werden wir jetzt nicht verhungern."

„Wenn Ihr meine Fesseln löst, fange ich sofort mit dem Kaninchen an."

„Euch losbinden? Nachdem Ihr versucht habt, wegzulaufen?" Sie schüttelte den Kopf. „Nay, ich vertraue Euch nicht."

„Aber ich gebe Euch mein Wort ..."

„Euer Wort? Das Wort eines Lügners?"

Er biss die Zähne vor Scham zusammen und er tat ihr schon fast leid, aber er war selbst schuld, dass sie ihm nicht vertrauen konnte.

„Ihr müsst mich losbinden", beharrte er. „Ihr habt mich schon einmal hilflos der Gnade eines Diebes überlassen. Was, wenn es ein Mörder gewesen wäre? Was, wenn er beschlossen hätte, mich zu töten?"

Sie schluckte. Daran hatte sie nicht gedacht. Was, wenn Colin getötet worden wäre? Was, wenn sie zurückgekommen wäre und ihn tot aufgefunden hätte? Grausige Bilder von Colin in einem Blutbad und einem rachsüchtigen Pagan, der ihr am Galgen die Schlinge um den Hals legte, gingen ihr durch den Kopf.

„Hört mir zu, Mylady. Es stimmt, dass ich Euch vorher angelogen habe", beichtete er, „aber jetzt nicht mehr. Ich schwöre auf meiner Ehre als

Ritter von Cameliard."

Sie zögerte. Ritter gingen nicht leichtfertig mit ihrer Ehre um. Trotzdem würde nur ein Narr einem Lügner trauen.

„Mylady, wenn Diebe in diesem Wald frei herumlaufen, sollten wir beide Arme und Beine frei haben."

„Warum? Damit ich sie abwehren kann, während Ihr flieht?"

Er schaute mit finsterem Blick auf den Boden und murmelte: „Ich bin nicht der Feigling, für den Ihr mich haltet. Und ich würde niemals eine Frau ohne Verteidigung zurücklassen."

Helena grinste. Davon hatte sie noch keinen Beweis gesehen. Aber Colin hatte in gewisser Weise Recht. Sie waren zwar Gegner, aber gegen einen gemeinsamen Feind war es besser, sich zusammenzutun. Trotz einiger Vorbehalte beschloss sie schließlich, ihn loszubinden.

„Ich behalte den Dolch", informierte sie ihn, während sie sich hinkniete, um das Seil um seinen Knöchel durchzuschneiden.

Als sie hinter ihn trat, um seine Handgelenke frei zu schneiden, sah sie, dass er das Fleisch an seinen Fesseln beim Versuch zu fliehen eingerissen hatte. Schuldbewusst runzelte sie die Stirn. Der arme, rückgratlose Kerl musste Angst um sein Leben gehabt haben, als der Dieb kam. Und es war zum Teil ihre Schuld, weil ihr nicht klar gewesen war, dass sie ihn so verletzlich zurückgelassen hatte.

Als das Seil abfiel, dehnte er seine Finger und betrachtete seine abgeschürften Handgelenke.

„In einer der Schubladen ist vielleicht eine Salbe", sagte sie.

Er zuckte mit den Schultern. „Das sind nur Kratzer. Ich habe bei Übungskämpfen schon Schlimmeres erlebt." Er stand auf und rieb die Handflächen zusammen. „Und jetzt lasst mich an das Kaninchen. Ich verspreche Euch ein Festmahl, Mylady", sagte er mit einer leichten Verbeugung und einem Funkeln in den Augen, „Euch wird das Wasser im Mund zusammenlaufen und ihr werdet einen Lobgesang auf die Normannen anstimmen."

Sie schüttelte den Kopf bei diesen Albernheiten. Tatsächlich war sie so hungrig, dass sie schon einen Lobgesang auf Schweinefutter angestimmt hätte.

Während Colin nach den Kochtöpfen schaute und die Kohle mit einem Stock wieder zum Leben erweckte, passte Helena auf, wobei sie sich halb auf das Bett zurücklehnte und den Dolch langsam in ihren Händen drehte. Sie hatte Rosmarin und Minze gefunden, aber keine wilde Zwiebel. Das schien ihm nichts auszumachen. Angeblich konnte ein Normanne selbst aus einem Stein noch eine Suppe kochen.

„Ich brauche ein Messer", sagte er.

Sie hörte auf, den Dolch zu drehen. Das Messer in ihren Händen war das einzige, was sie hatte. Wäre es weise, ihre einzige Waffe aufzugeben?

„Macht Euch keine Gedanken. Ich gebe es zurück, wenn ich fertig bin." Und dann fügte er hinzu: „Auch wenn es mein Dolch ist."

Sie war hin- und hergerissen, ihr Magen knurrte in Erwartung des Festmahls, aber ihr war unbehaglich, wenn sie daran dachte, ihn zu bewaffnen. Kurz bevor ihr Magen die Oberhand gewann, sagte er: „Wenn Ihr mir nicht vertraut, warum leiht Ihr Euch nicht das Messer des Diebs. Er zeigte zum Fenster. „Er hat es im Fensterladen stecken lassen."

Helenas Herz sank, als sie das bekannte schwarze Messer mit seiner messerscharfen Klinge und dem schmalem Griff erkannte. Rivenloch besaß drei der seltsamen Waffen. Sie stammten alle aus der gleichen Quelle, von den Opfern des *Schattens*.

KAPITEL 6

Nachdenklich runzelte Helena die Stirn, während sie über den glatten Schaft des Dolches strich, den der *Schatten* dagelassen hatte. Wenn der berüchtigte Räuber tatsächlich da gewesen war, warum hatte Colin dann seine Geschichte geändert? Warum hatte er behauptet, dass es ein anderer Dieb gewesen sei?

Es gab nur eine mögliche Antwort.

Er hatte die Wahrheit gesagt.

Und er hatte seine Geschichte nur abgewandelt, als Helena gedroht hatte, den *Schatten* verfolgen zu wollen. Er hat gelogen, um sie zu beschützen.

Sie hätte beleidigt sein sollen. Seine Einmischung bedeutete, dass er glaubte, dass sie nicht in der Lage sei, sich selbst zu verteidigen.

Aber so sehr sie es auch versuchte, sie spürte nur widerwillige Bewunderung. Um sie zu beschützen, hatte Colin sich als Feigling ausgegeben, obwohl er offensichtlich nichts dergleichen war. Er hatte seinen Stolz geopfert, um sie vor Schaden zu bewahren. Nur ein außerordentlich edler Ritter würde so etwas tun.

Sie betrachtete den rätselhaften Mann von der Seite, während er sich um das Kaninchen kümmerte und es langsam über den Flammen drehte. War er wirklich der feige Schwächling, wie sie vermutet hatte? Oder hatten seine blumige Art zu reden und seine verblüffenden Fähigkeiten beim Kochen nichts damit zu tun, wie der Mann in Wirklichkeit war? War es möglich, dass er so ritterlich war, dass er lügen würde, um sogar seinen Feind zu beschützen?

„Schade, dass wir kein Gemüse haben", murmelte Colin und lenkte sie von ihren Gedanken ab. „Und einen guten, starken Met dazu und Pfirsichtorte zum Nachtisch."

Als er mit dem Dolch fertig war, gab er ihn ihr mit dem Schaft voran zurück und sie steckte ihn in ihren Gürtel.

Der Duft des Bratens zog an ihrer Nase vorbei; er war mit Rosmarin und einem Hauch von Minze gewürzt. Wie vorhergesagt lief ihr das Wasser im Mund zusammen. Sie schaute ihn zweifelnd an. „Und Ihr könnt all diese Dinge auch selbst kochen?"

Er lächelte voller Selbstvertrauen. „Oh, aye. Jeder normannischer Ritter, der etwas auf sich hält, kann kochen. Es liegt uns im Blut."

Helena runzelte die Stirn. Sie konnte nicht gut kochen. Kochen erforderte zu viel Geduld und zu viel Aufmerksamkeit. Ihre ungestüme Art erlaubte es ihr nicht, lang genug still zu sitzen, um sich um eine Mahlzeit zu kümmern. „Wenn Ihr Euch als gut erweist, könnt Ihr vielleicht weiterhin die Küchenpflichten übernehmen."

Colin unterdrückte ein Grinsen. Das Weib machte niemandem etwas vor. Sie verstand so viel vom Kochen wie ein Ochse vom Schwertkampf. Ihn weiterhin die Küchenpflichten übernehmen lassen - pah. Nachdem Sie diese Mahlzeit probiert hatte, würde sie ihn anflehen, für sie zu kochen. Er hatte sie schon zweimal dabei erwischt, wie sie sich mit der Zunge über die Lippen strich.

Er schöpfte den Fleischsaft, den er von dem Kaninchen gesammelt hatte, wieder über das Tier und benetze es mit der von Kräutern durchzogenen Flüssigkeit, wobei die Kohle darunter zischte.

„Schade, dass wir kein Weißbrot haben, um den Saft aufzutunken", sagte er.

„Wir haben Haferkuchen."

Er verzog das Gesicht voller Widerwillen. „Haferkuchen? Diese geschmacklosen Abscheulichkeiten, die ihr Schotten immer esst? Die Dinger, die die ganze Spucke aus dem Mund ziehen?"

Entrüstet setzte sie sich gerade hin und ihre grünen Augen funkelten wild. „Es gibt nichts Besseres, wenn man in den Kampf reitet. Ein Schotte kann einen Haferkuchen auf seinem Schild backen, ihn zum Frühstück verspeisen und am Nachmittag immer noch genug Kraft haben, um einen Feind mit eben jenem Schild umzustoßen."

Ihr Stolz war bewundernswert, aber ihre Leidenschaft faszinierte ihn noch mehr. „Ruhig, kleines Höllenfeuer. Wir sind nicht im Krieg."

„Nennt mich nicht so, Normanne."

Er lächelte, als er den Spieß vom Feuer nahm und den Braten überprüfte. „Nennt Ihr mich nicht Normanne."

Schachmatt, dachte er, während er schweigend weiter kochte.

„Ist es schon fertig?" murmelte sie schließlich.

Er grinste. „Es ist perfekt."

Während sie zusammen am Feuer saßen, musste sich Colin trotz seines Hungers darauf konzentrieren, sein

Essen hinunter zu schlucken, während er beobachtete, wie Helena ihre Mahlzeit genoss. Sie aß mit Genuss, schmatzte und schleckte sich die Finger ab und obwohl sie versuchte, es zu verbergen, entwichen ihr Geräusche des Vergnügens. Lüstern überlegte er, ob sie beim Beiliegen auch so stöhnte.

„Warum esst Ihr nicht?", fragte sie und hielt inne, um den Fleischsaft von ihren Lippen zu schlecken.

Während er beobachtete, wie sie den Braten verschlang, sehnte er sich plötzlich nach etwas, das leckerer als Essen war. Sein Unterleib schmerzte vor Hunger, der schon seit Wochen nicht mehr gestillt worden war. Aber er wagte es nicht, ihr das zu sagen.

„Ich überlege gerade", wich er aus. Und zog ein wenig Fleisch von einem Knochen, „wie lange Ihr wohl beabsichtigt, mich hier festzuhalten."

Sie runzelte nachdenklich die Stirn und steckte dann den Daumen in den Mund, um das letzte Fett mit sinnlicher Muße abzuschlecken. Bei diesem Anblick regte sich das Ungeheuer in seiner Hose. „So lange, wie es dauert", sagte sie und warf die Kaninchenknochen in das Feuer.

So lang, wie es dauert. Er überlegte, wie lange es dauern würde, ein wildes Weib wie Helena zu zähmen. Wie lange würde es dauern, bis sie ihm aus der Hand fraß?

„Hat Euch das Kaninchen geschmeckt?"

„Es war ..." Ihre Antwort war verhalten. „Ausreichend."

„Ausreichend?" Er nickte reumütig. Er vermutete, dass es das höchste Lob war, das sie einem Feind geben konnte. Aber er wusste, dass das Kaninchen lecker gewesen war. Und bevor seine Zeit als Geisel zu Ende ging, war er entschlossen, seine Fängerin zu gewinnen, wenn nicht durch Worte, dann durch seine Kochkunst.

„Meine Fähigkeiten werden bei den Rittern von

Cameliard hochgeschätzt." Er sagte nicht, dass seine besten Fähigkeiten nichts mit Kochen, sondern mit dem Schwertkampf zu tun hatten.

„Wenn Ihr so wertvoll seid, warum hat Euch dann noch niemand freigekauft?"

Er öffnete den Mund, um zu antworten, überlegte es sich dann aber anders. Wie könnte er erklären, dass sein Hauptmann wahrscheinlich dachte, dass die ganze Geiselangelegenheit ein großartiger Scherz war?

„Nay", fuhr sie fort, „ich glaube, Ihr seid wertlos."

„Wertlos!" Er lachte. „Oh nay, kleine Höllenkatze", höhnte er. „Es kommt niemand, weil niemand kommen will. Glaubt mir. Inzwischen hat Pagan Eure Schwester verführt. Ich wette, dass sie immer noch im Bett liegen", sagte er und wischte sich das Fett aus seinem Mundwinkel, „der Meister und seine gezähmte Braut."

Wenn er in dem Augenblick geblinzelt hätte, hätte Helenas Schlag ihn rückwärts in das Feuer befördert. Aber glücklicherweise hatte er schnelle Reflexe. Er hob seinen Arm, um den Schlag abzuwehren und verlor dabei die Hälfte seines Kaninchens. Instinktiv griff er nach Helenas Handgelenken.

Sofort drehte sie sich weg. „Niemand", fauchte sie, „*zähmt* eine Kriegerin von Rivenloch."

Ihre stolze Erklärung hörte sich für Colin wie eine Herausforderung an und die Leidenschaft ihrer Behauptung brachte sein Blut zum Kochen. Tatsächlich war er so erstaunt über ihren plötzlichen Angriff und ihren vehementen Schwur, dass er einen Augenblick brauchte, um zu merken, dass er sie nun in seiner Gewalt hatte. Und es dauerte einen weiteren Moment, bis sie es merkte.

Ihre Augen weiteten sich und sie begann ernsthaft zu kämpfen.

Er hätte sie überwältigen können. Er hätte sie triumphierend fragen können: Wer ist jetzt der Fänger? Er hätte sie für die Nacht ans Bett fesseln können um zu sehen, wie ihr das gefiel.

Es war verführerisch.

Aber er war ein edler Knappe von Cameliard. Er war ritterlich und ehrenhaft. Aber in erster Linie war er Colin du Lac.

„Lasst mich los!" Sie kämpfte gegen seinen kräftigeren Griff.

Er hielt sie fest.

„Lasst mich los!"

„Unter einer Bedingung."

Er wusste, dass sie kein Druckmittel mehr hätte. Und ihr war das auch klar. Er konnte die Verzweiflung in ihrem Blick sehen.

Sie zischte durch ihre Zähne. „Welche?"

„Ihr werdet mich heute Nacht nicht an das Bett fesseln."

Sie lachte ohne Heiterkeit. „Und Ihr werdet mich im Schlaf töten oder ich wache auf und entdecke, dass die feige Taube weggeflogen ist?"

„Weder noch. Ihr werdet mir vertrauen."

„Euch vertrauen", höhnte sie. „Einem Normannen?"

„Einem Normannen."

Helena war zwar eine beherzte Kämpferin, aber sie wusste, wann sie geschlagen war. Voller Widerwillen kniff sie die Augen zusammen und sagte: „Gut."

Dann ließ er sie los.

Erschreckt über die plötzliche Freiheit stolperte sie rückwärts, aber als sie wieder auf die Füße kam, hielt sie wie durch ein Wunder das Messer des *Schattens* in ihrer Hand.

Mit widerwilliger Bewunderung dachte er, dass das Mädchen wirklich flink war. Fast so flink wie der Schatten selbst.

Oh Gott, er war wirklich schnell, dachte Helena und ihr Herz raste, als sie langsam mit dem Messer in der Hand nach vorne trat. Er hatte ihren Schlag blockiert, bevor sie überhaupt gemerkt hatte, dass sie zuschlagen wollte. In einer blitzschnellen Bewegung hatte er sie an den Handgelenken ergriffen. Und einen furchtbaren Augenblick lang war sie seiner Gnade ausgeliefert und sein wissender Blick bohrte sich in ihre Seele, als wollte er sagen: *Ihr gehört mir.*

Es war verstörend.

Er hatte sie durcheinandergebracht, sie überrumpelt und ihre Impulsivität gegen sie verwendet. Beides beschämte und erzürnte sie.

Und doch ließ er sie ebenso schnell wieder los. Das selbstzufriedene Grinsen des Siegers war verschwunden. Als Geste des Friedens hielt er die Handflächen auf.

Verwirrt schaute sie finster und hielt das Messer des *Schattens* fester in der Hand. Was war das für eine neue List? Sie spürte, dass er um mehr als Schlafplätze handelte.

Eins war sicher. Colin du Lac war ein Rätsel.

„Zieht Eure Klauen ein, Kätzchen", sagte er und hob das fallengelassene Kaninchen vom Boden auf, wobei er den Schmutz davon mit seinem Ärmel abwischte. „Denkt daran, Ihr vertraut mir jetzt."

Helena runzelte die Stirn. Sie war eine Frau, die gerne kalten Stahl in ihrer Handfläche und ein Kettenhemd auf den Schultern spürte. Dies waren Dinge mit Substanz, der physische Beweis von Macht und Kontrolle. Seine Schwüre von Ehre und Vertrauen erschienen ihr so substanzlos wie der Nebel und so vergänglich wie der Mond. Sie konnte ihm nicht vertrauen ... nicht wirklich. Nay, sie würde das Messer festhalten, denn es gab ihr die Sicherheit, die vage Versprechen nicht geben konnten.

Er zuckte mit den Schultern und dann zog er zu ihrer Überraschung seinen Dolch aus seinem eigenen Gürtel und fing an, das Kaninchen klein zu schneiden, wobei er die Scheiben direkt von der Klinge aß. Sie tastete an ihrem Gürtel, wo sie meinte, den Dolch zur Sicherheit hingesteckt zu haben. Verdammt! Wie hatte er es geschafft, ihn zurückzuholen?

Sie beschloss, dass er ihn ergriffen haben musste, als sie nach hinten stolperte. Das bedeutete, dass sie jetzt auf Augenhöhe waren.

Zögerlich senkte sie das Messer.

„Mögt Ihr Forelle?", fragte er plötzlich.

„Was?"

„Fisch. Forelle. Diese sich schlängelnden Kreaturen, die im Wasser schwimmen."

„Ich weiß, was Forellen sind." Er konnte einen wirklich ärgern. Es schien fast, als würde er es genießen, sie zu verwirren. Sie steckte das Messer in ihren Gürtel.

„Also? Mögt Ihr sie?"

„Aye. Ich denke schon."

„Gut." Schweigend aß er weiter, als wäre das das Ende ihrer Unterhaltung.

„Warum wollt Ihr das wissen?", fragte sie schließlich.

„Was wissen?"

„Wegen der Forelle", murmelte sie. „Warum wollt Ihr wissen, ob ich Forelle mag?"

Er zuckte mit den Schultern. „Ich würde keine zubereiten, wenn Ihr sie nicht mögt."

Sie gewann nun wirklich den Eindruck, dass er ihre Verwirrung gründlich genoss. „Ihr wollt Forelle kochen?"

Er aß den Rest des Fleisches und warf die Knochen in das Feuer, wo sie neue Funken aufsprühen ließen. „Aye. Warum nicht? Morgen gehen Ihr und ich angeln und fangen ein paar Forellen. Ich brate sie dann zum Abendessen. Vielleicht finden wir ein wenig Wasserkresse oder Portulak für ein ..."

„Morgen", sagte sie bestimmt, „werden wir auf dem Weg zurück nach Rivenloch sein."

„Habt Ihr Eure Meinung wegen Eurer Forderung für mich geändert?"

„Nay." Dann fügte sie mit einer Zuversicht, die sie nur halb fühlte, hinzu: „Deirdre wird heute kommen."

„Ach so."

Dieses *ach so* war schon recht gönnerhaft und erzürnte sie. „Sie kommt. Ihr werdet schon sehen."

„In Ordnung." Er verschränkte die Arme und neigte den Kopf in ihre Richtung. „Aber wenn nicht, schuldet Ihr mir den Angelausflug. In Ordnung?"

Sie seufzte ärgerlich. „In Ordnung."

Helena konnte sich nicht entscheiden, was Colin du Lac an sich hatte, dass sie sich so ... gereizt fühlte. Vielleicht lag es an seinem selbstgefälligen Blicken oder seinem wissenden Grinsen, seiner honigsüßen Stimme oder der geschmeidigen Art und Weise, wie er seinen Körper bewegte. Jedes Mal, wenn er sprach, spürte sie seinen sinnlichen, warmen Atem an ihrer Haut und sie erschauderte. Es war kein angenehmes Gefühl. Sie fühlte sich gereizt und gleichzeitig auf der Hut und aus dem Gleichgewicht gebracht.

Sie würde froh sein, wenn Deirdre kam, selbst wenn

diese sich weigerte, ihren neuen Ehemann aufzugeben. Helena wollte zurück zu ihrem Leben auf Rivenloch, wo sie die stellvertretende Befehlshaberin war, Männer aus Angst vor ihrem Schwert zurückschreckten und niemand sie nur mit Worten erschaudern ließ.

Unglücklicherweise stellte sich Colins Vorhersage als richtig heraus. Deirdre kam nicht. Colin unterhielt sie mit Erzählungen von Pagans Abenteuern und sie erzählte von einigen der großartigen Schlachten, die ihr Vater geschlagen hatte. Dabei vergingen die Stunden wie im Flug. Sie aßen von dem Käse und den Kirschen und teilten sich einen Becher Wasser, während die Sonne unterging.

Und als der Wald schließlich in der Dunkelheit lag, war Colin so anständig, sich nicht über ihre Hoffnungen lustig zu machen.

„Nun macht schon", murmelte sie, während sie den restlichen Käse zusammenpackte und in den Beutel zurücklegte. „Sagt es."

„Was?"

„Sie ist nicht gekommen", sagte sie dünnlippig. „Ihr hattet Recht. Ich hatte Unrecht."

In diesem Augenblick hätte er Schadenfreude zeigen können, aber das tat er nicht. Er zuckte nur mit den Schultern. „Vielleicht morgen." Er gähnte. „Ich gehe ins Bett. Wenn wir früh aufstehen, könnten wir schon mittags ein Festmahl mit Forellen genießen. Er rieb sich die Hände und zwinkerte ihr zu. „Vielleicht heben wir sogar etwas für Eure Schwester auf, wenn sie rechtzeitig kommt."

Zugegebenermaßen half Colins kindliche Begeisterung ihr ein wenig über die Enttäuschung hinweg. Sie liebte

Forelle. Und wenn Colin nicht ihre Geisel wäre und es nicht um einen politischen Handel ginge, bei dem Zeit ein wesentlicher Faktor war, würde sie die Herausforderung, einen Fisch oder zwei zu angeln sogar genießen.

Colin nahm die angesengte Decke für sich und streckte sich neben dem Kamin aus. „Ihr könnt heute Nacht das Bett nehmen."

Sie runzelte die Stirn nicht wegen seines Angebots, sondern wegen seiner Kühnheit. Diktierte er ihr jetzt die Bedingungen? Nicht, dass ihr diese Bedingungen etwas ausmachten. Das Bett war auf jeden Fall besser als der Boden. „Seid Ihr sicher, dass Eure zarten normannischen Knochen es aushalten, dass Ihr auf dem Boden schlaft?"

Sein Mund verzog sich zu einem faulen Grinsen. „Mir wären seidene Laken und parfümierte Kissen lieber, aber es wird schon gehen."

Dann schloss er die Augen und sie zog die anderen Decken zum Bett, um sich hinzulegen. Trotz der willkommenen Behaglichkeit einer mit Stroh gestopften Matratze machte sie sich bereit für eine schlaflose Nacht. Sie nahm das schmale Messer aus ihrem Gürtel und legte die Finger um seinen Griff.

Sie hatte zwar zugestimmt, Colin nicht am Bett fest zu binden, aber sie hatte nie versprochen, dass sie nicht die ganze Nacht wach bleiben und ihn beobachten würde. Und das hatte sie fest vor.

Tatsächlich war ihr letzter Gedanke, als ihr die Augen zufielen, dass sie viel wachsamer sein würde, wenn sie nur für einen kurzen Augenblick die Augen schloss.

KAPITEL 7

h elena", flüsterte Colin in dem dunklen Zimmer.
Sie schnarchte leise weiter.
„Helena! Pssst!"
Keine Antwort.

Es dämmerte bereits. Sie sollten jetzt aufstehen. Die beste Zeit, um Forellen zu fangen war früh morgens, wenn die Forellen den größten Hunger hatten.

„Helena, wacht auf."

Immer noch keine Antwort. Oh Gott, die Frau schlief wie ein Stein. Kein Wunder, dass sie ihn hatte fesseln wollen. Er hätte ganz leicht zur Tür hinausgehen und sich noch fröhlich verabschieden können, während sie selig weiter schlief.

Er rieb sich den Schlaf aus den Augen, schlug die Decke zurück und stand auf. Dann streckte er sich und fuhr sich mit der Hand durch seine zerzausten Haare.

„Hey, kleines Höllenfeuer", höhnte er, „ich glaube, dass Eure Geisel gerade flieht."

Sie schlief weiter.

Er lächelte, trat dann einen Schritt näher und blickte auf sie herab. Wie unschuldig sie aussah mit den üppigen

Wimpern an ihren Wangen, dem leicht geöffneten Mund wie bei einem Baby und den leicht gebogenen Fingern neben ihrem Gesicht.

„Sind das Kirschkuchen, die ich da rieche?", flüsterte er. „Und geräucherter Schinken? Warme Korinthenbrötchen, direkt aus dem Feuer und süßer Käsekuchen?"

Sie runzelte die Stirn ein wenig, bewegte sich aber zu seinem Amüsement nicht.

Sein Grinsen wurde breiter. „Wacht auf, Weib! Die Normannen sind gekommen. Beeilt Euch, bevor sie Euch zwingen, vor Pagan zu treten und in seidener Bettwäsche zu schlafen."

Erstaunlicherweise wurde sie auch davon nicht wach. Er schüttelte den Kopf und beschloss, dass er sich ihren gefügigen Zustand auch zunutze machen könnte, solange sie schlief. Er betrachtete ihren weichen, einladenden Mund und beugte seinen Kopf herab, um ihre weichen Lippen zu schmecken.

In dem Augenblick, als er sie berührte, wachte sie auf und fuchtelte mit dem Messer, das sie in ihrer Hand hielt. Er zuckte zurück und atmete vor Schreck heftig ein, als die feine Spitze quer über seine Wange schnitt. Bei Gott! Wenn seine Reflexe langsamer gewesen wären, hätte er vielleicht ein Auge verloren.

„Scheiße!"

Helena sah genauso erschrocken aus, wie er es war. „Zurück!"

„Verflucht!" Er drückte mit dem Daumen gegen den Rand der Wunde. Es brannte höllisch. Warum taten die kleinen Schnitte immer am meisten weh?

„Zurück!" Sie fuchtelte mit dem Messer vor sich hin und her.

„Ich wollte nur …"

„Zurück!"

Er stolperte einen Schritt zurück und sie setzte sich auf, wobei sie sich mit ihrer freien Hand das Haar aus dem Gesicht strich. An ihrem glasigen Blick konnte er sehen, dass sie noch nicht einmal richtig wach war. Sie hatte ihn einfach nur reflexartig angegriffen.

„Bei Gott, Weib! Legt Eure Waffe weg. Ich habe nur versucht, Euch zu wecken." Er untersuchte den Blutfleck auf seinem Daumen. „Bei den Eiern des Teufels, aber Ihr schlaft wie eine Tote."

„Wenn ich wirklich so tief schlafe, warum blutet Ihr dann von meinem Messer?"

Er runzelte die Stirn. „Ihr habt wahrscheinlich davon geträumt, Normannen zu töten."

Scheinbar hielt sie ihn für harmlos und steckte das Messer zurück in ihren Gürtel. „Beim nächsten Mal könntet ihr versuchen, einfach meinen Namen zu rufen."

Er schüttelte nur mit dem Kopf.

„Ihr schuldet mir einen Angelausflug", knurrte er.

Es stellte sich heraus, dass der Schnitt nicht tief war. Es würde noch nicht mal eine Narbe zurückbleiben. Aber die Erinnerung würde für immer in sein Hirn eingebrannt sein. Er würde nie wieder versuchen, ein schottisches Kätzchen mit einem Kuss zu wecken.

Die Sonne schien bereits durch die Tannen, als Helena ihn einen Bach entlang führte; sie trugen grobe Angelruten aus Ästen auf ihren Schultern. Colin kam zu dem Schluss, dass Schottland ein wahrhaft schönes Land war, mit seinen felsigen Klippen und großartigen Wasserfällen, seinen riesigen Mooren mit lila Heidekraut und Tälern, die mit Farnen bewachsen waren. Aber Rivenloch war der Juwel, das mittendrin lag mit seinen üppigen Wäldern und Wiesen, die von unzähligen Quellen und Bächen durchzogen wurden wie Silberfäden, die auf einen Surcot gestickt waren. Er verstand jetzt, warum der König wollte, dass das Land verteidigt wurde.

Helena schien sich in der Gegend gut auszukennen. Sie führte ihn an eine Stelle, wo der Bach in ein tiefes Gewässer mündete – eine perfekte Stelle zum Angeln.

Er hatte vorher primitive Haken aus Holz geschnitzt und brachte diese nun an den Angelruten an, und knotete Fasern von dem Schilf, der neben dem Wasser wuchs, zusammen, um daraus eine Schnur zu machen.

Als Helena den Köder an ihrem Haken befestigte und einen sich schlängelnden Wurm ohne mit der Wimper zu zucken aufspießte, musste Colin lächeln. Er überlegte, ob alle Schotten so furchtlos waren.

Schon bald saßen sie so freundschaftlich nebeneinander auf einem großen Fels am Wasserrand, als würden sie sich schon ein Leben lang kennen und ihre Leinen wurden vom langsamen Strom gezogen. Keiner hätte geglaubt, dass es sich hier um Entführerin und Geisel handelte.

Eine Viertelstunde später fing Helena den ersten Fisch. Mit zufriedener Miene und einer fachmännischen Bewegung aus dem Handgelenk warf sie die Forelle auf das mit Gras bewachsene Ufer.

Er konnte nicht anders, als vor Freude zu lachen. „Ihr habt schon öfters geangelt."

„Ein oder zweimal", sagte sie und erhob sich, um ihren Fisch zu holen.

„Nun ja, ich wollte nur ritterlich sein und Euch den ersten Fisch fangen lassen", höhnte er. „Aber ich weiß jetzt, dass Ihr ein Weib seid, mit dem man rechnen muss. Ich glaube, ich muss Euch vor eine richtige Herausforderung stellen."

„Eine Herausforderung?" Sie hielt den sich windenden Fisch in einer Hand und entfernte nebenbei den Haken, als wenn das etwas ganz alltägliches wäre.

„Oh, aye. Ich fordere Euch heraus, dass Ihr so viele Fische fangt wie ich."

„So viele wie Ihr? Ihr liegt ja schon zurück."

„Nicht mehr lange", versprach er.

„Ich angele schon mein ganzes Leben in diesen Bächen", prahlte sie, warf ihren Fang auf das Gras und kam zurück zum Angelplatz. „Was könnte ein Normanne schon über schottische Forellen wissen?"

Er strich sich nachdenklich über das Kinn. „Ich nehme an, dass sie ähnlich wie schottische Weiber sind."

„Hmm."

„Schlüpfrig. Trügerisch. Stur. Ungestüm." Er hielt seine Leine über die dunkle Gestalt, die anmutig unter der Wasseroberfläche kreiste. „Aber wenn man sie mit dem richtigen Köder verführt ..."

Und genau in dem Augenblick biss die Forelle zu Helenas Ärger bei ihm an und er zog den sich schlängelnden Fisch aus dem Wasser. „Seht ihr?", sagte er mit breitem Grinsen. „Es ist so einfach, wie wenn man ein Mädchen verführt."

Sie hatte den Mund vor Überraschung geöffnet. Jetzt machte sie ihn wieder zu. „Aye, wenn das Mädchen so dumm wie ein Fisch ist."

Er lachte, nahm den Fisch vom Haken und warf ihn neben ihren. „Nun, jetzt haben wir Gleichstand."

Sie fing die nächsten beiden, obwohl er argumentierte, dass sie nur als einer zählen sollten, weil sie so klein waren.

Tatsächlich hätte Colin den Morgen nicht schöner verbringen können als im freundlichen Wettstreit mit einem schönen Mädchen. Er starrte heimlich zu der jungen Frau mit den funkelnden grünen Augen, den sinnlichen Lippen und der wilden Mähne aus rotbraunem Haar. Sie war wahrlich ein Preis, eine Schönheit, die gemacht war, um das Bett eines Mannes zu zieren. Sie biss sich auf die Unterlippe vor Konzentration und während er sie weiter beobachtete, bauschten sich ihre strohfarbenen Röcke um ihre Fesseln und Ihr Kleid klaffte ein wenig und entblößte die obere Rundung ihrer Brust und er überlegte erneut. Oh aye, etwas könnte den Morgen noch angenehmer machen, etwas, worauf das hungernde Ungeheuer in seinen Hosen so lange hatte verzichten müssen.

„Wollt Ihr ihn herausziehen", fragte sie, „oder wolltet Ihr das arme Ding nur necken?"

Angesichts seines Gedankengangs, überraschte ihn ihre Frage. Einen Augenblick lang konnte er sie nur anstarren und über ihre Offenheit nachdenken. Dann folgte er ihrem Blick zum Wasser. Eine große Forelle zog an seiner Leine und schwamm unter der Oberfläche hin und her.

In Gedanken versunken zog er sie schnell aus dem Bach. Er brauchte einige Zeit, um sich wieder auf das Angeln zu konzentrieren.

In der Zeit, die er brauchte, den Fisch vom Haken zu nehmen und einen Wurm als Köder auszugraben, fing das freche Weib zwei weitere Forellen.

Während sie einen weiteren Wurm in sein Wassergrab versenkte, fragte er: „Wollen wir die Herausforderung etwas interessanter machen?"

Sie grinste. „Das hört sich an wie der verzweifelte Versuch eines Mannes, der im Begriff ist, zu verlieren."

„Vielleicht", stimmte er zu. „Aber wie wär's hier mit? Wer die meisten Forellen gefangen hat, bis die Sonne auf Höhe der Baumwipfel steht ..."

„Aye?"

Tausend sündige Möglichkeiten gingen ihm durch den Kopf, aber er sprach keine von ihnen aus. Helena hatte immer noch das Messer des *Schattens* und er hatte keine Lust, sich aufschlitzen zu lassen. „Gewinnt ein Siegeslied vom Verlierer."

„Ein Lied?"

„Aye", stimmte er triumphierend und mitreißend zu.

Sie schüttelte den Kopf. „Ich singe nicht."

„Wenn Ihr gewinnt, müsst Ihr es ja nicht", sagte er grinsend.

„Stimmt."

„Die Wette gilt also?"

„In Ordnung." Der Hauch eines Lächelns umspielte ihren Mund. „Aber Ihr verschreckt besser nicht die schottischen Forellen mit Eurem normannischen Gesang."

„Wenn ich singe, Mylady", prahlte er, „versammeln sich die Tiere des Waldes, um mir zu lauschen."

Sie lachte ein wenig und plötzlich sehnte er sich danach, mehr davon zu hören. Es gab nur wenige Lieder, die so verführerisch waren wie das herzliche, sorglose Lachen einer Frau.

Tatsächlich kam ihm eine neue Herausforderung in den Kopf, eine, die seinen Wettbewerbssinn anstachelte. Vielleicht würde er Helena bis zur Mitte des Morgens ein Lied schulden, aber im Gegenzug würde er dafür sorgen, dass sie ihn mit einem Lachen belohnte.

Colin du Lac war amüsant, musste Helena zugeben. Auch wenn er ein Halunke war. Und ein Normanne. Und ein Herumtreiber.

Er hatte außerdem Wort gehalten. Natürlich hätte sie das von jedem ihrer Ritter von Rivenloch erwartet. Aber Colins ehrenvolles Handeln war überraschend, wenn man bedachte, dass er ein Ausländer und ihre Geisel war. Er hatte keinen Fluchtversuch unternommen, obwohl er Gelegenheit dazu hatte, als sie unvorsichtigerweise letzte Nacht in der Kate eingeschlafen war. Und er hatte ihr kein Leid zugefügt. Tatsächlich bedauerte sie, dass sie ihn an diesem Morgen vor Überraschung angegriffen hatte. Er hatte sie offensichtlich küssen wollen und ein sündiger Teil von ihr war neugierig, wie der Kuss eines Normannen sich von dem eines Schotten unterschied.

Trotzdem konnte sie es sich nicht leisten, Gefühle von der Art zu hegen, wie sie jetzt in ihr aufkamen: Freundschaft. Mitleid. Barmherzigkeit. Menschlichkeit.

Während sie flüchtige Blicke auf den gut aussehenden Knappen mit den breiten Schultern, der ungezähmten schwarzen Mähne und dem lebhaften Blick warf, musste sie sich ins Gedächtnis rufen, dass er ihr Feind war. Jetzt würden sie noch angenehme Stunden miteinander verbringen, aber wenn Deirdre kam, würde Colin du Lac nur noch eine Schachfigur in ihrem Spiel sein, die es zu opfern galt, nicht mehr.

Als die Sonne über den Bäumen stand, und ihr Wettbewerb vorbei war, hatte Colin noch zwei weitere Forellen gefangen. Aber das war immer noch eine weniger als Helenas Fang und daher war sie die Siegerin.

Er gab vor, zu murren. „Ich sage immer noch, dass die beiden Kleinen kaum gezählt werden können. Davon würde noch nicht mal ein Kind satt werden."

„Wenn ihr nicht singen wollt ..."

„Nay, nay, nay. Ich bin ein Ehrenmann. Ich schulde Euch

ein Lied und werde Euch ein Lied vortragen." Er legte seine Angel beiseite und runzelte die Stirn. Mit den Beinen über Kreuz saß er neben ihr auf dem Fels, während sie ihre Beine faul über den Rand hängen ließ und er starrte nachdenklich in das Wasser. „Also hier kommt's." Er räusperte sich und fing an zu singen. Seine Stimme war nicht unangenehm, obwohl er mit Sicherheit kein Barde war. Aber was ihm an Melodie fehlte, ersetzte er durch Lautstärke.

„Gepriesen sei Helena von der Forelle.
Die ihren Wert an diesem Tag bewiesen!
Kühn nahm sie die Angel in die Hand,
Bevor jemand sie abgewiesen,
Stellte sie sich mutig der tödlichen Tiefe ...
Um Bachungeheuer aufzuspießen."

Sie musste lachen. Bachungeheuer?

Er hielt inne und blickte sie mit gespieltem Ärger düster an und sang dann weiter.

„Der erste arme Fisch, der seinem Schicksal begegnet,
Lag versteckt in einem Schwarm,
Aber Helena, die kluge Maid,
Wusste, wie zu durchbohren einen Wurm,
Während Colin ohne Forellen vor sich hin schmachtete,
Denn keine wollte seine Rute anrühren."

Sie knuffte ihn spielerisch für seine offensichtliche Lüsternheit.

„Angel", berichtigte er, obwohl das schalkhafte Grinsen in seinen Augen nicht zu übersehen war. „Ich meinte Angel." Seine Lippen zuckten, während er weitersang.

„Die nächsten beiden, die sie stolz an ihrem Haken hatte,
Beim Angeln von dem Fels,
Obwohl Colin glaubte, sie müssten

Von geringerer Herkunft sein.
Denn aneinandergereiht,
Waren sie nicht länger als sein ..."

Sie keuchte, bevor er es sagen konnte und sie knuffte ihn erneut.

Er grinste und knuffte sie spielerisch zurück.

Mit einem bösartigen Funkeln der Vergeltung in ihren Augen schob sie ihn mit voller Kraft von dem Fels und in das Wasser.

Er fiel mit einem großen Platsch hinein. Als er wieder an die Oberfläche kam, war sein erschrockenes Keuchen eine süße Belohnung.

Sie stand auf und überragte ihn triumphierend. „Das sollte Eure böse Zunge heilen, Normanne."

Er schüttelte das Wasser von seinem Kopf ab und schaute sie mit zusammengekniffenen Augen an „Nennt mich nicht Normanne."

Ohne Warnung fing er dann an, sie nass zu spritzen. Bevor sie zurückweichen konnte, war sie vollkommen durchnässt.

Ihr blieb der Mund offenstehen und sie keuchte erschrocken, wobei sie ihn durch die nassen Haarsträhnen anschaute. Wie konnte er es wagen? Aber statt Zorn zu spüren, spürte sie Heiterkeit in sich aufsteigen.

Normalerweise reagierten Männer auf ihre Aggressivität auf eine von zwei Arten und Weisen. Sie wichen einem Kampf aus, entweder aus Angst, sie zu verletzen oder gegen eine Frau zu verlieren. Oder Sie griffen mit ungewöhnlichem Zorn an und versuchten das zu töten, was sie nicht verstanden. Dieser Normanne ... Colin, berichtigte sie, hatte kein Problem damit, gleiches mit gleichem zu vergelten. Und etwas daran war ... faszinierend.

Er wollte also kämpfen? Sie würde mit ihm kämpfen. Gerne.

Ein Grinsen kam über ihr Gesicht, sie beugte ihre Knie und bereitete sich darauf vor, in den Bach zu springen.

Aber genau in dem Augenblick hörte sie, wie sich ein Ast hinter ihr bewegte und Tannennadeln aneinander strichen, gerade genug, um sie wegen eines Eindringlings zu warnen. Ihre Hand ging instinktiv zu ihrem Messer und sie drehte sich mit gezogener Waffe.

KAPITEL 8

Scheiße!

Es handelte sich nicht um einen Eindringling. Da waren *fünf* Eindringlinge.

Ein schneller Blick sagte ihr, dass sie Fremde waren. Ausländer. Schurken. Sie waren schwer bewaffnet und ihre Haut war dunkel vor Dreck, als wenn sie schon längere Zeit unterwegs gewesen wären.

„Schaut, Jungs", knurrte einer von ihnen, während er sie langsam von Kopf bis Fuß musterte. „Da ist eine ertrunkene Ratte."

„Nay", meinte ein anderer, „sie ist eine von diesen Sirenen, eine Meerjungfrau."

Sie brachen in schallendes Gelächter aus. Nachdem sie einen nach dem anderen angeschaut hatte, bezweifelte Helena, dass sie zusammen auf ein Dutzend Zähne kamen.

Engländer. Es waren Engländer. Was zum Teufel machten die Engländer hier in Rivenloch?

Angesichts des zusammengewürfelten Aussehens ihrer ledernen Waffenröcke, ihrer Streitkolben und Schwerter und der Streitflegel, die an ihren Gürteln hingen, waren sie Söldner. Nicht nur das, sie konnte auch sehen, dass dies nicht die Art von Männern waren, die einem Kampf aus dem Wege gingen ... noch nicht einmal einem Kampf gegen eine Frau.

Fünf normale Männer konnte sie schaffen. Aber diese Kerle waren Berufssoldaten. Da sie nur mit dem Messer des Schattens bewaffnet war, standen ihre Chancen gegen sie schlecht.

Sie blickte kurz zum Teich. Er war leer.

„Seid Ihr ganz alleine hier, Weib?"

Sie kniff die Augen zusammen. Scheinbar war es so. Colin sollte verflucht sein! Der feige Knappe hatte sich davon geschlichen und sie allein gelassen, dass sie nun gegen die Engländer kämpfen müsste.

„Sie ist kein normales Weib", bemerkte einer von ihnen. „Schaut sie euch an. Sie ist eine richtige Lady."

„Hmm", sagte der erste. „Ich glaube, Ihr habt Recht. Eine richtige Lady hier draußen ganz allein." Er betrachtete sie neugierig und zupfte dabei an seinem ergrauten Bart. „Habt Ihr Euch verlaufen?"

Helena hatte vielleicht keinen Vorteil, was Waffen betraf, aber sie hatte Mut und ihrer Erfahrung nach konnte das viel ausmachen Sie schaute einen nach dem anderen grimmig an und zischte dann zwischen ihren Zähnen. „Hört mir gut zu, Ihr englischen Mistkerle. Ich habe mich nicht verlaufen. Ich bin eine der Kriegerinnen von Rivenloch und bin hier mit meiner Armee. Wenn Ihr Euch nicht sofort umdreht und mein Land verlasst, rufe ich sie herbei, um Euch fertig zu machen."

Einen Augenblick lang funktionierte die List. Einen Augenblick lang erstarrten sie und betrachteten sie voller Schrecken.

Dann fragte der ergraute Mann: „Die Kriegerinnen von was?"

Erst kicherten sie nervös und brachen dann in schallendes Gelächter aus. Alle, außer einem Mann, der hinten stand, und der sich plötzlich von einem Dolch bedroht sah.

„Rivenloch", sagte Colin deutlich und drückte die Spitze des Dolchs gegen den Hals des Engländers.

Es wurde aber auch Zeit, dachte Helena. Erleichterung überkam sie. Sie war sich nicht ganz sicher, ob es daran lag, dass ihre Chancen jetzt besser standen, oder weil sich herausstellte, dass Colin doch kein Feigling war. Der kluge Mann musste den Bach weiter nach unten getrieben und dort aus dem Wasser gestiegen sein, um sich hinter die Eindringlinge zu schleichen.

„Tut, was sie Lady sagt", sagte Colin. „Geht und dann muss ich Euren Freund hier nicht zu Hackfleisch verarbeiten."

Helena runzelte die Stirn. Sie hatte keine Geduld für Colins Verhandlungen. Dies war nicht die Art Männer, die verhandelten. Außerdem hatten sie eine gute Chance, die Söldner zu besiegen, da der Normanne jetzt hier war.

Mit einem lauten „Jetzt!", um Colin zu warnen, hob sie ihre Angelrute mit ihrer linken Hand und schwang sie in einem weiten Bogen vor sich, wobei sie die Eindringlinge zurücktrieb.

„Was?", antwortete Colin.

„Jetzt! Jetzt!" Was war bloß los mit ihm? Verstand er denn nicht, dass sich ein Kampf anbahnte? Sie trat einen Schritt vor und schwang die Rute erneut, wobei sie diesmal einen Engländer am Kopf erwischte.

„Verflucht!", rief Colin und kam zu ihr. Er schob seinen Gefangenen beiseite, stahl ihm aber zuerst sein Schwert. Dann breitete er die Arme aus mit dem Schwert in einer und dem Dolch in der anderen Hand, um die Söldner abzuwehren.

Inzwischen hatten die Engländer ein ganzes Arsenal an Waffen gezogen. Selbst der Mann, den Helena geschlagen hatte, war wieder auf den Beinen. Er zog einen beschlagenen Streitflegel von seinem Gürtel und näherte sich ihr, wobei er ihn über dem Kopf schwang.

Eilig steckte sie die Rute unter den Arm und stieß damit nach vorn, wobei sie sie wie eine Lanze benutzte und den Mann in den Bauch stechen wollte. Das hätte ihm die Luft zum Atmen genommen, wenn seine lederne Brustplatte den Stoß nicht abgemildert hätte. So wurde er nur etwas langsamer.

In der Zwischenzeit kämpfte Colin gegen die anderen vier.

Ein schneller Blick sagte ihr, dass er ein respektabler Schwertkämpfer war. Trotzdem wagte sie es nicht, sich auf seine Fähigkeiten im Kampf gegen vier gleichzeitig zu verlassen.

Sie zog ihre Rute wieder zurück und stieß dann einem zweiten Mann damit in den Rücken. „Hier du stinkendes englisches Schwein! Dreht Euch um und kämpft gegen mich!"

Es funktionierte. Ihre Stichelei lenkte einen der Männer von Colin ab. Er wandte sich zu ihr mit mordlüsternem Blick um.

Als Helena voreilig schrie: „Jetzt! Jetzt!" und dann anfing, die Angelrute zu schwingen, dachte Colin zuerst, dass sie verrückt geworden wäre. Wenn Sie nur ein wenig

Geduld gehabt hätte, hätten sie sich vielleicht aus dem Gefecht herausreden können.

Als er sah, dass die mit einem schwachen Stock und einem winzigen Messer bewaffnete Frau einem Riesen gegenüberstand, der einen Streitflegel schwang, und einem weiteren Mann mit einem Schwert und einem Streitkolben, überlegte er weiter, dass, falls sie diesen Kampf überlebten, er ihr die schlimmste Tracht Prügel ihres Lebens verpassen würde.

Und dann konnte er ihr nicht mehr zuschauen. Die restlichen drei Männer griffen ihn zugleich an und waren mit einem ganzen Waffenarsenal ausgestattet; sie hatten Schwerter, Dolche und Streithammer.

Er schwang sein Schwert und zwang seine Gegner, sich zurückzuziehen und dann wurde ihm ziemlich schnell klar, dass dieses Gefecht für ihn oder für Helena kein gutes Ende nehmen würde. Diese Engländer waren offensichtlich Söldner, die so geübt wie Ritter waren, aber weniger Ehre besaßen. Im besten Fall konnte er an ihre Vernunft appellieren, wie er es schon versucht hatte, bevor die ungestüme Helena ihn zur Tat gezwungen hatte. Er parierte die Klinge eines Mannes und duckte sich unter dem Streithammer, der seinen Kopf nur um einen Zoll verfehlte. Unglücklicherweise würde er mit ihnen sprechen müssen, während er sich gegen sie verteidigte.

„Was wollt Ihr?", rief er und benutzte seinen Dolch, um eine Schwertspitze abzulenken und gleichzeitig beschäftigte er einen zweiten Mann, der ein Schwert schwang.

„Was auch immer in Eurem Beutel ist!", antwortete ein Mann mit einer Narbe über dem Auge, während er seinen Streithammer nach vorne schwang.

Colin wehrte die Waffe am Schaft seines Dolches ab und das nachfolgende Klirren ging durch sämtliche Knochen seines Arms bis hoch zu seiner Schulter. „Ich habe gar keinen Beutel!"

„Oh aye, und wir haben keine Waffen!", höhnte einer von ihnen und schwang sein Schwert.

Während er damit beschäftigt war, zwei Dolchen auszuweichen, erlitt Colin einen Schnitt, als er versuchte, das Schwert mit seinem Arm zu blockieren. Er keuchte vor Schmerzen und trat einen Schritt zurück.

Helena brüllte: „Ihr seid zu spät, Ihr Narren!"

Aus dem Augenwinkel sah Colin, wie sie die Angelrute schwang und damit stieß und den Streitflegel schwingenden Kämpfer im Unterleib traf. Dann schwang sie schneller als eine gutgeölte Stechpuppe einen Fuß herum und trat dem anderen Mann in die Rippen.

„Vor Euch war schon ein anderer Dieb da!", informierte sie sie.

Seine Gegner waren nur einen Augenblick lang von dieser Offenbarung eingeschüchtert und griffen dann wieder an. Colin war gezwungen, seine Waffen wieder aufzunehmen und einen Schwertangriff von zwei Seiten abzuwehren. Dieses Mal schaffte er es, eine Schwertspitze mit seinem Dolch abzubrechen. Aber die zweite Klinge wurde tiefer geschwungen und traf ihn an der Hüfte. Der Stahl schnitt durch sein Surcot und machte kurz vor seinem Fleisch halt, aber er war sicher, dass er eine ziemliche Verletzung erlitten hatte.

„Ihr seid Adlige!", rief der ergraute Mann, der gegen Helena kämpfte. „Irgendjemand wird sicherlich gut dafür bezahlen, wenn Ihr sicher zurückkehrt!"

Colin stach mit seinem Dolch nach vorn und

verwundete einen der Engländer an der Schulter, wobei dieser fluchte, als die Klinge zurückgezogen wurde. Aber der Mann, dessen Schwertspitze er einen Augenblick zuvor abgebrochen hatte, zog jetzt einen schrecklichen Streitkolben, gespickt mit Stacheln aus Stahl. Wenn es jemals den richtigen Zeitpunkt für Verhandlungen gab, dann war dieser jetzt gekommen.

„Ihr könnt mich nicht als Geisel nehmen!", rief Colin, während er den Mann mit dem Streitkolben genau im Auge behielt. „Ich werde bereits als Geisel gehalten ... von dieser Lady." Als der Mann mit dem Schwert wieder nach vorne stürmte, trat Colin herbei, und schlug seinen Dolchgriff fest auf das Handgelenk des Mannes. Das Schwert fiel klirrend auf den Boden. „Ich kann nicht zweimal gegen Lösegeld gefangen genommen werden!"

„Aye!", rief Helena. „Er ist meine Geisel! Lasst Eure verdammten Finger von ihm!"

„Eure Geisel?", höhnte der ergraute Mann. „Das wollen wir doch mal sehen!"

Der Streitkolben kam auf Colins Kopf zu und er stieß mit dem Dolch nach oben, um seinen Weg abzuwenden. Die Klinge war dem bloßen Gewicht des Streitkolbens in keiner Weise gewachsen und zerbrach bei dem Schlag, aber nicht bevor sie die Waffe nicht von Colin weggelenkt hatte. Jetzt hatte er nur noch ein Schwert gegen die drei Männer.

Der mittlere Gegner stieß sein Schwert nach vorn und Colin konnte gerade noch rechtzeitig ausweichen. Aber der Dolch des ersten Mannes traf Colin am Schulterblatt. Bei dem Stich biss Colin die Zähne zusammen und drehte sich weg.

Er wandte sich um, um zu sehen, wie Helena zurechtkam. Blut tropfte über ihren Dolcharm, aber der

Schnitt war nicht tief genug, um sie in ihren Bewegungen einzuschränken. Sie stürzte sich wieder mit der Rute nach vorn, aber dieses Mal zerbrach der Ast an der ledernen Brustplatte ihres Gegners und sie hatte nur noch einen Stock in der Hand, der kürzer als ein Kurzschwert und viel weniger beängstigend war. Nichtsdestotrotz schwang sie ihn, als wäre er aus feinstem Toledo Stahl. Dann zerbrach er natürlich ganz beim Angriff des Streitflegels.

Colin wollte sich auf den Angreifer stürzen und sie vor der bösartigen Waffe, die ihren Kopf so leicht zerschmettern könnte wie ihren Stock, verteidigen. Aber weil er Helena beobachtet hatte und einen Augenblick unaufmerksam war, wurde er von der Klinge eines Söldners getroffen, als er nach vorn stürzte.

Das Schwert ging tief in seinen ungeschützten Oberschenkel und einen Augenblick lang spürte er keinen Schmerz, nur vereitelte Bewegung. Er versuchte, vorzustoßen und streckte sein Schwert in Richtung des Mannes aus, der seine Waffe bereits zum zweiten Mal schwang und auf Helena zielte. Dann zog der Mann sein Schwert brutal aus dem Muskel in Colins Bein und er spürte, wie ihm der Atem aus den Lungen mit der gleichen Kraft geraubt wurde. Er stolperte und versuchte, sein Gewicht auf sein gesundes Bein zu verlagern und sein Schwert festzuhalten.

„Zum Teufel!" Helena spuckte aus und schob den Rest ihres Stocks in die Kette des Streitflegels, der sich dadurch verhedderte und harmlos wurde. „Ihr Mistkerle!" Sie hörte einen Augenblick auf zu kämpfen und starrte auf Colin, der spürte, wie alles vor ihm verschwamm. Seine Augen weiteten sich, als er sah, wie ein Mann mit einem Streitkolben seinen Arm hinter ihr erhob, aber sie stoppte den Angriff so nebenbei wie ein Stalljunge eine Fliege erschlägt, indem sie sich drehte und ihr Messer in sein Handgelenk stieß. Der Mann schrie und ließ seine Waffe fallen, wobei er seinen blutenden Unterarm umklammerte und Colin wusste nicht, ob er beeindruckt oder beschämt sein sollte. Vor allem war er erleichtert. Bis Helena die restlichen Engländer böse anstarrte und sagte: „Was habt Ihr mit meiner Geisel gemacht?"

„Er gehört Euch nicht mehr, Weib." Der Mann, der ihn getroffen hatte, hielt ihm jetzt einen Dolch an den Hals und Colin schwankte auf seinen Beinen. Seine verdammten Augen! Sein Bewusstsein verließ ihn langsam aber sicher.

„Was soll das denn heißen?", rief Helena. „Und jetzt habt Ihr Narren ihn verschandelt. Was glaubt Ihr bekomme ich für einen lahmen normannischen Ritter?"

Colin war gerade noch insoweit bei Bewusstsein, dass er sich völlig verraten fühlte. Er hatte sein Leben riskiert, um dem undankbaren Weib zu helfen und ihr waren sein Opfer oder seine Schmerzen völlig einerlei. Ihre einzige Sorge war sein verminderter Wert, während sein Blut stetig zu Boden tropfte.

Helena biss sich auf die Unterlippe und zwang sich, ihren Blick von Colin abzuwenden und standhaft zu bleiben. Sie hoffte, dass die Söldner nicht merkten, wie sie zitterte. Dass der edle Normanne so grausam verletzt worden war, hatte eine größere Wirkung auf sie, als sie sich zuzugeben traute und der Anblick, wie er blutete, machte sie schwindlig. Sie sah schwarze Flecken vor Augen.

Scheiße, sie hasste es, aufzugeben. Das hasste sie noch mehr, als zu verlieren. Ihr Wikinger-Vater hatte sie gelehrt, dass es besser war, eine ernsthafte Verletzung zu erleiden und mit dem Schwert in der Hand auf den Boden zu fallen, als seine Klinge zu senken und beschämt den Kopf hängen zu lassen. Aber als Helena sah, wie der Stahl sich tief in Colins Oberschenkel bohrte, fühlte es sich an, als hätte das Schwert in ihr eigenes Fleisch gestochen. Ihr Herz zog sich zusammen und sie wusste, dass Colin sterben würde, wenn sie nicht zu kämpfen aufhörte.

Also widerstand sie ihrem Impuls, den Kampf weiterzuführen, setzte eine mutige Miene auf und trotz ihrer zittrigen Nerven gab sie ihre letzte Waffe auf, indem sie diese im Handgelenk ihres Angreifers versenkte und dann wandte sie sich mit Trotz in den Augen zu den Söldnern um.

„Ihr verdammten Schweine! Was nützt uns eine tote Geisel?", zischte sie.

„Er ist nicht tot", sagte der Mann, der Colin stützte. „Er ist noch nicht einmal beschädigt. Nicht so schlimm zumindest."

Er war *schwer* verletzt. Übelkeit stieg in ihr auf, während sie das Blut aus seiner Wunde rinnen sah. Aber sie wagte es nicht, ihre Sorge um Colin zu offenbaren, da das ihren Niedergang bedeuten könnte.

Als die Söldner sie ergriffen, musste sie sich zusammenreißen, dass sie sich nicht dagegen wehrte. Selbst jetzt glaubte sie noch, sie könnte sie mit einem Tritt in die Eier besiegen. Ein gut platzierter Fußtritt. Ein harter Schlag gegen die Knollennase des Anführers. Aber solange Colin in Lebensgefahr schwebte, konnte sie nichts dergleichen riskieren.

Sie redete sich ein, dass es aus selbstsüchtigen Gründen so war. Wenn Colin versehrt oder tot nach Rivenloch zurückkehrte, würde Pagan de Cameliard sie dafür zur Rechenschaft ziehen.

Und doch hatte sich tief in ihrem Herzen etwas entwickelt - ein klein wenig Respekt für den Normannen, ein Respekt, der einer Verbundenheit schon gefährlich nah kam.

Sie leistete nur wenig Widerstand, als sie ihr die Hände auf dem Rücken zusammenbanden und sie dann durch den Wald zogen, wobei sie es ihnen so schwer wie möglich machte, indem sie die Füße schleifen ließ und sich in ihrem Griff hin- und herdrehte. Sie konzentrierte sich auf Colin, der so still wie der Tod geworden war.

„Wenn er stirbt ..." sagte sie.

„Das wird er nicht."

„Aber sein Bein ..."

„Wird heilen."

„Nicht, wenn die Blutung nicht gestoppt wird."

„Bei Gott! Ihr hört Euch an wie meine verfluchte Mutter."

Einer von ihnen kicherte. „Ihr meint Eure verfluchte *tote* Mutter?"

„Aye."

Der zweite Mann beugte sich zu ihr und vertraute ihr hämisch an: „Unser Otis war das Gemecker des Weibs leid und daher hat er sie für immer zum Schweigen gebracht."

Der Mann hatte gehofft, sie zu schockieren. Aber Helena war nicht schockiert. Männer wie diese hier, die in der Gegend umherwanderten, sich an den höchsten Bieter verkauften und deren Loyalität so wechselhaft wie der Wind war, taten dies nicht freiwillig, sondern aufgrund ihrer Umstände. Die meisten hatten einen kriminellen Hintergrund, der zu ernst war, als dass man sie freisprechen könnte.

Das hatten sie alle gemeinsam, dachte sie reumütig und

überlegte, ob Pagan Cameliard den Galgen bereits für sie zimmern ließ.

Über mehrere Stunden zwangen die Engländer sie zu marschieren. Sie gingen ungefähr zehn Meilen in westliche Richtung über die Grenze von Rivenloch dahin, wo das Land der Lachanburns begann. Am späten Nachmittag hatte Helena einen Bärenhunger. Die Söldner hatten ihre am Morgen gefangenen Forellen mitgenommen, aber scheinbar hatten sie nicht die Absicht, diese zu essen. Helena konnte gar nicht an Essen denken, ganz gleich, was ihr Bauch ihr auch signalisierte.

Ihre Gedanken waren bei Colin.

Sein Gesicht war jetzt so blass wie Alabaster. Schweißtropfen standen ihm auf der Stirn und befleckten sein Hemd. Dankenswerterweise schien seine Wunde nicht mehr zu bluten. Aber er schwebte zwischen Wachsein und Bewusstlosigkeit und verzog das Gesicht jedes Mal, wenn er das Bein belastete.

Helena wusste genug über Wunden, dass ihr klar war, dass er sein Bein verlieren könnte, wenn es nicht ordnungsgemäß behandelt wurde. Es war offensichtlich, dass diese Söldner keine Ahnung von der Behandlung von Verletzungen hatten. Einer von ihnen hatte einen krummen Arm, der wohl mal gebrochen und schlecht verheilt war. Ein weiterer hatte eine breite Narbe quer über die Wange, wo man offensichtlich eine Schnittwunde nicht richtig geschlossen hatte. Otis fehlte eine Fingerspitze. Wenn sie nicht einschritt, würden sie Colins Wunde nicht versorgen.

„Wollt Ihr denn nichts wegen des Schnitts unternehmen?", fragte sie, als sie an einer Lichtung anhielten, wo sie scheinbar ihr Lager aufschlagen wollten.

„Was meckert Ihr denn jetzt schon wieder?", schimpfte Otis.

„Der Normanne. Er verliert mit jedem Augenblick mehr an Wert."

„Was geht Euch das an? Er ist nicht Eure Geisel, um Lösegeld zu erpressen."

Sie grinste. „Oh aye. Viel Erfolg dabei. Ihr wisst ja noch nicht einmal, von wem Ihr das Lösegeld erpressen könnt." Das half allerdings auch nicht weiter, dachte sie. Sie hatte auf jeden Fall kein Glück gehabt, irgendetwas für ihn zu erpressen.

Otis grinste hämisch und zeigte seine drei Vorderzähne. „Ich bin mir sicher, dass Ihr uns erzählen werdet, was wir wissen müssen."

„Wirklich?" Sie spuckte auf den Boden. „Und was hätte ich davon?"

Sie hätte auf Gewalt vorbereitet sein sollen, aber trotzdem war sie überrascht. Otis nickte dem Rohling neben ihr zu. Der, dessen Handgelenk sie mit dem Messer verletzt hatte, schlug sie mit seiner gesunden Faust, bevor sie sich wegducken konnte; dabei sah sie Sterne, als er das obere Ende ihres Wangenknochens erwischte.

Sie wankte und bemühte sich, aufrecht stehen zu bleiben, während das Sonnenlicht um sie herum verschwamm. Otis Stimme schien von weit her durch einen langen Tunnel zu kommen.

„Das habt Ihr davon, meine Süße. Keine von Dobs zärtlichen Umarmungen mehr, wenn Ihr uns sagt, was wir wissen wollen."

Nur die bloße Wut hielt sie bei Bewusstsein, Wut über sich selbst, dass sie Dobs Schlag nicht vorhergesehen hatte. Ihre Wange pulsierte. Obwohl der Knochen nicht gebrochen war, erwartete sie, dass am nächsten Tag ein dunkelblauer Fleck zu sehen sein würde.

„Aber für den Augenblick", sagte Otis mit gespieltem Großmut, „wollen wir unsere Probleme beiseiteschieben, nicht wahr? Mein Bauch ist so leer wie der Leib einer Nonne."

Helena und Colin wurden an nebeneinanderstehende Baumstämme am Rand des Lagers ungefähr sechs Fuß voneinander entfernt gefesselt. Während die Engländer ein Feuer entfachten und anfingen, ihr Abendessen zu kochen, döste Colin besinnungslos an dem Baum, aber Helena lief das Wasser im Mund zusammen, als der Duft gebratener Forelle durch die Lichtung zog.

Die Geiseln sollten natürlich kein Essen bekommen. Es war unerheblich, dass Helena die meisten Forellen gefangen hatte. Die gierigen englischen Schurken behielten alles für sich. Während die Söldner zusammen in der Dunkelheit am Feuer kauerten, wobei ihre Gesichtszüge in den flackernden Flammen dämonisch aussahen, beobachtete sie sie mit mürrischem Schweigen und funkelnden Augen.

„Sie hätten sowieso nicht gut geschmeckt", flüsterte Colin plötzlich. „Sie sind furchtbare Köche."

Sie wandte sich zu ihm und ihr Mund verzog sich zu einem leichten Lächeln. Colins Stimme war schwach und keuchend, aber die Tatsache, dass er wach war und zu einem Scherz aufgelegt war, deutete sie als ein gutes Zeichen. Sie hoffte, dass er vielleicht doch nicht ganz so schwer verletzt war, wie sie vermutet hatte. Aber im schwindenden Licht konnte sie erkennen, dass er erschöpft war, da sein Mund vor Anstrengung angespannt war. Das übliche Funkeln in seinen Augen war gedämpft wie Sterne im Nebel.

„Was ist mit Eurem Auge passiert?", murmelte er.

Sie schüttelte den Kopf. Ein blauer Fleck war nicht wichtig. „Geht es Euch gut?"

Er seufzte und sein Mund verzog sich traurig. „Wenn Ihr damit meint, ob ich ... an Wert verloren habe ... nay, ich denke nicht. Noch nicht."

Sie runzelte die Stirn. Das hatte sie gar nicht gemeint.

„Oder wollt Ihr wissen, ob ich noch lange genug lebe", fuhr er fort, „dass ich Pagan sagen kann, dass nicht Ihr mich getötet habt?"

„Nay! Ich frage nur, weil ..."

„Ruhe, Weib!", rief Otis über das Feuer hinweg. „Genug der Verschwörungen. Es ist Zeit, sich dem Feind zu widmen." Er lachte über seinen eigenen Scherz und stand dann auf, um zu ihr zu kommen, wobei Dob hinter ihm herlief wie ein treuer Hund.

Otis würde jetzt erwarten, dass sie den Lösegeldgeber nannte oder Dobs Schläge ertrug. Trotz der Schwellung unter ihrem Auge als Beweis von Dobs brutaler Faust, sagte ihr der Instinkt, dass sie sich weigern sollte. Schließlich gab man einem Feind nie das, was er wollte.

Aber dieses eine Mal überlegte sie, bevor sie handelte.

„Hört mir zu", sagte sie zu ihm, „Ich sage Euch, was Ihr wissen wollt."

Otis lächelte sie selbstgefällig an, als hätte er genau das erwartet. „Ihr seid ein braves Mädchen."

„Aber nur, wenn Ihr mir einen Gefallen gewährt."

Hinter dem jetzt finster dreinschauenden Otis grinste Dob und massierte seine Handknöchel; er wollte sie unbedingt wieder schlagen.

Otis finsterer Blick wurde zu einem höhnischen Grinsen, „Einen Gefallen? Warum glaubt Ihr, dass Ihr in einer Position seid, um einen Gefallen zu bitten?"

„Ich gebe Euch einen Gefallen", stimmte Dob zu. „Ich schlage Euch dieses Mal an einer Stelle, wo man es nicht sofort sieht."

„Haltet den Mund, Dob", sagte Otis. „Was für ein Gefallen soll das sein?"

„Lasst mich seine Wunden behandeln", sagte sie und nickte zu Colin. „Seine Lösegeldgeber werden nicht für einen lahmen Krieger zahlen. Als Krüppel nützt er keinem von uns."

Otis kratzte sich an seinem grauen Kinn und blickte zu Colin, der besorgt finster schaute. „Wenn ich Euch seine Wunden behandeln lasse, gebt Ihr mir, was ich will?"

„Aye."

Colin hatte genug gehört. Helena war vielleicht eine Verräterin der schlimmsten Sorte. Sie war vielleicht von Eigennutz geleitet. Sie war vielleicht der verwerflichste Söldner von allen. Aber sie war immer noch eine Frau, die seinen Schutz verdiente. Und er hatte das ungute Gefühl, dass sie bei der Verhandlung jetzt etwas aufgab, was ihr später leidtun könnte.

Verflucht, wenn sie versprach, bei dem Mistkerl zu liegen ...

„Wartet!", rief er und verspürte sofort Schmerzen in seinem Oberschenkel. Er wandte sich zu Helena. „Tut es nicht, Mylady!"

„Schweigt, Normanne!", bellte der Anführer. „Das ist eine Sache zwischen dem Weib und mir."

„Das ist es nicht wert", sagte Colin zu ihr. „Ihr werdet es nur bereuen, dass Ihr ..."

Der Rest seiner Worte wurde von einem plötzlichen

Schlag von Dob gegen sein Kinn verschluckt. Sein Kopf stieß schmerzhaft gegen den Baumstamm und er sah helle Sterne in der dunklen Nacht.

„Los weiter, Weib", drängte der Anführer.

„Nay!", rief Colin mit dröhnendem Schädel.

„Ihr lasst mich seine Wunde versorgen?" fragte Helena.

„Nay!"

„Aye", stimmte der Anführer zu.

Sie nickte zustimmend. Aber sie zog sich nicht aus, wie Colin befürchtet hatte. Stattdessen sagte sie mit glockenklarer Stimme: „Rivenloch. Diejenigen, die Lösegeld für ihn bezahlen, befinden sich in Rivenloch."

Einen Augenblick lang war Colin sprachlos. Helena hatte bei dem Handel dann doch nicht ihren Körper eingesetzt. Sie hatte den Engländern den Namen der Lösegeldzahler gegeben.

Oh Gott, sie hatte ihnen den Namen Rivenloch genannt. Sie hatte sich noch nicht einmal die Mühe gemacht zu lügen. Sie führte den Feind bis vor die Tore.

Colin konnte nur noch versuchen, sie zu verwirren, indem er „Macintosh!" rief.

Sie starrte ihn finster an. „Rivenloch."

„Ihr müsst ihm die Wahrheit sagen", sagte Colin zu ihr und versuchte, ihre Fänger weiter zu verwirren. „Sonst werden wir niemals frei gekauft. „Es ist Macintosh, Mylord. Macintosh."

Ihre Augen flatterten ungläubig. „Was zum Teufel versucht Ihr ..."

„Macintosh", wiederholte er. „Es liegt ungefähr zwanzig Meilen nördlich von hier. In den Highlands."

„Macin ..." Sie schüttelte den Kopf und wollte nichts mit dieser Täuschung zu tun haben. „Er lügt, Otis. Die

Lösegeldzahler wohnen auf Rivenloch ungefähr zehn Meilen Richtung Norden.

Colin biss die Zähne zusammen. Wenn er die Hände frei gehabt hätte, hätte er das verfluchte schottische Weib vielleicht geschüttelt. Wie konnte sie so sorglos sein? Sie hatte den einen Ort verraten, wo die Engländer vielleicht im Vorteil wären. Pagan verhandelte nie mit feindlichen Söldnern, selbst wenn es um seine eigenen Männer ging und die Ritter von Cameliard verstanden seine Lage und wussten um ihre Pflicht. Aber Helenas Leute waren anders. Sie würden die Burg im Gegenzug für die sichere Rückkehr von Lord Gellirs Tochter vielleicht aufgeben. Und das wäre ein unerträgliches Opfer und auch eine Niederlage für Cameliard und den König.

Und für was? Damit Sie sich um seine Wunde kümmern konnte und vielleicht seinen Wert als Geisel erhielt, als *ihre* Geisel.

Er runzelte die Stirn. Das würde niemals passieren. Nun da die Engländer den Namen und Standort der Lösegeldzahler kannten, würden sie sich schleunigst auf den Weg dorthin machen. Und wenn sie das Ausmaß von Rivenlochs Reichtum sahen, würden sie erst zufrieden sein, wenn sie eine Riesensumme an Lösegeld für Helena bekamen. Was Colin betraf, konnte er von Glück sagen, wenn er mit dem Leben davon kam. Aber nur, wenn Helenas Behandlung ihn nicht vorher umbrachte.

KAPITEL 9

helena hoffte, dass sie eher Schaden beseitigte, statt noch mehr anzurichten. Sie wusch Colins Wunde mit frischem Wasser und zog den Stoff weg, der an dem Schnitt klebte. Er sagte kein Wort, aber sie erkannte an seinem gelegentlichen schnellen Einatmen, dass es schmerzhaft für ihn war.

Über die Jahre hatte sie viele ihrer eigenen Wunden behandelt; also wusste sie alles über das Nähen und Verbinden und die Verwendung von Hirtentäschelkraut, um die Blutung zu stoppen und dass man Dillsamen und Schafgarbe in die offene Wunde streute, um die Heilung zu beschleunigen. Aber einen Ausländer zu heilen war vielleicht eine ganz andere Aufgabe. Was eine Schottin gesund machte, könnte einen Normannen vergiften.

So oder so konnte keiner der Engländer Schierling von Nieswurz unterscheiden und sie hatten auch keine Lust, in der Dunkelheit nach Kräutern zu suchen. Also hatte sie nur Wasser, einen Lappen, ein wenig Bier und eine Nadel und Faden, die einer der Söldner mit sich führte, um Wappenröcke zu flicken.

„Hier", sagte sie, als sie den Faden durch die Nadeln zog und Colin das Bier reichte.

Er trank einen ordentlichen Schluck, machte sich bereit und gab dann das Bier zurück.

Sie trank einen ordentlichen Schluck. Dann noch einen. Dann einen dritten.

„Ist das klug?", fragte Colin besorgt, wobei er die Nadel anschaute, die im Licht des Feuers funkelte.

Sie schluckte. „Oh, aye." Mit dem Rücken ihrer zitternden Hand wischte sie sich über den Mund, schüttelte den Kopf und stählte sich. „Ihr werdet mir doch nicht ohnmächtig werden?"

„Nay."

„Ihr werdet nicht weinen und Theater machen?"

Er schüttelte den Kopf.

„Oder schreien?"

„Ich schreie nicht."

Sie zögerte. „Wenn ihr um Euch schlagt, mich mit Eurem Fuß tretet oder ..."

„Bei Gott! Erbarmt Euch, Weib. Fangt endlich an."

Irgendwie schaffte sie es. Sie stellte sich vor, dass es nur eine Flickarbeit wäre. Es war hilfreich, dass Colin die ganze Zeit kein Wort sagte. Er atmete keuchend und der Schweiß lief in Strömen, aber er zuckte nicht einmal, obwohl es eine furchtbare Tortur gewesen sein musste.

Nachdem sie den letzten Stich verknotet hatte, begannen ihre Finger wie in Verzögerung nach der Tortur zu zittern. Sie wischte sich über die feuchte Stirn mit ihrem Ärmel und seufzte erleichtert.

Colin sah selbst im warmen Licht des Feuers blass aus. Seine Augen waren vor Erschöpfung halb geschlossen und sein Kinn entspannt. Unfreiwillige Tränen vor Schmerzen waren ihm über die Wangen gelaufen und trockneten jetzt auf seinem Gesicht. Er atmete flach und sein Haar fiel ihm in feuchten Locken über seine Stirn. Er erinnerte sie an den Held in der Wikinger Geschichte, die ihr Vater gerne erzählte; diejenige, in der der ewig leidende Odin neun Tage lang aufgespießt in einem Eschenbaum hing.

Aber als sie Colin anschaute, sah Helena mehr als das physische Leiden und mehr als die maskuline Schönheit, wie sie jetzt eingestehen musste. Sie nahm einen inneren Mut und eine Stärke in ihm war, die sie veranlasste, alles, was sie je über Normannen gehört hatte, noch einmal zu überdenken. Colin du Lac war kein Weichling oder Feigling. Er war so mutig wie jeder der Ritter von Rivenloch, wenn nicht sogar noch mutiger.

Sie betete nur, dass er lange genug leben würde, um wieder in Kampfform zu kommen.

Während sie sein erschöpftes Gesicht musterte, war sie versucht, ihm das Haar aus der Stirn zu streichen, seine fiebrige Haut mit einem feuchten Tuch zu behandeln und die Flecken seiner Tränen wegzuwischen. Es war ein beunruhigendes Verlangen. Sie kannte diesen Mann kaum und brachte ihm mit Sicherheit keine große Zuneigung entgegen. Bevor ihre Hände sie verraten konnten, beschäftigte sie sie damit, Leinen von ihrem Unterrock abzureißen und die Wunde zu verbinden.

Als sie fertig war, spürte sie seinen heißen und durchdringenden Blick auf sich ruhen.

„Ich weiß, dass ich dankbar sein sollte", krächzte er, „aber ich habe den Verdacht, dass Ihr jeden Nadelstich genossen habt."

Kühn schaute sie ihn an. „Dann liegt Ihr falsch mit Eurem Verdacht."

Einen Augenblick lang war die Luft wie von einem Blitz geladen. Sie blickten einander an und es war, als würden sich ihre Seelen synchronisieren und eine geheimnisvolle Verbindung zwischen ihnen schmieden, die so kraftvoll und dauerhaft war wie die Verbindung zwischen Stahl und Eisen.

Selbst als sie ihre Blicke einen Augenblick später abwandten, blieb ein Rest dieser Verbindung zurück, ein Verständnis und eine Wahrheit, die so tief waren, dass Helena Schwierigkeiten hatte, zu sprechen oder ihn noch einmal anzusehen.

„Morgen", murmelte sie schließlich, als sie ihre Sachen einsammelte, „muss ich die Verbände wechseln."

„Gut." Und dann schaffte es der unbelehrbare Normanne, eine letzte Unhöflichkeit fallen zu lassen und die Spannung mit seinem anzüglichen Humor zu brechen. „Wenn Ihr noch ein paar Tage lang Verbände macht, habt Ihr bald keine Kleidung mehr am Leib."

Colin döste unruhig. Zum Teil lag dies an seiner schmerzenden Wunde und zum Teil, weil seine Sinne hellwach waren, wenn man bedachte, dass er in der Wildnis Schottlands im Lager des Feindes schlief. Und zum Teil, weil seine Gefühle bezüglich der schönen, durchtriebenen, schottischen Entführerin, die nur wenige Meter weiter döste, seinen Kopf wie kochendes Öl in Aufruhr versetzt hatte.

War Helena ein Engel oder ein Dämon? War sie um sein Wohlergehen oder nur um seinen Wert besorgt? Er dachte, dass er ihre wahre Natur aufgedeckt hatte, dass sie ihm nur aus selbstsüchtigen Gründen geholfen hatte. Wenn er starb, würde sie nicht nur ihre Geisel verlieren und damit ihre Handelsmacht, aber sie müsste seinen Tod auch vor Pagan rechtfertigen. Natürlich würde sie daher seine Wunde behandeln wollen. Ihr eigenes Wohlergehen hing davon ab.

Und dann hatte sie ihn zusammengeflickt und obwohl er von den Schmerzen, dem Unterdrücken der Schmerzensschreie und dem Wegblinzeln der ungewollten Tränen abgelenkt war, wurde ihm auch verschwommen bewusst, dass es auch für sie eine Tortur war.

Und danach, als er ihren Blick traf und sie leugnete, dass sie Vergnügen gefühlt hatte angesichts seiner Schmerzen, hatte er noch nie ein unschuldigeres, ehrlicheres und verletzlicheres Gesicht als ihres gesehen. Er erkannte die Aufrichtigkeit in ihren Augen und er spürte in dem Augenblick die Seelenverwandtschaft, die er manchmal erlebte, wenn er eine Frau liebte.

Es war absurd. Helena von Rivenloch konnte man nicht trauen, ganz gleich was er in ihren Augen erkannte. Sie war ungestüm und hinterhältig und unvorhersehbar. Darüber hinaus hasste sie Normannen. Sie hatte dieses Abenteuer mit Verrat im Kopf begonnen und obwohl die Dinge weit über ihre Absichten hinausgegangen waren, war es immer noch ihre Schuld, dass sie hier waren. Sie würde alles sagen oder tun, um ihre Sache weiter zu bringen.

Einschließlich, dachte er reumütig, ihn mit ihren großen, grünen Augen zu verhexen.

Helena wachte vor allen anderen auf. Der Boden war feucht vom Tau, ihr Bauch schmerzte vor Hunger und ihre Handgelenke waren taub, wo sie hinter ihr festgebunden waren. Sie blickte zu Colin. Gott sei Dank hatten die Wölfe ihn in der Nacht nicht gefressen. Scheinbar atmete er und durch den Verband an seinem Bein schien kein Blut zu sickern. Sie hatte ihn also doch nicht mit ihrer Behandlung umgebracht.

Sonnenstrahlen schienen durch die Tannen und sie wusste, dass die Söldner schon bald aufstehen würden. Sie musste die Strategie, die sie in ihrem Kopf entwickelt hatte, noch verfeinern.

Colin hatte geglaubt, dass es ein Fehler gewesen war, den Engländern den Namen und Standort von Rivenloch zu sagen, aber Helena wusste es besser. Sie war nicht so dumm, als dass sie den Feind bis zu den Burgmauern geführt hätte. Je näher sie jedoch bei ihren Verbündeten waren, wenn sie ihre Entführer überwältigte, desto besser waren ihre Chancen zu überleben und umso wahrscheinlicher könnte eine Gruppe anschließend von Rivenloch losreiten und die Engländer verfolgen. Es war ein Risiko, aye, aber wie ihr Vater war es ihr fast unmöglich, einem Risiko aus dem Weg zu gehen. Hoffentlich hatte sie mehr Glück als Lord Gellir.

Wieder schaute sie zu Colin, der im Schlaf die Stirn runzelte. Der Normanne traute ihrem Urteilsvermögen nicht. Trotz allem, was sie getan hatte, um sein Bein zu retten, ganz abgesehen davon, dass sie ihm das Leben gerettet hatte, hatte er immer noch kein Vertrauen in sie. Das betrübte sie zutiefst.

Sie seufzte leise. Andererseits war es vielleicht das Beste, wenn Colin ihre Pläne nicht verstand. Dann würde er sie zumindest nicht verraten, wenn der Zeitpunkt für die Täuschung gekommen war.

Langsam erwachte der Rest des Lagers. Die Söldner gaben ihren Gefangenen ein grobes Brot und wässrigen

Wein, aber sie taten dies nicht aus Freundlichkeit, sondern in Vorbereitung auf die lange Reise, die vor ihnen lag.

Es war eine lange Reise, insbesondere wenn Helena sie an Colins gehumpelten Schritten, an der Blässe seines Gesichts und an dem Schweiß, der auf seinem Hals glitzerte, maß, während er sich den Weg zwischen zwei seiner Fänger entlang quälte.

Bis zum späten Nachmittag war klar, dass sie schneller als erwartet würde handeln müssen, obwohl sie noch einige Meilen von Rivenloch entfernt waren. Colin könnte nicht mehr lange durchhalten. Schon sickerte wieder Blut aus seiner Wunde und beschmutzte den Leinenverband. Tatsächlich war das einzig Gute, dass der Weg der Söldner nach Süden sie näher zu der Kate im Wald geführt hatte. Wenn sie es schaffen konnten zu fliehen, würden sie nicht weit zu gehen haben, um Unterschlupf zu finden.

„Sein Verband muss gewechselt werden", sagte sie zu Otis, als sie auf eine Lichtung in einem dichten Kastanienwald kamen. „Und ich muss Kräuter finden, um die Blutung aufzuhalten."

Otis schaute finster. „Das sieht mir nicht allzu ernst aus."

„Wenn er noch viel mehr Blut verliert, werdet Ihr ihn tragen müssen." Als wenn er ihre Aussage glaubhaft erscheinen lassen wollte, gaben Colins Knie nach und nur die schnellen Reflexe der Männer neben ihm hielten ihn davon ab, völlig zusammenzubrechen.

Otis spuckte aus und ärgerte sich offensichtlich über die Verzögerung. „In Ordnung", knurrte er. „Dob und Hick, geht mit ihr, dass sie ihr verfluchtes Unkraut sucht."

Sie nahm sich Zeit, das Hirtentäschel zu finden, obwohl jede Menge davon entlang des Weges wuchs. Die Engländer würden den Unterschied nicht erkennen und die Verzögerung würde ihr Zeit geben, ihre Strategie umzusetzen. Eine ganze Zeit später gab sie vor, die Pflanze gefunden zu haben und sie wies Hick an, mehrere abzuschneiden.

Als sie zur Lichtung zurückkamen, saß Colin gegen einen Baum gelehnt und Otis ging ungeduldig auf und ab, wobei er die untergehende Sonne betrachtete.

„Was hat Euch aufgehalten, Weib?", bellte er. „Wir könnten schon da sein."

Ein Hundert scharfzüngige Antworten kamen ihr in den Sinn, aber sie biss sich auf die Zunge.

„Das alles gefällt mir ebenso wenig wie Euch", sagte sie kameradschaftlich. „Ich hatte gehofft, dass ich Rivenlochs Schatztruhe inzwischen geleert hätte."

Otis runzelte die Stirn. „Wirklich? Und warum solltet Ihr seine Schatztruhe leeren wollen? Ihr sagtet doch, dass ihr zu Rivenloch gehört."

„Aye", sagte sie schnaubend, „ich *gehöre* zu Rivenloch. Er hält mich schon seit Jahren als Sklave." Verträumt schaute sie in die Ferne. „Dies ist meine Chance, mich zu rächen, indem ich seinen Lieblingsnormannen als Geisel nehme." Sie lachte voller Bitterkeit. „Und jetzt fordert Ihr für uns beide Lösegeld und ich muss zurück in die Sklaverei."

Otis schaute nachdenklich, während er über ihre Worte nachdachte. Zufrieden wandte Helena sich dann ab. Sie hatte Zweifel gesät. Obwohl die Täuschung erst angefangen hatte, reichte es erst mal, dass sie den Engländer zum nachdenklich gestimmt hatte.

„Schneidet Ihr jetzt meine Fesseln durch, damit ich seine Wunde verbinden kann?"

Otis schnitt ihre Fesseln durch, bewachte sie aber, während sie Colins Verband wechselte.

Sie schluckte ihre Angst hinunter, als sie die Naht sah und ihre Arbeit von der Nacht zuvor in Augenschein nahm. Obwohl die Stiche gehalten hatten, sickerte immer noch Blut aus der Wunde. Sie drückte die Blätter des Hirtentäschels vorsichtig gegen den Schnitt und riss einen weiteren sauberen Leinenstreifen von ihrem Kleid als Verband. Colin hatte wahrscheinlich Recht. In einer Woche würde sie ihr ganzes Unterkleid zerrissen haben, um Verbände für ihn zu machen.

Gerade als sie den Verband zubinden wollte, öffnete Colin die Augen. „Wasser", krächzte er.

Sie nickte. „Otis, habt Ihr frisches Wasser?"

Sie sah, des Otis zuckte, als sie seinen Namen aussprach aber trotzdem warf er ihr einen halbvollen Trinkbeutel mit Wasser, das er zuvor am Bach geholt hatte, zu.

Sie reichte den Beutel an Colin weiter und half ihm zu trinken. Ihre Blicke trafen sich und wieder spürte sie diese seltsame Verbundenheit, dieses Gefühl, dass sie die Gedanken des anderen lesen könnten und dass sie sich schon seit ewigen Zeiten kennen würden. Aber sie konnte sich nicht leisten, sich dieses Mal von dieser Verbundenheit verführen zu lassen. Ihr Erfolg am heutigen Abend hing zu einem großen Teil von Täuschung ab und sie traute sich nicht, sich von Colins Wahrnehmungsvermögen abhalten zu lassen. Also wandte sie ihre Blicke ab, bevor er ihre Gedanken lesen konnte.

Als er fertig getrunken hatte, gab sie den Beutel Otis zurück. Absichtlich berührten ihre Finger die des Engländers und sie widerstand dem Zwang zu erschaudern, als sie seine schmierigen Schwielen berührte.

Während die anderen damit beschäftigt waren ein Feuer zu zünden, verwickelte sie ihn in eine private Unterhaltung und hoffte, dass ihre Nähe ihn entwaffnen würde und ihn vergessen lassen würde, sie wieder zu fesseln.

„Wieviel wollt Ihr denn für den Normannen fordern?", murmelte sie.

Otis zuckte mit den Schultern. Es war offensichtlich, dass er noch nicht darüber nachgedacht hatte.

„Er ist Rivenlochs bester Ritter", vertraute sie ihm an.

„Fünfzig Taler?", schätzte er.

„Fünfzig?" Sie lachte leise. „Oh, er ist weit mehr wert als das, versichere ich Euch. Rivenlochs Truhen können sich ein weitaus höheres Lösegeld leisten."

Verschwörerisch kniff er die Augen zusammen. „Ihr wollt den Lord von Rivenloch tatsächlich ruinieren, nicht wahr?"

Sie wartete, bis Mordlust in ihrem Blick zu sehen war. „Mehr als alles andere."

Er grinste sie dann anzüglich an, als würde er ihre Motive nur allzu gut verstehen. Und sie grinste zurück.

„Ach", sagte er und musterte ihr Gesicht bezüglich Anzeichen einer Täuschung. Sie achtete darauf, keine zu zeigen. „Und wieviel hättet Ihr für ihn verlangt?"

„Einhundertfünfzig."

„Einhundert und ...", bellte er. Dann sprach er etwas leiser. „Ihr könntet so viel bekommen?"

„Aye." Oh Gott, sie hoffte, dass er ihr glaubte. Sie wusste, dass die Schotten keinen Pfennig für einen normannischen Ritter zahlen würden.

Er strich sich über das stoppelige Kinn und verdaute diese Informationen erst einmal.

Sie wollte ihm Zeit zum Nachdenken geben und rieb

sich die Hände und fragte dann: „Habt Ihr auch etwas Stärkeres zu trinken, Otis?"

Er betrachtete sie misstrauisch. „Vielleicht."

„Ich könnte etwas Starkes gebrauchen, nachdem ich die Pflegerin für den widerwärtigen Normannen spielen musste." Sie schauderte.

Aber Otis war nicht so dumm, wie er aussah. „Ihr habt vorhin an seiner Seite gekämpft. Da schien er nicht so widerwärtig zu sein."

Sie senkte den Blick, wie ihre jüngste Schwester es zu tun pflegte; sie war die einzige der drei, die ihre weiblichen Waffen von Haus aus besaß. „Zu dem Zeitpunkt, Otis, dachte ich, dass Ihr mich töten wolltet." Sie drückte eine Hand an den Busen, als wenn allein der Gedanke sie jetzt noch atemlos machen würde. „Ich meine, als ich Eure breiten Schultern und Euer grimmiges Gesicht und die Länge Eures Schwertes sah ..."

Otis stellte sich gerade hin und freute sich offensichtlich über ihre schmeichelhaften Worte.

„Was hätte ich anderes tun können", fuhr sie fort, „als einen Ritter zu rufen, der geschworen hat, mich zu verteidigen?"

Raffiniert strich sie mit den Fingern an ihrem Ausschnitt entlang, weil sie wollte, dass er dorthin schaute.

Er tat es und sie sah, wie Lüsternheit in seinen Blick kam.

„Nun, Ihr braucht Euch keine Sorgen machen, Mylady", schnurrte er. „Ich glaube nicht, dass ich Euch töten muss."

„Wirklich?" Sie ließ ihren Blick auf seine Brust fallen und täuschte Interesse vor, obwohl sie nur Widerwillen empfand. „Ich wäre Euch unendlich dankbar, wenn Ihr es nicht tätet."

Er lächelte einseitig und offenbarte dort seinen nackten Gaumen; dann bückte er sich und zog eine Lederflasche aus seinem Gepäck. Sie hätte ihm dabei ins Gesicht treten können, aber sie widerstand diesem Drang. Er entkorkte sie, wischte sie mit seinem Ärmel ab und bot ihr etwas zu trinken an. Sie nahm sie mit einem koketten Lächeln und versuchte, nicht das Gesicht zu verziehen, als sie die schmutzige Flasche an den Mund setzte.

Colin schaute böse und verdrehte die Handgelenke an den Fesseln. Was zum Teufel hatte das Biest jetzt vor? Er konnte nicht hören, was sie zu dem Engländer sagte, aber sie schlossen offensichtlich irgendeine Art von Bündnis.

Das war schlecht. Sehr schlecht.

Helena von Rivenloch war mit Sicherheit das törichteste Weib in ganz Schottland. Nicht nur machte sie gemeinsame Sache mit einem Haufen ehrloser Söldner, aber scheinbar versuchte sie jetzt, den Anführer zu verführen.

Er biss die Zähne zusammen. Er wusste es besser als zu glauben, dass das Mädchen sich wirklich zu dem zahnlosen, ergrauten Ochsen hingezogen fühlte. Nichtsdestotrotz verdunkelte die Enttäuschung seine Sicht, während er zusah, wie sie sich dem geifernden Engländer näherte und ihre Brüste dabei fast aus ihrem Kleid fielen.

Und dann beging sie den schlimmsten Fehler überhaupt. Sie fing an zu trinken.

Er hatte schon gesehen, welche Wirkung Alkohol auf sie hatte. Wenn sie sich heute Abend sinnlos betrank, könnte alles Mögliche passieren.

Aber er war hilflos und konnte nicht einschreiten. An den Baum gefesselt konnte er nur zusehen wie sie Stunde um Stunde betrunkener wurde. Als es dunkel wurde und die Sterne hervor kamen, tauschte sie mit den Söldnern anzügliche Geschichten am Feuer aus. Es dauerte nicht lange und sie sangen zusammen, erhoben ihre Becher und tranken auf ihre Lieblingsdirnen und in Helenas Fall auf ihre Lieblingsstalljungen.

Colin kaute auf seiner Unterlippe und überlegte, ob sie bei dem Dutzend Jungen, die sie alle beim Namen genannt hatte, auch schon gelegen hatte. Er schaute finster. Und sie hatte den Nerv, *ihn* einen Herumtreiber zu nennen.

Schließlich nahm die Zecherei ein nur allzu vorhersehbares Ende. Als Helena sich etwas wackelig in einem spontanen Tanz drehte, der vom Klatschen der Männer begleitet wurde, nahm Otis sich die Freiheit, ihr mit ein wenig zu viel Vertrautheit an den Po zu greifen.

Colin lächelte grimmig, weil er wusste, dass das Mädchen sich jetzt drehen und den Mann mit einem kräftigen Schlag niederstrecken würde. Das war schließlich ihre Reaktion gewesen, als Colin versehentlich ihre Brust berührt hatte. Aber zu seinem Missvergnügen kicherte das verfluchte Weib nur und tätschelte spielerisch Otis beleidigende Hand.

Zorn kochte in Colin hoch. Was war nur los mit dem Mädchen? Sie hatte *ihm*, einem Normannen, ihrem Verbündeten, nichts als Verachtung gezeigt. Und jetzt zechte sie, nay, sie tat sich mit den Engländern, ihrem Feind, zusammen. Kein Wunder, dass der König wollte, dass Pagan das Kommando über Rivenloch übernahm. Diese Schottin hatte offensichtlich keine Ahnung, was Loyalität bedeutete.

Er beobachtete schweigend, wie sie sich zwischen den Söldnern bewegte, ihre Hüfte in der Nähe ihrer grabschenden Pfoten schwang und sich nach vorne beugte, um ihnen neckende Blicke auf ihren Busen zu erlauben.

Colin biss die Zähne zusammen. Er hoffte nur, dass sie auf das vorbereitet war, was unweigerlich die Konsequenz ihrer Verführung sein würde. Und er hoffte, dass er die dann folgende Ausschweifung nicht miterleben müsste.

„Wartet!", rief sie kichernd und sprang außer Reichweite der Hand von einem der Kerle, der auf einem Stück Holz am Feuer saß. Sie steckte den halbleeren Trinkbeutel zwischen ihre Brüste und hob die Hände, um für Ruhe zu sorgen. Die Männer kamen dem so gut sie konnten nach. „Bevor wir zu sehr ...", sagte sie mit einem lüsternen Grinsen, „zu abgelenkt werden ..."

Die Männer grölten anzüglich und Dob rieb sich den Unterleib.

Sie setzte sich zu Otis, entkorkte den Weinschlauch zwischen ihren Brüsten und lehnte sich vor, so dass der Wein in seinen offenen Mund lief. Er streckte die Handflächen nach oben, um ihre Brüste zu umfassen und sie quiekte kokett, stoppte den Weinfluss und tanzte aus seiner Reichweite.

Colin wollte nicht zusehen, aber konnte nicht anders. Er hatte solche Spielchen auch schon gespielt, Spielchen der Verführung und des Rückzugs, die das Verlangen fieberhaft steigerten. Aber es war anders, wenn man zusah, wie Helena sie spielte. Ihm wurde heiß dabei und er war sich nicht sicher ob aus Verlangen oder Widerwillen, aus Neid oder Zorn, aus Lust oder Enttäuschung oder Scham. Aber all diese verwirrenden Gefühle kamen in ihm auf, während er darum kämpfte, dass er seinen Blick abwenden könnte.

„Es ist zu spät, Mylady", lallte Otis. „Ich bin schon abgelenkt."

Sie griff frech nach unten, um seine Hose zu tätscheln. „Davon sehe ich aber nichts."

Otis knurrte.

Sie grinste. „Aber zuerst müssen wir sicherstellen, dass unsere kleine Taube nicht aus dem Taubenschlag wegfliegt." Sie stand auf, schwankte einen Augenblick lang und machte sich dann auf dem Weg zu Colin. „Ich schau mal nach den Fesseln."

Colin senkte den Blick. Er konnte es nicht ertragen, sie anzuschauen, als sie auf ihn zu wankte. Er hegte nur noch ein Gefühl ihr gegenüber. Er fühlte nur noch Ekel. Er hatte ihr nichts mehr zu sagen. Gar nichts.

Und doch konnte er nicht anders. „Ich hoffe Ihr wisst, was Ihr da tut", murmelte er.

Er roch den Wein aus ihrem Mund, aber sie schien nicht ganz so betrunken zu sein, als sie flüsterte: „Oh aye", und dann ging sie um ihn herum.

„Sie werden nicht sanft mit Euch umgehen", warnte er. „Diese Sorte ist niemals sanft."

Sie kicherte, während sie sich an seinen Fesseln zu schaffen machte. „Ich habe nicht erwartet, dass sie sanft sein würden."

Er runzelte die Stirn. Vielleicht war sie eine dieser seltsamen Kreaturen, die es gern hatten, wenn man grob mit ihnen umging.

Gönnerhaft tätschelte sie seine Hand. „Aber ich glaube, dass ich sie im Griff habe."

Er knurrte vor Widerwillen. Noch nie hatte er sich so getäuscht. Er hatte wirklich geglaubt, dass Helena eine achtbare Dame war, dass sie Skrupel, Ehre und Tugend besaß. Es war jetzt offensichtlich, dass sie so gar nicht die Frau war, die er sich vorgestellt hatte.

„Hey, Weib!", brüllte Otis. „Ich glaube, ihr haltet Euch zulange bei dem Gefangenen auf. Ihr vögelt ihn doch wohl nicht?"

Die anderen glucksten.

„Was? Und normannischen Mandelpudding mit gutem schottischen Eintopf vermischen?", rief sie zu ihm zurück, woraufhin alle vor Lachen brüllten. „Nay, mein Schatz. Ich hebe mich für Euch auf."

Colin starrte kalt auf den Boden. Bei Gott, das Mädchen hatte eine fürchterlichere Zunge als eine Hafendirne. Jetzt wusste er ganz genau, dass er die nun folgenden Obszönitäten nicht sehen wollte.

Als wenn sie seine Gedanken gelesen hätte, murmelte sie ihm zu: „Haltet die Augen offen."

Noch nicht einmal für eine Schiffsladung voller Silber, dachte er, während sie wieder zum Feuer schlenderte. Und doch schaute er gelegentlich hin, als das Weib anfing, ihre weiblichen Reize auszuspielen.

„Otis, mein Junge", schnurrte sie, „wo habt ihr Euren langen Stahldolch hingesteckt?"

„Genau hier, Weib", antwortete er und löste die Schnürung an seiner Hose.

„Oh je, aber ich meinte doch nicht den Dolch, Schatz. Ich meinte diesen."

Wie ein Blitz streckte sie die Hand vorbei an der offenen Hose an seinen Schwertgürtel und zog den Dolch aus seiner Scheide. Während Otis noch verwirrt blinzelte, zog sie ihren Fuß zurück und trat ihn genau zwischen die Beine. Colin war einen Augenblick erstaunt und erschauderte dann. Aber als Helena, die plötzlich völlig nüchtern war, sich zu einem weiteren Söldner umwandte, richtete Colin sich fasziniert auf. Und als er das tat, entdeckte er etwas Erstaunliches. Seine Fesseln waren lose.

KAPITEL 10

L auft!", rief Helena Colin zu. „Lauft!" Bei Gott, warum
brauchte er so lange? Aye, er war zwar verletzt, aber
sie hatte ihm genug Zeit zur Vorbereitung gegeben.
Sie hatte gut über eine Stunde damit verbracht, die Männer
betrunken zu machen. Und jetzt war einer von ihnen
gerade zum Pinkeln im Wald. Es war die perfekte
Gelegenheit, dass sie sich zur Wehr setzen und Colin fliehen
könnte. Bei Gott! Sie hatte ihm doch gesagt, dass er die
Augen offenhalten sollte.

Sie schob Hick von dem Baumstumpf und er fiel in die
Tannenzweige. Dann sprang sie über das Feuer, wobei sie
sich fast die Röcke verbrannte und stellte sich Dob mit
ihrem Dolch.

Aus dem Augenwinkel sah sie, dass Colin endlich auf die
Füße gekommen war, obwohl er sich nur humpelnd
bewegte.

Ihr Rachedurst wurde von dem mitleiderregenden
Anblick noch weiter angefeuert; sie streckte den Dolch
hoch und stieß ihn fest in Dobs Oberschenkel. „Das", sagte
sie bissig, „ist dafür, dass Ihr meine Geisel verletzt habt."

Er schrie und griff nach der Wunde, aber sie spürte keine Reue, als sie die Klinge wieder herauszog. Der Mann hatte ihr gegenüber schließlich auch keine Gnade gezeigt. Er hatte ihr ein blaues Auge verpasst und Colins Bein schwer verletzt, wobei er den edlen Ritter wahrscheinlich für immer zum Krüppel gemacht hatte.

Sie blickte hoch und hoffte, dass sie sehen würde, wie Colin in Sicherheit weg humpelte, aber stattdessen stolperte er in das Getümmel.

„Geht! Geht!", rief sie.

Er ignorierte sie und forderte den vierten Engländer heraus wobei er außer seinen bloßen Händen keine Waffen hatte. Er verpasste dem Mann einen mächtigen Schlag ans Kinn und dann in den Bauch, so dass dieser sich vornüber beugte.

In der Zwischenzeit war Hick wieder aufgestanden. Er zog seinen Dolch und kam lüstern auf sie zu. „Ihr mögt es also grob?"

Sie kniff die Augen zusammen. „Oh aye", versicherte sie ihm.

Sie trat einen Schritt zurück, um sich bereit zu machen und merkte nicht, dass Otis sich insoweit erholt hatte, dass er die Hand ausstrecken, ihren Knöchel ergreifen und sie zu Fall bringen konnte. Sie verlor das Gleichgewicht und fiel nach hinten, wobei sie fast im Feuer landete. Schlimmer noch, die Waffe fiel ihr aus der Hand, als ihr Handgelenk auf dem Boden aufkam.

Hick war immer noch auf dem Vormarsch und als sie sich wieder gesammelt hatte, beugte Otis sich mit Mordlust in seinen Augen über sie. Mit all ihrer Kraft schwang sie ihre Faust und erwischte Otis an der Nase, wobei ein ekelhaftes Knacken zu hören war. Nach dem Schlag taten ihr die Handknöchel weh, obwohl Otis Gesicht wahrscheinlich mehr schmerzte.

Als sie den Kopf drehte, war Hick bereits da und schwang das Messer des *Schattens*. Es glitzerte, als es sich in Richtung ihrer Brust senkte. Sie drehte sich gerade weit genug zur Seite, dass die Klinge an ihren Rippen vorbei im Boden landete. Dann nahm sie eine Hand voll heißer Kohlen und warf sie ihm ins Gesicht.

Hick schrie und sprang zurück, wobei er sich wie verrückt die Augen rieb. In dem Durcheinander rollte Helena sich auf Hände und Knie, um zu sehen, ob Colin schon geflohen war.

Sie musste zugeben, dass er für einen verletzten Edelmann einen beeindruckenden Kampf ablieferte. Anstatt wie ein richtiger Ritter zu kämpfen, wandte er eine schlaue Taktik an. Er kämpfte mit Händen und Füßen und spuckte sogar, um seinen Gegner zu ärgern.

Aber er würde nicht lange durchhalten. Sie sah, wie schon jetzt frisches Blut durch den Verband sickerte. Und wenn sein Gegner ihn an dieser verletzlichen Stelle traf ...

Sie zog das Messer des *Schattens* aus dem Boden und näherte sich den kämpfenden Männern. Aber ihre Hilfe war nicht mehr notwendig. Gerade als sie bereit stand, um das Messer zu benutzen, traf Colin den Mann mit einem harten Schlag, so dass dieser ohnmächtig wurde.

Ob das leise Kratzen hinter ihr oder Colins geweitete Augen sie gewarnt hatten, wusste sie nicht, aber plötzlich merkte sie, dass sie in der Unterzahl waren. Der fünfte Mann war zurückgekommen.

Es war keine Zeit mehr, sich zu verteidigen, sich umzudrehen oder auch nur zu schauen. Sie konnte nichts weiter tun, als nach hinten zu stechen und zu beten, dass sie etwas Wesentliches getroffen hatte.

Aber als sie das Messer nach hinten stieß, traf es nur auf Luft.

„Runter!", schrie Colin.

Ohne nachzudenken ließ sie sich Gott sei Dank auf den Boden fallen. Denn im gleichen Augenblick schoss Colins Hand nach vorn und warf einen Dolch, der sie nur um wenige Zoll verfehlte. Hinter sich hörte sie ein Knurren, dann stolpernde Schritte und sie wusste, dass das Messer sein Ziel getroffen hatte.

Ohne nach hinten zu schauen, stahl sie einen abgelegten Dolch und einen vollen Weinschlauch; dann stand sie auf und rannte auf Colin zu. „Los!"

Sie rannten von dem Schlachtfeld im Wald weg und bahnten sich den Weg durch die Dunkelheit, so gut es eben ging. Helena half ihm, indem sie seinen Arm über ihre Schultern schlang, damit er sich auf sie stützen konnte. Vielleicht würden die Engländer Ihnen folgen. Vielleicht auch nicht. Aber nach einer oder zwei Meilen waren immer noch keine Verfolger zu hören und sie verliefen sich schon fast.

Angesichts ihrer brennenden Lungen musste Helena halt machen. Sie sank nach vorn, legte ihre Hand auf das Knie und atmete tief durch. Auch Colin war außer Atem und lehnte sich gegen einen Baum. In der Stille des Waldes war nur ihr Keuchen zu hören.

Als sie wieder zu Atem kamen, sagte Colin: „Versprecht mir etwas."

„Aye?"

„Macht das nie wieder."

„Was?"

„Dass Ihr ein so törichtes Risiko eingeht. Dass Ihr Feinde herausfordert, die in der Überzahl und gewichtiger sind als Ihr. Dass Ihr skrupellose Söldner angreift."

Sie runzelte die Stirn. „Gern geschehen."

„Dass Ihr die Flucht plant", fügte er hinzu, „ohne Euch mit Eurem Verbündeten abzusprechen."

„Ich habe mich mit Euch beraten. Ihr wart einfach nur zu dumm, um es zu verstehen."

„Lauft, sagtet ihr. *Lauft!*" Er schüttelte den Kopf.

Sie zuckte mit den Schultern. „Ihr seid ein Normanne."

Er schaute finster. „Ich bin *ein Ritter*."

„Außerdem", sagte sie, als sie sich jetzt etwas langsamer durch einen vertrauten Eichenwald wieder auf den Weg machten, „alles ist doch gut geworden."

„Aber was, wenn nicht? Was, wenn Ihr den Kampf verloren hättet? Und was, wenn einer … oder alle … Euer Angebot angenommen hätten?"

Helena blieb plötzlich stehen. „Heilige Maria, haltet Ihr mich wirklich für so hilflos? Jede Frau weiß, dass ein Mann am verletzlichsten ist, wenn er die Hosen unten hat." Bei Gott, das war der Grund, dass sie den halben Abend damit verbracht hatte, die Söldner zu verführen.

Colin runzelte die Stirn und seufzte.

Trotzdem hatte er in einer Sache Recht. Sie hatte eine Niederlage gar nicht in Betracht gezogen. Das tat sie nur selten. Aber wenn sie zu sehr über den möglichen Ausgang nachdachte, würde sie ihr Schwert niemals ziehen.

Colins Hosen waren nicht unten, zumindest noch nicht, aber das bedeutete nicht, dass er sich nicht genauso verletzlich fühlte wie die englischen Söldner. Er hatte wie die Söldner ihre Verführungskünste beobachtet und er war wohl kaum immun gegen ihren Charme.

Sie hatte den Arm um seine Taille geschlungen und ihre Brust lag viel zu behaglich an seiner Brust; so half Helena ihm, zurück zur Kate zu humpeln. Es war ein Wunder, dass sie diese fand, wenn man bedachte, wie viel sie im Laufe des Abends getrunken hatte; aber sie war sicher auf den Beinen und wusste den Weg. Als sie dort waren, machte sie sich große Mühe, um sicherzustellen, dass es ihm gut ging und sie bestand darauf, dass er das Bett nahm.

„Der Boden reicht mir", argumentierte er.

„Unsinn." Sie schob ihn auf das Bett und beugte sich dann zu ihm herab, um die Decke um seine Schultern einzustecken, wobei sie vergaß, dass ihr Kleid um den Hals herum sehr locker saß. Ihre Brüste wölben sich oberhalb des Stoffs und im flackernden Licht des Feuers sahen sie so golden und lecker aus wie Honigbrote.

Gegen seine Natur zwang er sich, den Blick abzuwenden. Er krächzte: „Ich bestehe darauf."

Sie verschränkte die Arme unter ihren Busen, was das Problem nur noch verschlimmerte. „Und wie wollt Ihr auf etwas bestehen, wenn Ihr kaum aufrecht stehen könnt?"

Er konnte vielleicht nicht aufrecht stehen, aber ein anderer Teil von ihm hatte überhaupt kein Problem damit. Obwohl seine Wunde pochte, hatte er noch dringendere Schmerzen, denen er sich widmen müsste.

„Nay", fuhr sie fort. „Ihr nehmt das Bett. Ich will nicht, dass Euer armseliger Hauptmann sagt, dass ich mich nicht ordentlich um Euch gekümmert hätte."

Das vertrieb etwas von dem Verlangen. Einen Augenblick lang hatte er Helenas Motive vergessen. Aye, sie wollte, dass er wieder gesund wurde, weil er dann zweckdienlicher war. Die Frau war genauso gierig wie die Söldner.

„Ihr verschwendet Eure Zeit", sagte er unverblümt. „Er wird nicht einen Pfennig für mich bezahlen."

Sie klackte mit der Zunge. „Aber Sir Colin, selbst ich weiß, dass Ihr nicht *so* wertlos seid."

Er war überrascht, dass sie ihn mit Namen ansprach. Es gefiel ihm, wie sie ihn aussprach.

„Außerdem", fuhr sie fort, „bitte ich nicht um einen Pfennig. Ich bitte um meine Schwester."

Er schüttelte den Kopf. „Pagan lässt sich nicht manipulieren."

„*Jeder* kann manipuliert werden."

„Ach", sagte er mit einem säuerlichen Geschmack im Mund. „Ihr meint so, wie Ihr die Söldner manipuliert habt?"

Sie lächelte ihn nur listig an und fing dann an, sich um sein Bein zu kümmern.

„Und Ihr habt *mich* einen Herumtreiber genannt", knurrte er.

„Ich bin keine Herumtreiberin."

Er grinste. „Ich weiß es nicht mehr genau. Wie viele Stalljungen waren es?"

Sie kicherte, während sie vorsichtig den Verband abwickelte. „Ihr habt mir geglaubt?"

„Wo hättet ihr sonst so etwas ... so etwas ... lernen sollen?" Bilder der atemberaubenden Schönheit, die ihre Hüften schwang, deren Wimpern flatterten und die ihren samtartigen Busen zeigte, gingen ihm wieder durch den Kopf und erhitzten sein Blut.

„Oh aye", sagte sie und ihre Stimme war voller Ironie. „Ich habe bei allen Stalljungen gelegen. Und noch dazu bei sämtlichen Rittern von Rivenloch."

Sie fand es vielleicht amüsant, aber er tat es nicht. Nicht heute Nacht. Nicht, wenn Sie ein solches Fachwissen bei der

Verführung gezeigt hatte. Nicht, wenn sie ihren Körper eingesetzt hatte, um ihn zu befreien. Und insbesondere nicht, da er angefangen hatte, das schottische Mädchen gefährlich lieb zugewinnen.

Sie stellte ihren Fuß auf das Bett und schnitt dann einen weiteren Verband aus ihrem Unterkleid. Und wenn er es nicht besser wüsste, würde er vermuten, dass sie ihn provozieren wollte, denn er konnte nicht anders als ihre freigelegte Wade zu betrachten.

Er schaute finster. „Es ist ganz gut, dass Pagan seine Braut nicht aufgeben wird."

„Und warum?" Sie nahm ihren Fuß herunter. In dem Eimer Wasser machte sie ein Tuch nass und begann seine Wunde abzutupfen. Ihre Berührung war überraschend sanft für eine Frau, die gerade ein paar Verbrecher erdolcht hatte, ohne mit der Wimper zu zucken.

„Ihr wärt nicht lange seine Frau gewesen."

„Wirklich?"

„Pagan würde Treue fordern."

„Ach so." Sie runzelte die Stirn und gab vor, über seine Behauptung nachzudenken. „Er würde also nichts von meinen Stalljungen halten?"

Er legte die Stirn in Falten. Das Weib nahm ihn überhaupt nicht ernst. „Er würde sie töten."

„Schade." Auf ihren Lippen war ein Hauch von einem Lächeln zu sehen. „Dann müsste ich natürlich alle seine Geliebten töten. Und wer würde sich dann um die Burg kümmern?"

Helena spürte, wie die Frustration Colin in Aufruhr versetzte. Seine Einstellung amüsierte sie zum Teil und ärgerte sie auch. Warum nahmen Männer an, sie könnten bei jeder Frau liegen, aber Frauen sollten treu sein?

Das war wohl kaum gerecht.

Nicht, dass sie Interesse hätte, bei einem Mann zu liegen, einschließlich dem Mann, den sie zu heiraten gedachte. Wenn Pagan ein Herumtreiber war und jede Dienerin auf der Burg vögeln wollte, dann war das für sie in Ordnung.

„So", sagte sie, als sie mit dem Verband fertig war. „Wo ist die Tasche mit dem Essen? Ich verhungere fast." Sie sah sie am Kamin stehen. Als sie sie hochnahm, schlug sie ein paar Mal dagegen, um zu sehen, ob Ungeziefer hineingekrabbelt war. „Was ist mit Euch? Habt Ihr Hunger?"

In seinen Augen war Hunger zu sehen, aber das war ein Hunger ganz anderer Art. In seinem Blick schwelte Verlangen wie ein Feuer, das entfacht werden wollte. Bei Gott, ihre Verführung hatte auch bei ihm Wirkung gezeigt. Sie hatte es bislang noch nicht gemerkt. Natürlich war es nicht gerade besonders hilfreich, dass sie sich gerade über längere Zeit um eine Wunde gekümmert hatte, die sich nur wenige Zoll von ... befand.

Sie blickte auf seine Hose. Es gab keinen Zweifel. Er war so hart wie eine Lanze, die sich für das Stechen bereit machte. Und aus irgendeinem seltsamen, verstörenden Grund wurde sie aufgeregt.

Es war absurd. Sie war solche Anblicke gewöhnt. Sie hatte den größten Teil ihres Lebens in der Gesellschaft von Männern verbracht und alle möglichen männlichen Zurschaustellungen von lautem Rülpsen bis hin zum Arschkratzen, von lauten Pupsen bis hin zu bösen Schimpfwörtern erlebt. Sie hatte Männer beim Saufen und Pinkeln und auch beim Vögeln erlebt.

Aber etwas an Colins Zeichen seines Verlangens und das Wissen, dass es nur auf sie bezogen war, verlieh ihr ein berauschendes Gefühl der Macht und der Verspieltheit.

Sie schlenderte zu ihm mit dem Beutel voller Essen und einem lüsternen Lächeln auf den Lippen. „Also glaubt Ihr nicht, dass ich Pagan für mich gewinnen könnte?"

Er sah unbehaglich aus, als ob er nicht darüber nachdenken wollte. Sie setzte sich neben ihn auf das Bett und legte ihm eine Kirsche in den Mund.

Er kaute einen Augenblick und sprach dann mit dem Kern im Mund. „Pagan ist nicht so leicht zu täuschen wie die Söldner."

Ungestüm beugte sie sich nach vorne und flüsterte: „Alle Männer sind leicht zu täuschen, wenn es um ihre Hosen geht", und dann berührte sie ganz leicht seine Eier.

Wie ein Falke seine Beute greift, streckte er die Hand vor und ergriff sie am Handgelenk. Dann wandte er den Kopf und spuckte den Kirschkern auf den Boden. Sie hatte erwartet, dass er vor Scham erröten würde und zog ihre Hand weg.

Sein grimmiges Lächeln hatte sie nicht erwartet. Und auch nicht seinen verschwommenen Blick. Oder dass er völlig unwillkürlich ihre Handfläche gegen seine Erektion drücken und sie dort gegen ihren Willen festhalten würde. Zumindest nahm sie an, dass es gegen ihren Willen war. Sie unternahm aber auch keine großen Anstrengungen, sich zu widersetzen.

Er schaute sie mit zusammen gekniffenen Augen an. „Fangt nichts an, was Ihr nicht auch zu Ende bringen wollt, kleine Verführerin."

Ihr Herz raste in ihrer Brust wie ein wilder Vogel, der mit den Flügeln gegen den Käfig schlägt. Oh Gott, sein Gemächt war fest und dick und sie spürte seine Hitze durch seine Hose. Aber eigentlich war es sein Blick, der ihr den Atem nahm. In seinen Augen war eine Einladung zu einem großen Abenteuer abzulesen, das Versprechen unvorstellbaren Vergnügens. Als Reaktion kribbelte ihr Unterleib, ihre Haut war erhitzt und sie hörte das Blut in ihren Ohren rauschen. Wenn sie die warnende Stimme in ihrem Kopf, die ähnlich klang wie Deirdres, die ihr sagte, dass sie gefährlich ungestüm handelte, außer Acht gelassen hätte, vielleicht hätte sie sich nach vorn gebeugt, um zu sehen, wie die Lippen des Normannen schmeckten.

Für Colin war Helenas Verlangen spürbar. Es war intensiv und mächtig. Wenn er gewusst hätte, wie mächtig, hätte er ihre Hand vielleicht gar nicht gegen sich gedrückt.

Er hatte ihr eine ernste Warnung geben wollen, um sie mit den Folgen ihrer Neckerei zu erschrecken und um sie zu lehren, dass er nicht nur ein edler Ritter, sondern auch ein Mann war.

Aber sie beachtete seine Warnung gar nicht. Stattdessen schien sie zu ihm hingezogen zu sein. In ihren grünen Augen funkelte eine heftige Sehnsucht und ihre Lider senkten sich, als wäre das Gewicht des Verlangens zu schwer zu tragen. Ihre Lippen, die delikater als die Kirsche aussahen, öffneten sich, als sie ihren lüsternen Blick auf seinen Mund lenkte. Und ihre Hand blieb immer noch auf seinem Unterleib liegen. Tatsächlich strich ihr Daumen schamlos entlang seiner gesamten Länge und er keuchte vor Vergnügen.

Jeder Nerv in seinem Körper lechzte plötzlich nach ihrer Berührung. Aber er wusste, dass es nicht sein konnte. Sie war zu betrunken und er zu verletzlich. Wenn er diesem Verlangen nachgab, wäre er nicht besser als die Söldner.

Mit seiner ganzen Willenskraft ließ er ihr Handgelenk los und wandte seinen Blick ab.

Helena brauchte einen Augenblick, um sich von diesem Gefühl zu erholen und zu merken, dass er sie losgelassen hatte. Sie hob ihre Hand, blinzelte den Vorhang der Lust weg und stolperte rückwärts, wobei sie den Beutel vom Bett stieß.

Als sie das Essen wieder einsammelte, schien sie erregt zu sein und er überlegte, ob er sie nicht doch schockiert hatte. Er hoffte es. Es war schwierig genug, gegen *seine eigene* Leidenschaft zu kämpfen, ohne auch noch ihre beruhigen zu müssen.

Schließlich schob sie den Beutel zu ihm hin, ohne ihn anzusehen. „Hier. Ihr braucht Eure Kraft."

„Aber was ist mit Euch? Ihr müsst doch ..."

„Ich bin nicht hungrig."

Mit diesen Worten bereitete sie ihr eigenes Lager auf dem Boden vor, legte sich unter die Decke und wandte sich von ihm ab.

Plötzlich hatte Colin auch kein Hunger mehr, weder auf Kirschen noch auf Käse. Er stellte den Beutel beiseite. Während das Feuer herunterbrannte, starrte er an die Decke und konnte die verführerischen Bilder von Helena nicht aus dem Kopf bekommen: ihre funkelnden Augen, ihr kokettes Lächeln, ihre üppigen Brüste und die leichte Kurve ihrer Hüfte.

Vielleicht morgen, dachte er, wenn sie weniger betrunken war und er mehr Kontrolle über seinen Appetit hatte ...

Als es dunkel wurde im Raum, schloss er die Augen und ließ sich von süßer Erwartung in den Schlaf wiegen.

Er träumte die ganze Nacht von Helena, wie sie mit ihren Schwestern im See spielte, wie sie auf der Burgtreppe in seinen Armen kämpfte, triumphierend grinste, als sie eine Forelle gefangen hatte, mit den Söldnern kämpfte, verführerisch im Feuerschein wankte und sich drehte und wie sie seine Wunde verband.

Bis zum Morgen wäre er ihr Bild leid, aber da irrte er sich. Insbesondere, weil er als erstes das Objekt seiner Träume sah, als er die Augen öffnete und sie war völlig und schamlos nackt, und wusch sich am Feuer mit einem Tuch und Wasser aus dem Eimer.

Lange Zeit starrte er sie schweigend an und hatte Angst, auch nur einen Ton von sich zu geben, damit er seinen Augen nicht diesen Schmaus raubte. Sie rieb sich mit dem Tuch über die Schulter und den Arm entlang. Als sie sich beugte, um das Tuch wieder im Wasser auszuspülen, schwangen ihre Brüste sanft nach vorn und seine Lenden reagierten auf diesen Anblick und er wurde hart vor Verlangen. Sie säuberte ihren Hals, dann ihre Brüste und zitterte, als das kalte Wasser ihre Brustwarzen hart werden ließ. Sein Unterleib zog sich schmerzhaft zusammen, ein Schmerz, den er schon sehr lange nicht mehr gelindert hatte.

Als sie sich zwischen ihren Beinen wusch, hätte er fast hörbar geseufzt. Bei Gott, er beneidete ihre Hände. Sie ging völlig schamlos zu Werke. Aber er wusste, wie man eine Frau dort so berührte, dass sie vor Leidenschaft schluchzte.

Dann fuhr sie an ihren langen, seidigen Beinen fort und er überlegte, wie sie sich wohl anfühlen würden, wenn sie um seine Taille geschlungen wären und ihre Fersen sich in seinen Po drückten, während …

„Guten Morgen", sagte sie wie nebenbei, als wäre sie nicht nackt und schön und verführerisch. Und nackt.

Nur wenige Dinge verschlugen Colin die Sprache. Normalerweise fiel ihm immer ein Spruch ein. Er konnte sich leicht aus dem Schlafzimmer eines eifersüchtigen Ehemannes herausreden. Er konnte fast jedes zögerliche Mädchen mit einem Spruch verführen. Aber das hier – das verschlug ihm die Sprache.

KAPITEL 11

helena dachte, dass sie vielleicht die sündhafteste Frau in ganz Schottland war. Sie wusste genau, welche Wirkung sie auf Männer hatte und an diesem Morgen provozierte sie Colin absichtlich.

Sie war sich nicht ganz sicher, warum sie ihn neckte. Vielleicht, um die Oberhand wiederzugewinnen, die sie letzte Nacht verloren hatte. Colins Intimität hatte sie verunsichert, sie der Kontrolle beraubt und sie war eine Frau, die es nicht gewohnt war, sich verletzlich zu fühlen.

Heute würde sie beweisen, dass sie ihre Gefühle im Griff hatte.

„Wenn ich fertig bin, hole ich erst einmal frisches Wasser für Euch, wenn Ihr wollt", bot sie ihm an und stellte einen Fuß auf den Schemel, um den Schmutz von ihren Fesseln zu schrubben und ihre wohlgeformten Beine zu zeigen.

Er antwortete nicht, aber sie spürte wie sein Blick von oben bis unten über sie strich. Es war in der Tat ein berauschendes Gefühl.

Seit Kindertagen hatten sie und ihre Schwestern immer draußen im See nahe der Burg gebadet. Sie empfanden keine Scham wegen ihrer Körper und waren sich auch nicht ihrer Anziehungskraft bewusst. Aber in den letzten paar Jahren hatte Helena ein Geheimnis entdeckt. Sie übte nackt mehr Macht aus, als wenn sie bekleidet war. Männer waren fassungslos und fingen an zu stottern, wenn sie sie in ihrer ganzen nackten Herrlichkeit erblickten.

Sie schrubbte den anderen Fuß und warf ihm einen fragenden Blick über ihre Schulter zu. „Das heißt, wenn Ihr Euch waschen wollt."

Wie vorhergesehen sah er fasziniert aus. Jetzt hatte sie ihn unter Kontrolle. Letzte Nacht hatte er vielleicht noch ihr Herz zum Rasen gebracht, aber heute Morgen beherrschte sie das Spiel.

Sie lächelte in sich hinein, schüttelte den Kopf und warf ihr Haar nach vorn, dann benutzte sie ihre Finger, um ihr Haar zu kämmen. „Habt Ihr Eure Stimme in der Nacht verloren, Sir Colin?"

„Nay." Er räusperte sich. „Nay." Einen Augenblick später fragte er mit heiserer Stimme: „Friert Ihr nicht?"

„Oh, aye, ein bisschen. Ich lege besser noch einen Scheit Holz auf." Sie warf ihr Haar wieder nach hinten und spürte seinen Blick auf sich ruhen. „Oder wollt Ihr vielleicht näher an den Kamin kommen?"

Eine Zeit lang starrte er sie weiter ungläubig an und sie genoss seine ungeteilte Aufmerksamkeit, streckte ihre Arme über den Kopf auf eine Art und Weise, von der sie wusste, dass ihre Brüste am besten zur Geltung kamen.

Aber ihr Triumph war nur von kurzer Dauer. Während er sie beobachtete, kniff er langsam die Augen zusammen und seine Lippen verzogen sich zu einem Lächeln. Der Knappe hatte ihre List durchschaut. „Oh aye", murmelte er, „ich möchte näherkommen."

Sie versuchte ungezwungen zu bleiben, aber seine plötzliche Selbstsicherheit verunsicherte sie. Sie war es gewohnt, dass Männer zu ihren Füßen krochen und sabberten. Colin du Lac tat weder das eine noch das andere. Obwohl er zuerst aus der Fassung geraten war, wirkte er jetzt selbstsicher und unbeeindruckt von ihrer Schönheit. Und zum ersten Mal in ihrem Leben fühlte Helena sich nicht ungemein mächtig in ihrer Nacktheit, sondern schrecklich verletzbar.

Als Colin die Beine über die Seite des Bettes schwang und sich aufsetzte, zuckte er vor Schmerzen zusammen und sie drückte den Lappen an ihren Hals und bedeckte somit ihre Brüste mit den Armen.

„Ich möchte mich waschen", beschloss er. „Ich will den Gestank der Söldner loswerden." Ohne Vorgeplänkel zog er sein Hemd über den Kopf und legte es beiseite.

Helena stockte der Atem. Sie hatte schon zuvor Männer mit nacktem Oberkörper gesehen, aber keiner war mit seinem zu vergleichen. Bei Gott, er war wirklich gut gebaut. Er hatte eine breite Brust und einen flachen Bauch. Seine Arme und Schultern waren muskelbepackt. Eine dünne weiße Narbe verlief quer über seinen Bauch und unter seinem Nabel zeichnete ein schmaler Pfad mit schwarzem Haar den Weg zu dem, was darunter lag. Ihr Herz flatterte.

Es war keine Lüsternheit, sagte sie sich selbst. Und es war mit Sicherheit keine Panik. Sie war immer noch in Kontrolle. Aber plötzlich war sie des Spielchens müde und wollte sich anziehen. Sie wandte ihren Blick von seinem herrlichen Körper ab, ergriff ihr verkürztes Unterkleid vom Kamin und schlüpfte schnell hinein.

Er stand vorsichtig auf, wobei er sein verletztes Bein nicht belastete und fing an die Schnüre seiner Hosen zu lösen. Ihre Augen wurden größer. Oh Gott, er wollte sich hier und jetzt ausziehen. Mit einem unfreiwilligen Piepsen ergriff sie ihren Surcot und zog ihn über den Kopf, wobei sie zuließ, dass der Stoff ihr den Blick versperrte. Aber wegen ihrer verdammten Neugier konnte sie einem verstohlenen Blick nicht widerstehen.

Er war schön. Im Gegensatz zu den hellhäutigen Männern in ihrem Clan hatte seine Haut am ganzen Körper eine goldene Farbe. Er war perfekt proportioniert mit langen kräftigen Beinen und schmalen Hüften. Obwohl sein Körper mit seinem groben Körperbau und den vielen Muskeln der eines Kriegers war, erschienen einige Teile an ihm nicht bedrohlich, sondern faszinierend zu sein. Die Locken an der Stelle, wo seine Oberschenkel zusammentrafen sahen weich und üppig aus und der erstarrte Stab schien aus Samt zu sein.

Sie merkte, wie ihr der Mund offenstand und sie schloss ihn schnell. Ein kurzer Blick in seine Augen sagte ihr, dass er genau wusste, was er da tat. Irgendwie hatte der Knappe es geschafft, sie bei ihrem eigenen Spiel zu schlagen. Jetzt war sie diejenige, die zu seinen Füßen sabberte. Es war äußerst ärgerlich.

Voller Widerwillen fing sie an, die Schnürung ihres Surcot festzuziehen und zu binden. Sie war so überreizt, dass sie eine Schnur zerriss.

„Braucht Ihr Hilfe", fragte er beiläufig.

„Nay!", bellte sie. Sie wollte nicht, dass er mit seinem gefährlichen Körper näherkam.

Aber ebenso ungezwungen wie sie es gewesen war, schlenderte er auf sie zu, beugte seine Beine und sein ... Sie biss sich auf die Lippen. Er zeigte nicht nur diesen Teil seiner Anatomie, sondern schwang ihn. Jetzt konnte sie nicht mehr leugnen, dass ihre schneller werdende Atmung einzig und allein auf Panik beruhte. Sie konnte nicht benennen, vor was sie Angst hatte, aber bevor er noch näherkam, ergriff sie den Eimer und machte sich auf den Weg zur Tür.

Ihre Stimme war hoch und brüchig. „Ich gehe nur eben und hole Euch dann frisches Wasser."

Colin lächelte, als sie mit nackten Füßen und schiefsitzendem Oberteil zur Tür hinausstürzte. Als sie weg war, lehnte er sich an den Kamin und verzog das Gesicht, als Schmerz seinen Oberschenkel durchfuhr. Er hatte seine ganze Selbstdisziplin gebraucht, um auf sie zuzugehen, ohne das Gesicht vor Schmerz zu verziehen, aber den Schock in ihren Augen zu sehen, war das Opfer wert gewesen.

Das freche Weib hatte gedacht, dass nur sie mit der Verführung spielen könnte. Sie wusste nicht, mit wem sie es zu tun hatte. Colin war bei den Damen sehr beliebt für seine Fähigkeiten in der Liebe, seinen Erfinderreichtum, seine Geduld und Hingabe. Er wusste, wie und wann und wo er eine Frau berühren musste, damit sie ihn um mehr anflehte.

Helena glaubte vielleicht, dass sie viel von den Stalljungen und Rittern, bei denen sie gelegen hatte, gelernt hatte, aber Colin wusste Dinge über Frauen, welche die meisten Männer nicht wussten. Bevor sie nach Rivenloch zurückkehrten, wollte er die spitzbübische Schottin lehren, welche Talente ihre normannische Geisel besaß.

Als sie zurückkam, waren Colins Gedanken notwendigerweise wieder bei seiner Wunde. Sie schmerzte mehr, als sie hätte tun sollen und er vermutete, dass sie sich verschlechtert hatte.

„Ich kümmere mich um Euren Verband, wenn Ihr fertig

seid", murmelte sie, stellte den Eimer auf dem Boden ab und steckte den Dolch in ihren Gürtel. „In der Zwischenzeit gehe ich und besorge uns ein Kaninchen."

Nach einer Katzenwäsche zog er sein Hemd wieder an, legte mehr Holz auf das Feuer und kletterte auf das Bett.

Vorsichtig rollte er den Verband an seinem Bein ab. Wie befürchtet war das Fleisch um die genähte Wunde rot und geschwollen. Er fluchte leise.

Er konnte nicht viel tun. Er würde die Stiche aufschneiden und die Entzündung ablaufen lassen müssen oder schlimmer noch die Wunde ausbrennen. Jede der Optionen war fürchterlich. Aber je länger er wartete, desto schlimmer würde es werden.

Er nahm das scharfe Messer des *Schattens* und nachdem er durchgeatmet hatte, steckte er die Spitze unter den ersten Stich. Gerade als er ihn nach oben durchgeschnitten hatte, kam Helena herein mit Kräutern in einer Hand und einem Kaninchen über der Schulter.

„Was macht Ihr da?", fragte sie und legte alles auf der Kommode ab.

„Die Wunde fault."

„Nay! Hört auf!"

Nun, da er angefangen hatte, würde er nicht aufhören, noch nicht einmal für die Frau, die all die Stiche so mühevoll genäht hatte. Er schnitt einen weiteren durch.

Aber sie wollte es nicht zulassen. Sie marschierte zu ihm herüber und stieß ihm das Messer mit der Faust aus der Hand.

„Hey!"

„Wagt es nicht, meine Handarbeit zu zerstören." Sie holte den Weinschlauch, den sie den Engländern gestohlen hatte. „Es gibt einen besseren Weg."

„Wirklich?" Er zog eine Augenbraue hoch, als er den Weinschlauch sah. „Und welche soll das sein? Sich so betrinken, dass mir der Schmerz nichts mehr ausmacht?"

„Wohl kaum", sagte sie und entkorkte den Schlauch. Dann zögerte sie, als hätte sie es sich anders überlegt. „Vielleicht wäre es besser, wenn ihr etwas hättet, worauf Ihr beißen könnt."

„Auf etwas beißen?"

„Es wird brennen wie die Hölle."

Er runzelte die Stirn. War es weise, sich auf die Heilmittel einer Schottin zu verlassen? Soweit er wusste könnte sie auch gemahlene Frösche oder die Klauen von Raben verwenden.

„Macht Euch keine Gedanken. Das habe ich schon einmal gemacht." Sie zog ihr Kleid ein wenig beiseite und zeigte ihm eine gezackte Narbe nahe ihrer Schulter. „Sie ist unansehnlich, aber der Wein hat die Entzündung abgetötet und mich davor gerettet, meinen Arm zu verlieren."

Colin fand sie überhaupt nicht unansehnlich. Tatsächlich musste er sich zurückhalten, dass er sie nicht auf die Stelle küsste. Aber wenn Sie den Schmerz mit einem solch guten Ergebnis ausgehalten hatte, könnte er das auch. „Also gut. Macht es."

„Wenn Ihr einen Ledergürtel wollt ..."

Er schüttelte den Kopf.

„Legt Euch hin", sagte sie.

Als sie die Flüssigkeit auf seine Wunde schüttete, brannte es wie Feuer und er wünschte sich schon fast, dass er den Gürtel angenommen hätte. Er stöhnte und stieß dann den schlimmsten Fluch aus, den er kannte.

„Entschuldigung", murmelte sie.

„Verflucht, versucht Ihr, mich umzubringen?"

„Ich versuche, Euch zu retten."

Der Wein war wie ätzende Säure, die sich in sein Fleisch fraß und er versuchte, den Schmerz weg zu atmen.

Sie steckte den Korken wieder auf den Weinschlauch. „Beim nächsten Mal gebe ich Euch den Gürtel."

„*Nächstes* Mal?"

„Es sollte alle paar Stunden wiederholt werden."

„Bestimmt nicht."

„Wollt Ihr, dass es verheilt oder nicht?"

Er durchbohrte sie mit einem hasserfüllten Blick. „Ich glaube, das macht Euch Spaß."

„Dann glaubt Ihr falsch."

Er nahm an, dass es ungerecht war, sie zu beschuldigen, dass sie ihm absichtlich wehtat. Schließlich kümmerte sie sich so gut wie möglich um ihn, selbst wenn es schlussendlich in ihrem eigenen Interesse war. Aber es war schwer, einen vernünftigen Gedanken zu fassen, wenn man solche Schmerzen erlitt, während sie in aller Ruhe aufstand, um das Kaninchen zu holen. Er überlegte, wie sie diese Schmerzen hatte aushalten können.

Während er wartete, dass das Brennen nachließ, nahm Helena das Kaninchen aus und häutete es. Er hatte ihr schon fast verziehen, als sie über die Schulter fragte: „Braucht Ihr sonst noch etwas?"

Er hob die Augenbrauen. Hatte sie ein schlechtes Gewissen? Wollte sie etwas gutmachen? Er grinste. Doktor und Patient. Das war ein Spiel, das ihm sehr vertraut war. Die meisten Damen mochten es, wenn er den Doktor spielte, aber er war nur allzu bereit, sich Helenas Wünschen zu beugen.

„Als ich ein kleiner Junge war", rief er leise, „hat meine Mutter meine Wunden immer geküsst. Sie sagte, dass der

Schmerz dann weggehen würde und die Wunden schneller heilten."

Sie wandte sich um und die Verwirrung stand ihr ins Gesicht geschrieben. „Ich meinte, ob Ihr noch etwas braucht, um das Abendessen zu kochen? Ich habe wilde Zwiebeln und Rosmarin gefunden."

Sein Grinsen schwand. Konnte sie nur an Essen denken? Er nahm an, dass er dann wohl aus dem kleinen Tier eine raffinierte Mahlzeit würde kochen müssen. Eine, dachte er listig, bei der er den Rest des verfluchten Weins verarbeiten würde.

„Nay." Er schnaubte. „Aber ich könnte wirklich den heilenden, weichen und zärtlichen Kuss einer Frau auf meinem Fleisch gebrauchen."

„Ich werde Eure Wunde nicht küssen." Sie hob eine Augenbraue, aber er bemerkte das kleine Lächeln auf ihren Lippen. „Ganz gleich, wie mitleiderregend Ihr bettelt."

Er schmollte. „Das ist das mindeste, was Ihr tun könntet, Mylady, wenn man bedenkt welchen Schmerz Ihr mir zugefügt habt."

„Hmm."

„Tatsächlich", sagte er und verschränkte seine Arme über der Brust, „glaube ich, dass ich jedes Mal, wenn Ihr das Teufelszeug auf mich schüttet, einen Kuss bekommen sollte."

Sie klackte mit der Zunge. „Ihr seid ein hinterhältiger Knappe."

Er gab vor, beleidigt zu sein. „Und jetzt beschimpft Ihr mich. Hören Eure Verunglimpfungen denn gar nicht auf, Mylady?"

Sie zuckte mit den Schultern. „Ich zwinge Euch nicht, das zu essen, was ich koche."

Er lächelte. Sie hatte gescherzt. Und er hatte gedacht, dass sie zu ernsthaft sei, um in einen geistigen Wettstreit mit ihm zu treten.

Mit ihrer Hilfe schaffte er es an den Kamin und setzte sich zum Kochen auf den Schemel. Er legte das Kaninchen ins Wasser und gab die wilden Zwiebeln und reichlich Rosmarin in den Topf. Als sie wegschaute, goss er ein wenig Wein hinzu. Schon bald köchelte ein schmackhafter Eintopf über dem Feuer.

Helena aß mit Appetit, obwohl sie ihn mit keinem Wort lobte und anschließend teilten sie sich die letzten Kirschen. Aber da im Beutel des *Schattens* nur noch ein kleines Stück Käse übrig war, würde sie etwas für die Abendmahlzeit auftreiben müssen. Colin bot an, ihr zu helfen, aber sie bestand darauf, dass er im Bett blieb und drohte ihm, dass sie ihn dort festbinden würde, wenn er sich wegbewegte.

Sie schaffte es, zwei Wachteln zu fangen und brachte eine Schüssel voller Brombeeren, aber dazwischen kam sie zurück, um sich um seine Wunde zu kümmern.

Jedes Mal tat es so weh wie beim ersten Mal und er fluchte ebenso vehement. Nach einer Mahlzeit mit gerösteten Wachteln mit einer Brombeersauce und einem Kräutersalat erteilte sie ihm die letzte Behandlung für den Tag. Aber dieses Mal tat sie etwas, was ihn all seine Schmerzen vergessen ließ. Sie lehnte sich vor und küsste ihn sehr sanft und zärtlich auf seinen Oberschenkel.

Er schaute sie voller Ehrfurcht an, aber sie runzelte die Stirn, als ob sie überlegte, warum sie es getan hatte.

Er schloss die Augen und hielt ihre Hand. „Es fühlt sich schon besser an."

Ihre Hand haltend und angenehm müde schlief er mit einem leichten Lächeln auf den Lippen ein. Und er hätte friedlich bis zum Morgen geschlafen, aber mitten in der Nacht hörte er das unverkennbare Geräusch einer Frau in Schwierigkeiten.

Helena zitterte heftig in der Dunkelheit. Es schien, als wäre in dieser Mittsommernacht der Winter gekommen. Ihr Kiefer tat ihr davon weh, dass sie seit einigen Stunden mit den Zähnen klapperte und sie blies auf ihre Hände, um ihre tauben Finger zu wärmen.

Sie hatte Colin zwei der Decken gegeben. Das war ihr nur recht und billig erschienen, wenn man beachtete, wie viel Schmerzen sie ihn hatte erleiden lassen. Außerdem musste er richtig schlafen, um gesund zu werden. Aber jetzt bezahlte sie für ihre Freundlichkeit.

Das Feuer war nur noch ein schwaches Glühen. Sie hatte den Fehler gemacht, das Holz zur Neige gehen zu lassen. Jetzt war es so kalt, dass sie angefangen hatte, zu überlegen, die Möbel zu verbrennen.

Sie rollte sich zu einem Ball auf und seufzte zähneklappernd.

„Bei Gott, Weib", knurrte es vom Bett. „Warum sagt Ihr denn nichts?"

Sie hörte, wie er die Decke zurück schlug, aber sie war zu steif, um sich zu bewegen oder zu sprechen.

„Bei den Heiligen, es ist kälter als der .... einer Nonne; es ist eisig", berichtigte er sich. „Kommt her, Mylady."

„Mir geht es gut", brachte sie zwischen den Zähnen heraus.

„Unsinn. Ich höre Eure Knochen bis hierher klappern."

„Es i-i-ist nichts."

„Kommt, Mylady. Ich teile das Bett mit Euch. Wir können einander wärmen."

„Oh, aye, das h-hättet Ihr wohl gern! He-he-

Herumtreiber." Oh Gott, sogar im Halbschlaf hatte der Knappe nichts anderes als Beiliegen im Kopf.

Einen Augenblick war es still und sie überlegte, ob er wohl wieder eingeschlafen war. Als er wieder sprach, war seine Stimme ernst. „Ich bin ein Ritter, Mylady, ein Ehrenmann. Ich werde neben Euch schlafen und Euch warmhalten, mehr nicht."

Sein Angebot war verführerisch. Ihr war so kalt, dass ihr Atem in der Luft zu Nebelwölkchen wurde.

„Kommt, Höllenkatze. Wer wird mich gegen Lösegeld freilassen, wenn Ihr zu Tode friert?"

Sie überlegte, ob sie vielleicht zu Tode frieren würde. Noch nicht einmal beim Baden im See am Martinstag war ihr so kalt gewesen.

„Ich schwöre bei meinem Schwert, dass ich mich ritterlich verhalten werde. Kommt her."

Mit großen Schwierigkeiten schaffte sie es, aufzustehen und zum Bett zu humpeln. Er hob die Decke, um Platz für sie zu machen. Sie kletterte ins Bett und achtete darauf, ihn nicht zu berühren. Aber ihre Bemühungen waren umsonst. Sofort legte er besitzergreifend einen Arm um sie und zog sie gegen seine Brust, wobei wunderbare Wärme sie umgab.

„Natürlich", murmelte er an ihrem Haar, „wenn ich Euch auf andere Art und Weise warmhalten soll…"

Sie versuchte, ihn mit dem Ellenbogen zu stoßen, aber er hielt ihren Arm fest.

„Shhhh, kleines Höllenfeuer. Ihr seid sicher bei mir."

Sie fühlte sich sicher. Sie hätte sich gefangen und von seiner Umarmung erdrückt fühlen sollen. Stattdessen war da eine beruhigende Behaglichkeit in seinen Armen, eine seltsame Zufriedenheit, als wenn sie beschützt … und geliebt würde.

Sie schlief so tief und fest, dass die Sonne bereits am Himmel stand, als sie ihre Augen öffnete. Als erstes bemerkte sie, das Colins Handfläche ihre Brust umfasste. Zweitens war sein Unterleib an ihren Po gedrückt. Die dritte Sache rettete ihn vor ihrem Zorn, denn er schlief tief und fest. Er schnarchte leicht und sein Körper war schlaff und schwer wie ein Kettenhemd.

Sie wusste, dass sie sich bewegen sollte. Die Art und Weise, wie er sie berührte, sie umgab und sie missbrauchte, war überhaupt nicht ritterlich. Sie würde jetzt sofort weggehen. Zumindest *plante* sie das. Solange er allerdings schlief ...

Seine Hand fühlte sich dort auch recht angenehm an. Sie passte perfekt, als wäre sie für ihre Brust gemacht. Es war seltsam, wie sie genau an der richtigen Stelle zum Liegen kam, wenn sein Unterarm auf ihrer Hüfte abgelegt war. Sie atmete tief durch und die leichte Bewegung verursachte eine sehr angenehme Reibung zwischen ihrer Brust und seiner Hand. Es fühlte sich an, als würde er sie dort streicheln und ihre Brustwarze schwoll an, während sich ihre Brust unter seiner Handfläche hob und senkte. Eine Welle der Wärme ging durch ihr Blut, ihre Nasenlöcher flatterten und sie genoss das Gefühl.

Sie spürte, wie er atmete, wie sich seine breite Brust an ihrem Rücken hob und senkte, während seine Lenden an ihrem Po ruhten. Heilige Maria, er war so heiß dort wie Kohlen, die zum Leben erweckt werden müssten. Sie überlegte, was wohl passieren würde, wenn sie sich an ihm bewegte.

Er musste ihre lüsterne Absicht geahnt haben, denn er bewegte sich im Schlaf und drehte sich weg auf den Rücken. Und obwohl sie noch nie zuvor bei einem Mann gelegen hatte, obwohl sie immer allein schlief, fühlte sich ihr Körper sofort an, als sei er seiner Berührung beraubt worden.

Vorsichtig drehte sie sich zu ihm hin, um ihn nicht zu wecken und musterte auf der Seite liegend sein Profil. Für einen Normannen war er ein recht gutaussehender Mann. Er hatte nicht die Rauheit ihrer Landsleute. Ihre Gesichter waren vom Wetter und von Kriegen gezeichnet, ihre Haut schroff und ihr Haar so braun wie die Heidelandschaft im Winter. Colins Gesichtszüge waren im Vergleich dazu schon fast zart und doch hatte er nichts Weibisches. Sein Haar hatte eine tiefe Farbe, nicht ganz schwarz, aber so dunkel wie nasses Eichenholz. Seine Haut war golden, als wäre sie in Honig getaucht worden. Er hatte dichte Augenbrauen, aber seine Wimpern waren so fein und dicht wie frisches Gras.

Sie stützte sich auf einen Ellenbogen, um besser sehen zu können. Irgendetwas war mit seiner Nase passiert, vielleicht eine Schlägerei, vielleicht ein Unfall, denn er hatte eine winzige Kerbe auf dem Nasenrücken, wo der Knochen möglicherweise angeschlagen worden war. Sein Kinn war breit und von einem dünnen, schwarzen Bart bedeckt, ein Beweis, dass die Normannen sich doch Bärte wachsen lassen konnten.

Sie betrachtete seine Lippen. Sogar sie waren anders als die der Schotten. Die Männer Rivenlochs hatten grimmige Münder, die für finstere Blicke und zum Brüllen in der Schlacht gedacht waren. Colin du Lacs Mund sah so weich und nachgiebig aus wie feines Weizenbrot direkt aus dem Ofen. Sie hatte gesehen, wie er sich vor Missfallen, Vergnügen und Schmerzen verzogen hatte. Aber jetzt, während er schlief, war er leicht geöffnet und ließ ihn wie ein süßes, unschuldiges Kind aussehen.

Er hatte einen Mund, der zum Lachen, Vortragen von Versen und den sorgenfreien Freuden des Lebens gemacht war. Ein Mund, dachte sie, der zum Küssen gemacht war.

Sie nahm an, dass das einen Sinn ergab. Er *war* schließlich ein Herumtreiber. Zweifellos trug er abends Elixiere und Salben auf, damit seine Lippen für all die Küsse geschmeidig blieben.

Sie überlegte, wie weich sie wohl wirklich waren. Sie biss sich auf die Lippe. Würde sie es wagen, es auszuprobieren? Sie hatte schon viele schottische Jungen geküsst, aber meist wegen einer Wette oder um sie abzulenken, damit sie anschließend einen ordentlichen Schlag setzen konnte. Als sie zwölf war, hatte ein Küchenjunge gewettet, dass sie seinen schlafenden Freund nicht küssen könnte, ohne ihn zu wecken. Sie hatte die Wette gewonnen. Aber die Lippen des Jungen waren rissig und spröde und so trocken wie Staub gewesen. Zweifellos hätte er es noch nicht einmal gemerkt, wenn eine Zitze dazwischengeschoben worden wäre.

Sie strich sich mit der Zunge über die Unterlippe und überlegte, ob sie Colin küssen könnte, ohne ihn zu wecken.

Bevor sie ihre Meinung ändern konnte, beugte sie sich über ihn und blieb wenige Zoll über seinem Mund, während sein Atem über ihren Mund strich. Dann schloss sie die Augen, hielt die Luft an und drückte ihre Lippen ganz leicht auf seine.

KAPITEL 12

ieses Mal hätte sie die Wette jedoch verloren, denn in dem Augenblick, als sich ihre Münder berührten, wachte Colin auf, ergriff sie an den Schultern und drückte sie auf das Bett. Er blinzelte den Schlaf aus den Augen und schaute finster auf sie herab. „Was macht Ihr da?"

„Nichts." Sie schluckte. Sie hatte vergessen, dass er ein Krieger war, der es gewohnt war, immer auf der Hut zu sein und zuerst zu reagieren und dann zu überlegen. Und sie hatte auch vergessen, wie stark er war. Bei Gott, er hatte sie schneller auf den Rücken gedreht, als sie überhaupt Luft holen konnte und er hielt sie immer noch dort fest.

„Was wolltet Ihr?", fragte er.

Sein bedrohlicher Tonfall donnerte in ihrem Ohr. Ihre Ehrfurcht wandelte sich in Zorn und sie höhnte: „Ich habe versucht, das Leben aus Euch heraus zu saugen."

Er seufzte. „Wisst Ihr denn nicht, wie gefährlich es ist, einen schlafenden Soldaten zu wecken?"

„Ich habe nicht geglaubt, dass etwas so ..." Sie ergriff seine Unterarme und versuchte ihn weg zu schieben. Es war hoffnungslos. Er war so stark wie ein Schlachtross.

„Etwas so unbedeutendes wie ein Ku-." Sie hatte die Worte noch nicht fertig ausgesprochen, als sie sie schon bereute.

„Wie was?"

Die Stille schien schrecklich laut zu sein.

Dann bildeten sich kleine Fältchen an seinen Augenwinkeln und statt des düsteren Blickes verzog sich sein Mund zu einem Lächeln. Er klackte mit der Zunge. „Lüsterne kleine Höllenkatze. Ihr habt versucht, mich zu küssen."

„Nay."

„Oh, aye."

„Ich habe versucht, Euch zu … *treten*"

„Wirklich?" Er senkte seinen Blick auf ihren Mund und bei Gott, ihre Lippen prickelten, als wenn er sie dort berühren würde. „Und hat der *Tritt* Euch gefallen?"

Nichts erzürnte sie mehr als Gespött. Sie würde ihm zeigen, was ein Tritt war. Sie konnte ihr linkes Bein befreien und wollte ihm gegen das Schienbein treten.

Aber er erriet ihre Absicht und schwang seinen schweren Oberschenkel über sie, bevor sie sich bewegen konnte. „Seid vorsichtig, Mylady. Ich bin immer noch ein verwundeter Mann."

Obwohl sie wütend war, nahm sie seine Warnung trotzdem ernst. Es wäre dumm, ihm einen Tritt zu verpassen, der seine Genesung verzögern würde.

Und doch bestand er darauf, sie weiter zu provozieren. „Wisst Ihr, wenn Ihr einen Kuss wollt", sagte er und seine Augen funkelten vor Schalkhaftigkeit, „müsst Ihr nur fragen."

„Das will ich nicht, Ihr unersättlicher Mistkerl."

„Mylady!", rief er und täuschte Erschrecken vor. „Ihr wart es, die einen Kuss von *mir* wünschte. Ich habe ruhig geschlafen, als Ihr kamt und mich ... missbrauchen wolltet."

„Euch missbrauchen? Das habe ich nicht - in keinster Weise."

„Bei Gott, Ihr habt Euch mir praktisch an den Hals geworfen ..."

„Oh!" Zorn stieg in ihr auf - Zorn von der Art, der sie sprechen ließ ohne nachzudenken, aber sie konnte einfach nicht mehr aufhören mit ihrer Tirade. „Ich wollte nur sehen, ob es stimmt, was man sagt", fauchte sie, „dass, einen Normannen zu küssen sich anfühlt, wie wenn man eine Kröte küsst."

Die meisten Männer hatten Angst bei ihren Zornesausbrüchen. Colin lachte nur. „Und habt Ihr schon viele Kröten geküsst?"

Sie war blind vor Zorn. Ihr fehlten die Worte. Die einzige Reaktion, die sie zustande brachte, war ein Schrei vor lauter Zorn.

Aber bevor sie fertig war, senkten sich seine Lippen auf ihre, und sie konnte nicht mehr schreien.

Sie kochte vor Zorn und kämpfte gegen ihn an, wobei sie versuchte, sich von seinen beharrlichen Lippen wegzudrehen. Aber sie konnte ihn genauso wenig abschütteln, wie ein Hund eine Zecke. Er legte seinen Mund etwas schräg auf ihren, aber sie schaffte es ihre Lippen zu schließen, um ihm den Eingang zu versperren. Sein schwerer Atem blies über ihre Wange zu ihrem Ohr und ließ sie ungewollt erschaudern. Sein Kuss war so eindringlich, dass sie noch nicht einmal in der Lage war, ihre Zähne so zu bewegen, dass sie ihn hätte beißen können.

Aber sie konnte ihre Fäuste benutzen. Es war schwierig, weil seine Hände sie festhielten, aber sie schlug so fest sie konnte gegen die Seiten seiner Schultern. Sie hätte genauso gut ein braves Pferd tätscheln können. Er zeigte keine Anzeichen, dass er irgendetwas spürte. Tatsächlich wurde sein Kuss noch unnachgiebiger.

Colin wollte aufhören. Obwohl er ein Meister der Verführung war, war er doch kein Vergewaltiger. Außer natürlich, wenn das das Spiel war, dass seine Geliebte spielen wollte.

Er hatte nur ihr Schreien unterbinden wollen.

Aber nun, da er angefangen hatte, nun, da er den süßen, wilden Honig ihrer Lippen schmecken und die Hitze ihres Zornes, welcher der Leidenschaft so ähnlich war, spüren konnte, war es schwierig aufzuhören.

Verlangen überkam ihn und durchfuhr seinen ganzen Körper. Er bemerkte, wie Helena gegen seine Schultern schlug, aber es war nichts im Vergleich zum Schlagen seines Herzens, während die Lüsternheit ihn erregte. Er vertiefte den Kuss, und versuchte, ihre Lippen zu öffnen und ein Stöhnen der Lust entwich ihm.

Ihr leichtes Wimmern erweckte sein Gewissen und er zwang das wilde Tier in sich zur Ruhe. Beim Kreuz, dachte er, er war doch ein Ritter. Ganz gleich, wie groß die Verführung auch war, Colin du Lac zwang keine Frau, ihm gefügig zu sein.

Aber im nächsten Augenblick wurde seine ganze Welt auf den Kopf gestellt. Als sein Kuss weniger eindringlich wurde, verringerte sie die Intensität ihrer Schläge und zu seinem Erstaunen begann sie vorsichtig, seinen Kuss zu erwidern.

Irgendwo zwischen ihrem Zorn und ihrem Widerstand hatte Helena aufgehört zu denken. Nur so konnte sie ihre schwindende Willensstärke und die Art und Weise, wie ihre Gliedmaßen zu Pudding wurden, erklären. Sie agierte oder genauer gesagt reagierte nicht vernünftig, sondern instinktiv.

Oh Gott, seine Lippen waren weich und warm; wärmer, als sie sich je hätte vorstellen können. Wo sie ihre berührten, fühlte sich das Fleisch heiß und kribbelig an. Sein Bart fühlte sich rau an ihrem Gesicht an, aber sie bemerkte es kaum, als seine Zunge über ihre Lippen strich. Sein Atem wehte über ihr Gesicht und sein tiefes, zufriedenes Knurren rief etwas Primitives in ihr hervor.

Es war, als würde jeder Nerv in ihrem Körper an diesem einen Berührungspunkt zusammenkommen. Ihre Brüste schmerzten, in ihrem Bauch flatterte es und ihr Unterleib brannte. Sein Kuss schien sie zum Leben zu erwecken. Es war ein kräftigendes Gefühl, eines, bei dem sie meinte, schon fast allmächtig zu sein.

Aber als er den Druck etwas verringerte und sich kurz zurückzog, um ihr eine Pause von seinem Angriff zu gönnen, klärte sich etwas von dem sinnlichen Nebel auf und sie war wieder in der Lage, vernünftig zu denken. Als er selbstgefällig murmelte: „Das hat Euch doch auch gefallen, Höllenfeuer?", wurde ihr Blick wieder klar. Ihr Stolz stieg wieder in ihr auf und sie biss sich auf die Zähne, da sie von seiner männlichen Arroganz angestachelt war.

Glaubte er, dass es so einfach war, sie zu erobern? Dass jede Frau ihn begehrte? Dass sie jetzt zu Wachs in seinen Händen würde? Sie weigerte sich, ihm diese Befriedigung zu geben. Sie versuchte, so gelangweilt wie möglich zu schauen und zuckte nur beleidigend mit den Schultern.

Er lachte herzlich und rieb seine Nase an ihrer Wange. „Lügnerin. Öffnet Euren Mund und ich mache alles wieder gut."

Sie presste die Lippen zusammen. Ihn zu küssen war vielleicht eine atemberaubende Erfahrung, eine große Aufregung und ein größeres Vergnügen, als sie je zuvor erlebt hatte. Aber sie hatte ihre Gefühle noch nicht wieder im Griff. Und sie würde definitiv keinem anmaßenden Normannen unterliegen.

„Habt Ihr Angst?" Er hob eine Augenbraue.

„Ich habe vor nichts Angst", sagte sie und schob ihr Kinn vor.

Sein Blick senkte sich auf ihre Lippen. „Dann öffnet Euren Mund."

„Nay."

„Ich glaube, dass Ihr befürchtet, dass Euch das normannische Küssen gefallen könnte."

„Wohl kaum."

„Tatsächlich werdet Ihr es den ungekonnten Küsschen Eurer schottischen Stalljungen vorziehen." Seine Augen funkelten. „Und all den Kröten, die Ihr bislang geküsst habt."

Sie grinste. „Lasst Ihr mich jetzt aufstehen?"

„Irgendwann."

„Ich wusste gar nicht, dass Normannen solche Tyrannen sind."

„Und ich wusste gar nicht, dass Schottinnen so stur sind."

„Wir sind nur stur, wenn unsere Tugend bedroht ist."

Er lachte. „Ich bedrohe Eure Tugend gar nicht. Ich bitte Euch nur noch um einen weiteren Kuss."

„Ich würde Euch nicht noch einmal küssen, selbst wenn Ihr der letzte Mann auf der Erde wärt."

„Und doch wart *Ihr* es, die *mich* geweckt hat, Ihr kleine Dirne."

Sie spürte, wie sie errötete. „Ich bin keine Dirne."

„Oh aye, richtig." Seine Lippen verzogen sich zu einem hinterhältigen Lächeln. „Ihr habt Angst."

Langsam kochte ihr Zorn wieder in ihr auf und kam einem Ausbruch gefährlich nahe. „Ich habe vor nichts Angst", zischte sie mit zusammengebissenen Zähnen, „nicht vor Männern, nicht vor einem Kampf, nicht vor dem Tod und schon gar nicht vor Euch."

„Beweist es."

„Ich muss gar nichts beweisen."

„Stimmt." Seine Augen glitzerten vor Belustigung. „Aber ich werde für immer in meinem Herzen wissen, dass Ihr Angst habt, mich zu küssen."

Dann lächelte er und ließ sie los. Er rollte von ihr ab, legte sich wieder auf den Rücken mit den Händen hinter dem Kopf und starrte selbstgefällig an die Decke.

Sie hätte zufrieden sein sollen. Schließlich hatte sie gewonnen. Er hatte sie losgelassen. Aber das Glitzern in seinen Augen sagte ihr, dass er irgendwie glaubte, er sei der Sieger.

„Wartet!", sagte sie und wusste schon in dem Augenblick, als sie das Wort sagte, dass sie sich selbst in Schwierigkeiten brachte. Nichtsdestotrotz starrte sie auf den Balken über sich, atmete tief durch und machte sich bereit, als würde sie einen schweren Schlag einstecken müssen. „Dann macht es."

„Macht was?"

Sie schauderte. „Küsst mich."

Nachdem er einen Augenblick nachgedacht hatte, schnaubte er: „Nay."

Sie drehte den Kopf. „Was soll das heißen, nay?"

Er zuckte mit den Schultern. „Nay. Es ist nicht meine Art, feigherzige Damen zu ängstigen."

„Ich bin nicht feigherzig."

„Das sagt Ihr."

Sie knurrte frustriert. „Verdammt! Küsst mich, Ihr lästiger Knappe."

„Nur, wenn Ihr mich nett darum bittet."

„Mist ..." Sie warf die Decken zurück und stolz beugte sie sich über ihn, bis sie ihn überragte und dann bellte sie: „Zum allerletzten Mal. Ich habe keine Angst vor Euch." Und um es zu beweisen, beugte sie sich vor und drückte ihre Lippen auf seine in einem festen, leidenschaftslosen Kuss.

Zumindest fing er leidenschaftslos an. Aber als seine Finger durch ihre Haare strichen, ihr Ohr und ihren Nacken streichelten und er dann den Arm über ihren Rücken legte und sie näher an sich heranzog, begann ihr Körper in seine Umarmung hinein zu schmelzen.

Er schien sie zu umgeben, streichelte sie, wiegte sie und drängte sie ohne Worte. Und langsam, allmählich und unausweichlich erwiderte sie sein Spiel und reagierte wie eine Laute bei der Berührung eines Minnesägers.

„Öffne ihn für mich", bat er sie leise.

Sie tat es, wobei sie sich einen Narren schalt.

Sie hatte seine Lippen für geschmeidig gehalten, aber sie waren nichts im Vergleich zu den weichen, feuchten Erforschungen seiner Zunge. Sein Eindringen war zärtlich, aber sie merkte, dass sie sich nach mehr sehnte. Sie tauchte weiter in den Kuss hinein und ließ ihn träge mit ihrer Zunge tanzen, wobei ihre Vernunft ins Taumeln geriet.

Seine Hand glitt weiter nach unten und umfasste ihren Po, wobei er sie fest gegen sein offensichtliches Bedürfnis zog. Der starre Stab drückte gegen ihre weibliche Wölbung und sie keuchte, als der Druck sie in freudige Erregung versetzte.

Er beantwortete ihr Keuchen mit einem Stöhnen. Das Geräusch hatte die gleiche Wirkung auf sie wie ein Gewitter und ein Schauer lief ihr über den Rücken. Ihr war nur zur Hälfte bewusst, was sie da tat und sie steckte ihre Hände in seine Haare, wobei sie ihre Finger in dem üppigen Schatz vergrub.

Seine Hand ergriff ihr Kinn und hielt sie fest, während sich seine Finger vorsichtig in ihrer Wange vergruben. Unter ihr hob und senkte sich seine Brust schnell und der Gedanke, dass sie die gleiche Aufregung teilten, vergrößerte ihr Hochgefühl.

Sein Daumen neckte ihren Mundwinkel und sie wandte den Kopf, um daran zu beißen. Er schob ihn weiter nach innen und zwischen ihre Lippen. Sie streifte ihn leicht zwischen ihren Zähnen, schleckte daran und nahm dann den ganzen Daumen in ihren Mund und saugte fest daran.

Er atmete unregelmäßig, erschauderte und sie schaute ihn mit zusammengekniffenen Augen an und genoss die Wirkung, die sie auf ihn hatte. Sein Mund war vor nacktem Verlangen geöffnet und er runzelte die Stirn, als würde er große Schmerzen erleiden. Warum er so erregt war, wusste sie nicht, aber es war ein berauschendes Gefühl, die Kontrolle über ihn zu haben.

Dieses Gefühl der Kontrolle dauerte aber nur einige Augenblicke. Wie ein junger Ritter, der noch in der Lehre war, bemerkte Colin, dass er am kürzeren Hebel saß, knurrte und zog seinen Daumen aus ihrem Mund.

„Bei den Eiern des Teufels, Ihr seid ein lüsternes Weib", sagte er außer Atem.

Sie schaute finster und war sich nicht sicher, was er damit meinte. Aber als er sie vorsichtig, aber entschieden von sich herunterschob und offensichtlich fertig mit ihr war, fühlte sie sich beleidigt und unbefriedigt. Es war, als hätte er sie zu einem Kampf herausgefordert und sich dann zurückgezogen, als sie im Begriff war zu gewinnen.

Aber ihr Missmut ging über Enttäuschung hinaus. Es war ein fühlbares Unbehagen. Ihr ganzer Körper kribbelte vor Erwartung. Ihr Herz raste und ihre Haut war unangenehm erhitzt.

Als Helena sich vom Bett erhob, biss Colin sich auf die Unterlippe und versuchte, sein Verlangen in den Griff zu bekommen. Heilige Maria, was war nur los mit ihm? War es schon so lange her, dass er bei einer Frau gelegen hatte, dass er sämtliche Beherrschung verloren hatte?

Bei Gott, es waren doch nur ein paar Küsse. Er hatte schon hunderte von Frauen geküsst - Damen, Küchenmägde, Müllers Töchter, Dirnen. Aber keine hatte eine solche Wirkung auf ihn gehabt. Und schon gar nicht so schnell.

Von der ersten Berührung an war das Blut in seinen Adern schneller geflossen, außer Kontrolle geraten und nun drohte es, überzukochen. Aber als sie seinen Daumen ganz in ihren Mund genommen hatte und daran gesaugt hatte, als wäre er sein ...

Oh Gott, er wagte es nicht, seine Gedanken dorthin schweifen zu lassen. Seine Lenden schmerzten schon vor Dringlichkeit und forderten Befriedigung. Nur sein Verstand bewahrte ihn davor, seine Ritterlichkeit aufzugeben.

Ihre Neckerei sollte verflucht sein, denn die kleine Füchsin wusste ganz genau, was sie tat. Der Triumph war offensichtlich in ihren funkelnden Augen. Sie quälte ihn und machte ihm lüsterne Versprechen mit ihrem Körper, die sie nicht beabsichtigte zu halten.

Er überlegte, ob sie ihre Stalljungen auch so gequält hatte. Er überlegte, ob sie jemals deswegen gegen ihren Willen genommen worden war.

Glücklicherweise für sie war Colin ein Fachmann darin, seine Leidenschaft in Schach zu halten. Aber zu beobachten, wie sie in dem Raum aufgeregt hin und her flatterte mit ihren erröteten Wangen, ihrer schnellen Atmung und ihrem Haar, das ihr in verführerischer Unordnung über die Schultern fiel, machte es schwer, sich nicht zu wünschen, dass sie in seinem Bett wäre.

„Ich gehe angeln", verkündete sie plötzlich.

„Allein?" Er stützte sich auf einen Ellenbogen. „Ist das klug?"

„Ich möchte allein sein."

Ihre Antwort hatte wahrscheinlich eine tiefere Bedeutung, aber im Augenblick nahm er das nicht ernst. „Ich glaube nicht, dass Ihr allein gehen solltet."

„Ich habe Euch doch gesagt", sagte sie und steckte beide Messer in ihren Gürtel, „ich habe vor nichts Angst."

„Das ist tollkühn."

Sie zog die Tür auf. „Nay. Dass ich es zugelassen habe, dass Ihr mich küsst, war tollkühn." Sie schlug die Tür hinter sich zu, bevor Colin auch nur ein weiteres Wort sagen konnte.

Er fluchte vor sich hin, schlug die Decke zurück und streckte die Beine über den Bettrand. Er war vielleicht verwundet, aber das befreite ihn nicht davon, seine ritterlichen Versprechen auszuführen. Er hatte geschworen, Damen zu beschützen. Auch wenn es vor ihrer eigenen Kühnheit war.

Bis er seine Stiefel angezogen und es geschafft hatte, mit einem schweren eisernen Kochlöffel, der einzigen Waffe, die er finden konnte, zur Tür hinaus zu humpeln, war sie schon weg. Aber entlang ihrem gewohnten Weg war sie an die gleiche Stelle zum Angeln zurückgegangen.

„Verdammt!" War die Frau auf der Suche nach Ärger? Oder wurde sie nur davon angezogen? Wenn die Engländer sie verfolgen wollten, wo würden Sie sonst hingehen als zu dem Ort, wo sie sie zuerst gefunden hatten.

Er humpelte schneller und überlegte, ob er gegen die Söldner mit einem Kochlöffel besser bestehen würde als mit einer Angelrute.

Als er Helena schließlich erreichte, ließ sie gerade ihre Angelschnur ins Wasser gleiten und sein Bein pochte, er war schweißgebadet und hatte keine Lust auf ihre Missachtung. „Mädchen, versucht Ihr, Euch umbringen zu lassen?"

„Pssst."

„Sagt mir nicht, dass ich still sein soll!"

„Ein Fisch schwimmt gerade um den Köder herum", flüsterte sie. „Da ist er. Da ist ..."

„Es ist mir einerlei, selbst wenn Meerjungfrauen um den Köder herumschwimmen! Wir müssen hier weg."

„Pssst!"

Er humpelte vor. Auch wenn er verletzt und sie fürchterlich stur war, aber er war immerhin doppelt so kräftig wie sie und selbst wenn er sie physisch entfernen müsste, würde er das tun.

„Oh, seid verflucht, Normanne!"

Sie ließ die Angelrute fallen. „Jetzt ist er weggeschwommen." Dann wandte sie sich um und schaute ihn voller Zorn an. „Was fällt Euch ein? Ihr solltet im Bett bleiben. Geht zurück zur Kate!"

„*Ihr* geht zurück zur Kate!"

„Kommandiert mich nicht rum!"

„Kommandiert *Ihr* mich nicht herum!"

Sie seufzte. „Ihr seid verletzt. Ihr solltet Eure Wunde nicht belasten."

„Und Ihr seid eine Frau. Ihr solltet keine Söldner anlocken."

Mit leidendem Blick verdrehte sie die Augen.

„Verdammt, Weib!" In seinem Hals zuckte ein Muskel. „Was, wenn die Engländer zurückkommen?"

„Das werden sie nicht." Sie zog die Schnur zu ihrer Rute und prüfte, dass der Köder noch dran war. „Wir sind den Aufwand für sie nicht wert." Bei der Erinnerung lächelte sie grimmig. „Dafür haben wir Ihnen einige grausige Andenken mitgegeben. Außerdem habe ich hier noch nie Engländer gesehen, nicht so weit im Norden. Wir werden wahrscheinlich keine mehr sehen."

Ihre Lässigkeit war frustrierend. „Jetzt hört mir mal gut zu, Mylady. Die Sachlage ist nicht mehr wie früher. Es gibt einen neuen König in England und Aufruhr im Land."

„Das hier ist nicht England. Dies ist Schottland. Wir unterstehen immer noch der Regierung von König David. Nur weil wir eine Bande englischer Gesetzloser getroffen haben ..."

„Englische Gesetzlose", hob er hervor, „wo man sie nie zuvor antraf."

Sie zuckte mit den Schultern, hob die beiden Forellen auf, die sie zuvor gefangen hatte und fing an, sie mit Gras abzuwischen.

Er seufzte. Es war nicht seine Art, Frauen mit Gesprächen über die Art und Weise, wie Regierungen funktionierten, zu langweilen. Aber mit seinem Bein fühlte er sich nicht in der Lage, ein starrköpfiges, kämpfendes Weib den ganzen Weg zurück zur Kate zu befördern. Vielleicht konnte er ihr die Gefahr insoweit verdeutlichen, dass sie kooperieren würde. „Dieser neue König hat nicht die Unterstützung aller Adligen. Abtrünnige haben ihren Reichtum und ihren Besitz verloren und ihre Burgen wurden an Henrys Favoriten gegeben. Diese Verarmten haben keine Heimat mehr und haben angefangen, sich woanders nach Land umzuschauen. Viele von ihnen sind Richtung Norden gezogen. Sie belagern Burgen, *schottische* Burgen."

Jetzt hatte er ihre Aufmerksamkeit. „Aber König David erlaubt es Ihnen nicht, Landgüter in Schottland für sich zu beanspruchen."

„Genau. Das ist der Grund, warum die Ritter von Cameliard nach Rivenloch geschickt wurden."

Zweifelnd runzelte sie die Stirn. „Um meine Burg zu beanspruchen, bevor es die Engländer könnten?"

„Nay. Um Euch zu helfen, Eure Burg vor den Engländern zu schützen."

„Ach." Sie schaute leicht überrascht. Dann kam die tiefere Bedeutung bei ihr an und er konnte schon fast sehen, wie sich ihre Nackenhaare aufstellten. „Aber Rivenloch ist durchaus in der Lage, sich selbst zu schützen."

Helena war eine stolze Frau und Colin wollte keinen Streit mit ihr anfangen. „Das bezweifle ich nicht", wich er aus, „aber scheinbar glaubt Euer König das nicht."

Sie schaute finster.

Er fuhr fort: „Dass wir eine Bande englischer Söldner getroffen haben, bedeutet, dass sie schon da sind und die schottische Landschaft durchdringen. Es ist zu unsicher, dass ein Mädchen allein umherwandert."

Anstatt eines vernichtenden Protests nickte sie zu seiner Überraschung nach einem nachdenklichen Augenblick. „So unsicher wie für einen verwundeten Normannen." Sie nahm ihren Fang und die Angelrute. „Zumindest bin ich bewaffnet", sagte sie und steckte das Messer in ihren Gürtel. „Was ist das?" Sie nickte in Richtung des eisernen Kochlöffels und hob eine Augenbraue. „Wolltet Ihr die Engländer damit zu Tode kochen?"

KAPITEL 13

helena gab Colin die Angelrute zu tragen, da sie wusste, dass er sie als Krücke benutzen könnte. Obwohl der stolze Krieger es niemals zugeben würde, war sie sicher, dass er sich bei ihrer Verfolgung überanstrengt hatte.

Und was die Engländer betraf, so hatte sie nicht wirklich Angst, auf sie zu treffen. Sie war durch diese Wälder gestreift seit sie ein kleines Mädchen war, und dabei hatte sie gegen Gesetzlose, gegen Wildschweine und Dummköpfe vom wilden Lachanburn-Clan gekämpft. Die Engländer machten ihr keine Angst.

Aber sie musste dafür sorgen, dass Colin wieder in die Kate kam, damit seine Wunde nicht wieder schlimmer wurde. Und wenn das nur ging, in dem sie Kooperation vortäuschte und ihn dorthin begleitete, dann würde sie das tun. Außerdem hatte sie ja schon zwei schöne Forellen für das Abendessen gefangen.

Sie hoffte, dass sich seine Entzündung nicht verschlechtert hatte. Der Wein wurde langsam knapp und außerdem schwand ihre Entschlossenheit für die unangenehme Aufgabe.

Es war seltsam. Sie blinzelte normalerweise noch nicht einmal, wenn es darum ging, einen Feind zu verletzen. Sie konnte eine gnadenlose, blutrünstige und unnachgiebige Kriegerin sein. Aber das Beträufeln von Colins Wunde mit Wein, sein schmerzerfülltes Keuchen und das Wissen, dass sie ihm sehr weh tat, schwächte ihren Geschmack für Grausamkeit.

Während sie langsam zurück zur Kate gingen, dachte Helena noch einmal an Colins Worte. Konnte das stimmen? Hatten englische Söldner ihr Auge auf schottische Burgen geworfen? Waren Sie schon auf dem Weg nach Rivenloch? Bestand die Möglichkeit, dass sie die Burg belagerten?

Es erschien unglaublich. Aber in letzter Zeit waren viele unwahrscheinliche Dinge passiert. Ihre Schwester hatte einen Ausländer geheiratet. Der *Schatten* war zum ersten Mal nachlässig gewesen. Und Helena hatte sich von einem Normannen küssen lassen. Gleich zweimal.

Vielleicht lag eine Veränderung in der Luft und die verwelkten Blätter der Vergangenheit wurden weggeweht. Vielleicht brach ein neues Zeitalter für Rivenloch an, eine Zeit des Krieges und des Blutvergießens, ein Zeitalter mit neuen Feinden und neuen Verbündeten. Der Gedanke an Abenteuer ließ sie erschaudern.

Aber erst einmal musste sie den Schlamassel, in den sie mit Pagans Knappen geraten war, in Ordnung bringen und das nächste Abenteuer würde warten müssen.

Zurück in der Kate entdeckte sie, dass Colins Oberschenkel dankenswerterweise angefangen hatte abzuheilen. Das Fleisch um die genähte Wunde sah wieder gesund aus.

Keiner freute sich mehr darüber als Colin. „Kein verfluchter Wein mehr?"

„Nein."

Er grinste. „Darauf wollen wir trinken."

Sie grinste zurück. „Ihr habt am meisten unter seinem Brennen gelitten", sagte sie und bot ihm den Weinschlauch an. „Trinkt Ihr zuerst."

Er nahm einen herzhaften Zug und reichte ihr den Schlauch zurück. Noch vor einigen Tagen hätte sie eine Augenbraue gehoben und den Ansatz mit ihrem Ärmel abgewischt. So viel hatte sich in der vergangenen Woche geändert. Sie hatten Mahlzeiten, Kämpfe, Schmerzen, Gelächter und sogar Küsse geteilt. Mit einem Prosit nahm sie den Weinschlauch und trank davon.

Das Abendessen war das Beste bis dahin. Colin hatte Recht. Die Normannen hatten ein Talent für das Kochen. Irgendwie machten ein paar Rosmarinzweige und eine Knoblauchzehe die Forelle zu einem Festmahl, das man auch Gästen hätte servieren können. Sie sammelte zwei ordentliche Hand voll wild wachsende Erbsen und er kochte sie mit Minze. Selbst die winzigen, armseligen Äpfel, die sie an einem vertrockneten Baum gefunden hatte, wurden zu einer Leckerei, als er sie in Farnblätter einwickelte und auf der Kohle backte, bis sie weich und süß waren.

Sie war so zufrieden, während sie zuhörte, wie das Feuer später am Abend im Kamin knackte und knisterte, dass sie noch nicht einmal blinzelte, als Colin sie aufforderte, ins Bett zu kommen.

„Kommt", sagte er und klopfte mit der Hand auf das Bett. „Es ist schon spät. Ich glaube, wir müssen früh aufstehen und zum Frühstück ein Nest ausrauben."

„Ein Nest?"

„Ich habe Wachteln im Wald gesehen."

Sie erhob sich und schüttelte den Kopf. „Wir bräuchten viele Wachteleier, um satt zu werden."

„Darum müssen wir früh aufstehen."

Warum sie freiwillig zu ihm ins Bett kletterte, wusste sie nicht. Schließlich war es heute Nacht nicht so kalt und das Feuer brannte hell. Vielleicht hatte Colin einen normannischen Zaubertrank in ihr Essen getan, um sie gefälliger und gefügiger zu machen. Oder vielleicht lag es daran, dass sie satt war und ihre Laune sich daher gebessert hatte. Was auch immer es war, es schien die natürlichste Sache der Welt zu sein, sich neben ihn ins Bett zu legen und ihn die Decke über sie ausbreiten zu lassen.

Bis er murmelte: „Heute Nacht, Mylady, versucht Eure Leidenschaft zu zügeln."

Sie erstarrte. „Meine was?"

„Belästigt mich nicht, zumindest nicht, bis ich nicht ganz wach bin."

Sie stieß ihm mit dem Ellbogen in den Bauch und er reagierte mit einem Uff; aber sie konnte nicht verhindern, dass sie errötete.

Am nächsten Morgen schienen die Sonnenstrahlen durch die Bäume. Aber es war nicht die Helligkeit, die Colin weckte, während er neben der schlafenden Schönheit, die ein Bein besitzergreifend über ihn geschlungen hatte, auf dem Bett lag.

Etwas stöberte in den Blättern direkt vor der Kate. Etwas, das größer war als eine Maus oder ein Eichhörnchen oder eine Wachtel. Etwas, dass sogar ein besseres Frühstück ergeben würde als Eier.

Er nahm sich das Messer, das Helena bei sich hatte und versuchte, sich dann aus ihrer unabsichtlichen Umarmung zu lösen, ohne sie zu stören. Es war unmöglich.

Als sie merkte, dass er sich bewegte, wachte sie auf.

„Was ist los?", murmelte sie schläfrig.

„Ich versuche aufzustehen."

Sie schaute ihn scharf an. Als sie plötzlich spürte, dass ein Teil von ihm unter ihrem Oberschenkel aufgestanden war, zog sie ihr Bein schnell zurück.

Er lachte leise und setzte sich auf. „Lüsternes Weib."

Ihr finsterer Blick wurde von einem Gähnen zerstört. „Wo wollt ihr hin?"

Er klackte mit der Zunge. „So eifrig, Mylady. Keine Angst. Ich komme schon bald zurück in Euer Bett." Er strich sich das Haar aus dem Gesicht.

„Eingebildeter Knappe." Sie knuffte ihn mit der Faust an die Schulter. „Ich wollte wissen, wo Ihr mit meinem Messer hin wollt?"

Er stand auf und testete sein verwundetes Bein. Es heilte schnell. In einer weiteren Woche würde es wie neu sein. „Ich will das Tier jagen, das draußen nach Futter sucht."

Während sie zuhörte, runzelte sie die Stirn. Ein schwerer Fuß donnerte auf den Boden und danach hörte man, wie Gras abgerissen und gekaut wurde. „Das ist eine Kuh."

„Eine Kuh?" Er schüttelte den Kopf. „Nay, das ist eine Ziege oder ein Schaf."

„Ich sage Euch, das ist eine Kuh."

Er zuckte mit den Schultern. „Dann werden wir in der Tat sehr gut zu Abend essen."

„Wartet." Sie rieb sich die Augen und strich sich mit der Rückseite ihrer Hand das Haar aus dem Gesicht; die Geste war charmant und kindlich zugleich. Dann stand sie auf und ging schläfrig zum Fenster. Sie blickte hinaus durch die Fensterläden, wobei sie sich an der Hüfte kratzte. „Ihr könnt die Kuh nicht töten."

„Natürlich kann ich das." Er fuchtelte mit dem Messer in der Luft. „Ein Schnitt am Hals und ..."

„Nay, Ihr werdet die Kuh nicht töten."

„Was soll das heißen?"

„Das ist eine von Lachanburns."

„Lachanburns?"

„Aye. Seht Ihr das Brandzeichen auf der Seite?"

Er gesellte sich zu ihr ans Fenster. Das zottelige, rostfarbene Tier trug einen Kreis als Brandzeichen nahe seines Schwanzes.

„Das ist Lachanburns Zeichen", erklärte sie. „Rivenlochs Nachbar-Clan."

„Ach so." Colin drückte einen Daumen an die Klinge des Messers, um seine Schärfe zu prüfen. „Dann wird es ihm nichts ausmachen, sie mit seinen hungernden Nachbarn zu teilen."

Sie ergriff ihn am Handgelenk. „Tut es nicht."

„Einen Augenblick bitte. Ich habe mir sagen lassen, das Schotten einander dauernd Vieh stehlen. Ist es nicht eine Art Spiel unter den Clans, einander die Kühe zu stehlen?"

„Stehlen, aye. Töten, nay."

„Sicherlich würde der Lord von Lachanburn der Lady von Rivenloch keine armselige Kuh missgönnen. Wir schlachten diese hier und geben ihm dafür eine von Rivenlochs, wenn wir zurückkehren."

Sie schüttelte den Kopf. „Nicht ohne seine Zustimmung."

Er seufzte. Er hatte Hunger und das Tier da draußen könnte sie zwei Wochen lang satt machen. Es war eine Schande, das ganze Fleisch zu verschwenden.

Vielleicht könnte er ihren unersättlichen Appetit anregen. „Wisst ihr, ich kann einen großartigen Braten bei niedriger Flamme zubereiten. Saftig. Wohlschmeckend. So zart, dass er im Munde zergeht."

Aber das sture Weib biss nicht an. Stattdessen schaute sie nachdenklich durch die Fensterläden. „Ihr dürft sie nicht schlachten. Jedoch ..."

„Aye?"

„Ich nehme an, dass es nicht schaden würde, das Tier zu *melken*."

Colin lief immer noch das Wasser im Mund zusammen bei dem Gedanken an einen Braten. Aber ihr Vorschlag war vielversprechend. Mit Milch könnte er eine Vielzahl samtiger Saucen herstellen, um jedes Wildgericht zu verbessern. Mit ein wenig Geduld könnte er sogar Butter oder einen Weichkäse herstellen. Und er könnte die Kuh in der Nähe festbinden, bis sie nach Rivenloch aufbrachen und dann hätten sie einen täglichen Zugang zu ihren Schätzen.

„Mylady, das ist eine fantastische Idee", sagte er ihr und reichte ihr den Dolch mit dem Griff voran. Er rieb sich die Hände. „Es ist schon ein wenig her, aber ich glaube ich kann das schaffen. Ich nehme einen Eimer und begebe mich sofort an die Arbeit." Er stellte sich bereits Helenas ekstatisches Gesicht vor, wenn sie eines seiner Lieblingsgerichte probierte, angedickte Sahne über wilden Beeren.

Wenn er nur gewusst hätte, was für einen Streich sie ihm spielte, hätte er ihren sündhaften kleinen Kopf an Ort und Stelle geschüttelt.

Helena beobachtete ihn mit großen, unschuldigen Augen, als er zuversichtlich mit Eimer und Schemel bewaffnet die Kate verließ, um die unmögliche Aufgabe durchzuführen. Dieser alte Streich wurde jedem schottischen Kind gespielt. Sie grinste vor sündiger Erwartung und legte sich wieder unter die Decke, um auf seine Rückkehr zu warten.

Einige Augenblicke später, als er die Kate betrat, gab sie vor zu schlafen und lag steif auf dem Bett mit dem Rücken zur Tür.

Er warf den Eimer und den Schemel auf den Boden.

„Sehr lustig", sagte er langsam.

Sie wappnete sich und unterdrückte ein Lachen. Seine Schritte kamen näher, bis er über ihr stand.

„Ihr seid eine böse kleine Höllenkatze." Er senkte ein Knie auf das Bett und setzte sie so unter der Decke fest. Sie öffnete die Augen und er setze das andere Knie gegenüber und hielt sie zwischen seinen Beinen gefangen. „Und ihr müsst für Eure Schalkhaftigkeit bezahlen."

Mit einer heftigen Bewegung ihrer Hüften hätte sie jeden anderen Mann vom Bett gestoßen. Aber Colin hatte ihre Listen gelernt. Er wusste, dass sie sich auf Überraschung und List verließ und so war er vorbereitet, jede ihrer Bewegungen zu parieren.

„Geht von mir runter", knurrte sie und kämpfte, um ihre Arme freizubekommen, die auch unter der Decke gefangen waren. Aber es war schwer, gegen Krallen zu kämpfen, wenn sie gleichzeitig versuchte, ihr Lachen zu unterdrücken. Jedes Mal, wenn sie sich vorstellte, wie er mit seinem Eimer und Schemel versuchte, ein Euter an Lachanburns Bullen zu finden, musste sie erneut lachen.

„Oh, Ihr glaubt, dass das lustig ist." Seine Stimme war ernst, aber seine Augen funkelten vor Heiterkeit.

Sie biss sich auf ihre zuckende Lippe.

„Ich glaube, Ihr lacht auf meine Kosten", schimpfte er.

Sie schüttelte den Kopf, aber ein Quieken entfuhr ihr, als sie sich vorstellte, wie überrascht der Bulle wohl gewesen war.

„Aha! Ihr lacht."

Sie schüttelte den Kopf noch vehementer.

Dann entdeckte er eines ihrer bestgehüteten Geheimnisse, eines, das sie versuchte um jeden Preis zu verbergen. Seine Finger hüpften leicht über ihre Rippen, als er anfing, sie zu kitzeln.

Sie hatte gerade noch Zeit zu rufen: „Nay!", bevor sie nur noch kichern konnte und ihr Körper hilflos zuckte.

Rücksichtslos überfiel er sie mehrere Male und hielt dann inne, damit sie wieder zu Atem kam. „Tut Euch Eure Boshaftigkeit jetzt leid?"

Sie blickte so finster sie konnte und schüttelte ihren Kopf.

Und dann fing er wieder an. Er schien jede kitzelige Stelle an ihr zu kennen, von der Stelle unter ihrem Arm und den Zwischenräumen zwischen ihren Rippen bis hin zu der Kuhle an ihrem Nacken und der Erhöhung ihres Hüftknochens.

Sie wand sich und kicherte und warf ihren Kopf hin und her, bis ihr vom Lachen fast schwindelig war.

Er gab ihr wieder eine Pause und grinste sie schelmisch an, während er sie von oben herab betrachtete. „Entschuldigt Euch, Gefangene und dann werde ich Eure Folter beenden."

Sie grinste zurück. „Warum sollte ich mich entschuldigen? Es war Eure eigene Schuld, dass ..."

Sie fiepte, als er seine Finger an die Stelle über ihrer Hüfte steckte, wo sie besonders kitzelig war.

„Ihr solltet Euch entschuldigen", sagte er und übertönte ihr Gelächter, „weil ich getötet hätte werden können." Er machte eine Pause bei seiner Tortur und erschauerte dramatisch. „Ihr hättet den lüsternen Blick bei dem Tier sehen sollen, als ich anfing an seinem Euter zu ziehen."

Daraufhin explodierte ihr unterdrücktes Lachen und er nahm seine Bestrafung wieder auf und griff sie an, bis sie außer Atem und erschöpft war. Schließlich konnte sie es nicht mehr aushalten. „Ich gebe auf!", keuchte sie.

Er hielt inne. „Was habt Ihr gesagt?" Er drehte sein Ohr, um besser zu hören. „Was habt Ihr gesagt?"

„Ihr habt mich gehört." Sie pustete sich die gelösten Haarsträhnen aus dem Gesicht. „Ich gebe auf."

„Ach. Und entschuldigt Ihr Euch?"

„Ich entschuldige mich", gab sie nach.

Mit einem triumphierenden Grinsen kletterte er von ihr herunter.

„Ich entschuldige mich", wiederholte sie, drehte sich auf die Seite und fügte hinterlistig hinzu, „für Eure Dummheit."

Er gab ihr einen ordentlichen Klaps auf den Hintern, bevor sie sich ducken konnte. „Nun kommt schon, Höllenhund. Wir müssen Eier jagen."

Sie hätte angestachelt sein sollen. Niemand gab einer Kriegerin von Rivenloch einen Klaps auf den Hintern. Aber wie sollte sie beleidigt sein, wenn er sie mit diesem fröhlichen Funkeln in seinen Augen anschaute?

Wann genau er den Wechsel von Feind zum Freund vollzogen hatte, wusste sie nicht, aber etwas hatte sich zwischen ihnen bewegt. Ob es der Streich war, den sie ihm so erfolgreich gespielt hatte oder einfach das Gelächter, auf jeden Fall war ihre Laune für den Rest des Tages sorglos. Sie fühlte sich nicht mehr wie eine Entführerin mit einer Geisel. Tatsächlich war es, als wären sie und Colin Kameraden, die dieses aufregende Abenteuer in den Wäldern teilten.

Helena fand einige Nester mit Wachteleiern, die im dicken Gebüsch verborgen waren und Colin machte daraus ein luftiges Gericht mit ein wenig Thymian und dem letzten bisschen Käse. Er fand sogar ein paar Walnüsse, welche die Eichhörnchen noch nicht erwischt hatten und öffnete sie mit einem Stein, um die Leckerei darin hervor zu holen. Nachdem sie das letzte bisschen Ei aus der Pfanne gegessen hatte, fing Helena an zu überlegen, ob sie jemals wieder trockene Haferkekse essen könnte.

Nach dem Essen nahm Colin die Angelrute und baute sie mit einer Schlaufe aus einem Pflanzenstiel zu einer Vogelfalle um. Zusammen begaben sie sich in einen Teil des Waldes, wo das Gebüsch besonders dicht war. Während Colin hinter einer Eiche wartete und die Rute mit der Schlaufe nahe am Boden hielt, schlich Helena sich hinter das Gebüsch und schüttelte das Laub. Einige Wachteln flatterten panisch heraus, aber Colin war nicht schnell genug, um sie zu fangen und so flatterten sie davon.

Es dauerte fast den ganzen Tag, aber schließlich schafften sie es, zwei Rebhühner zu fangen und auf dem Weg zurück zur Kate schnitt Colin einige Senfzweige ab und sammelte ein paar Handvoll wilder Kräuter und Veilchen. Sie rupfte die Vögel und wies ihn an, sein Bein zu schonen, denn er überanstrengte es offensichtlich. Zu ihrer Überraschung stritt er nicht mit ihr und schon bald hörte sie ihn auf dem Bett schnarchen.

Sie lächelte und unterbrach ihre Aufgabe einen Augenblick, um ihn zu betrachten. Seine Gesichtszüge waren weicher, wenn er schlief. Seine Stirn war glatt und seine Wimpern lagen dicht auf seinen Wangen. Sein Haar, das wie immer unordentlich war, fiel in dunklen Locken über seine Stirn und berührte seine Ohren und sein Kinn, was ihm etwas Schalkhaftes verlieh. Seine Nasenlöcher flatterten, während er atmete und sein Mund stand weit genug auf, um seine etwas schiefen Frontzähne freizulegen. Er sah so unschuldig aus wie ein Baby.

Er wachte auf, während sie ihn beobachtete und genau in dem Augenblick sah sie, dass er *wusste*, dass sie ihn beobachtet hatte, denn seine Augen schimmerten selbstzufrieden.

„Ihr habt mich zu lange schlafen lassen, Mylady."

„Wer könnte Euch wecken?", höhnte sie und wandte sich wieder dem Rebhuhn zu. „Ihr schlaft wie ein Toter."

„Im Gegenteil", sagte er und streckte sich so genüsslich wie eine Katze. „Ich bin schon beim bloßen bewundernden Blick einer Frau aufgewacht."

Sie merkte, wie sie errötete. „Ich habe Euch nicht ... bewundert."

Er lächelte und setzte sich vorsichtig auf. Bei Gott, sogar völlig zerzaust sah er teuflisch gut aus. „Oh, Mylady, errötet Ihr?"

Sie rupfte heftig an dem Tier. „Nay."

Langsam stellte er die Füße auf den Boden. „Ihr müsst nicht warten, bis ich schlafe. Ihr dürft Euch jederzeit die Freiheit nehmen, mich zu bewundern ..."

„Ich habe Euch nicht bewundert. Ich habe ... Euren Wert für das Lösegeld berechnet, Pfund um Pfund."

„Pfund um Pfund, wirklich?" Er stand auf und mit einem breiten Grinsen schlenderte er zu ihr. „Und war das angezogen ... oder nackt?"

Sie errötete noch mehr. Verflucht, selbst im geistigen Wettstreit schien er immer das letzte Wort zu haben.

Colin war gnädig mit dem armen Mädchen und verzichtete auf eine Antwort. Wie bei dem Kitzeln, das sie an diesem Morgen hatte aushalten müssen, wusste er, wann es genug war.

Es überraschte ihn, dass sie errötete. Schließlich hatte sie mit schamloser Offenheit vor den Söldnern gesprochen und alle möglichen Anzüglichkeiten und Obszönitäten benutzt. Sie hatte ihre Hüften geschwungen und ihren Busen mit unverfrorenem Enthusiasmus gezeigt. Er wusste nicht, warum sie jetzt von der Tatsache verstört war, dass er sie erwischt hatte, wie sie ihn anstarrte. Es war ja nicht, als wäre er es nicht gewohnt, von Frauen angestarrt zu werden.

Er lächelte über ihre seltsame Widersprüchlichkeit und machte sich daran, die Rebhühner in einer Paste aus Senf zu rösten und aus den Kräutern und den Veilchen einen Salat zu zaubern.

Er merkte, dass es ihm Freude machte, Helena mit seinen Kochkünsten zu beeindrucken. Sie schien so dankbar zu sein und aß mit Begeisterung alles auf, leckte sich die Finger und gab dann solche sinnlichen Laute des Vergnügens von sich. Bei dem Gedanken an ihre Rückkehr nach Rivenloch verspürte er schon fast Bedauern, weil sie dann seine Dienste als Koch nicht mehr brauchen würde.

Es war schade, dass er nicht mehr Proviant hatte. So ein paar Extras hätten das Mahl perfekt gemacht. Ein Becher mit kaltem, klarem Birnenmost. Dazu dicker, süßer Kürbis frisch aus dem Ofen, mit Butter beschmiert und die Beeren mit der angedickten Sahne, von denen er zuvor geträumt hatte. Dann würde Helena die Augen in Ekstase verdrehen.

Er vermutete, dass er sich damit zufrieden geben müsste, ihr eine andere Art der Ekstase anzubieten. Er lächelte lüstern. Er hatte sie gestern küssen dürfen. Er überlegte, welche Freiheiten sie an diesem Abend zulassen würde.

Ein paar Stunden später fand er es heraus. Er lag auf

dem Bett auf den Ellenbogen gestützt, während sie seine Wunde begutachtete.

„Die Fäden sollten eine weitere Woche drin bleiben", erklärte sie und wischte leicht mit einem nassen Tuch über die Wunde.

Sie hätte ihm auch sagen können, dass sie für immer drin bleiben müssten und es hätte keinen Unterschied gemacht. Er dachte an etwas viel interessanteres, als ihr Unterarm gefährlich nahe an seinen Unterleib kam. Zuvor, wenn sie den Wein verwendet hatte, konnte er sich nur auf die Schmerzen in seiner Wunde konzentrieren. Jetzt spürte er, wie ihr Ärmel über seinen Oberschenkel strich, die Zartheit ihrer Finger auf seinem Fleisch und die Wärme ihres Körpers, wenn sie neben ihm auf dem Bett saß.

Als sie sich daran machte, den Verband wieder anzulegen, seufzte er verzweifelt. Fragend schaute sie ihn an.

„Kein Kuss?", fragte er.

Zweifelnd hob sie eine Augenbraue.

Er schaute sie ganz unschuldig an. „Ich bin mir sicher, dass das der Grund ist, warum es so schnell verheilt ist."

„Wirklich?"

„Oh, aye." Ernsthaft fügte er hinzu: „Nichts ist mächtiger als der Kuss einer schönen Frau."

„Ach, jetzt bin ich also schön?" Sie hatte es vielleicht sarkastisch gesagt, aber die Röte in ihrem Gesicht verriet sie. Sie genoss sein Kompliment.

„Schöner als ein englischer Morgen. Schöner als eine blühende Rose. Anmutiger als eine Taube auf ..."

„Wenn ich Eure Wunde küsse, hört Ihr dann auf mit der Poesie?"

Er gab vor beleidigt zu sein, nickte dann aber langsam.

Sie beugte sich vor, um ihn schnell auf die Wunde zu

küssen und ihr weiches Haar strich über die Innenseite seines Oberschenkels. Er erzitterte und überlegte, ob sie wusste, welche Wirkung das auf ihn hatte.

Sie verband ihn wieder und er zeigte auf seinen Fingerknöchel, wo er eine Schramme beim Kampf mit den Söldnern erlitten hatte. „Hier habe ich noch eine Verletzung."

Sie blickte ihn wissend an. „Ich nehme an, dass sie auch geküsst werden muss?"

Er nickte.

Sie grinste, kam seiner Bitte aber nach.

Dann tippte er mit einem Finger auf seinen Wangenknochen, wo er eine Schramme von einer englischen Faust bekommen hatte.

Kopfschüttelnd küsste sie ihn auch dort leicht.

Dann zeigte er auf seine Lippen.

Sie hob ihren Zeigefinger. „Guter Versuch, aber nay."

Er zuckte mit den Schultern. „Zumindest habe ich Euch meinen verletzten Arsch erspart."

Sie knuffte seine Brust und schob ihn von seinen Ellenbogen.

Er erwiderte dies mit einem leichten Schlag auf ihre Schulter.

Mit offenem Mund stieß sie ihn erneut.

Er zog an ihrem Haar.

Sie versuchte nicht zu lachen und ergriff sein Handgelenk.

Er erhob sich, um ihr ein schnelles Küsschen auf die Lippen zu geben.

Daraufhin blickte sie ihn finster an.

Er küsste sie noch einmal.

„Hört auf, Ihr ..."

Er unterbrach sie mit einem weiteren Küsschen.

„Ihr Knappe, was macht Ihr ..."

Dann noch einen.

„Hört auf!" Ihre Worte standen im Gegensatz zu ihrem Grinsen.

Und noch einen.

Sie versuchte, ihre Lippen zusammen zu pressen, aber sie brach in Gelächter aus.

Der nächste Kuss war fast unmöglich, weil sie so sehr lachte. Stattdessen machte er bei ihrem Hals weiter. Aber das schlaue Weib bekam ihre Rache, als er an der süßen Haut unter ihrem Ohr schnüffelte. Ihre teuflischen Finger fanden seine Rippen und sie fing an, ihn zu kitzeln.

Er legte seine Arme sofort fest an seine Seiten und versuchte, ihre Handgelenke zu ergreifen und er keuchte an ihrem Hals. Wieder versuchte er ihre Hände zu greifen, aber sie war so flink wie eine Biene und stach ihn hier und dort und fand seine empfindlichsten Stellen. Schon bald lachten sie beide, bis er es endlich schaffte, ihre Handgelenke festzuhalten. Er rollte sie auf den Rücken und strahlte sie siegreich an.

„Ihr", sagte er grinsend, „seid ein böses, böses Weib."

Sie wand sich gegen seinen Griff, aber ohne große Anstrengung und dann erkannte er das Geheimnis ihres Vergnügens. Sie war keine Geliebte. Sie war eine Kriegerin. Helenas Blut wurde vom Kampf erhitzt. Man gewann ihre Zuneigung nur, wenn man mit ihr kämpfte, entweder mit Worten oder mit Taten. Sie kämpfte gern, mochte die Aufregung und die Angriffslust. Er lächelte. Er könnte ihr den Kampf ihres Lebens liefern.

KAPITEL 14

Trunken vor Lachen schaffte Helena es nicht, die angebrachte Empörung darüber an den Tag zu legen, dass er sie gegen ihren Willen geküsst hatte. Fürwahr, sie hatte ihre Rachegelüste vergessen, als sie entdeckte, dass Colin ebenso kitzelig war wie sie. Aber jetzt, schwindelig und außer Atem fand sie seine Annäherungen gar nicht so unwillkommen. Ein Teil von ihr, wobei es sich wahrscheinlich um jenen „bösen, bösen" Teil handelte sehnte sich auf unnatürliche Weise danach, sich sogar noch näher an den vorwitzigen Knappen zu kuscheln.

Ihr war warm und ihr Herz raste. Sie grinste und fühlte sich wie nach einem guten Schwertkampf oder wie wenn sie im Licht von hundert Kerzen glühte.

Sie hätte ihm entfliehen können, wenn sie gewollt hätte. Aber das wollte sie gar nicht wirklich. Helena liebte nichts mehr, als mit einem würdigen Gegner zu kämpfen.

Sie wand sich, als er seinen Kopf zu ihrem senkte und sein feuchter Atem ihr Ohr neckte. „Ihr", murmelte sie, „seid ein bösartiges Ungeheuer."

Er antwortete mit einem Knurren und biss sie am Hals.

Sie keuchte überrascht.

„Ich bin ein Ungeheuer, Mylady", stimmte er zu, „und ich werde Euch verschlingen."

Er knabberte spielerisch an ihrem Hals. Sie wand sich unter ihm und war irgendwie gefangen zwischen Lachen und Sehnsucht und sich nicht ganz sicher, dass sie entfliehen wollte.

„Ich werde Eure leckeren Teile erschnüffeln." Er schnüffelte an ihrem Hals und ihren Ohren und brachte sie zum Kreischen. „Und ich werde mich von Eurem zitternden Fleisch ernähren." Er knabberte an ihrem Ohrläppchen und entzündete ihr Verlangen. „Ich werde meine Zähne in Eurem zarten Hals versenken und das Leben aus Euch trinken." Mit der Zunge strich er gegen die pulsierende Ader unter ihrem Ohr und sie zitterte, als die Funken sich zu einer Flamme entzündeten.

„Nay", keuchte sie.

„Oh aye", antworte er und leckte leicht über den Rand ihres Ohrs. Sie erstarrte, als das Feuer in ihr Blut fuhr.

Dann kämpfte sie gegen ihn an oder zumindest *dachte* sie, dass sie gegen ihn kämpfen würde. Sie drehte sich unter ihm und ballte die Hände zu Fäusten. Und als er ihre Handgelenke freigab und sie ihn hätte wegschubsen können, drückte sie völlig kraftlos gegen seine Brust, als wollte sie einen Vorhang zurückziehen. „Nay."

„Aye." Seine Finger verhedderten sich in ihrem Haar, während er an ihrem Kinn knabberte. „Oh, hier ist ein besonderer Leckerbissen." Er leckte an ihren Mundwinkeln, als wollte er sie schmecken. Dann nahm er ihre Unterlippe vorsichtig zwischen seine Zähne.

Sie hatte ihn nicht küssen wollen. Es war ein Versehen. Sie kniff vorsichtig an seinen Lippen, nur ein oder zweimal und recht unschuldig. Aber dann schlüpfte ihre Zunge heraus, um seinen Mund zu schmecken und er nahm sie dankbar an. Plötzlich konnte sie nicht aufhören. Wenn er ein hungriges Ungeheuer war, war sie ebenso gefräßig. Sie legte ihren Mund über seinen, drückte, saugte und leckte und schmetterte ihre Lippen gegen seine und forderte seine Reaktion mit einer solchen Vehemenz, dass sie ihn versehentlich biss.

Er zuckte zurück. „Vorsichtig, Mylady", sagte er mit einem Lachen. „Wer ist jetzt das Ungeheuer?"

Seine Bemerkung erschreckte sie einen Augenblick lang. Heilige Mutter Gottes, was war nur in sie gefahren? Sie sollte ihn doch abwehren. Waren das ihre Fäuste, die in seinem Hemd verheddert waren?

Dann legte sich sein Mund wieder auf ihren, zärtlich und verlockend und ihre Bedenken schwanden in einem Nebel des Verlangens.

Und als wenn seine Lippen noch nicht genug wären, um sie um den Verstand zu bringen, ließ er jetzt eine Hand entlang ihres Halses über ihre Schulter und ihren Armen entlang nach unten wandern. Überall, wo er sie berührte, schien ihrer Haut aufzuwachen wie das Fell einer Katze in einem Sturm. Er streichelte ihre Taille und selbst durch ihr Gewand konnte sie die Hitze seiner Handfläche spüren. Während sie die Luft anhielt, wanderte seine Hand heimlich nach oben entlang ihrer Rippen, bis sein Daumen die Falte unter ihrem Busen erreichte.

Sie löste sich aus dem Kuss. „Nay", keuchte sie, da sie seine Absicht spürte.

„Aye", versicherte er ihr. Und immer noch blieb er da, blickte lächelnd in ihre Augen und streichelte wohl überlegt hin und her unter ihrem Busen und neckte sie, bis sie dachte, dass sie vor Verlangen verrückt werden würde, denn ihre Brustwarze schmerzte vor Sehnsucht nach seiner Berührung.

Und Gott sollte ihr gnädig sein, aber schließlich wölbte sie sich hungrig nach seiner Berührung zu ihm hin.

Erst dann machte er weiter. Er legte seine Handfläche um die Unterseite der Brust und wiegte das formbare Gewicht in seiner Hand.

„So appetitanregend", murmelte er.

Erst dann strich er mit dem Daumen über den Stoff auf ihrer Brustwarze.

Sie keuchte, als das Verlangen in ihrem Körper explodierte und sich auf ihre Brüste und der brennenden Stelle zwischen ihren Oberschenkeln konzentrierte.

Und doch war das erst der Anfang. Er senkte seinen Kopf, um ihr ins Ohr zu flüstern: „Oh, noch ein leckerer Ort."

Er strich weiter mit dem Daumen über ihre Brustwarze und steckte seine Zungenspitze in ihr Ohr und es fühlte sich an, als wenn sie ein heißes Schwert direkt vom Schmieden berührt hätte. Sie zuckte angesichts des Schocks. Sie drückte ihre Augen fest zu und sehnte sich nach dem intensiven Gefühl und hasste es zugleich; sie wand und wälzte sich zwischen Ekstase und Verzweiflung.

Jenseits von Vernunft stöhnte, genoss und litt sie, und verzweifelt wollte sie immer mehr. Sein Atem, den er sanft in ihr Ohr blies, ließ sie berauscht erzittern. Ihre Brustwarzen wurden so hart, dass sie schmerzten. Und ihre Haut wurde so heiß, dass sie begann an ihren Kleidern zu zerren, um diese abzulegen.

Er musste ihre Gedanken gelesen haben, denn im nächsten Augenblick hörte seine linke Hand mit der Folter auf und fing an, die Schnürung an ihrem Kleid zu lösen.

„Nay", sagte sie und umklammerte ihr Oberteil, selbst

als ihre verräterischen Finger mithalfen, die Bänder zu lösen.

„Oh, aye, Mylady."

Sie hatte seine Berührung schon vorher als Warnung erachtet, aber das war nichts im Vergleich zu der Hitze von Fleisch auf Fleisch, als er seine Hand in ihr Kleid gleiten ließ. Obwohl er Schwielen vom Schwertkampf hatte, war seine Berührung überraschend zärtlich, als er ihre Brust in die Hand nahm und dann vorsichtig ihre Brustwarze drückte.

Sie krallte ihre Finger in sein Hemd und klammerte sich an ihn, während das Verlangen sie umhüllte und überwältigte.

Er murmelte an ihrem Mund. „Oh, aye, Mylady, Ihr seid äußerst lecker dort."

Sie wollte ihm eigentlich Nay sagen, aber das Wort kam ihr nicht über die Lippen. Sie schaffte nur ein leises Fiepen als Protest.

„Aye, äußerst lecker."

Er hinterließ eine Spur von Küssen entlang ihres Halses und über ihrer Brust und zog dann ihren geöffneten Surcot herunter. Sie zitterte, als der Stoff über ihr Fleisch strich. Sie dachte, dass sie keine größere Freude mehr aushalten könnte, bis er leicht an ihrer Brustwarze leckte, dann die Lippen senkte und an ihr saugte.

Sie schluchzte und legte die Hände hinter seinen Kopf, als wollte sie ihn für immer an ihrem Busen halten. Wellen der Lust überkamen sie, als er seine Lippen und seine Zunge benutzte, um in einem Rhythmus zu saugen, der sie gleichzeitig beruhigte und erregte.

Schon bald sehnte sich ihre andere Brust nach dem Hexenwerk seiner Berührung. Instinktiv führte sie seinen

Kopf dorthin und zitterte, als er lüstern kichernd ihren Bauch kitzelte und sie stöhnte, als sein Mund auch die andere Brustwarze in Besitz nahm und neue Euphorie in ihr entfachte.

Aber sie war immer noch nicht ganz zufrieden. Sie schlängelte sich unter ihm und fühlte sich so hilflos wie ein unerfahrener Krieger, der nicht in der Lage ist, die Waffe zu wählen, die seinen Gegner besiegen würde.

Aber Colin wählte für sie und er wählte fachmännisch.

Mit einem letzten Streichen seiner Zunge ließ er ihre Brust los und bewegte sich wieder nach oben, um sie auf den Mund zu küssen. Wenn es überhaupt noch möglich war, waren seine Lippen noch weicher geworden. Oder vielleicht lag es an ihrer willigen Reaktion, dass dies so schien. Ihre Lippen fanden zueinander und ihre Zungen verbanden sich und die ganze Zeit vergrößerte sich das Feuer zwischen ihren Beinen. Sie wimmerte leise an seinem Mund.

„Ich weiß, Liebling, ich weiß", murmelte er.

Er begann, ihre Röcke in seiner Faust zusammenzuraffen und sie langsam nach oben zu schieben und ihre Beine freizulegen. Obwohl es das war, was sie wollte, bewegten sich ihre Hände aus Gewohnheit, um ihn abzuweisen.

„Pssst." Vorsichtig hob er ihre Hand an seine Lippen und küsste die Rückseite ihrer Hand zur Beruhigung.

Entgegen ihrer Instinkte, ließ sie ihn weitermachen. Er steckte seine Hand unter ihre Röcke und streichelte die Innenseite ihrer Oberschenkel. Ihre Muskeln zuckten, da sie eine solche Berührung nicht gewohnt waren, bis er sie durch sein Streicheln beruhigte.

Aber seine erregende Berührung befriedigte nicht

ihren Durst. Sie hatte Schmerzen im Unterleib und irgendwie war seine Hand nicht befriedigend.

Sie knurrte frustriert, schob ihre Hüfte nach vorn und wollte, dass seine Finger dort ... und doch schienen sie wegzuspringen. Sie wölbte sich und versuchte, seine Hand zu zwingen.

„So eifrig", nickte er.

Ein brennendes Bedürfnis verdrängte ihren Stolz. Sie schluchzte vor Ärger, weil er das zurückhielt, nach was sie am meisten gierte.

Schließlich gab er ihren unausgesprochenen Forderungen nach. „Ist es das, was ihr wollt?", flüsterte er.

Seine Finger strichen über die Locken auf ihrer weiblichen Wölbung und bewegten sich dann tiefer, tauchten in ihre feuchten Falten ein und drückten gegen den Kern ihres Bedürfnisses. Sie schrie auf und drückte sich gegen seine Handfläche, wobei sie sich instinktiv gegen seine Hand wiegte.

Dann legte er seinen Mund wieder auf ihren und küsste sie zärtlich, während er anfing, seine Finger in einem äußerst exquisiten Tanz in ihr zu bewegen.

„Oh Helena, meine Süße", atmete er an ihrem Mund, als wenn er mit ihr leiden würde. „So warm. So nass."

Seine Worte entfachten neue Leidenschaft in ihr. Schon bald zog die Lüsternheit sie wie eine Flutwelle schneller weg, als sie schwimmen konnte. Atemlos ergriff sie seine Schultern, als die Flut immer höher kam.

„Oh, Mylady", keuchte er, „jetzt würde ich Euch ganz fressen."

Sie wagte noch nicht einmal daran zu denken, was er damit meinen könnte.

Aber er gab ihr keine Zeit, lange zu überlegen.

„Nay!", rief sie mit geweiteten Auge, als er an ihrem Körper weiter nach unten schlüpfte.

„Aye", knurrte er leise.

In Panik griff sie nach seinem Haar und versuchte halbherzig, ihn aufzuhalten. Aber er bewegte sich unaufhörlich weiter nach unten, bis sein Atem die weichen Locken, die ihre Weiblichkeit beschützten, bewegte.

Fressen beschrieb noch nicht einmal im Ansatz, was er dann tat. Mit seinen Lippen und seiner Zunge schmeckte er sie, kostete sie, ergötzte sich an ihr und saugte zärtlich an dem Kern ihres Bedürfnisses, bis sie dachte, dass sie an der Lust sterben würde. Aus ihrem Hals kamen Klänge, die sie noch nie zuvor von sich gegeben hatte – Klänge eines Urhungers und weiblicher Verzweiflung. Sie drückte ihre Augen fest zu und biss auf die Zähne, während er ihr Verlangen immer weiter schärfte.

Und dann umhüllte sie eine Welle unglaublicher Hitze, die so mächtig war wie das Feuer und von einer süßen Hitze wie ein Siegestaumel war. Sie wühlte mit den Fingern in seinem Haar, als hätte sie Angst, dass er sie in ihrem Bedürfnis verlassen würde. Aber er blieb bei ihr, legte seine Hände unter ihre Hüften, um sie für das abschließende Fressen zu platzieren. Als die Erleichterung sie durchfuhr, stieß sie nach oben und gab sich ihm vollständig hin und ließ ihn sich an ihr sättigen, während sie im Kampf gegen die Unterwerfung bebte.

Anschließend, nachdem sie ihre ganze Kraft und ihren Willen und Stolz verloren hatte, versank sie im Halbschlaf auf dem Bett. Colins Kopf lag schwer auf ihrem Bauch und seine Hand bedeckte die Locken weiter unten, als wollte er sie beschützen.

Aber dafür war es jetzt zu spät.

Er hatte sie schon beraubt.

Sie schluckte schwer und schloss ihre Augen fest zu. Nay, dachte sie. Das entsprach nicht der Wahrheit. Sie hatte es so sehr gewollt wie er. Und es war sehr schön gewesen, unheimlich schön.

Aber irgendwie, im Laufe des Tages, als sie langsam wieder zu ihren normalen Aktivitäten übergingen, hatte Helena das Gefühl, als wenn sie einen Kampf verloren hätte. Sie hatten gekämpft und sie war gefallen. Es ärgerte sie zu wissen, dass sie so einfach erobert worden war.

Dankenswerterweise schien Colin besonders darauf bedacht zu sein, sich seines Sieges nicht zu brüsten. Wenn sich ihre Blicke trafen, wurde sein Blick weicher, als würde er sie mit ganz neuen Augen sehen. Seine rücksichtslose Neckerei war weg. Weg waren sein lüsternes Grinsen und sein heimliches Starren. Fürwahr, wenn sie es nicht besser gewusst hätte, hätte sie vermutet, dass Zuneigung in seinem Gesicht zu sehen war. Aber sie wurde immer noch von der Tatsache verfolgt, dass sie sich ihm so vollständig ausgeliefert hatte.

Als die Nacht hereinbrach, beschloss sie, dass es nur einen Weg gab, ihre Beschämung auszumerzen. Es war das, was jeder besiegte Ritter tun würde, um seine Ehre zurückzugewinnen. Sie beabsichtigte, Colin wieder auf dem Schlachtfeld zu begegnen. Aber dieses Mal wollte sie als der Sieger hervorgehen.

Sie ging nach dem Abendessen auf ihn zu, während er sich auf dem Bett ausruhte und ihr zuschaute, wie sie die letzten Töpfe wegräumte. Sie war überaus nervös gewesen und hatte über ihren Plan nachgedacht. Selbst jetzt wischte sie ihre verschwitzten Handflächen an ihren Röcken ab.

Helena hatte nur wenig Erfahrung, was Liebesstelldicheins betraf. Ihr gesamtes Wissen beruhte auf dem, was sie von der Beobachtung der Dienerinnen und der Stalljungen gelernt hatte. Aber eine Kriegerin von Rivenloch nahm jede Herausforderung an und so war sie entschlossen, ihren Plan auszuführen.

Sie bereitete sich vor wie für einen Turnierkampf, strich ihre Röcke glatt, richtete sich dann zu voller Größe auf und ging direkt zum Bett. Sie räusperte sich. Er hob die Augenbrauen. Sie öffnete den Mund, um zu sprechen und hatte dann vergessen, was sie sagen wollte.

„Aye?", fragte er amüsiert.

„Ich möchte ..."

„Ihr möchtet ...", wiederholte er.

Es war verflucht schwer mit ihm zu sprechen, wenn er da lag und so gut aussah und so begehrenswert wirkte. „Ich möchte ..." Ihr Blick fiel unabsichtlich auf seinen Unterleib.

Seine Mundwinkel verzogen sich nach oben. „Möchtet Ihr, dass ich mich wieder an Eurem Fleisch labe?"

„Nay!"

„Ihr braucht nur darum zu bitten, Mylady."

„Nay, darum geht es gar nicht." Bei Gott, warum war das hier so schwer? Sie konnte die ganze Nacht lang Söldner verführen. Warum bereitete ihr ein armseliger Normanne so viele Probleme?

„Vielleicht möchtet Ihr ein anderes Spiel spielen?", riet er und seine Augen funkelten im Licht des Feuers.

„Aye. Nay! Das heißt ..." Sie atmete tief durch. Das Ganze war lächerlich. Sie war schließlich eine Kriegerin von Rivenloch. Kühn. Stark und furchtlos. „Ich möchte ... den Gefallen erwidern."

Er runzelte die Stirn. „Den Gefallen?"

„Aye."

Einen Augenblick später entspannte sich sein Gesicht. „Ach. Ihr möchtet", sagte er und seine Stimme brach, „Ihr möchtet *mich* verschlingen?"

Als sie errötend nickte, hätte Colins Schwanz fast sofort Gewehr bei Fuß gestanden, aber er war noch insoweit bei Sinnen, dass er mit seinem Hirn denken konnte. Gerade noch so.

Den ganzen Tag hatte er den Geschmack von Helena auf seinen Lippen genossen. Den ganzen Tag hatte er sich vorgestellt, welche weiteren Freuden sie an diesem Abend teilen würden. Den ganzen Tag hatte er ihren schönen, so süßen, so reinen und so intensiven Höhepunkt wieder durchlebt. Tatsächlich war er noch nie von einer Frau so besessen gewesen.

Aber irgendwas stimmte nicht ganz. Während des Abendessens war Helena so nervös gewesen wie eine Braut vor ihrer Hochzeitsnacht. Und doch war dies die gleiche Frau, die ganz offen mit einem Lager voller Söldner geliebäugelt hatte. Es machte keinen Sinn. Trotz einer intensiven Sehnsucht nach ihr und ihrer berauschenden Nähe musste Colin ihre Motive wissen.

„Warum?", krächzte er.

„Warum?"

„Warum wollt ihr mir den Gefallen … erwidern?"

„Weil … weil das nur gerecht ist."

„Gerecht?" Er runzelte die Stirn.

Sie senkte ihren Blick auf seine unruhigen Finger. „Ihr … habt mir Vergnügen bereitet. Jetzt möchte ich Euch Vergnügen bereiten."

Er kannte die Frauen gut genug, um zu wissen, ob ihre

Augen die Wahrheit sagten, selbst wenn ihr Mund es nicht tat. „Wirklich?"

Sie schaute hoch und ihre Blicke trafen sich und suchten nach einer Antwort. Sie schenkte ihm ein Lächeln, das so überzeugend war wie eine Dirne im Gewand einer Nonne. Dann dachte er über die Frau nach. Sie war eine Kriegerin. Sie dachte wie eine Kriegerin. In ihrem Kopf hatte sie die erste Runde des Beiliegens verloren, weil sie sich ihm hingegeben hatte. Sie wollte eine zweite Chance, um ihn zu besiegen.

„Es hat nichts mit Vergnügen zu tun, Höllenfeuer." Er nickte. „Ihr wollt Vergeltung."

Danach ließ er sie stammeln und stottern. Sie errötete noch mehr und das schien die Wahrheit seiner Theorie zu bestätigen. Die kleine Füchsin wollte Vergeltung.

Er schenkte ihr den Hauch eines Lächelns. „Glücklicherweise bin ich kein Mann, der sich wegen der Motive streitet." Sein Lächeln wurde breiter und er breitete die Arme einladend und kapitulierend aus. „Nehmt Eure Rache, Mylady."

Trotz seines schmerzenden Unterleibs, trotz seiner lüsternen Gedanken, die ihn den ganzen Tag gequält hatten, und trotz der fast unerträglichen Erwartung, konnte Colin nicht anders, als über Helena amüsiert zu sein, wie sie sich daran machte, ihn zu verführen. Er überlegte, ob sie sich ein neues Spiel ausgedacht hatte, indem sie ihren Liebhaber ohne jegliche emotionale Verpflichtung bediente. Oder vielleicht war das eine Überlebensstrategie, die sie sich angeeignet hatte, wenn sie bei so vielen Stalljungen gelegen hatte.

Vorsichtig löste sie seine Hosen, als wenn die Bänder Dornen hätten und warf sie dann auf den Boden. Als sie auf das hinunterblickte, was sie freigelegt hatte, wurde ihr Gesicht ernst, als wenn sie mit einem gefährlichen Drachen kämpfen müsste. Aber als sie tief durchatmete und dann in ihre rechte Handfläche spukte und finster auf seinen stolzen Stab herabblickte, hielt er sie auf.

„Darf ich ... ich weiß nicht ... vielleicht zuerst einen Kuss bekommen?"

Sie schien überrascht. „Oh. Aye." Sie beugte sich vor und gab ihm ein unschuldiges Küsschen auf die Lippen.

„Nay, Höllenfeuer, ich meinte einen echten Kuss. Ein Kuss, der sagt: Ich möchte Euch Vergnügen bereiten."

Sie versuchte es erneut. Dieses Mal spürte er, wie die Leidenschaft, die sie vorher gezeigt hatte, zurückkam. Ihre Lippen wurden weich an seinen und sie entspannte sich in seiner Umarmung. Sie seufzte an seinem Mund und er öffnete den Mund, um ihr Zugang zu gewähren. Ihre Küsse begannen schwach und dann verband sich ihre Zunge enthusiastisch mit seiner, und wirbelte und umkreiste sie in einem verführerischen Tanz. Einen Augenblick später konnte er sich schon fast selbst überzeugen, dass sie sein Vergnügen und nicht ihre eigene Vergeltung suchte.

Aber allzu bald beendete sie den Kuss. Ohne viel Federlesen, fast, als wenn sie die beängstigende Aufgabe beginnen müsste, bevor sie die Nerven verlor, ergriff sie ihn mit ihrer schweißnassen Hand und begann zu pumpen. Wenn er nicht so verzweifelt gewesen wäre, wenn es nicht so lange her gewesen wäre, seit er eine Frau gehabt hatte, hätte er vielleicht nicht auf eine so schroffe Behandlung reagiert. Colin war ein romantischer und stilvoller Mann. Er genoss die träge Kunst der Spielerei, die langsame Verführung. Er nahm nur selten an hastigen Beiliegen im Heu teil.

Aber es war schon lange her und seinem Schwanz war es einerlei, ob er schnell oder langsam gestreichelt wurde, zart oder fest, von einer schönen Frau oder einer zahnlosen Alten.

Aber sie pumpte, als wäre es ein Wettrennen und er fürchtete, dass er es nicht lange aushalten würde, wenn sie so weitermachte.

Vorsichtig legte er seine Hand um ihre und führte ihre Bewegungen, verringerte die Geschwindigkeit und er erschauderte bei der lieblichen Berührung ihres Fleisches um ihn herum. Er spürte ihre Augen auf ihm, wie sie sein Gesicht beobachtete und er blickte sie durch halb geschlossene Lider an und teilte sein schwelendes Vergnügen.

Sein Herz raste bereits und er atmete flach, als sie vorsichtig ihren Kopf senkte. Ihr Haar kitzelte ihn, als es über seinen Bauch und seine Oberschenkel fiel. In dem Augenblick, als ihre Zunge seine Spitze berührte, hatte er das Gefühl, als würde ihn ein Blitz durchfahren. Er erstarrte und hielt sich zurück, dass er nicht hochsprang.

Aber als sie in ganz in ihren Mund nahm, brauchte er seine ganze Willenskraft, um dies zu verhindern. Er stöhnte in Ekstase, als sie Zoll um Zoll seinen Stab hinunter schlüpfte. Bei allen Heiligen, es war himmlisch. Ihr Mund war heiß und nass und glatt und weich, verlangend und doch großzügig, als sie anfing sich zu bewegen. Seine Nasenlöcher flatterten und er ballte die Hände zu Fäusten unter der Decke, während sie ihre Zauberei an ihm vollführte. Er warf sein Kopf hin und her, als er drohte, in den Wellen des Verlangens zu ertrinken.

Dann beging er einen schweren Fehler. Ihre Haare bedeckten ihr Gesicht und er strich sie beiseite, um den provokativen Anblick zu genießen. Aber als er ihre weichen rosa Lippen so intim um ihn gewickelt sah, verlor er die Kontrolle und die Leidenschaft verschlang ihn.

Er zischte und kämpfte gegen ein unerträgliches Bedürfnis zu stoßen.

Sie ersparte ihm einen triumphierenden Blick, aber das war ihm einerlei. Er wusste nur, dass er sie verzweifelt brauchte und ihr Mund war viel zu zart für die heftige Erlösung, die er benötigte.

Mit brutaler Kraft hob er sie von sich runter und rollte sie auf ihren Rücken. Ihre Augen weiteten sich, als er ihre Röcke hob. Aber sie kämpfte nicht gegen ihn. Stattdessen suchte sie seinen Mund mit ihrem und sein salziger Geschmack auf ihren Lippen machte ihn verrückt vor Gier.

Aber er war nicht so derb, als dass er eine Frau nur für sein eigenes Vergnügen benutzte. Während sie sich küssten, streckte er eine Hand durch ihre weiblichen Locken und tauchte in die geheimen Falten darunter ein, wobei er seine Finger zärtlich und gekonnt einsetzte und auch ihr Verlangen erhöhte. Ihre Leidenschaft stieg so schnell an und mit einer solchen Kraft, dass es ihm den Atem raubte und seine Zurückhaltung auf eine schwere Probe stellte.

„Oh Gott, Helena, ich will Euch."

„Aye!", keuchte sie.

Er hatte immer noch Angst, dass er in dem Augenblick explodieren würde, wenn er in sie hineindrang und so wartete er, bis sie fast auf dem Höhepunkt war. Ihre Fingerspitzen gruben sich in seine Schultern und er atmete dreimal tief durch. Dann stieß er nach vorn und ummantelte sich vollständig mit ihrem warmen, feuchten und einladenden Schoß.

Ein Herz in Fesseln

Sie schrie laut auf.

Aber es war nicht vor Ekstase.

Sie schrie vor Schmerzen.

Ungläubig schaute er auf sie herab.

„Verflucht!", atmete er vor Schrecken. „Verflucht."

KAPITEL 15

E s war unmöglich. Die Art und Weise, wie sie sprach, wie sie sich bewegte, wie sie ihn so bereitwillig in den Mund genommen hatte. Wie konnte sie noch eine Jungfrau sein? Und doch hatte er das Reißen gespürt, als er nach vorne gedrückt hatte. Bei Gott! Wenn er es nur gewusst hätte. Wenn er sich nur hätte bremsen können.

Er hatte schon bei anderen Jungfrauen gelegen. Tatsächlich war er berühmt für seine Zärtlichkeit und seine Vorsicht bei ihnen. So manches Mädchen war zu ihm gekommen, um bei ihm ihre Jungfräulichkeit zu verlieren. Aber er hatte seine berühmten Feinheiten nicht bei Helena benutzt. Er hatte ihr Schmerzen verursacht.

Mit dem Daumen strich er ihr das Haar aus der Stirn. „Süße Helena, warum habt Ihr nicht ...?"

Was geschehen war, konnte nicht mehr rückgängig gemacht werden. Er konnte das, was er genommen hatte, nicht mehr gutmachen. Aber zumindest könnte er die Tortur für sie erleichtern.

Obwohl sie die Stirn runzelte, schwelte die Leidenschaft in ihren Augen. Zumindest hatte er nicht ihr ganzes Verlangen getötet.

„Das Brennen wird gleich aufhören und dann verspreche ich, werde ich es lindern", murmelte er und legte seine Wange an ihre. „Tatsächlich werde ich Euch in einen Himmel entführen, wie Ihr es noch nie erlebt habt."

Sie keuchte immer noch und war kurz vor ihrem Höhepunkt und auch er war genau auf der Grenze. Aber seine ernüchternde Entdeckung hatte es weniger dringlich gemacht. Das war hilfreich.

„Entspannt Eure Muskeln um mich herum", flüsterte er. „Der Schmerz lässt nach, wenn Ihr ..."

Stolz schüttelte sie den Kopf. „Es ist nichts", murmelte sie. „Euer Dolch ist nicht so scharf."

Ihre Worte hätten ihn zum Lächeln gebracht, wenn die Situation nicht so ernst gewesen wäre. „Ich wollte Euch überhaupt nicht wehtun, Mylady Wenn ich nur gewusst hätte ..."

„Küsst mich."

Er blinzelte. „Was?"

„Küsst mich."

Er dachte über ihre Absicht nach und drückte vorsichtig seine Lippen auf ihre. Sie erwiderte seinen Kuss und schien allmählich bei der Verlockung seines Mundes zu schmelzen. Sie bewegte ihre Hüften unter ihm und passte sich seinem Eindringen an. Er spürte, wie sie sich um ihn herum entspannte und er seufzte erleichtert, da er wusste, dass es ab jetzt nur noch besser für sie werden würde.

Er legte eine Hand zwischen ihre Brüste und folgte dann der leichten Kurve ihres Bauches und spielte mit den Locken weiter unten. „Darf ich?"

Sie schaute ihn mit ihren smaragdfarbenen Augen an. „Ich bestehe darauf."

Er lächelte. Oh Gott, selbst in dieser unglücklichen

Situation war sie so verführerisch. Ihr Mut und ihr Elan machten sie umso faszinierender. Sie war kein hilfloses Mädchen, das in Tränen ausbrach wegen des von ihr so wahrgenommenen Verderbens. Sie war eine wahre Kriegerin, die seine Bewunderung verdiente. Und während Colin allmählich die Funken ihres Verlangens wieder zum Leben erweckte, fing er an zu überlegen, ob das, was er für sie fühlte, mehr sein könnte als reine Lüsternheit oder Bewunderung.

Helena überlegte, dass Colins Dolch vielleicht nicht so scharf war, aber eine erhebliche Größe hatte. Er schien sie vollständig auszufüllen. Es war kein unangenehmes Gefühl, sondern nur ein ungewohntes. Während seine Finger ihren göttlichen Zauber an ihr vollbrachten, wiegte sie ihre Hüften langsam vor und zurück, auf der Suche nach ... etwas. Zuerst ahmte er ihre Bewegungen nach und blieb dabei in ihr fixiert. Aber schon bald, als sie ihre Küsse vertieften und ihr Herz raste, fing ihre Haut an zu kribbeln und sie verspürte ein größeres Bedürfnis, sie wölbte sich entgegen seiner Bewegung und zwang ihn, sich zum Teil zurückzuziehen.

Er keuchte und auch sie atmete schwer bei dieser wunderbaren Reibung. Aber immer noch zögerte er, sich zu bewegen.

„Seid Ihr bereit?", flüsterte er.

Als Antwort wölbte sie sich wieder hoch und umhüllte ihn, wobei sie das herrliche Gefühl und das lustvolle Stöhnen Colins genoss.

„Oh, Mylady, was Ihr da heraufbeschwört." Er runzelte die Stirn und drückte die Augen fest zu, als würde er eine ernste Qual erleiden.

Und doch zeigte sie keine Gnade. Sie wölbte sich zurück

und stieß ihre Hüften wieder vor und er atmete zwischen den Zähnen ein.

Dies war der Sieg, dachte sie und war von der Macht berauscht. Schon bald würde er seiner Leidenschaft erliegen, ebenso wie es ihr zuvor ergangen war. Es war ein berauschendes Gefühl.

Wenn die Dinge weiter so gelaufen wären, hätte sie vielleicht den Sieg davongetragen. Aber plötzlich wollte Colin sich nicht mehr von ihr manipulieren lassen. Er übernahm die Kontrolle und steuerte sie nun nach seinem Belieben.

Zuerst stieß er ganz langsam nach vorn, zog sich dann zurück und mit jedem entschlossenen Stoß flüsterte er ermutigende Worte in ihr Haar. „Aye", atmete er. „Langsam. So ist es richtig. Vorsichtig."

Bei jedem Stoß wurde seine Stimme rauer, bis er nur noch Silben krächzte, die keine Worte mehr waren und sie verspürte eine gewisse Befriedigung, als er die Kontrolle zu verlieren schien. Aber ihr gefügiger Körper sollte verflucht sein, denn sie verlor die Kontrolle ebenso schnell.

In ihr baute sich ein Schmerz auf, der tiefer und allumfassender als der intensive Blitz von zuvor war. Sie stöhnte, als ihre Hüften sich mit einem scheinbar eigenen Willen bewegten und sich seinen Stößen anpassten. Seine Finger streichelten sie jetzt beharrlicher und drängten sie zu noch höheren Gefühlsebenen. Sie kratzte an seinen Schultern und klammerte sich an etwas Reales in einer Welt, die um sie herum zu schmelzen schien. Dann begann das Feuer fürchterlich an zu brennen und breitete sich schneller aus, als sie es löschen konnte und sie merkte, dass ihr Feuer außer Kontrolle geraten war.

Gerade als sie den Rand der Hilflosigkeit erreicht hatte,

hörte sie, wie er mit dem Atmen aussetzte, einmal, zweimal. Sie öffnete die Augen und erblickte eine äußerst exquisite Mischung aus Sehnsucht und Erwartung und reiner Gier in seinem Gesicht. Diese Miene katapultierte sie jenseits der weltlichen Leidenschaft in eine Sphäre von solchem Glück, solcher Euphorie und solch völliger Befriedigung, dass sie vor Freude aufschrie und erschauderte wie ein Falke, der aus großer Höhe nach unten taucht.

Er stöhnte mit ihr und vergrub sein Gesicht in ihrem Haar und wiegte sie mit besitzergreifenden Armen, während er den Rest seiner Saat herauspumpte.

Und dann blieb von ihrer fantastischen Reise außer dem Geräusch ihres gemeinsamen Keuchens nichts weiter übrig. Schließlich beruhigten sich ihre Körper. Nach einem solchen Chaos war die Stille betäubend. Helena hatte sich noch nie so ausgelaugt gefühlt, noch nicht einmal nach dem heftigsten Kampf. Sie lag auf dem Bett wie verwelkter Seetang am Strand.

Colin hatte die Wahrheit gesagt. Er hatte sie in den Himmel mitgenommen. Sie hatte noch nie eine solche Ekstase erlebt. Noch nie ein solches Feuer in ihren Adern gespürt. Noch nicht einmal in der aufregendsten Schlacht war ihr Blut so erhitzt gewesen.

Aber seltsamerweise konnte sie nicht sicher sagen, wer in dieser Schlacht der Sieger war. Ein Teil von ihr verspürte Triumph. Schließlich lag Colin auf ihr wie ein Toter mit einem Bein über ihres geschlungen, die Arme ausgebreitet, und der Körper schlaff, wie ein Gegner, den sie besiegt hatte. Und doch fühlte sie sich zum Teil, dass er sie wieder besiegt hatte. Er hatte sie gezwungen, dass sie ihrem Verlangen nachgab und dass sie keine Kraft mehr besaß, seiner Verführung zu widerstehen.

Nay, berichtigte sie, die Verführung war gar nicht seine Idee gewesen. Sie war aus ihrem Durst nach Rache und ihrer verfluchten Impulsivität entstanden.

Nur dieses Mal hatte sie dafür mit ihrer Jungfräulichkeit bezahlt.

Sie war nicht so naiv, als dass sie glaubte, es sei seine Schuld. Diese Last musste sie selber tragen. Sie hatte ihn ermutigt - nay, sogar geködert. Er hatte keine Ahnung gehabt, dass sie noch Jungfrau war. Sie konnte ihm kein Vorwurf machen, dass er das genommen hatte, was sie ihm so bereitwillig angeboten hatte.

Außerdem, dachte sie philosophisch, während sie da lag, war es ganz gut, dass die Sache jetzt erledigt war. Es war ihr nicht wichtig, ob sie Jungfrau war oder nicht. Bis zu Pagans Ankunft hatte sie gar nicht vorgehabt zu heiraten. Sie war eine Kriegerin.

Tatsächlich könnte sie mit der Zeit diese Art der Kurzweil ebenso sehr genießen wie den Schwertkampf. Schließlich behauptete man, dass die zweitliebste Übung eines Ritters das Beiliegen war. Selbst jetzt merkte sie, wie ihr Unterleib um ihn herum wieder aufwachte, ihre Brustwarzen an seiner festen Brust wieder hart wurden, Erwartung in ihr aufstieg, als sie sich bereit machte, sich ihm wieder zu stellen.

Colins Kopf war voller gegensätzlicher Gefühle – Schuld und Befriedigung, Scham und Ekstase, Furcht und Verlangen – ganz abgesehen von seinen Lenden. Sie dürsteten schon wieder nach ihr.

Aber er hatte einen schweren Fehler begangen.

Er war zwar ein Mann, der viele Geliebte hatte, aber er war weder ein Herumtreiber noch ein Verführer. Tatsächlich war seine Tugendhaftigkeit immer makellos gewesen. Er hatte nie ein Mädchen gegen ihren Willen gezwungen. Er hatte nie bei verheirateten Frauen gelegen. Und er hatte das Geschenk der Jungfräulichkeit eines Mädchens niemals ohne gründliche vorherige Beratung angenommen.

Im Gegensatz zu dem, was Helena von den Normannen glaubte, war Colin ein Mann mit Grundsätzen. Er hatte die Jungfräulichkeit einer adligen Dame, der Tochter eines Lords, genommen. Die Ritterlichkeit verlangte, dass er jetzt das Richtige tat.

Aber er war nicht so ungehobelt, als dass er jetzt davon gesprochen hätte, während er noch in ihr wohnte wie ein Eindringling und sie unter ihm lag wie ein gefallener Engel. Bei einer solch ernsten Unterhaltung war es erforderlich, dass er ihr gegenüber saß, ihre Hand hielt und ihr in die Augen schaute.

Er stützte sich auf seine Ellenbogen und begann, sich von ihr zu trennen. Aber sie protestierte und bewegte ihre Hüften, um ihn wieder zu umhüllen. Wieder versuchte er sich zurückzuziehen und sie vereitelte auch diesen Versuch.

„Mylady", murmelte er mit einem reumütigen Lachen, „Ihr müsst mich gehen lassen."

„Noch nicht."

Ihre mit rauer Stimme geäußerte Bitte zog ihn an wie das Licht die Motten. Oh Gott, wie er sich danach sehnte, in ihr zu bleiben, zu fühlen, wie ihre Erregung wieder anstieg und die ganze Nacht mit der süßen, kleinen Höllenkatze zu vögeln. Aber er durfte es nicht zulassen, dass sein Schwanz über seinen Verstand regierte.

„Mylady", seufzte er, „wir müssen reden."

Aber als er dieses Mal versuchte, sich von ihr zu lösen,

schlang sie ihre samtenen Oberschenkel um ihn, grub ihre Fersen in seinen Po und hielt ihn mit überraschender Kraft fest.

„Dann sprecht", atmete sie und ihre Augen waren voller lüsternem Verlangen.

Er zitterte. Oh Gott, die Frau wusste nicht, was sie mit ihm machte. Er konnte nicht sprechen. Verflucht, er konnte kaum denken.

Ihre Lippen verzogen sich zu einem äußerst berechnenden Lächeln, während sie sich langsam und bewusst unter ihm wiegte und ihn mit ihren Bewegungen neckte.

Er stöhnte laut vor sinnlicher Qual und wusste, dass er zumindest einen letzten Versuch machen musste, an ihrer beider Verstand zu appellieren. „Mylady, habe ich nicht schon genug Schaden angerichtet?"

„Aye", schnurrte sie, „aber das ist jetzt nicht mehr zu ändern."

Und mit dieser schwachen Versicherung und einem nassen, leidenschaftlichen, atemlosen Kuss wurde er wieder von der Macht ihrer Verführung hinweggefegt.

Für eine Jungfrau hatte sie einen untrüglichen Instinkt für Verführung, ein natürliches Talent, das sie dazu brachte, sich auf äußerst verführerische Art und Weise zu bewegen und ihn dort zu berühren, wo er am empfindlichsten reagierte. Sie zog seine Kleidung aus und er knurrte Zustimmung, als ihre Hände sich über seine Schultern ausbreiteten und die Muskeln seiner Oberarme drückten. Als ihre fleißigen Finger seine Brust erreichten und dann an seinen Brustwarzen zupften, schoss die Lüsternheit durch seinen Körper wie ein brennender Pfeil.

Mit halb geschlossenen Augen musterte er ihr Gesicht. Ihre Nasenlöcher flatterten vor Erregung und in ihren Augen flackerte Triumph. Ihr Lächeln war unverschämt lüstern und als wenn er ihre Gedanken lesen könnte, wusste er plötzlich, was sie wollte. Er antwortete ihr mit einem schwachen Grinsen und kam ihren Wünschen gerne nach.

Schnell drehte er sich mit ihr um und behielt ihre Verbindung bei, während er die obere Position aufgab. Dann lehnte er sich zurück und ließ die Kriegerin sich mit ihm vergnügen.

Sie überragte ihn und rutschte zurück, bis sie mit gespreizten Beinen auf seinen Hüften saß; dann zog sie ihr Kleid aus und warf es beiseite. Bei den Heiligen, sie war noch schöner als er in Erinnerung hatte. Ihr Körper war fest und geschmeidig, ihre Arme schlank, aber muskulös, ihr Bauch flach und ihre Brüste ... er seufzte voller Wertschätzung. Ihre Brüste waren voll und warm und so einladend wie frisches rundes Brot. Aber was ihn verrückt machte, was ihn jenseits aller Vernunft verlockte, war nicht ihr üppiger Körper, sondern eine Mischung aus selbstgefälligem Sieg und brennendem Verlangen in ihren schimmernden grünen Augen.

Sie wollte seine unwiderrufliche Kapitulation.

Und er würde sie ihr gerne geben.

Während sie sich auf ihm bewegte, schloss er die Augen und genoss den sinnlichen Rhythmus. Ihre Hände erforschten seinen Körper, glitten über seine Rippen, strichen über seine Brust, streichelten sein Kinn und vergruben sich in seinem Haar. Er streckte die Hände aus, um ihre Brüste zu fassen, aber nach einem leichten

Keuchen des Vergnügens, zog sie seine Hände weg und drückte sie zurück aufs Bett, wo sie sie an den Handgelenken festhielt.

Er lächelte vor lüsternem Vergnügen, während sie auf ihn herunterblickte, wobei ihre Augen dunkel vor Gier waren, ihre Haare seinen Hals kitzelten und ihre Brüste langsam faszinierend nah an seinem Mund hin und her schwangen.

Während sie auf ihm ritt, war er zweimal versucht, ihre Hände abzuschütteln, damit er ihr Gesicht, ihre Brüste und ihren Po streicheln könnte. Aber ihr Griff war fest an seinen Handgelenken. Es war offensichtlich, dass sie die vollständige Kontrolle haben wollte. Also begnügte er sich damit, dass seine Augen sich an ihrem geschmeidigen Fleisch laben durften und er stellte sich seine Beschaffenheit an seinen Handflächen vor.

Schon bald und zu schnell entzündete sich seine Gier unter ihrem fieberhaften Blick wie ein überwältigendes Feuer. Er ballte die Fäuste gegen den Drang, sie in den Arm zu nehmen und fest an seine Brust zu drücken und er beugte seinen Kopf nach hinten und wartete auf die kommende Explosion.

Und dann machte die kleine Hexe etwas Unglaubliches.

Sie hielt auf.

Während er kurz vor dem Höhepunkt war, stellte sie ihre Bewegung ein.

„Nay!", rief er und zitterte vor Verlangen.

Er bemerkte, dass sie ihn mit atemloser Neugier betrachtete. Wie ein Ritter, der noch nie ein Schlachtross geritten hatte, testete sie seine Grenzen.

Sie war nah an seinen.

Er verzog das Gesicht vor Zurückhaltung und fluchte.

Sie rührte sich ein klein wenig und er zitterte bei dem Gefühl.

Sie bewegte sich etwas nach vorn und seine Hüften drückten sich von allein nach oben.

Sie keuchte und ihre Muskeln spannten sich um ihn herum an, was ihm ganz neue Qualen bereitete.

„Verflucht", zischte er zwischen den Zähnen, „habt Mitleid und bringt es zu Ende."

Sie war vielleicht lüstern, aber sie war nicht grausam. Auf seine Bitte hin nahm sie ihren sinnlichen Ritt wieder auf. Sein Verlangen galoppierte wie ein ungezügeltes Pferd und er konnte es weder steuern noch anhalten, sondern nur überleben. Schließlich taumelte sie auf ihm in den Qualen des Sieges und er wurde in seinen eigenen Himmel katapultiert, einem Ort, der höher und reiner und intensiver war als alle, die er zuvor besucht hatte.

Fürwahr, als sie auf ihm zusammenbrach und er erschöpft unter ihr lag, wurde er von einer Art Ehrfurcht erfüllt.

Colin hatte zum ersten Mal mit sechzehn bei einer Frau gelegen. Er hatte schnell gelernt und als Liebhaber eine gewisse Berühmtheit erlangt. Seither hatte er bei mehr Frauen gelegen, als er zählen konnte und doch hatte Helena ihn auf unmögliche Weise in höhere Sphären mitgenommen, als er sich jemals hätte vorstellen können.

Ihre Hände lösten ihren Griff um seine Handgelenke und er bewegte seine Arme, um sie zu umarmen und genoss die Wärme ihrer Haut auf seiner und das Klopfen ihres Herzens. Ihr Atem strich an seiner nackten Schulter vorbei und ihr Haar lag weich an seiner Wange.

Wer war diese Verführerin in der Verkleidung eines

Engels? Dieses Rätsel von einer Frau, die zugleich stark und verletzlich, weise und naiv, kühl und leidenschaftlich war? Wie konnte sie so viel wissen, wenn sie erst so wenig erlebt hatte?

Instinkt, beschloss er. Der gleiche Instinkt, der aus einem Mann einen begnadeten Krieger machte. Das gleiche Talent, die Schwäche eines Gegners auszumachen, das er in sich trug.

Er lächelte, als er seinen Kopf gegen ihren neigte und spürte, wie sie sich bewegte und zärtlich mit dem Finger um sein Ohr herumstrich, ihre Lippen an seine Schulter drückte und ihre Hüften einen Zoll nach vorne drückte. Die kleine Füchsin wollte ihn noch einmal testen.

Er lachte in gutmütiger Erschöpfung. „Nay, meine Liebe. Noch nicht."

Er spürte ihr unterdrücktes Seufzen auf seiner Brust, was ihn wieder zum Lachen brachte.

„Ihr seid wie ein Ritter mit einem neuen Schwert, Mylady", neckte er, „und nun wollt Ihr auch noch im Dunkeln damit kämpfen."

„Es ist nicht ... unangenehm", gab sie zu.

Daraufhin brach er in Gelächter aus und schüttelte sie so, dass sie fast ihren Sitz verlor. „Nicht unangenehm? Ist das das Beste, was Ihr dazu sagen könnt?"

Sie legte ihre Fäuste auf seine Brust und legte ihr Kinn darauf ab und starrte mit finsterem Blick auf ihn herab. „Ist das das Beste, was *Ihr* könnt?"

Er ergriff ihre Handgelenke und zog sie auseinander, wobei er sie weit genug nach unten zwang, dass er einen Kuss stehlen konnte. „Ihr, meine ungeduldige Höllenkatze, werdet warten müssen."

Sie schob ihre Unterlippe nach vorn und er nahm sie

vorsichtig zwischen seine Zähne und verwandelte die Geste in einen liebevollen Kuss.

„Bald", versprach er.

Er hielt sein Versprechen und dieses Mal war ihre Vereinigung liebevoll und zärtlich. Das feurige Weib war weg und an ihrem Platz war nun eine zarte Blume. Er lockte sie, dass ihre Blütenblätter aufgingen und spürte ihre leisen Schreie an seiner Schulter, bevor er in ihre einladende Tiefe eintauchte, wo ihr Nektar sich vermischen könnte.

Als er sie anschließend im Arm hielt und ihren leisen Schlafgeräuschen lauschte, genoss er ihr seidenes Gewicht auf ihm und badete im moschusartigen Duft ihres Beiliegens. Eine Hochzeit als Ehrenmann, wie er sie vorhatte, wäre vielleicht ... wie hatte sie es genannt? Nicht unangenehm. Er grinste. Tatsächlich könnte er sich vorstellen, ein Leben lang völlig zufrieden in Helenas Armen zu verbringen.

KAPITEL 16

„Nay?", platzte Colin heraus. „Was meint Ihr mit nay?"

Helena hatte schon fast Mitleid mit ihm. Echter Schock und Schmerz waren ihm ins Gesicht geschrieben, als er vor ihr kniete.

„Es ist nicht, dass ich Euch ..." Sie suchte nach den richtigen Worten.

„Unangenehm finde?", schmollte er.

Das waren nicht die richtigen Worte. In keiner Weise. Tatsächlich fand sie Colin du Lac berauschend, süchtig machend und vollkommen unwiderstehlich. Das war der Grund, warum sie seinen Antrag ablehnen musste.

Ihn heute Morgen nur anzuschauen mit seinen funkelnden Augen, seinem verführerischen Lächeln und seinem herrlichen Körper ließ ihr Herz schon höher schlagen. Sie wollte nichts mehr, als immer wieder bei ihm zu liegen.

Aber Ehe ...

Bis Pagan gekommen war, hatte sie nie darüber nachgedacht, überhaupt jemals einen Mann zu nehmen. Nur Verzweiflung und das Bedürfnis, ihre Schwester vor einer unglücklichen Verbindung zu retten hatten sie dazu gebracht, sich selbst als Opfer anzubieten.

Sie wollte keine Ehefrau sein. Sie wollte eine Kriegerin bleiben.

Die besten Krieger waren nicht durch eine Ehe gefesselt. Ein Krieger brauchte ein kaltes Herz, das frei von Belastungen war. Sie könnte Pagan immer noch heiraten, um ihre Schwester zu retten, da sie für den Mann keinerlei Gefühle hegte. Aber Colin ...

Sie schluckte schwer, zog ihre Hand zwischen seinen heraus und ging hinüber zum Kamin. Die Zuneigung, die sie dem Normannen anfing entgegenzubringen, grenzte gefährlich an Verliebtheit und sie wagte es nicht, ihn sehen zu lassen, wie verletzlich sie tatsächlich war.

Sie sagte über ihre Schulter mit einer Lässigkeit, die sie nicht fühlte: „Ihr seid ein guter Mann und ich bin mir sicher, dass Ihr Euch zum Ehemann eignen würdet, aber ..."

„Aber ich bin ein Normanne."

„Nay, das ist es nicht."

„Ist es, weil ihr glaubt, dass ich ein Herumtreiber bin?"

Sie hörte ihn aufstehen und die drei Schritte auf sie zugehen. Er nahm sie an den Schultern und drehte sie zu sich. Sein Gesicht war grimmig und aufrichtig. Und bei Gott, so gut aussehend wie das eines Heiligen

„Wenn wir verheiratet wären", versprach er, „würde ich keine andere Frau in mein Bett lassen. Darauf schwöre ich bei meinem Schwert und vor Gott."

Sie hasste es und sie liebte es, wie er sie fühlen ließ, als wäre sie kostbares Silber, das unter seinem Blick dahin schmolz. Und das war der Grund, warum sie ablehnen musste. Unter diesem Blick spürte sie, wie aus der wilden Kriegerin Colins handgezähmtes Höllenkätzchen wurde.

Sie tröstete sich mit der Tatsache, dass Colin wahrscheinlich die gleichen Ansichten über die Ehe hatte wie sie. Sie hatte genug gehört, dass sie wusste, dass, ganz gleich was er sagte, er kein Mann war, für den eine Frau genug war. Nay, Colin fühlte sich nur gezwungen sie zu heiraten, weil er ein ritterlicher Mann war, weil er seinem Versprechen treu war und weil es erforderlich war, wenn man eine Dame kompromittiert hatte.

Aber das bedeutete Helena nichts. Sie fühlte sich nicht kompromittiert. Und Colin war auch nicht mehr ihre Geisel. Sie würde ihn auch nicht der Ehre wegen in einer Ehe einsperren, die keiner von ihnen wollte.

Also zwang sie sich zu einem frivolen Lächeln. „Ich fürchte, dass ich dieses Versprechen möglicherweise nicht geben kann."

Er schaute sie ungläubig an. „Ihr würdet mich betrügen?"

Sie zuckte mit den Schultern, konnte aber die Gleichgültigkeit nicht aufrechterhalten, während er sie mit diesem verführerischen Blick anschaute und so schlängelte sie sich aus seiner Umarmung, wandte sich ab und blieb nur stehen, um in der Kohle im Kamin zu stochern. „Dieses Beiliegen ist eine neue Freizeitbeschäftigung für mich. Vielleicht möchte ich ... es häufiger machen."

Seine Stimme war verführerisch und drohend zugleich. „Ich versichere Euch, Mylady, ich würde Euch so viel davon geben, wie Ihr mögt." Er schlich hinter sie und murmelte in ihr Ohr. „Ich würde Euch die ganze Nacht im Bett festhalten, meine lüsterne Hexe, und Euch so gründlich befriedigen, dass Ihr am Morgen nicht aufstehen könntet."

Sie schloss die Augen, als eine mächtige Welle des Verlangens über sie kam. Sie glaubte ihm. Schon jetzt machte er sie so schwach und atemlos wie einen neugeborenen Hund.

Aber sie würde die Worte nicht sprechen, welche sie beide fesseln würden. Ganz gleich, wie groß die Verführung auch war, sie waren beide ungezähmte Tiere, die frei sein mussten; Colin für seine vielen Geliebten und Helena für das Schlachtfeld.

Er räusperte sich. „Ich komme aus adligen Hause, Mylady. Es stimmt, dass ich ein zweiter Sohn bin und das Land meines Vaters nicht erben werde. Aber ich versichere Euch, dass ich eine ausreichende Vergütung erhalte aus ...“

Zornig schlug sie um sich. „Ich brauche das Geld eines Mannes nicht. Wenn ich jemals heirate, wird es nicht wegen des Geldes sein.“

„Warum verweigert ihr Euch mir dann?“

Das brachte sie schon fast zum Lächeln. Der selbstsichere Knappe dachte gar nicht daran, dass er vielleicht nicht gut genug aussah oder nicht charmant genug war. Selbst, wenn sie das als Entschuldigung vorbrachte, wusste sie, dass er es nicht glauben würde. „Kein Mann kann mich zum Heiraten zwingen“, wich sie aus.

Er schüttelte den Kopf. „Verfluchte Schottinnen“, sagte er leise. „Ich hätte es in dem Augenblick wissen sollen, als Ihr drei um die Schande gekämpft habt, Pagan Cameliard heiraten zu müssen.“

Jetzt hörte sie genau zu. „Aye, das haben wir“, sagte sie und griff seine Worte auf. „Und wir tun es immer noch.“

„Was?“

„Vielleicht heirate ich doch noch Pagan Cameliard.“

„Das kann nicht Euer Ernst sein. Es ist schon über eine Woche her. Eure Schwester hat schon ...“

„Er hat geschworen, dass er sie nicht gegen ihren Willen

nehmen würde. Die Ehe ist vielleicht noch nicht vollzogen."

Er brach in Gelächter aus. „Oh, aye."

Sie biss sich auf die Lippen. Der Mann sollte verflucht sein, denn, selbst wenn er auf ihre Kosten lachte, war er so charmant wie der Teufel selbst. „Und selbst wenn sie *vollzogen* wurde; falls Deirdre in irgendeiner Weise unzufrieden ist, werde ich ihren Platz einnehmen." Sie meinte, was sie sagte, obwohl sie bezweifelte, dass Deirdre nach so langer Zeit in so eine Lösung einwilligen würde.

„Wirklich? Und wenn Pagan Euch nicht haben will?"

Sie wusste, was er damit meinte. Sie war keine Jungfrau mehr. Was würde Pagan davon halten? Aber sie hob ihr Kinn ein wenig und verwendete Colins selbstgefällige Argumente gegen ihn. „Ich kann ihn dazu bringen, dass er mich will."

Dieses Mal lachte er nicht. Tatsächlich schaute er sie an, als würde er ihr halb glauben. Das Glühen in seinen Augen schwand, verwandelte sich in Enttäuschung, dann in stillen Zorn und schließlich in Resignation. Er wandte sich ab und humpelte zum Bett, um sich fertig anzuziehen.

Daraufhin fühlte sie sich unglücklich, denn sie konnte sehen, dass ihre Ablehnung ihn verletzt hatte. Sie seufzte reumütig. Deirdre wäre stolz auf sie gewesen. Dieses eine Mal in ihrem Leben hatte Helena ihre Gefühle im Zaum gehalten und erst über alles nachgedacht.

Es gab eine lange und unangenehme Stille, während Colin seine Stiefel schnürte. Helena kämmte ihr Haar mit den Fingern und überlegte krampfhaft, was sie sagen könnte.

Plötzlich stand er auf. „Lasst uns gehen."

Erschrocken blieb ihr Finger in einer Locke hängen. „Gehen?"

„Zurück nach Rivenloch."

„Jetzt?" Sie runzelte die Stirn. „Aber Euer Bein ..."

„Dem geht es gut genug."

„Es ist kaum verheilt." Ihr Herz flatterte unerklärlicherweise, ähnlich wie bei einer Panik.

„Ich kann nicht rennen, aber ich kann gut genug gehen."

Sie suchte krampfhaft nach Ausreden. „Was, wenn uns die Engländer wieder angreifen? Ihr seid wohl kaum in der Lage zu kämpfen."

„Notfalls könnt Ihr mich ja verteidigen."

„Es ist zu früh." Sie wandte ihm den Rücken zu und fing an, ohne Sinn und Verstand die Kochtöpfe neu zu sortieren; dabei war sie über ihre Zögerlichkeit nach Rivenloch zurückzukehren über die Maßen erstaunt. Was war bloß los mit ihr? Warum wollte sie nicht nach Hause? Es lag sicherlich nicht daran, dass diese Hütte mitten im Wald so idyllisch war.

Und doch war es das in gewisser Weise.

Sie hatten hier viel geteilt – Geschichten, Abendessen, Küsse – und ein Teil von ihr wollte nicht, dass dieses Abenteuer zu Ende ging. Wenn sie nach Rivenloch zurückgingen, würde sie in ihr vorhersehbares Leben mit geschmacklosen Haferkeksen, Streitereien mit ihren Schwestern und der Sorge um ihren kranken Vater zurückkehren.

„Es wird Zeit", sagte er kurz angebunden. „Wir hätten schon längst zurückgehen müssen. Und je länger Ihr wartet, umso weniger wahrscheinlich ist es, dass Pagan für Eure ... Arrangements zugänglich sein wird", meinte Colin schmollend.

Sie biss sich auf ihre Lippe und wünschte sich, dass sie nichts über eine Heirat mit Pagan gesagt hätte. Jetzt hatte sie sich darin verstrickt. „Also morgen dann. Sicherlich würde eine weitere ..."

Er durchbohrte sie mit einem Blick, der so wild und kalt wie ein Winter in den Highlands war. „Ich werde keine weitere Nacht mit der Frau eines anderen Mannes schlafen."

Nach der ersten Meile durch den kühlen Nebel war jeder Schritt schmerzhaft für Colin. Schmerzen schossen durch seinen Oberschenkel, als wenn das Schwert ihn immer wieder verwunden würde. Und doch war das nur halb so schmerzvoll wie die Stiche in sein Herz, wenn er darüber nachdachte, wie Helena bei einem anderen Mann lag.

War er nur ein Spielzeug für sie gewesen? Eine nette Ablenkung? Hegte sie denn gar keine Gefühle für ihn?

Er erinnerte sich an sein erstes eigenes Beiliegen. Es war eine Küchenmagd gewesen, eine Frau, die acht Jahre älter war als er. Und während er an ihrem Busen lag und sich von seinem ersten Mal erholte, war sein Herz so voll, dass er noch Wochen später glaubte, dass sie die Liebe seines Lebens wäre.

Auch hatte er noch nie bei einer Jungfrau gelegen, ohne dass sie von Ehrfurcht ergriffen war. Dankbar. Voller Bewunderung. Tatsächlich musste er die liebeskranken Mädchen manchmal ein wenig in die Schranken weisen, denn sie verwechselten körperliches Vergnügen mit der Neigung des Herzens.

Aber nicht Helena.

Scheinbar hegte sie gar keine Gefühle für ihn. Kein Erstaunen. Keine Dankbarkeit. Noch nicht einmal Zuneigung.

Er runzelte die Stirn. Das mit der Zuneigung stimmte

vielleicht nicht. Schließlich hatte sie ihren Arm um ihn gelegt und half ihm, den Weg entlang zu humpeln.

Vielleicht, tröstete er sich, lag es daran, dass sie von ihrem Entschluss, Pagan zu heiraten, nicht abweichen wollte. Vielleicht war ihr Pflichtgefühl mächtiger als alle anderen Gefühle.

Er hatte vor, dies herauszufinden. Das war der Grund, warum er entschlossen war, trotz der Schmerzen in seinem Bein sofort nach Rivenloch zurückzukehren. Wenn Helena sah, dass Pagan und seine Braut glücklich waren und darauf würde er die Hälfte seines Geldes verwetten, würde Helena sicherlich sein Heiratsangebot überdenken.

Er hoffte es. Er hatte letzte Nacht lange darüber nachgedacht, während das Mädchen zusammengerollt neben ihm lag.

Bei seiner Entscheidung, sie um ihre Hand zu bitten, hatte sein Fehltritt nur eine winzige Rolle gespielt. Schließlich gab es mindestens ein Dutzend adlige Frauen, Normanninnen und Engländerinnen, die die Gelegenheit ergriffen hätten, seine Frau zu werden.

Er hatte es bis jetzt nicht gewusst, aber er war von Mädchen gelangweilt, die bei seinen Lobpreisungen seufzten und in seinen Armen in Verzückung gerieten. Helena von Rivenloch war eine exotische Insel in einem Meer williger Weiber – eine Frau, die so wild und doch so weiblich war, so unschuldig und doch selbstsicher, so brutal ehrlich und doch ein freundliches Wesen. Sie überraschte und erregte ihn ständig und er musste immer auf der Hut sein. Wie ein Tannenzapfen im Kamin brannte sie in einem hellen Licht aus Feuer und Leidenschaft, spuckte Flüche wie Funken und drohte, die ganze Welt in Brand zu setzen. Aber wenn die Glut heruntergebrannt war und das Feuer abgekühlt, hatte sie das zärtliche Herz eines Engels.

Nur eine so besondere Frau könnte ihn überzeugen, sein geliebtes Junggesellenleben hinter sich zu lassen, ob er sie nun kompromittiert hatte oder nicht.

Und so war er mit einem Lächeln auf dem Gesicht eingeschlafen und hatte von ihrem glücklichen Leben zusammen geträumt, den Abendessen, die er für sie kochen würde, den Kinder die sie ihm schenken würde und den Geschichten, die sie ihrem Dutzend kleiner Kriegerkinder erzählen würden.

Aber sie hatte diese Vision mit einem Wort an diesem Morgen zunichte gemacht: Nay.

Er zuckte zusammen, als er über eine Wurzel auf dem Weg stolperte und gezwungen war, sich schwer auf sie zu lehnen, während ein Stechen vom Knie bis zur Hüfte durch sein Bein schoss.

„Wir sollten uns ausruhen", sagte sie angestrengt von seinem Gewicht.

„Es geht mir gut."

„Mir nicht", entgegnete sie, obwohl er wusste, dass sie ihm zuliebe log. Das Weib hatte das Stehvermögen eines Schlachtrosses. Sie war noch nicht mal außer Atem.

„Also gut. Aber nur für einen Augenblick."

Sie half ihm zu einem umgefallenen Baumstamm. Sie setzen sich darauf und für Colin war es eine große Erleichterung, sein Bein auszuruhen.

„Warum habt ihr es so eilig, zurückzukehren?", fragte sie ihn ohne Umschweife.

„Und warum wollt Ihr es *nicht*?" Enttäuschung und Unbehagen machten ihn gereizt. „Ich dachte, dass Ihr begierig darauf seid, Pagans Herz zu gewinnen."

Sie zupfte an der Baumrinde. „Das ist etwas, was man nicht überstürzen sollte."

„Was? Verführung?" Er lachte ohne Heiterkeit. „Ihr habt nicht besonders lange gebraucht, um die Söldner um Euren Finger zu wickeln."

Sie schaute finster. „Ich wollte die Söldner nicht *heiraten*."

„Oh, aye. Ihr wolltet nur bei Ihnen liegen."

„Das stimmt nicht!", bellte sie. „Ich wollte sie ablenken, damit ich Euren undankbaren Arsch retten könnte."

„Mich retten? Wozu? Wegen des Lösegelds!"

„Das stimmt nicht!"

Seine Bitterkeit ließ ihn zu offen sprechen. „Aber bevor Ihr mich gegen Euren neuen Bräutigam eintauscht, habt Ihr gedacht, dass Ihr das, was Ihr aufgebt, erst noch mal probiert."

Sie saß da mit offenem Mund. „Ich nehme an, dass letzte Nacht ganz und gar *meine* Schuld war?"

„Wenn Ihr mir vielleicht gesagt hättet, dass Ihr noch Jungfrau wart ..."

„Wenn Ihr vielleicht nicht angenommen hättet, dass ich es nicht war ...!" Ihre Stimme klang durch den stillen Wald und erschreckte einen Vogel.

„Wie hätte ich das wissen sollen", höhnte er, „die Art und Weise, wie Ihr Euch vor den englischen Mistkerlen präsentiert habt und herum getanzt seid und Euch gebrüstet habt?"

Sie ergriff ihn an der Vorderseite seines Wappenrocks und zog ihn zu sich heran. „Ich präsentiere mich nicht, Ihr Herumtreiber."

„Ein und für alle Mal", bellte er, „ich bin *kein* Herumtreiber!"

Was dann geschah, passierte so schnell, dass Colin gar keine Zeit hatte, etwas zu unternehmen. Während er in Helenas Augen blickte, schaute sie über seinen Kopf hinweg, ihre Augen weiteten sich und dann ergriff sie in einer flüssigen Bewegung den Dolch von seinem Gürtel und zog ihn zu ihrem Schoß, sodass sie ihn über seinen Kopf werfen konnte.

Er hörte, wie die Klinge im Holz stecken blieb und dann die raue Stimme eines Mannes.

„Verdammt ...!"

Als er sich von Helenas Griff löste, sah er, dass sie einen Mann am Ärmel seines Schwertarms weniger als fünf Meter entfernt an einem Baum festgeheftet hatte. Im Augenblick konnte der Mann sein Schwert nicht schwingen, aber schon rüttelte er an dem Messer, und versuchte es herauszuziehen und dem Funkeln in seinen Augen nach zu urteilen würde er nicht zögern, beide Waffen gegen sie zu benutzen.

„Scheiße!", zischte Colin. Helena hatte ihn gerade entwaffnet und sie hatte die einzige andere Waffe. Er streckte seine Hand nach hinten. „Gebt mir Euer Messer."

„Nay."

Er fluchte leise und zog seinen Arm zurück, wobei er vorhatte, dass er sie zumindest hinter sich außerhalb der Gefahrenlinie halten würde. Aber sie war nicht mehr da. Sie war hochgesprungen und näherte sich bereits dem Mann

„Nay!" Seine Wunde pochte und er stand mühsam auf.

„Wo habt Ihr das Schwert her?", fragte sie den Mann.

Er antwortete nicht, sondern rüttelte noch fester an dem Dolch, als sie näher kam.

„Antwortet mir!"

„Sagt es ihr!", brüllte Colin und fürchtete, dass das der einzige Weg war, sie außer Reichweite des Schwertes zu bekommen, bevor Colin ihn erreichen konnte.

Der Mann blickte zu ihm und höhnte dann: „Einer Eurer Landsleute. Ich habe ihn nicht nach seinem Namen gefragt, sondern ihn getötet und sein Schwert genommen."

Muttergottes, es war ein weiterer Engländer. War die ganze englische Armee in Schottland eingefallen?

Helena ging näher heran, zu nahe. „Das ist Mochries Schwert, Ihr Mistkerl."

Colins Herz schlug ihm bis zum Hals. „Helena, tretet zurück!"

„Nicht, bevor ich nicht diesen guten schottischen Stahl von diesem englischen Mistkerl zurückhole."

Colin hatte keine Ahnung, wer Mochrie war, aber scheinbar nahm irgendeine Frage der Ehre Helena jegliche Vernunft. Sie zog das Messer des Schattens und hielt es an den Hals des Mannes. „Lasst es fallen."

Mit seiner freien Hand ergriff der Engländer sofort ihr Handgelenk und zwang sie, die Klinge von seinem Hals wegzunehmen. Colin wollte schon dazwischen gehen, sie um die Taille greifen, sie zurückziehen und das Schwert aufnehmen. Aber bevor er auch nur einen Schritt machen konnte, stieß sie ihr Knie fest in die Eier des Mannes und mit einem schwachen Stöhnen ließ er sowohl das Schwert wie auch ihr Handgelenk los.

„Mistkerl ..." murmelte sie und nahm das Schwert. Dieser Mochrie musste ein Freund gewesen sein, denn außer Zorn sah er auch Trauer in ihrem Gesicht. Sie wandte sich zu dem Engländer. „Wie viele seid Ihr?"

Der Mann war nach vorn gebeugt und hatte zu große Schmerzen, um zu antworten.

Dann schauten Colin und sie sich an. „Jede Wette, dass er ein Kundschafter ist."

Colin nickte. Der Wappenrock des Mannes war zu fein für einen Gesetzlosen. Dieser Mann gehörte zu einem Adligen.

Mit einem erzürnten Blick, der ihr sagte, dass er nicht bereit war, herumzustreiten, nahm er ihr das Messer des *Schattens* ab und ging zu dem Engländer. Mit seiner freien Hand ergriff er den Mann am Haar und zog seinen Kopf nach hinten und dann legte das Messer an seinen Hals. „Wie heißt Ihr?"

„Wat. Walter."

„Und wer ist Euer Herr, Walter?"

Der Mann verzog als Antwort nur das Gesicht.

Colin übte ein wenig Druck auf das Messer aus und ein Tropfen Blut sammelte sich auf der Spitze. „Sein Name."

„Lord Morpeth."

„Wie viele Mann seid ihr?"

Der Mann zuckte mit den Schultern, insoweit er das mit einem Arm an einen Baum geheftet und einem Messer am Hals konnte. „Ich weiß nicht."

Die meisten Krieger konnten nicht weiter als zehn zählen. „So viele wie Eure Finger?"

Der Mann kicherte.

„Mehr?", fragte Colin.

„Aye."

„So viele wie die Finger von fünf Männern?"

Der Mann grinste selbstgefällig. „So viele wie die Sterne."

Colin bezweifelte das, aber die Tatsache, dass Lord Morpeth einen Kundschafter ausgesandt hatte, bedeutete, dass es eine Truppe von erheblicher Größe sein musste.

Und wenn es eine bekannte Truppe war, würde der Befehlshaber von Cameliard gehört haben.

„Hört mir gut zu, Walter", bellte er. „Dieses Land steht unter dem Schutz von Sir Pagan von Cameliard. Wenn Euer Herr auch nur einen Stein an einer Burg in diesem Reich bewegt, wird er mit den Cameliard Rittern kämpfen müssen."

Bei der Erkenntnis weiteten sich die Augen des Mannes. Jetzt hätte Colin ihn gehen lassen und darauf bauen können, dass er die furchtbare Warnung an seinen englischen Herrn weitergab und damit ein Krieg vermieden werden würde.

Er hatte nicht damit gerechnet, dass der Mann in Panik geraten würde.

Als er das Messer senkte, streckte der Mann die Hand aus und zog den Dolch endlich aus dem Baum und schwang ihn; Colin musste sich ducken, um ihm zu entgehen. Aber als er sich rückwärts bewegte, verdrehte Colin sich den Knöchel und fiel auf ein Knie. Seine Stiche wurden gedehnt und Schmerzen schossen ihm durch das Bein. Als Walter auf Colin mit dem Dolch losging, hob dieser das Messer, um den Schlag zu parieren, aber die dünne Klinge konnte gegen die größere Waffe nichts ausrichten.

Der dritte Stoß zielte genau auf Colins Herz.

KAPITEL 17

Als Helena sah, dass Colin auf die Knie sank, schien die Zeit sich zu verlangsamen und fast stillzustehen. Eisig kalter Schweiß stand ihr auf der Stirn. Ein angsterfülltes Keuchen erfüllte ihre Lungen. In ihrem Hals bildete sich ein Schrei. In einem einzigen Augenblick gingen ihr Tausend faszinierende Gedanken durch den Kopf.

Colin durfte nicht sterben. Nicht hier. Nicht jetzt.

Nicht, nachdem sie seine Wunde mit solchem Eifer gepflegt hatte.

Nicht, nachdem er sie die ganze Nacht in seinen Armen gehalten hatte.

Nicht, wenn es Ihre Schuld war, dass alles so gekommen war.

Er durfte nicht sterben.

Sie liebte ihn. Gott sollte ihr beistehen, aber sie liebte ihn.

Ein plötzlicher, wilder, ungestümer Instinkt, Colin zu beschützen ließ sie ihre Lethargie abschütteln und erweckte jeden Muskel in ihr zum Leben. Mit rasendem Herz und grimmigem Gesicht hob sie Mochries Schwert.

Als Walter nach vorne stürzte, wartete ihre Klinge bereits auf ihn. Bevor die Spitze seines Dolches Colins Brust berühren konnte, hatte der englische Kundschafter sich auf ihrer Waffe aufgespießt.

So irrational und entschlossen wie eine Mutter, die ihr Baby beschützt, zögerte sie nicht einen Augenblick, die grausame Aufgabe zu beenden. Sie stieß das Schwert ganz durch.

Er verdrehte die Augen, als das Leben aus ihm floss, aber es dauerte eine grausame Ewigkeit, bevor er schließlich mit einem Gurgeln und einem dumpfen Knall in eine Pfütze seines eigenen Blutes fiel.

Colin kämpfte sich auf die Füße. Er verschwendete keine Zeit, zog das Schwert aus dem Bauch des toten Mannes und wischte die Klinge mit Gras ab, um sie zu säubern. Dann nahm er ihm den Dolch aus seiner Faust. Schließlich wandte er sich zu ihr und ihm stand der Mund vor Verwunderung offen. „Ihr habt mir das Leben gerettet."

Aber Helena hatte keine Zeit für seine Dankbarkeit. Sie stolperte weg, um sich in den Büschen zu übergeben.

Als sie bereit war zurückzugehen, hatte Colin das Opfer bereits unter Büsche gerollt und die blutige Spur mit Erde verwischt. „Wir sollten uns beeilen, nach Rivenloch zu kommen", sagte er.

Sie nickte und war dankbar, dass er nicht weiter über die Tötung des Mannes sprach. Sie zitterte immer noch. Sie hatte noch nicht oft einen Mann töten müssen.

Er legte Mochries Schwert und den Gürtel an. Dann reichte er ihr den Dolch mit dem Griff voran.

Spöttisch blickte sie auf die kleinere Waffe. „Das *Schwert* gehört rechtmäßig mir."

„Und das wird es auch sein, wenn wir sicher in der Burg

sind. Bis dahin gehört es schon mir, dass ich es schwinge."

„Mit welchem Recht?" Ein wenig von ihrer Unsicherheit verschwand, während der Zorn in ihr aufstieg. „Ich habe Euer Leben gerettet. Das habt Ihr selbst gesagt."

Sein Blick war warm und aufrichtig. „Ihr solltet nicht um mein Leben kämpfen müssen." Er streckte die Hand aus, um ihren Oberarm zu drücken.

Aber ganz gleich wie ehrlich seine Sorge auch war, seine Berührung fühlte sich herablassend an. Ungläubig schüttelte sie seine Hand ab. „Zweifelt Ihr an meinen Fähigkeiten?"

Seine Miene wurde härter. „Zweifelt Ihr an meinen?"

Sie hatte ihn schon mit einem Schwert in der Hand gesehen. Sie wusste, dass er ein fähiger Krieger war. Aber sie würde ihm nicht die Befriedigung geben und es ihm sagen.

Als sie nicht antwortete, fluchte er, nahm den Schwertgürtel ab und ließ ihn auf den Boden fallen. Er humpelte hinüber zu dem Baumstamm, setzte sich und verschränkte die Arme über seiner Brust. „Dann gehört es Euch eben. Geht und lasst mich zurück."

Sie blinzelte und war sich nicht sicher, wie sie darauf reagieren sollte.

„Wenn Ihr einem Ritter von Cameliard nicht trauen könnt, dass er Euch verteidigt", bellte er beleidigt, „dann seid Ihr allein besser dran. Ich halte Euch nur auf."

„Ich lasse Euch nicht im Wald zurück."

Mit steinerner Miene schaute er in den Wald. „Ich stelle Euch nicht vor die Wahl. Ich werde mich nicht von der Stelle rühren."

Verzweiflung stieg in ihr auf. Sie hatte keine Zeit für diesen Unsinn. Er würde mit ihr mitkommen, ob er wollte oder nicht. Sie zog das heruntergefallene Schwert aus der Scheide und ging auf ihn zu.

„Ihr werdet mit mir mitkommen. Und zwar jetzt", sagte sie und schlug zischend durch die Luft.

Er schaute sie unbeirrt an. „Nay."

„Seid kein Narr. Ich habe ein Schwert."

Er schnaubte. „Dann müsst Ihr mich wohl töten."

Lange Zeit starrten sie einander an und waren in eine Sackgasse geraten.

Helena wusste von seinem unerschütterlichen Blick, dass er meinte, was er sagte. Er würde sich den Kopf abschlagen lassen, bevor er unbewaffnet mit ihr ging und würde wahrscheinlich bei dem Schlag noch nicht einmal zucken. Verdammt, er ließ ihr keine Wahl.

„Scheiße!" Sie warf ihm das Schwert vor die Füße und drehte ihm den Rücken zu, weil sie das triumphierende Glitzern in seinen Augen nicht sehen wollte. Aber als sie wegging, hörte sie ein dumpfes Geräusch neben sich auf dem Boden. Er hatte den Dolch hinter ihr her geworfen. Mit einem ärgerlichen Knurren holte sie ihn sich und steckte ihn in ihren Gürtel. Sie kochte vor Zorn, als sie hinter sich hörte, dass Colin das Schwert, *ihr* Schwert, gurtete.

Darum wollte sie niemals heiraten, rief sie sich ins Gedächtnis. Zur Ehe gehörten Kompromisse und manchmal Kapitulation und sie hatte kein Verlangen nach beidem. Sie gehörte nur sich selbst und sie war völlig fähig, ihre eigenen Entscheidungen zu treffen, ohne einen Mann, der sich für fähiger und weiser hielt, einzig und allein aufgrund der Tatsache, dass er ein Mann war.

„Ihr müsst mir nicht helfen, wenn Ihr das nicht wollt", sagte er. „Aber zur Sicherheit bleibt bitte in der Nähe."

„Ich werde Euch helfen", beharrte sie und duckte sich

unter seinen Arm, um sein Gewicht auf ihre Schultern zu nehmen. Und damit er ihre Motive nicht missverstand, knurrte sie: „Wenn ich es nicht tue, wird es Nacht sein, bevor wir die Burg erreichen."

Je näher sie Rivenloch kamen, desto schwerer wog die Last des Gefühls bevorstehender Angst für Helena. Solange sie denken konnte, gingen die einzigen Bedrohungen für ihr Land von saisonalen Raubzügen der Nachbar-Clans und dem *Schatten*, dessen Opfer in der Regel Reisende waren, aus und Rivenloch war für sie wie eine undurchdringliche Festung.

Aber nun war dieses friedliche Zeitalter vorbei. Trotz ihrer Hoffnung, dass der Feind seine Zahl übertrieben hatte, dass es nur Zufall war, dass eine Bande englischer Söldner im Wald herumgelaufen war, dass es keine wirkliche Bedrohung für die Schotten gab, sagte ihr Bauchgefühl, dass der Feind bereits zahlreich erschienen war.

Der Kundschafter hatte Mochrie überwältigt und Mochrie war ein riesiger Kerl mit einer Brust wie ein Fass. Man brauchte mehr als einen Mann, um ihn niederzustrecken. Und wenn Mochries vier kräftige Söhne bei ihm gewesen waren, brauchte man mindestens ein Dutzend Engländer, um sie zu besiegen.

Die Angelegenheit wurde noch schlimmer, wenn man bedachte, dass Mochries Burg nur einen halben Tagesritt von Rivenloch entfernt lag. Wenn er auf seinem eigenen Land getötet worden war, dann war die englische Armee bereits gefährlich nah.

Als Helena am Nachmittag auf eine hohe Eiche kletterte, um sich einen Überblick über die neblige Landschaft zu verschaffen, entdeckte sie, wie nah sie bereits gekommen waren. Überall auf den Hügeln lagerten englische Ritter wie Flöhe auf einem Hund und sie waren auf dem Weg nach Rivenloch.

Sie wurde blass, ihr Herz raste und schnell kletterte sie wieder vom Baum herunter.

„Was ist los?", fragte Colin.

Sie schüttelte den Kopf. Vor Angst war ihre Kehle zu trocken, um zu sprechen.

„Wie viele sind es?"

Sie schluckte. „Hundert. Vielleicht mehr."

Er ergriff sie an den Schultern und verlangte, dass sie ihn anblickte. „Hört mir gut zu. Pagan wird Rivenloch halten. Die Burg ist stark und die Ritter von Cameliard sind die besten im Land. Ich schwöre Euch, ich werde eher sterben, als dass ich zulasse, dass diese englischen Mistkerle Eure Burg erobern."

Seine warmherzigen und entschlossenen Worte gaben ihr wieder Kraft. Einen Augenblick später nickte sie. „Ein Sturm zieht auf. Wir müssen uns beeilen. Könnt ihr laufen?"

„Ich schaffe das schon."

Helena konnte Colin nur noch den Hügel hinab helfen, als Rivenloch schließlich ins Blickfeld kam. Die Versuchung, durch die Tore zu stürmen, war groß. Aber sie wollte ihn nicht verlassen, nicht, wenn er sich schon so verausgabt hatte, vor den Engländern an der Burg anzukommen. Also torkelten sie auf den Wachturm zu und Helena stützte ihn, so gut sie konnte.

In Gegenwart seines Hauptmanns behauptete Colin wie die meisten Männer, dass seine furchtbare Wunde nur ein Kratzer war. Helena jedoch ließ keine Einzelheiten aus, als sie Deirdre von der anstehenden Invasion erzählte. Sie erklärte ihr die Anzahl des Feindes, die Richtung, die er nahm, und erzählte ihr von dem kommenden Unwetter.

Befehle flogen hin und her und sofort begannen die Vorbereitungen für eine Belagerung.

Obwohl Pagan tatsächlich die Kontrolle über Rivenloch übernommen hatte, war Helena zufrieden, dass Deirdre einen gewissen Einfluss über die Normannen hatte. Sehr zu Colins Ärger gab sie Helena das Kommando über die Bogenschützen, sowohl die von Rivenloch, als auch die von Cameliard, obwohl Colin wollte, dass sie mit den anderen Frauen und Kindern Schutz suchte.

Zuerst fand Helena die große Zahl von Cameliard Bewohnern in der Halle unangenehm. Unbekannte Gesichter umgaben sie - normannische Ritter und Damen und Diener, die sich auf ihrer schottischen Burg breitgemacht hatten wie Mäuse. Jedoch schienen sie alle darauf bedacht zu sein, bei der Verteidigung von Rivenloch zu helfen, trugen Vorräte hin und her, halfen den Kriegern mit ihren Waffen und trieben die Tiere innerhalb der Burgmauern zusammen. Die Leute von Rivenloch hatten die Vorbereitungen für eine Belagerung geübt, aber scheinbar wussten die Leute von Cameliard sehr genau Bescheid.

Auch war sie von der Disziplin der Cameliard Bogenschützen sehr beeindruckt. Sie stellten ihre Befehle nicht infrage, als sie sie auf der Ringmauer aufstellte und ihre Reaktion war schnell und präzise. Es war ein berauschendes Gefühl, eine solch mächtige Truppe zu befehligen. Vielleicht war dieses normannisch-schottische Bündnis doch nicht so furchtbar.

Tatsächlich schienen sogar Deirdre und Pagan eine Partnerschaft gebildet zu haben, zumindest was die Verteidigung der Burg betraf. Ob dieses Bündnis sich auch auf ihr Schlafzimmer bezog, wusste Helena nicht. Aber es schien, dass, obwohl Pagan ohne Frage das Kommando über die Truppen hatte, er sich von Deirdre beraten ließ.

Wenn nur alle Männer so zugänglich wären, dachte sie.

Colin war sicher, dass es vergebliche Mühe war, was man ihm aufgetragen hatte. Deirdre hatte gebeten, dass er nach ihrem Vater suchen sollte. So lahm wie Colin war, war er wohl kaum der richtige Mann, der die Treppe zum Turm auf der Suche nach dem verrückten Lord erklimmen konnte. Das hochfahrende Weib hatte Colin zweifellos die Aufgabe nur gegeben, um ihn aus dem Weg zu haben.

Warum Pagan es zuließ, dass die Frau im Befehle erteilte, wusste Colin nicht. Er dachte, dass sein Hauptmann das eigenwillige Mädchen inzwischen gezähmt hätte. Aber es schien, dass Pagan dem Zauber der Kriegerin von Rivenloch verfallen war und sich jetzt ihrer Autorität beugte. Es war äußerst geschmacklos und ziemlich töricht.

Aber am meisten zehrte die Tatsache an Colin, dass er im Turm treppauf und treppab auf seiner vergeblichen Mission lief, während Helena auf der Ringmauer war, der ersten Verteidigungslinie der Burg und vollständig dem Feind ausgesetzt.

Dass Pagan diese Farce zuließ. Um Himmels Willen, sie war nur ein Mädchen. Hatten sie nicht einen Eid abgelegt, dass sie Damen beschützen und verteidigen würden? Pagan jedoch stellte sie an den gefährlichsten Ort der Burg. Schon allein bei dem Gedanken wurde ihm schlecht.

Und sobald er seine Aufgabe für Deirdre erledigt hatte, wollte er die Ringmauer hochklettern und Helena notfalls mit Gewalt ablösen.

Ein dumpfer Knall ließ die Mauern um ihn herum erzittern und sogar die Fundamente des Turmes wackelten. Er stolperte auf ein Knie, während Steine auf ihn herabregneten. Staub stieg auf, als sich der Zement zwischen den alten Steinen löste.

Bei den Eiern des Teufels! Wenn nicht gerade der Blitz in den Turm eingeschlagen war, mussten die Engländer irgendeine Kriegsmaschine haben. Ein Katapult. Oder ein Trebuchet. Die Mistkerle wollten die Burg gar nicht belagern. Sie wollten angreifen.

Er stand wieder auf und erklomm die Treppen. Die plötzliche, feuchte Zugluft, die an ihm vorbeiwehte, machte ihm klar, dass ein guter Teil des Turmes zerstört worden war und er wollte seine Aufgabe zu Ende bringen, bevor der Feind ihn völlig zerstörte.

Unglücklicherweise war Lord Gellir tatsächlich den Turm hinaufgestiegen. Als Colin oben an der Treppe herauskam, sah er, dass das Dach weg war und ein Sturm über ihn hinwegfegte. Und durch den dichten Regen, der auf den zersplitterten Eichenbalken prasselte, sah er den weißhaarigen Wikinger Lord, der verloren und verwirrt auf den Überresten seines Fußbodens kroch.

„Verdammt", sagte Colin leise. Plötzlich hatte sich dieser vergebliche Auftrag in eine lebensgefährliche Angelegenheit verwandelt.

„Lord Gellir!", rief er über das Donnern des Sturms.

Der alte Mann schien ihn nicht zu hören. Oder vielleicht übertönten die Stimmen in seinem Kopf Colins Worte.

„Lord Gellir!", rief er noch einmal. „Kommt!"

Aber stur wie seine Töchter wandte sich der Lord um und fing an, zum bröckelnden Rand des Turmes zu kriechen.

„Nay!", schrie Colin.

Aber der Mann konnte ihn nicht hören. Oder wollte es nicht. Das bedeutete, dass Colin andere Maßnahmen ergreifen musste. Er betete um sicheren Tritt und humpelte vorsichtig nach vorn über die glatten Planken.

„Mylord!", rief er. „Kommt weg vom Rand!"

Aber Lord Gellir schien taub zu sein. Colin humpelte langsam weiter nach vorn und suchte krampfhaft nach den richtigen Worten, um den alten Mann zu erreichen.

„Mylord! Kommt nach unten", winkte er. „Wir wollen ein Würfelspiel beginnen!"

Der Lord erstarrte und neigte den Kopf.

„Ich habe sechs Münzen!", fuhr er fort. „Die ich von Euch vor einer Woche gewonnen habe! Erinnert Ihr Euch?"

Bis auf den unablässigen Regen schien die Welt stillzustehen, während das verwirrte Hirn des Lords versuchte, Colins Worte zu verarbeiten. Er drehte den Kopf und schaute Colin mit seinen zusammengekniffenen blauen Augen an.

„Aye, ich bin es, Colin du Lac, Ritter von Cameliard", rief er hoffnungsvoll und strich sich die nassen Locken aus dem Gesicht. „Die Normannen wollen mit Euch würfeln, Mylord."

So schnell wie der Blick des Lord klar wurde, so schnell wurde er auch wieder trüb.

„Nay, Mylord!", fluchte Colin frustriert. Er traute sich nicht, ihm zu folgen. Schon jetzt neigte sich der Boden gefährlich. Wenn sein Gewicht jetzt noch zu dem von Lord Gellir dazukam ...

„Ich flehe Euch an, Mylord, um Eurer Töchter willen ...", rief er, aber der alte Wikinger konnte ihn nicht hören.

Und dann vollführte der alte Lord das Unglaubliche. Genau am Abgrund des Turms stand er auf. Colin erstarrte und hatte Angst sich zu bewegen, als der alte Mann seine

Arme zum Himmel erhob, als wollte er Thor ein Opfer bringen.

Dann sah Colin eine Bewegung jenseits des Lords auf einem Hügel in der Nähe. Durch den dichten Regen sah er, dass Männer das Trebuchet bereit machten. In wenigen Augenblicken würden sie auf den Turm feuern.

Instinktiv rannte Colin nach vorn und erwischte den Lord an den Knöcheln. Aber wie er befürchtet hatte, neigte sich der Boden wegen ihres gemeinsamen Gewichts und anstatt zurück zu stolpern, wurde Lord Gellir über den Rand geschleudert.

Colin brauchte seine ganze Kraft um den Lord festzuhalten, damit dieser nicht herunter stürzte. Der Wikingerkrieger war groß und schwer, als er über den Rand hing. Aber Colin hielt die Knöchel des Mannes mit einem unerbittlichen Griff fest, selbst als er merkte, dass er unweigerlich Zoll um Zoll in Richtung Rand rutschte.

Es schien eine Ewigkeit zu dauern, bis Hilfe kam und Colins Arme zitterten vor Erschöpfung. Aber als Colin schließlich Pagans willkommene Stimme hörte, die ihm zurief, dass er durchhalten sollte, wusste er, dass er es geschafft hatte. Lord Gellir war gerettet.

Bevor er sich freuen konnte, gab es einen furchtbaren Schlag und er hörte, wie Holz zerbarst. Colin wurde von einer unsichtbaren Hand zurückgeschoben. Das letzte, woran er sich erinnerte, war, dass sein Kopf gegen etwas Hartes stieß. Dann wurde alles schwarz um ihn.

Helena hatte noch nie ein solches Geräusch gehört. Der zweite Treffer erschütterte die ganze Burg und sogar die östliche Mauer, wo sie mit ihren Bogenschützen stand. Sie gab einen schnellen Befehl, auf Gräbertruppen zu achten und eilte dann die Treppen hinunter, um den Schaden zu begutachten.

Deirdre hatte das Geräusch auch gehört und lief gerade über den Burghof auf den Westturm zu, als sie Helena traf. Sie hatte Deirdre noch nie so blass gesehen und als sie die Zerstörung am Turm erkannte, wusste sie warum.

Die Böden waren völlig zersplittert und so war der steinerne Turm nur noch eine leere Hülse voller Geröll. Das Dach des Turms und ein Teil der Mauer waren zerfallen. Und das war noch nicht das Schlimmste. Lord Gellir war im Turm gewesen, als er zusammenbrach und Deirdre war sich nicht sicher, ob er noch lebte.

Über das Geröll kletterten sie beide nach oben und waren entschlossen, ihren Vater zu finden, als Deirdre eine weitere beängstigende Einzelheit offenbarte. Bei seinem Versuch den Lord zu retten, war Colin scheinbar den Turm hinaufgestiegen, bevor dieser getroffen wurde.

Helenas Herz zog sich zusammen und aus ihrer Entschlossenheit wurde Verzweiflung. Sie raste die Treppe hinauf nach oben.

Auf den geneigten Planken des Turms lag Colin du Lac wie eine zerbrochene, leblose Stechpuppe. Sein Knie hing an einem Stein fest und hatte ihn davor bewahrt, in den sicheren Tod auf die Felsen unten zu stürzen. Aber das bedeutete nichts, wenn er bereits tot war.

Mit einem scharfen Schrei eilte sie nach vorn und warf sich auf den Boden neben ihn. Sein gut aussehendes Gesicht war so bleich wie Pergament und seine nassen Locken hingen ihm ins Gesicht. Sie strich ihm das Haar aus dem Gesicht, nahm seinen Kopf in ihre Hände und wollte, dass er aufwachte.

„Kommt schon, Colin!", rief sie und schüttelte seinen Kopf ein wenig. „Kommt schon, verdammt."

Aber er blieb still. Regen prasselte auf sein Gesicht und tropfte zwischen seine leicht geöffneten Lippen. Sie streckte eine Hand hinter seinen Kopf. Als sie sie hervorzog, war sie blutig.

„Ihr dürft nicht sterben, Normanne!", bellte sie.

Ihr Herz raste und sie versuchte, seinen Puls zu fühlen. Tränen des Zorns und der Verzweiflung liefen über ihre Wangen und vermischten sich mit dem kalten Regen.

„Nun kommt schon, ihr Mist ..."

Endlich fand sie ihn – einen schwachen Puls in seinem Hals. Er lebte. Vor Erleichterung musste sie schluchzen.

Aber jetzt war keine Zeit, ihn wiederzubeleben. Vom Rand des Turms rief Deirdre laut um Hilfe.

Lord Gellir war auf der Außenseite der Mauer vom Turm gefallen. Durch Gottes Gnade war er irgendwie noch am Leben und Pagan war hinuntergeklettert, um ihn zu retten. Aber die Engländer kamen sehr schnell und als Pagan ein Seil um Lord Gellirs Taille geschlungen hatte, arbeiteten Helena und Deirdre so schnell sie konnten, um ihn nach oben zu ziehen.

Aber für Pagan war es zu spät. Der Feind stürzte sich sofort auf ihn. Während Helena und Deirdre hilflos von oben zuschauten und ihm nicht helfen konnten, nahmen die Engländer ihn gefangen.

Helena hatte noch nie solche Trauer in Deirdres Augen gesehen, als sie ihn abführten und noch nie eine solche Verzweiflung in ihrer Stimme, als sie nach Pagan schrie.

In dem Augenblick erkannte Helena die Wahrheit. Ihre Schwester hatte sich verliebt. Sie liebte ihren normannischen Ehemann.

Helena ergriff die zitternde Hand ihrer Schwester, als Pagan und seine Fänger aus dem Blickfeld verschwanden.

„Ich verspreche dir, Deirdre, wir holen ihn zurück. Irgendwie. Wir werden Rivenloch nicht aufgeben." Sie wusste, dass dies voreilige Worte waren, aber in dem Augenblick hätte sie alles Mögliche gesagt, um die Hoffnungslosigkeit in Deirdres Augen zu vertreiben.

Deirdre nickte steif.

„Kannst du", fuhr Helena fort und drückte ihre Hand, „Vater nach unten bringen?"

Sie nickte wieder. Dann fiel ihr Blick auf Colin. „Ist er am ...?"

„Leben." Bei dem Wort brach Helenas Stimme. „Gerade noch so."

Mit einem mitleidigen Blick wandte Deirdre sich dann um, um Lord Gellirs Hand zu ergreifen und ihn zur Treppe zu führen.

Helena verschwendete keine Zeit. Colin war vielleicht am Leben, aber er war nicht wach. Sein Herz schlug vielleicht noch, aber das bedeutete nicht, dass sein Körper unversehrt war. Er atmete zwar noch, aber der Riss an seinen Schädel hatte ihm vielleicht den Verstand geraubt.

Bei dem Gedanken lief ihr eine Träne über die Wange.

Zornig wischte sie sie weg. Es sah ihr gar nicht ähnlich, wegen solcher Dinge zu weinen. Sie war eine Kriegerin. Dies war nur eine weitere Schlacht, die sie schlagen musste. Und Helena wusste, wie man Krieg führte.

Mit einem zornigen Fluch ging sie zu ihm hin und blickte finster auf seine blasse und stille Gestalt. „Jetzt hört mir zu, Ihr übergroßer Schnösel!", schrie sie. „Ihr werdet leben! Hört Ihr mich?"

Sie bückte sich, griff unter seine Arme und hob ihn so gut sie konnte hoch.

„Ich habe Euch nicht zusammengeflickt und durch halb Schottland gepflegt", sagte sie mit zusammengebissenen Zähnen und zog ihn über die glatten Planken, „damit Ihr jetzt an einem Stoß gegen den Kopf sterbt."

KAPITEL 18

helena hatte sich in ihrem ganzen Leben noch nie so ausgebremst gefühlt. Sie knabberte an ihrem Daumennagel, während sie bei Colin am Kamin in der großen Halle Wache hielt. Der verdammte Normanne reagierte immer noch nicht, obwohl sie ihn weiter beschimpfte. Jetzt beobachtete sie ihn schweigend und wartete auf das Flattern eines Augenlids oder die Bewegung eines Fingers. Aber am meisten hörte sie ungläubig der Meuterei zu, die sich unter den Normannen entwickelte.

Jahrelang hatte sie mit den Rittern von Rivenloch die Verteidigung der Burg geübt. Ein Jahrzehnt lang hatte sie die Bewohner der Burg in der Vorbereitung einer Belagerung geschult. Und in der ganzen Zeit war Rivenloch mit Frieden und Sicherheit gesegnet gewesen.

Und jetzt, als die Burg tatsächlich angegriffen wurde und diese Fähigkeiten am meisten gebraucht wurden, hatte eine Bande normannischer Fremder die Befehlsgewalt über die Burg an sich gerissen. Selbst Deirdre, die verzweifelt wegen ihres entführten Ehemanns war, sich aber trotzdem bemühte, ihren Einfluss über die Ritter geltend zu machen, konnte die Mithilfe der Normannen nicht einberufen.

Sie waren stur und feige und weigerten sich, den Engländern direkt gegenüber zu treten. Wie konnten sie sich als Männer bezeichnen, wenn sie keinen Finger krumm machten, um ihren eigenen Hauptmann zu retten, der im Augenblick wahrscheinlich gefoltert wurde?

Sie hatte genug von ihrem feigen Wimmern gehört. Wenn die Normannen zu feige waren, um in den Krieg zu ziehen, würde sie die Männer von Rivenloch zusammenrufen. Sie stand auf, um ihre Clans Leute aufzurufen.

Unglücklicherweise unterschätzte sie den Eigensinn der Ritter von Cameliard, insbesondere den des Sir Rauve d'Honore, der riesige Kerl, der den Befehl hatte. Als sie versuchte, eine Kampftruppe zusammenzurufen, drohte er jedem, der sich jenseits der Mauern von Rivenloch begab, mit dem Tod. Als sie seine Autorität in Frage stellte, behauptete er, dass er Pagans Befehle befolgte. Scheinbar hatte Cameliard darauf bestanden, dass nicht um Geiseln verhandelt werden sollte. Rauve hatte geschworen, die Burg zu halten, auch wenn das bedeutete, dass er seinen eigenen Lord opfern musste.

In Helena kochte es vor Frust. Tatsächlich konnte sie erkennen, dass Rauve seine Befehle ebenso zögerlich befolgte wie sie. Als sie sich in der großen Halle umsah, erkannte sie, dass es die Normannen ebenso sehr juckte wie sie, in die Schlacht zu ziehen. Aber sie hielten Pagan allesamt die Treue. Sie weigerten sich, gegen die Befehle ihres Hauptmanns zu handeln.

Bei jeder anderen Gelegenheit hätte Helena eine solche Loyalität bewundert. Aber als sie das verzweifelte Gesicht ihrer Schwester sah, die sehr wohl wusste, was die Engländer mit Pagan machen würden, konnte sie nicht anders, als die Normannen zu verfluchen. Vielleicht waren sie zufrieden, untätig daneben zu stehen, aber sie würde Deirdre dieses Leid ersparen. Sie hatte ihrer Schwester ein Versprechen gegeben und beabsichtigte, dieses zu halten.

Sie schwor, dass sie in dieser Nacht einen Weg finden würde, Pagan zu retten, Rivenloch zu halten und das riesige hölzerne Ungeheuer, das die Burg angegriffen hatte und das die Normannen als Trebuchet bezeichneten, zu zerstören.

Aber ohne, dass Helena dies wusste, war ein solches Komplott bereits im Gange. Als sie irgendwann um Mitternacht davon hörte, war sie schockiert – zum einen, weil es einen Geheimgang gab, von dem sie überhaupt nichts geahnt hatte und zum zweiten, weil der Plan von ihrer kleinen Schwester aufgestellt worden war – der süßen, unschuldigen, passiven Miriel.

Es war ein brillanter Plan. In diesem Augenblick schlichen sich Deirdre und die Ritter von Rivenloch durch Miriels Tunnel, um die Engländer im Schlaf zu überwältigen. Die einzige Schwachstelle war, dass sie selbst an dem Kampf jenseits der Mauern nicht teilnehmen konnte. Wenn der Plan innerhalb einer Stunde scheiterte, müsste sie die Verteidigung der Burg übernehmen.

Natürlich hatten die Schwestern die Normannen nicht in ihre Pläne eingeweiht. Sir Rauve hätte zweifellos argumentiert, dass das Risiko zu groß wäre. Und vielleicht war es das auch. Aber es war ein Risiko, das Helena und Miriel für Deirdre bereit waren einzugehen.

Im Kamin platzte ein Tannenzapfen und regnete Funken, die Colins Gesicht erleuchteten, als sie neben ihm kniete. Selbst jetzt mit der Leichenblässe auf der Stirn sah er so gut aus wie ein dunkler Engel.

Zum hundertsten Mal drückte sie ihre Finger an seinen

Hals. Sein Puls war schwach, aber es ermutigte sie, dass er noch schlug. Und als sie seine Lippen berührte, spürte sie seinen Atem. Es gab Hoffnung.

Sie strich mit den Fingern durch sein feuchtes Haar. Dann schaute sie sich um, dass keiner der Ritter, die in der Nähe schliefen, ihr zuschauten und sie küsste ihn zärtlich auf die Stirn.

Sie wusste nicht, wann sie sich in den Normannen verliebt hatte. Vielleicht, als sie am Ufer des Baches zusammen angelten. Oder als er sie zum ersten Mal geküsst hatte. Oder als er sie entjungferte. Oder vielleicht waren es all die leckeren Mahlzeiten, die er zubereitet hatte. Was auch immer der Grund war, sie wusste jetzt, dass sie mit Herz und Seele untrennbar mit ihm verbunden war.

Wenn sie ihn verlieren würde ...

Sie schloss die Augen. Sie konnte es nicht ertragen, darüber nachzudenken. Sie wollte ihn vielleicht nicht heiraten, aber sie konnte den Gedanken seiner Abwesenheit auch nicht ertragen. Niemals mehr sein sorgloses Lachen zu hören. Niemals mehr unter seinem lüsternen Blick dahinzuschmelzen. Niemals mehr die Behaglichkeit seiner Arme zu spüren oder wie seine Lippen ...

„Hallo Höllenfeuer."

Sie dachte, sie hätte sich das Flüstern nur vorgestellt. Aber als sie die Augen öffnete, schaute Colin zu ihr auf.

„Colin?", atmete sie.

Wie durch ein Wunder schaffte er es, den Mund zu einem Lächeln zu verziehen.

Ihr Herz machte einen Satz und Freude überkam sie. Sie musste sich zurückhalten, dass sie nicht ihre Arme um ihn schlang und sein Gesicht mit Küssen bedeckte. Aber sie wagte es nicht. Schon jetzt hatte sie Tränen in den Augen.

Sie wischte sie mit dem Daumen weg. „Es wird aber auch Zeit, Ihr fauler Normanne."

Er blinzelte und versuchte sich in der Umgebung zurechtzufinden. „Wo ist Euer Vater?"

„In Sicherheit." Oh Gott, sie wollte ihn so sehr an ihre Brust drücken. „Ihr habt ihn gerettet."

Er nickte zufrieden und zuckte dann vor Schmerzen zusammen. „Mein Schädel?"

„Hat einen ordentlichen Schlag abbekommen." Sie schniefte. „Gott sei Dank habt Ihr einen Dickschädel, sonst hätte es viel schlimmer kommen können."

Er lächelte und schloss dann müde die Augen „Und Pagan?"

Sie zögerte. „Ihr müsst durstig sein. Möchtet Ihr etwas trinken?"

Er strich sich mit der Zunge über seine trockenen Lippen. „Aye."

Sie nahm einen Weinschlauch von einem schlafenden Normannen, entkorkte ihn und legte dann einen Arm unter seine Schultern um ihn soweit hochzuheben, dass er trinken konnte. Sie neigte den Weinschlauch nach hinten, damit er kleine Schlucke trinken konnte und als er nickte, nahm sie ihn weg. Aber bevor sie den Korken wieder aufsetzte, ergriff er ihr Handgelenk.

„Wo ist Pagan?", wiederholte er.

Es war nicht einfach, die ganze Geschichte aus Helena herauszuquetschen. Zuerst einmal mussten sie flüstern, denn es war Nacht und die Männer von Cameliard schliefen überall um sie herum. Und zweitens schien Helena zögerlich zu sein, die für ihn relevanten Einzelheiten zu offenbaren. Und drittens war ihm nach dem Schlag auf den Kopf immer noch schwindelig und er war sich nicht ganz sicher, dass er sie richtig verstand.

„Sie hat was gemacht?"

Scheinbar hatte sich Deirdre durch irgendeinen Geheimtunnel aus der Burg geschlichen, um Pagan ganz allein von den Engländern zu befreien. Aber das konnte nicht stimmen. Es wäre vergebliche Liebesmüh.

„Macht Euch keine Sorgen", sagte Helena. „Miriel und ich haben die Männer von Rivenloch hinter ihr hergeschickt."

Er zerbrach sich den Kopf. Sicherlich hatte er sie falsch verstanden. Noch nicht einmal die Schotten konnten so leichtsinnig sein. „Habt Ihr denn nicht gesehen, wie viele Engländer es waren?"

„Wie erwischen sie mit ihren Hosen unten", sagte sie stolz.

„Ob sie ihre Hosen oben haben oder nicht, sind sie doch doppelt so viele wie wir."

„Dreimal so viel."

Er legte seinen Kopf zurück auf das Stroh und starrte an die Decke. Er verstand jetzt, warum der König Pagan beauftragt hatte, die Verteidigung Rivenlochs zu übernehmen. Angesichts Helenas Impulsivität, Deirdres Prahlerei und Miriels Dummheiten würden sie die Burg in kürzester Zeit verlieren.

„Und wenn Rauve zustimmt, dass die Ritter von Cameliard an dem Gefecht teilnehmen ...", fuhr Helena fort.

„Das wird er nicht", sagte Colin unverblümt. „Nicht, wenn Pagan einen gegenteiligen Befehl gegeben hat. Rauve nimmt seine Befehle sehr ernst."

„Da wäre ich mir nicht zu sicher. Meine kleine Schwester hat eine sehr überzeugende Art an sich."

„Pah." Nur weil Helena es geschafft hatte, ein Lager voller Söldner zu verführen, bedeutete das nicht, dass man alle Männer so leicht beeinflussen konnte.

Und als ob Helenas Behauptung glaubwürdiger erscheinen sollte, gab es ein Donnern am hinteren Ende der großen Halle. Sir Rauve fing an Befehle zu bellen, die Männer zu wecken und sie für die Schlacht vorzubereiten.

Rauve behauptete, dass der Befehl von Lord Gellir gekommen sei, aber Colin wusste es besser. Lord Gellir war nirgendwo zu sehen. Außerdem hatte der alte Wikinger kaum noch Kontrolle über seinen eigenen Verstand und schon gar nicht über eine Armee.

Helena lächelte in selbstgefälliger Sicherheit und Colin stützte sich auf seinen Ellenbogen. Es war ein Selbstmordkommando. Sie würden alle sterben. Es war tollkühn und unverantwortlich und es war schlecht durchdacht. Aber wenn die restlichen Ritter von Cameliard als Leichen auf dem Schlachtfeld enden wollten, könnte er genauso gut mit ihnen sterben. Mit dem Schwert in der Hand. Einem Schlachtruf auf den Lippen. In einer großartigen Schlacht.

„Ich brauche mein Schwert, wenn ich mitkämpfen will", knurrte er.

„Aber ..." Angst flackerte kurz in Helenas Augen auf. „Aber Ihr könnt nicht. Ihr seid verletzt. Ihr seid ..."

Er schüttelte den Kopf. „Ich werde meine Kameraden nicht im Stich lassen."

„Ich brauche ... ich brauche einen Stellvertreter."

Er starrte sie finster an. „Einen Stellvertreter?

„Jemand muss zurückbleiben, um die Burg zu verteidigen", erklärte sie.

Er wollte nichts mehr, als nay zu ihr zu sagen, sie irgendwo einzusperren - vielleicht in dem Lagerraum unter der Burg, irgendwo weit weg und sicher.

Aber er kannte sie inzwischen gut genug, um zu wissen,

dass sie ihre Meinung nicht ändern würde, ganz gleich welche Argumente er vorbrachte. Ihr Schwert zu konfiszieren war auch unmöglich. Das listige Weib hatte sich bereits Mochries Schwert von ihm zurückgeholt und es ihr wegzunehmen, würde so schwierig und grausam sein, wie wenn man einem hungrigen Mann das Brot wegnahm. Helena von Rivenloch war eine Kriegerin. Kampf lag ihr im Blut. Und ihre Leidenschaft würde erst abkühlen, wenn Sie das Blut ihres Feindes geschmeckt hatte. Er konnte nur versuchen, sie nach besten Kräften zu beschützen.

Außerdem konnte er sich glücklich schätzen, dass sie zumindest nicht mehr zu den Kriegern außerhalb der Mauern stoßen wollte. Sie wäre noch ein wenig länger im Schutz der Burg. Bis die Engländer ihr Trebuchet abfeuerten und die Burg fiel.

Er seufzte. „Ich werde Euer Stellvertreter unter einer Bedingung."

„Aye?"

„Ihr übernehmt die Wache an der Ostmauer."

Sie schaute finster. „Die Schlacht tobt an der Westmauer."

„Genau."

„Ihr könnt mich nicht zurückstufen, um ..."

Er setzte sich auf. „Dann gehe ich zu meinen Männern auf das Feld."

„Wartet! Wartet." Sie durchbohrte ihn mit einem undankbaren Blick.

Oh Gott, dachte er, sie war sogar schön, wenn sie zornig war. Es wäre verführerisch, sie in ihr Schlafzimmer zu entführen und die Schlacht zu vergessen.

„In Ordnung", stimmte sie zögerlich zu. „Ich übernehme die Ostmauer."

Als Colin auf der Westmauer ankam, war die Schlacht schon voll im Gang. Zumindest hatte der Regen aufgehört. Im Licht von einem Dutzend englischer Pavillons, die in Brand gesetzt worden waren, sah er die Männer von Rivenloch, die Seite an Seite mit den Rittern von Cameliard kämpften. Das Klirren von Schwertern und Schilden, die Schreie der Verwundeten und das Brüllen der Männer, die sich selbst Mut machten, klangen über das Feld und halten an den Steinen von Rivenloch ab.

Auf diese Entfernung war es unmöglich zu sagen, wer im Begriff war zu gewinnen und Colin überlegte, ob es weise von ihm gewesen war, zurückzubleiben. Dann erinnerte er sich an Helena, die dank seiner Wahl sicher auf der Ostseite der Burg patrouillierte. Und ihm wurde klar, dass es von unschätzbarem Wert war, sie außerhalb der Gefahr zu wissen.

Er wandte sich einen Augenblick von der Schlacht ab, blickte über den dunklen Burghof zur Ostmauer und hoffte, dass er sie dort sehen würde, als der Bogenschütze neben ihm plötzlich rief: „Auf dem Hügel!"

Colin drehte sich um zum nächsten Gräuel. Auf den nördlichen Hügeln war eine neue Reihe von Binsenlichtern zu sehen, die sich unaufhörlich dem Schlachtfeld näherten. „Verflucht!"

Er schlug mit der Faust auf die Zinne. Wie viele abtrünnige englische Armeen hatten sich zusammengetan, um Rivenloch zu belagern? *Alle*?

Er beobachtete die voranschreitende Reihe, als sie sich oben auf dem Hügel versammelten. Sie trugen ein Dutzend feurige Banner, aber es waren mindestens dreimal so viele Männer. Colin musterte die Gestalten, die von den Binsenlichtern erleuchtet wurden und bemerkte einen kleinen Soldaten ganz vorn, der Miriels schrumpeliger alten Dienerin, Sung Li, zum Verwechseln ähnlichsah. Er blinzelte ein paar Mal. Der Schlag auf seinen Kopf musste seinen Verstand durcheinandergebracht haben. Als er wieder hinsah, war sie weg und hatte sich in der Dunkelheit aufgelöst.

Plötzlich war ein unchristliches Gebrüll in der Nacht zu hören, als die Männer auf dem Hügel einen wilden Schlachtschrei ausstießen. Colin bis die Zähne zusammen und beobachtete, wie die neue Bedrohung den Hügel hinablief.

„Wartet!", rief einer der Bogenschützen und senkte seinen Bogen. „Das sind nicht die Engländer! Das ist Lachanburn!"

„Aye! Lachanburn!", krächzte ein anderer.

Die Bogenschützen von Rivenloch begannen zu jubeln.

Colin kniff die Augen zusammen. Konnte das stimmen? Waren dies Helenas Nachbarn, die ihre Rinder mit Rivenloch tauschten?

Tatsächlich schienen sie sich mit den Schotten und Normannen zusammenzutun, als sie mit lautem Geheule und krachenden Schwertern auf die Engländer stießen.

Vielleicht, dachte er, gab es doch noch Hoffnung. Vielleicht war der Sieg in Reichweite.

Colins Muskeln spannten sich an und zuckten wegen des instinktiven Drangs zu kämpfen, als er die spektakuläre Schlacht beobachtete.

Unter ihm flogen Funken von klirrendem Stahl. Fackeln beleuchteten die grimmigen Gesichter der blutrünstigen Krieger. Tote Männer lagen mit brennenden Wappenröcken auf der Erde. Von den lodernden Pavillons stieg orangefarbener Rauch in den Himmel. Es war eine Vision aus der Hölle.

Und dann, als wenn der Teufel persönlich auf dem Schlachtfeld erschienen wäre und zornig um sich schlagen würde, gab es einen Riesenknall oben auf dem Hügel, wo das Trebuchet stand. Ein Lichtstrahl wie ein Blitz erhellte den Himmel und ein riesiger Donner knallte in der Luft. Funken und Splitter regneten auf das Schlachtfeld, prasselten auf die Krieger und verbrannten die Erde.

Durch den Rauch, der das Trebuchet umgab, konnte Colin die Trümmer der englischen Kriegsmaschine ausmachen. Seine Holzbalken sahen aus wie der zerbrochene Mast eines Schiffs, das in einen Sturm geraten war. Wie es zu der Explosion gekommen war, wusste Colin nicht. Aber die Bogenschützen auf der Mauer fingen sofort an zu spekulieren. Großer Jubel ertönte entlang der Mauern und schon bald wurde Colin von dem Jubel mitgerissen.

Die entmutigten und besiegten Engländer traten den Rückzug an und nahmen den Weg nach Süden, der sie zurück in ihre Heimat führen würde. Als die siegreichen Ritter von Rivenloch, Cameliard und Lachanburn auf dem Schlachtfeld feierten, ging Colin das Herz vor Triumph und Stolz auf. Er bedauerte nur, dass Helena nicht da war, um den süßen Sieg mit ihm zu teilen.

Helena hätte glücklich sein sollen. Die Schlacht war vorbei. Die Engländer flohen. Und Geschichten über ihre schreckliche Niederlage gegen schottische Wilde und normannische Helden würde sie noch Jahre verfolgen und Rivenloch und seine Umgebung würde auf längere Zeit vor einer Invasion sicher sein.

Inzwischen waren die Tore von Rivenloch geöffnet

worden, um die Helden willkommen zu heißen. Sie eilten in die große Halle mit ihren geschundenen Körpern und ihren schmutzigen Rüstungen, aber ihre blutverschmierten Gesichter lächelten.

Überall um Helena herum lachten Leute und jubelten und sangen und tranken. Normannen schlugen den Lachanburns gratulierend auf den Rücken. Die Mädchen von Rivenloch machten den Rittern von Cameliard schöne Augen. Kleine Jungen hörten eifrig zu, wie alte Krieger von der Schlacht erzählten. Diener verteilten Käse und Bier und nähten die Wunden der Soldaten. Pagan war vor lauter Wunden kaum wiederzuerkennen, schaffte es aber trotzdem, beruhigend zu grinsen, als er mit den jungen Knappen sprach, die ihm mit großen Augen zuhörten. Miriel ging durch die Menge und stellte sicher, dass alle zufrieden waren, während Deirdre bei dem normannischen Minnesänger, Boniface, saß und sich ihre Wunden von ihm behandeln ließ. Selbst Lord Gellir, der im Augenblick bei klarem Verstand war, nahm an den Feierlichkeiten teil, gratulierte den Siegern und unterhielt sich mit dem Lord von Lachanburn.

Aber trotz der Fröhlichkeit um sie herum, trotz der geringen Verluste für Rivenloch, trotz der Tatsache, dass sie den Feind geschlagen hatten, war Helena nicht nach Feiern zumute. Aus verschiedenen Gründen. Einer davon war die raffinierte Dienerin, Lucy Campbell, die sich neben Colin du Lac gestellt hatte und ihm etwas ins Ohr flüsterte. Während sie zuschaute, senkte sich sein Blick auf Lucys riesige Brüste und sein Mund verzog sich zu einem Lächeln.

Unsäglicher Zorn stieg in ihr auf. Sie fluchte, biss die Zähne zusammen, ballte ihre Hände zu Fäusten und

ging zu der Stelle nahe der Speisekammer, wo Lucy ihre
Verführungskünste spielen ließ.

Ohne ein Wort nahm Helena Colin am Arm und zog ihn
mit aller Kraft weg.

Zu ihrer Überraschung schien Colin über die
Unterbrechung nicht verärgert. Er begrüßte sie sogar
freundlich: „Höllenfeuer."

Lucy jedoch sah so zufrieden aus wie eine nasse Katze.

Er lächelte. „Ich habe Euch schon überall gesucht."

„Wirklich?", murmelte sie, „ich lag nicht zwischen Lucys
Brüsten."

„Was?", fragte er lachend.

Kopfschüttelnd zog sie ihn in eine ruhigere Ecke der
Halle. „Ihr habt eine Schnittwunde", erklärte sie, obwohl es
nur ein Kratzer auf seiner Wange war, die er jetzt erst
entdeckte, als er mit dem Daumen darüber strich.

Er zuckte mit den Schultern, setzte sich aber auf die
Bank und erlaubte ihr, sich um seine Verletzung zu
kümmern.

„Was für ein Kampf. Ihr hättet es sehen sollen", sagte er
und sein Gesicht erhellte sich.

„Aye", nörgelte sie, „das hätte ich." Sie tupfte an seiner
Wunde. „Aber das habe ich nicht."

Er ergriff ihr Handgelenk. „Seid Ihr wütend?"

„Nay", antwortete sie zähnefletschend. „Es ist schon in
Ordnung, dass ich auf der Mauer auf der der Schlacht
abgewandten Seite postiert war." Sie zog ihre Hand weg
und fing wieder an, an seiner Wange zu tupfen. „Es ist in
Ordnung, dass ich auf den Mauern hin und her spazieren
gehen konnte ... während meine Landsleute in eine
großartige Schlacht verwickelt waren."

„Hey!" Er zuckte zusammen unter ihrer Behandlung,

die sich im gleichen Maß wie ihr Zorn intensivierte. „Ihr seid nicht einfach spazieren gegangen. Ihr habt Wache gehalten. Wenn unsere Reihen nicht gehalten hätten, wenn unsere Truppen gefallen wären ..."

„Hätte, hätte, hätte." Sie schnaubte zornig. „Ich habe den größten Teil meines Lebens damit verbracht, mich für den Krieg auszubilden und für was? Verdammt, ich habe die Schlacht noch nicht einmal *gesehen*."

„Ach Höllenkatze", seufzte er und ergriff ihr Kinn, „ich bin so dankbar, dass Ihr in Sicherheit wart. Ich könnte es nicht ertragen, wenn ..." Er erstickte fast an den Worten.

Obwohl sie sich zum Teil geschmeichelt fühlte und sich über seine Beichte freute, kochte sie immer noch vor Zorn. Sie nahm an, dass es ihre eigene Schuld war. Sie hatte nur versprochen, innerhalb der Burg zu bleiben, um sicherzustellen, dass Colin nicht in die Schlacht ziehen würde. Wenn er an der Schlacht, so verwundet wie er war, hätte teilnehmen wollen, fürchtete sie, dass er als erster gefallen wäre. Und das hätte sie zugrunde gerichtet.

Sie zog ihr Kinn aus seinem Griff. Es gab noch mehr Dinge, die ihr auf dem Herzen lagen. „Ich habe gehört, dass Euer Hauptmann jetzt der Burgherr ist."

"Aye, wie Euer Vater es wünschte."

Sie schaute hinüber zu ihrem Vater, der am Kamin saß und mit dem Lord von Lachanburn Bier trank. Sein Sturz musste etwas von seinem Verstand zurückgebracht haben. Aber sie hatte gemischte Gefühle bei seiner Entscheidung.

„Deirdre sollte die Herrschaft erben", murmelte sie.

„Scheinbar hat sie das." Er grinste. „Ich habe Pagan noch nie so verliebt gesehen. Zweifellos frisst er ihr aus der Hand."

Finster blickte Helena in Deirdres Richtung. Sie hatte

jetzt genug von Bonifaces Behandlung und stand entschlossen auf. Helena folgte ihrem Blick in Richtung Speisekammer. Zu ihrer Überraschung hatte Lucy ihre verführerischen Hände jetzt an Pagan gelegt. Schlimmer noch, es schien ihm nichts auszumachen.

„Verliebt", höhnte sie. „Wirklich?" Sie nickte zu der raffinierten Lucy.

Colins Augen funkelten wissend. Er hielt einen Finger hoch und bat sie zu warten, während er beobachtete, wie Deirdre hinüber zu dem Pärchen ging. Zu Helenas Leidwesen hatte Deirdre Pagan in kürzester Zeit dort weggeholt. „Tatsächlich." Er beugte sich zu ihr hin und murmelte: „Seht Ihr, wie glücklich verheiratet sie sind? Glaubt Ihr immer noch, dass Ihr Pagan Eurer Schwester wegnehmen könnt?"

Helena hätte alles gesagt, um diesen arroganten Blick aus seinem Gesicht verschwinden zu lassen. Schließlich verglich der Knappe ihre Fähigkeiten mit denen einer einfachen Küchenmagd. Sie schüttelte den Kopf. „Ich kann es und ich werde es tun."

KAPITEL 19

helena biss die Zähne zusammen und richtete den
Schild über ihrem Unterarm. Überall, wo sie an
diesem Morgen auf dem Weg zum Übungsplatz
hinschaute, hatte Rivenloch sich verändert. Innerhalb
von zwei Wochen hatten die Normannen ihre Spuren
hinterlassen. Die Hälfte der Außengebäude waren mit
frischem Holz verkleidet. Der bröckelnde Stein am
Brunnen war repariert worden. Frisch gehauene Steine
lagen wie riesige Zähne auf dem Rasen und warteten
darauf, gestapelt und in eine neue Mauer oder einen
Turm eingebaut zu werden. Im Taubenschlag gab es
tatsächlich Tauben, fremde Diener liefen durch die
große Halle und fremde Hunde schliefen bei den Hunden
von Rivenloch.

Helena hatte all diese Veränderungen schweigend zur
Kenntnis genommen. Sie nahm an, dass man sagen könnte,
dass sie der Verbesserung der Burg dienten. Aber wenn es
zum Befehl über die Ritter kam, deren Training, deren
Ordnung und Organisation immer ihre Aufgabe gewesen
waren, konnte sie nicht mehr schweigen. In ihrer
Abwesenheit war die Verteidigung der Burg ganz schnell

von den Schotten zu den Normannen übergegangen. Das erzürnte sie zutiefst.

Ihr Zorn wurde weiter von der Tatsache angestachelt, dass der eine Normanne, den sie liebgewonnen hatte, sich ihr gegenüber so kühl wie der Nordwind verhielt.

Sie wusste, dass sie selbst schuld war. Wenn sie nicht darauf bestanden hätte, dass sie immer noch plante, Pagan für sich zu gewinnen, hätte sie die vergangene Woche mit wesentlich angenehmeren Tätigkeiten verbracht, als auf dem Übungsplatz zu schmollen und die Diener zu schimpfen. Aber nay, sie hatte sich selbst zu einer Hölle von unerwidertem Verlangen verurteilt.

Und scheinbar gab es überall hinterhältige Erinnerungen an das, was ihr versagt war. Plötzlich stand Duftöl in ihrem Zimmer. Auf geheimnisvolle Art und Weise lag plötzlich ein neues Leinenunterkleid auf ihrem Bett als Ersatz für das, welches sie für die Verbände verbraucht hatte. Selbst zum Abendessen gab es Gerichte, die verdächtig an Colins Kochkünste erinnerten. Alles schien sie an Colin zu erinnern. Völlig frustriert erinnerte sie sich nur allzu gut an jede Einzelheit seiner warmen Haut, seines zärtlichen Blicks und des Geschmacks seines Mundes.

Bei Gott! Was war nur mit ihr passiert? Sie musste ihn aus ihren Gedanken verbannen. Wenn sie noch nicht einmal ihre Reaktion auf einen Mann kontrollieren konnte, wie sollte sie es dann schaffen, den Befehl über Rivenlochs Truppen zurückgewinnen?

Sie war wütend mit sich selbst, mit Colin, mit Pagan, mit allen Normannen und allen anderen um sie herum und sie spürte, wie der Zorn sie umhüllte, als sie den Übungskampf mit Deirdre begann. Sie knirschte mit den Zähnen, drehte sich, schlug nach vorn mit ihrer Klinge und trieb ihre

Schwester über das leere Übungsfeld mit zunehmend heftigen Schlägen zurück.

Als sie Deirdre am Zaun festgesetzt hatte, duckte diese sich schnell unter dem letzten Schlag und Helenas Klinge traf den Zaun, schlug gegen den Pfosten und halbierte ihn.

„Passt auf!", rief Pagan von der anderen Seite des Feldes. „Zerstört nicht meinen Zaun!"

Helena biss wieder auf die Zähne. Sein Zaun? Sie kochte vor Wut. Sie war versucht, den Zaun aus reiner Gehässigkeit in Stücke zu hacken.

Aber Deirdre antwortete ihm mit gespielter Empörung. „Den Zaun zerstören? Und was ist mit mir?"

Er lachte liebevoll. „Oh. Aye. Achtet bitte auch auf meine Frau."

Helena ärgerte sich. *Mein* Zaun. *Meine* Frau. Glaubte Pagan, dass ihm die ganze verfluchte Burg gehörte?

Sie schlug mit dem Schwert nach unten. „Wollen wir kämpfen oder schwätzen?"

Deirdre nickte und hob Schwert und Schild. Helena stürmte sofort nach vorn. Mit jedem Schlag verfluchte sie Pagan, weil er ihr Leben vollkommen auf den Kopf gestellt hatte.

Schnitt! Das war dafür, dass er ihr das Kommando genommen hatte. Stich! Das war dafür, dass er Lord Gellir die Burg entrissen hatte. Hieb! Hieb! Hieb! Und das war dafür, dass er aus ihrer Schwester ein liebeskrankes Kalb gemacht hatte.

Und wie immer war ihre Impulsivität ihr Niedergang. Als sie heftig nach vorne stieß, trat Deirdre zur Seite wobei sie ihr einen festen Stoß gab, der sie in den Zaun krachen ließ.

Deirdre lachte und reichte ihr dann die Hand. „Ruhig, Helena."

Helena war an diesem Morgen zu angewidert und erzürnt, um zu schimpfen oder Gnade zu ertragen. Sie schlug die Hand ihrer Schwester weg und stand auf.

„Noch einmal!"

Deirdre hob eine Augenbraue und machte sich wieder bereit und Helena versuchte, ihren Zorn zu kontrollieren und eine defensive Haltung anzunehmen.

„Hier ist ein Trick, den Pagan mir gezeigt hat", verkündete Deirdre und schlug diagonal nach unten von rechts, gefolgt von einem plötzlichen Stoß von links nach vorn. Es war eine kluge Bewegung. Es lag zwar nicht so viel Kraft darin, aber das wurde durch die Überraschung wettgemacht. Deirdre konnte es nur knapp vermeiden, Helena in die Rippen zu stechen.

Normalerweise hätte sie vor Freude gekreischt. Helena liebte es, neue Tricks zu lernen. Aber zu wissen, dass dieser von *ihm*, von Pagan, Deirdres neuem Herrn, gekommen war, dämpfte ihren Enthusiasmus.

„Willst du ihn lernen?", fragte Deirdre.

Helena schüttelte den Kopf und ging wieder in die Offensive, wobei sie vor Wut kochte. Sie schlug durch die Luft und stellte sich vor, dass sie Pagan in Streifen schneiden würde. Deirdre zog sich zurück, als die Klinge immer näher kam. Helena drehte sich und schwang ihr Schwert, wobei sie Deirdres Hals nur um wenige Zoll verfehlte. Deirdre sprang zurück und kam dann mit einem tadelnden Schubs mit ihrem Schild wieder vor.

„Es ist nur ein Übungskampf, Helena!", schimpfte sie. „Ich möchte meinen Kopf noch ein wenig länger behalten."

Helena runzelte die Stirn. Sie hatte ihren Zorn nicht an Deirdre auslassen wollen. Sie verabscheute Pagan. Ihre Schwester schien gar nicht zu merken, dass sie jetzt an der

Kette lag und wie ein Jagdhund zu Pagans Füßen gehalten wurde. In der Nacht nach der großen Schlacht hatte Helena geglaubt, dass er großen Respekt für Deirdre hatte. Er hörte auf ihren Rat und gab ihr den Befehl über einen Teil der Truppe. Jetzt erlaubte er ihr noch nicht einmal, dass sie mit ihren eigenen Männern Übungskämpfe durchführte. Und es schien ihr nichts auszumachen. Was war aus ihrer starken, entschlossenen und herrischen Schwester geworden?

Erneut hob Helena ihr Schwert und war entschlossen, ihre Gefühle dieses Mal unter Kontrolle zu halten. Sie wartete, dass Deirdre den ersten Stoß setzte.

„Hier ist ein weiterer Trick von Pagan", erklärte Deirdre.

Dass Helena danach die Fassung verlor, konnte man ihr wohl kaum zum Vorwurf machen. Pagan. Pagan. Pagan. Deirdre hätte genauso gut Salz in die Wunde streuen können.

Während Helena vor Zorn kochte, den Griff ihres Schwertes und ihres Schilds fest umklammerte, begann Deirdre mit einem schnellen Angriff, der Helenas Verteidigung aus dem Gleichgewicht brachte. Als Deirdre sie mit dem Rücken an den Zaun gedrängt hatte, trat sie heran und schob Helenas Klinge mit ihrem Schild zur Seite. Das Schwert fiel klirrend auf den Boden.

Selbst als Helena mit ihrer letzten Waffe, ihrem Schild, hervortrat, war Deirdre vorbereitet. Sie schob ihn mit dem Ellbogen weg und hob ihr Schwert mit der Spitze an Helenas Hals.

„Ha!", rief Deirdre triumphierend.

Helena kochte vor Zorn. Dieser verdammte Normanne! Das war nicht klug. Das war hinterlistig. Und es waren genau diese heimtückischen Vorgehensweisen, die Rivenloch zerstört hatten. Sie war erzürnt.

„Nun mach schon!", rief sie. „Bring es zu Ende!"

Deirdres Grinsen verschwand und verwandelte sich in einen düsteren Blick. Sie blinzelte. „Was?"

„Bring es zu Ende", krächzte sie. „Erlöse mich von dem Elend."

„Helena. Was zum Teufel ..."

„Töte mich jetzt einfach, damit ich nicht noch mehr davon aushalten muss."

„Von was zum Teufel sprichst du?"

„Hiervon!", sagte Helena und hob zornig die Arme „Diese langsame, stetige Invasion von Rivenloch. Verflucht! Die Burg sieht mit jedem Tag normannischer aus. Es ist lächerlich."

Deirdres Blick wurde kalt. „Und weiter."

„Und dieser Rohling, den du Ehemann nennst. Er kommandiert dich herum wie eine Dienerin, Deirdre. Es ist abstoßend."

Deirdres Augen glitzerten gefährlich.

Helena blickte auf den Stahl, der sich immer noch an ihrem Hals befand. „Töte mich oder ziehe deine Klinge zurück. Ich bin nicht dein Feind."

„Da bin ich mir nicht so sicher."

Helena keuchte. So etwas hatte ihre Schwester noch nie gesagt. „Oh Deirdre", sagte sie niedergeschlagen, „was hat der Teufel mit dir gemacht?"

Deirdres Blick wurde hart. Sie warf ihr Schwert weg und ergriff Helena an der Vorderseite ihres Wappenrocks, wobei sie sie nah zu sich heranzog. „Er ist kein Teufel und ich werde es nicht zulassen, dass du ihn so nennst, hörst du mich?"

Helena warf ihr einen feurigen Blick zu.

„Hörst du mich?", wiederholte Deirdre und schüttelte sie heftig. Bevor Helena antworten konnte, fuhr sie fort. „Und es ist nicht, was er mir angetan hat. Es ist, was er *für* mich getan hat. Und für dich, du undankbare Jammergestalt."

Helena schwieg erschrocken.

„Du warst nach der Schlacht dabei. Hast du nicht seine Verletzungen gesehen? Seine Wunden? Seine gebrochenen Knochen?", fragte Deirdre. „Die hat er für Rivenloch erlitten. Er wäre ..." Überwältigt von ihren Gefühlen erstickte sie fast an den Worten. „Er wäre für dich gestorben, Helena."

Helena war wie vor den Kopf geschlagen, während Deirdres Augen sich mit trotzigen Tränen füllten.

„Und du kannst an nichts anderes denken", fuhr sie fort, „als an deine selbstsüchtigen Wünsche. Aye, die Dinge haben sich geändert. Aye, ich höre auf das, was Pagan sagt. Nicht weil ich seine Dienerin bin, sondern weil er weise ist."

„Er hat einen Graben zwischen uns getrieben", murmelte Helena.

„Wenn es einen Graben zwischen uns gibt, dann bist du dafür verantwortlich, nicht Pagan."

Helena schluckte. Deirdres Worte trafen sie ins Herz. Und da ihre Nerven blank lagen, merkte sie, wie die Tränen ihr in die Augen stiegen.

Deirdre seufzte und ließ sie mit einem Fluch los. Dann begann sie Helenas Wappenrock wieder gerade zu ziehen. „Hör mir zu, Hel", sagte sie ruhiger, „ich bitte dich nur, dass du versuchst, dich mit ihm zu vertragen. Für mich."

Rebellion kam Helena in den Sinn. Warum sollte sie diejenige sein, die sich vertragen musste?

Deirdre hob eine Augenbraue und einen Augenblick lang erblickte Helena die unnachgiebige Kriegerin, die sie einst gewesen war. „Tatsächlich", sagte Deirdre, „befehle ich es."

Helena schaute finster, aber schließlich nickte sie zögerlich. Das war nicht das Ergebnis, dass sie sich erhofft hatte. Aber in einer Sache war sie jetzt beruhigt. Deirdre war immer noch die gleiche kräftige und willensstarke Gegnerin wie zuvor. Sie hatte immer noch Kampfeslust in sich.

Eine Woche lang hielt Helena ihr Versprechen. Sie gab sich zwar keine große Mühe, sich mit Pagan anzufreunden, aber sie beschwerte sich auch nicht mehr über ihn. Sie schaffte es sogar, sein Lächeln mit einem höflichen Nicken zu erwidern. Und sie hörte auf, seine Befehle bei jeder Gelegenheit zu widerrufen.

Eine Woche lang ging sie ihm aus dem Weg.

Eine Woche lang verhielt sie sich respektvoll und höflich.

Und dann am achten Morgen kam die schlechte Nachricht.

Helena stapfte die Treppe hinunter und schlug mit der Rückseite ihrer Faust gegen die Steinmauer. „Verflucht!"

Sie nahm an, dass sich jeder andere über die Ankündigung gefreut hatte. Miriel strahlte vor Freude. Sung Li lächelte weise. Und Deirdre ... Deirdre leuchtete.

Aber für Helena bedeutete die Tatsache, dass ihre Schwester schwanger war und im Frühling ihr Kind zur Welt bringen würde, nichts als Ärger.

Schon jetzt beugte sich Deirdre wie ein Zweig unter Pagans Einfluss, hörte auf seine Ideen und seine Ratschläge, machte Kompromisse und gab seinem Willen nach.

Und jetzt das noch ...

Die Schwangerschaft würde Deirdre brechen und das zerstören, was von ihrer Führungskraft übrig war und sie zu einer gurrenden Mutter machen, die lieber ihr Baby säugte als ein Schwert zu schwingen.

Wieder schlug sie gegen die Wand und schrammte sich dieses Mal ihre Fingerknöchel. Tränen stiegen ihr in die Augen; diese waren nicht das Ergebnis von Schmerz sondern von Verlust, denn die selbstsüchtige Wahrheit war, dass Helena jetzt keinen Übungspartner mehr hatte. Deirdre, ihre wilde Kriegerschwester, zu der sie aufgesehen hatte, war für immer weg.

Helena saugte an ihrem blutigen Fingerknöchel und schwor sich. Sie würde es niemals zulassen, dass ein Mann sie so veränderte, wie Pagan das mit Deirdre gemacht hatte.

Niemals.

Der Übungsplatz war so belebt wie an einem Markttag und der Geruch von Staub und Stroh und dem Schweiß von Männern und Tieren hing in der Luft. Pferde schnaubten bei den Befehlen ihrer Herren. Ruppige Männer schimpften die jungen Knappen, die sie zu Kriegern ausbilden sollten. Kleine Jungen übten ihre bösartigen Flüche, während sie mit Stroh- und Lederpuppen kämpften.

Als sie auf dem Platz auf Pagan zuging, fielen Helena mehrere Flüche ein, die sie gerne benutzt hätte.

Jedoch lag dies nur daran, weil sie sich über Deirdres Zustand ärgerte. Mehr nicht, sagte sie sich selbst. Ihre schlechte Laune hatte nichts damit zu tun, dass sie Lucy in der Nähe der Speisekammer gesehen hatte, die ihre Hand an die Vorderseite von Colins Hosen legte.

Sie stellte sich neben Pagan, der mit verschränkten Armen am Zaun stand und die Übungskämpfe genau beobachtete.

„Kämpft mit mir", sagte sie gespannt.

Er schien sie nicht zu hören und schaute den Kämpfen auf dem Platz zu.

Sie sprach lauter: „Kämpft mit mir."

„Was?", fragte er abwesend und starrte immer noch auf das Feld, wobei seine Aufmerksamkeit auf die Kämpfe konzentriert war. „Rauve! Sorgt dafür, dass Kenneth seinen Schild höher hält!"

Sie folgte seinem Blick. „Ich sagte, kämpft mit mir."

„So nicht!", rief er. „Benutzt Eure Schulter!"

Er streckte die Hand über seinem Bauch aus und begann, sein Schwert zu ziehen. Erst dann legte er eine Hand auf den Griff und schenkte ihr seine Aufmerksamkeit. „Was?"

„Kämpft. Mit. Mir."

Er musterte sie von Kopf bis Fuß, als wäre sie ein anstrengendes Kind. „Helena."

Selbst dieses eine Wort hörte sich herablassend an. Aber jetzt hatte sie genug davon. Seit Pagan gekommen war, hatte er die Übungseinheiten übernommen und Deirdre und Helena verboten, mit irgendjemandem zu kämpfen. Deirdre hatte es zugelassen und Helena hatte ihr Versprechen gehalten, dass sie versuchen würde, sich vernünftig zu verhalten. Aber nun, da Deirdre schwanger war und sich weigerte, überhaupt zu kämpfen, konnte Helena nicht mehr schweigen.

Sie hatte an diesem Morgen alles versucht, die Ritter von Cameliard zu beleidigen und die Männer von Rivenloch zu bestechen. Sie versuchte sogar, Streit mit den

Normannen vom Zaun zu brechen. Aber ganz gleich, wie sehr sie auch neckte oder herausforderte oder herabsetzte, keiner wollte mit ihr kämpfen.

„Habt Ihr Angst, gegen eine Frau zu kämpfen?", höhnte sie. „Habt Ihr meine Schwester deswegen geschwängert? Weil Ihr nicht gegen ein Weib verlieren wolltet?"

Pagan schaute verblüfft und Helena überlegte, ob sie wohl zu viel gesagt hatte. Aber dann kam ihr wieder das Bild von Colin und Lucy in den Sinn und der Zorn stieg erneut in ihr auf.

„Was seid Ihr Normannen doch verfluchte Feiglinge!"

Er schaute finster, aber nicht aus Zorn. Eher aus Unbehaglichkeit. Ihre Worte waren ihm unangenehm, mehr nicht. „Helena. Schwester. Ihr müsst nicht ..."

„Nennt mich nicht Schwester!", zischte sie.

Die Kämpfer auf dem Feld stellten langsam ihre Kämpfe ein und wandten sich diesem neuen Spektakel neugierig zu. Es machte Helena nichts aus. Sie würde auch gegen alle kämpfen.

„Ich bin eine Kriegerin von Rivenloch", verkündete sie und durchbohrte ihn mit einem Blick, „und ich fordere Euch zum Kampf heraus!"

Sie zog ihr Schwert. Zu ihrem Ärger zog Pagan seins nicht, sondern hob nur die Handflächen in einer Geste des Friedens. „Ich ..." Er räusperte sich und fühlte sich offensichtlich unbehaglich angesichts ihrer Herausforderung. „Hört mir zu, Mylady", sagte er leise. „Ich weiß dass Ihr das Übungsfeld, die Schwertkämpfe und die Übungskämpfe vermisst. Aber ich kann nicht Euer ... Übungspartner sein."

„Niemand anders kämpft mit mir." Zu ihrer Demütigung brach ihre Stimme bei diesen Worten. „Dank Euch und Euren verdammten neuen Regeln."

Er schien immer noch nicht beleidigt zu sein. Er strich sich über das Kinn und dachte sorgfältig über ihre Worte nach. Dann verschränkte er entschlossen die Arme. „Colin", sagte er. „Colin wird mit Euch kämpfen."

Tränen stiegen in ihr auf und sie kämpfte, um sie zurückzuhalten. „Er ... er schwingt seine Klinge woanders", brachte sie heraus und hob stolz ihr Kinn.

Obwohl sie weiter nichts sagte, wusste Pagan, was sie meinte. Nach einer langen, nachdenklichen Pause nickte er. „Also gut", sagte er seufzend. „Ich werde mit Euch kämpfen, aber ..."

Sie schaute finster. „Aber was?"

„Ihr dürft Eurer Schwester nichts davon erzählen. Deirdre würde nur neidisch sein." Er zog sein Schwert. „Ich will nicht, dass sie in Versuchung gerät zu kämpfen. Das würde unser Kind gefährden."

Helena schaute ihm in die Augen, als würde sie ihn zum ersten Mal sehen. Da war eine innere Güte, die seine Handlung schon fast verzeihbar machte.

Was den Schwertkampf betraf, stellte sich heraus, dass er ein hervorragender Kämpfer war. Während Helena schlug, sich drehte und duckte und stieß und ihr vom Kampf warm wurde, begann sie, ihr Gefecht zu genießen. Pagan hielt sich zurück und doch konnte sie ihn ein oder zweimal mit Tricks überraschen, die ihn zum Lachen brachten und ihr seine Hochachtung für ihren Erfinderreichtum einbrachten.

Tatsächlich verbrachte sie eine so angenehme Zeit, dass sie schon fast einen bestimmten, herumtreiberischen Normannen, den sie in der Speisekammer gesehen hatte, vergessen konnte. Fast.

Colin verfluchte das freche Weib, Lucy Campbell, den ganzen Weg zum Übungsfeld. Die hinterlistige Dienerin musste gewartet haben, bis sie Helena sah, um dann ihre Hand in seine Hose zu stecken. Er hätte wissen müssen, dass die Dienerin nichts Gutes im Sinn hatte, als sie ihm zugewinkt hatte, dass er ihr helfen sollte, „ihr Konfekt zu süßen".

Es war zum Teil auch seine Schuld. Er hatte sich angewöhnt, Lucy zu besuchen, um ihr zu zeigen, wie seine normannischen Lieblingsgerichte, die Helena an ihn erinnern würden, gekocht wurden. Es war normal, dass die dumme Dienerin diese Besuche als etwas mehr deuten würde. Und jetzt hatte sie den schlechtesten Augenblick gewählt, um sich Freiheiten herauszunehmen.

Natürlich hatte er ihre Hand sofort vorsichtig, aber bestimmt herausgeholt, aber zu dem Zeitpunkt war der Schaden schon angerichtet worden. Er hörte, wie die Tür der großen Halle geöffnet wurde und sah gerade noch Helenas rotbraunen Zopf, bevor sie wieder zugeschlagen wurde.

Er nahm an, dass Helena zum Übungsfeld gehen würde. Seit Tagen war sie in der Burg auf- und abgelaufen und war so reizbar wie ein eingesperrter Wolf gewesen. Er wusste genau, wie sie sich fühlte. Vielleicht kannte sie den Namen für ihre Rastlosigkeit nicht, aber er kannte ihn. Es handelte sich um unerwiderte Lust.

Für diese Krankheit gab es nur zwei Heilmittel. Das bevorzugte Heilmittel war *erwiderte* Lust. Das andere war ein heftiger, hitziger Kampf bis auf die Knochen. Und wenn man bedachte, dass sie gerade den Mann, der ihr einen Antrag gemacht hatte, in den Armen einer anderen Frau gesehen hatte, war er sich recht sicher, dass sie zum Übungsfeld gehen würde. Was ihn fürchterlich ärgerte.

Verflucht, er hatte gehofft, sie schon bald in seinem Bett zu haben.

Er ging davon aus, dass sie inzwischen die Idee, Pagan zu heiraten aufgegeben hatte und sich damit abgefunden hatte, dass ihre Schwester glücklich verheiratet war. Außerdem hatte Deirdre an diesem Morgen verkündet, dass sie schwanger war. Sicherlich glaubte Helena nicht, dass sie jetzt noch den Platz ihrer Schwester einnehmen könnte.

In dem Augenblick, als er sie auf dem Übungsfeld sah, rutschte ihm das Herz in die Hose. Helenas Gesicht war zu einem erfreuten Grinsen verzogen, als sie Pagan an der Schulter knuffte. Pagan gab vor, von ihrem Schlag eine große Verletzung erlitten zu haben, taumelte und Helena lachte über seine Albernheiten. Sie sahen so fröhlich und vertraut aus wie alte Geliebte. Dann hob Helena wieder ihr Schwert und sie begannen, ernsthaft zu kämpfen.

Sie sprang, rollte sich, tauchte ab und duckte sich und es war so unterhaltsam anzusehen wie bei einem Akrobaten. Und Pagan schien von ihrem einzigartigen Stil verzaubert zu sein und beobachtete sie fasziniert, selbst, wenn er jeden ihrer Angriffe parierte.

Fast jeden Angriff, berichtigte sich Colin, als Pagan stürzte und viel Staub aufwirbelte.

Als sich der Staub setzte, lachte Pagan herzlich, als Helena triumphierend ihren Fuß auf seine Brust setzte. Dann streckte sie ihren Arm aus, um ihm hoch zu helfen. Einen kurzen schrecklichen Augenblick lang überlegte Colin, ob Pagan sie hinunter auf sich ziehen würde.

Colin hätte es getan. Eine so schöne, lüsterne und beherzte junge Frau wie Helena war unwiderstehlich.

Es war schmerzhaft zuzuschauen. Er versuchte, den

Blick abzuwenden, konnte es aber nicht.

Er vermutete, dass es mehr war als nur ein freundliches Gefecht. Pagan hatte Colin anvertraut, wie der Kampf das Blut seiner Frau erhitzte und dass es sich als ein besseres Werkzeug der Verführung herausgestellt hatte als Wein, Küsse oder süße Worte. Und scheinbar hatte Helena die richtige Kombination aus Charme und Unschuld gefunden, um auch Pagan zu verführen.

Letztendlich widerstand Pagan der Versuchung. Als er auf die Füße kam, tätschelte er Helena spielerisch an der Wange.

Colins Herz schlug dumpf in seiner Brust. Er wandte sich um und marschierte mit schweren Schritten weg, da er nicht mehr zuschauen konnte. Er hatte gewusst, dass Helena vorhatte, Pagan zu verführen. Und er hatte gewusst, dass wenn sie es sich fest vorgenommen hatte, sie auch dazu in der Lage wäre. Aber er hatte die Schmerzen nicht vorausgesehen, die er erleiden würde, wenn er ihr dabei zusah, wie sie Erfolg hatte.

Er biss die Zähne zusammen und ging zielstrebig zur Burg. Er sollte zufrieden sein. Schließlich wollte Helena ihn offensichtlich nicht heiraten. Das bedeutete, dass er nicht mehr gezwungen war, als Ehrenmann zu handeln. Er hatte die Freiheit, bei jeder Frau zu liegen, die ihm gefiel.

Je früher er damit anfing, sagte er sich, desto schneller würde der Herzschmerz verschwinden. Er beabsichtigte, so viele Mädchen wie möglich zu vögeln und bei so vielen Weibern zu liegen, dass Helenas geliebtes Gesicht in einem Meer weiblicher Gesichter verschwand.

Er würde mit Lucy anfangen.

Helena schlug den Staub aus ihrem Wappenrock, als sie mit großen Schritten über den Burghof zur Burg ging. Ihre Sinne waren geschärft und ihr Herz schlug heftig. Bei Gott, sie hatte sich nicht so lebendig gefühlt seit ...

Seit sie bei Colin gelegen hatte. Bei der Erinnerung errötete sie.

Tatsächlich hatte der Kampf ihr sehr geholfen, ihren Zorn auf Colin wegen seines Fehltritts zu mildern. Nach der Anstrengung hatte sie wieder einen klaren Kopf und konnte die Dinge mit mehr Vernunft betrachten.

Sie hatte Colin jetzt seit fast einem Monat nicht mehr angerührt. Nicht, dass sie sich nicht danach gesehnt hätte. Oh Gott, manchmal sehnte sie sich so sehr nach seinem Kuss, dass sie sich die Lippen leckte, wenn er in der Nähe war. Und wenn sie ihn auf dem Übungsfeld sah, wenn er manchmal nur ein dünnes Leinenhemd über seiner Brust trug, sehnte sie sich danach, seine Muskeln mit ihren Händen zu streicheln.

Aber sie hatte sich geschworen, dass sie nicht wie Deirdre von einem Mann gezähmt enden würde. Colin hatte sich geweigert bei ihr zu liegen, solange sie behauptete, dass sie vielleicht doch Pagans Frau werden würde. Aber das hieß nicht, dass er nicht bei anderen Frauen liegen würde, so lange er wartete. Und welches Recht hatte Helena, ihn davon abzuhalten? Sein Körper gehörte ihr nicht.

Falls Colin beschloss, die dumme Lucy mit dem riesigen Busen zu vögeln, konnte er sie gerne haben.

Sie runzelte die Stirn und blieb am Taubenschlag stehen und schlug ihre Handschuhe gegen ihren Oberschenkel.

Verdammt, wem machte sie hier etwas vor? Sie könnte den Gedanken nicht ertragen, dass Colin seinen herrlichen

Körper mit einer anderen Frau teilte. Schon gar nicht mit einer Frau, die seine anderen feinen Eigenschaften – seinen Intellekt, seine Schlagfertigkeit, seine Freundlichkeit, seine Ehre – nicht wertschätzen könnte.

Mit einem entschiedenen Seufzen ging sie weiter über den Burghof an den Handwerkern und der Kirche vorbei. Als sie die Burg erreicht hatte, hatte sie eine Entscheidung getroffen. Nur, weil sie Colin nicht heiraten wollte, bedeutete das ja nicht, dass sie nicht bei ihm liegen könnte. Sie hoffte nur, dass es nicht schon zu spät war.

„Lucy!", rief sie, als sie eintrat. Ein paar Diener, die in der großen Halle aufräumten, und auch die Hunde in der Ecke sahen hoch, aber Lucy war nirgendwo zu sehen. „Lucy!", rief sie. „Kommt sofort hierher!"

Wie Helena hätte vorher sagen können, kam Lucy aus der Speisekammer mit zerzausten Haaren und einem Surcot, das ihr über eine Schulter herunterhing.

„Aye, Mylady?", sagte sie außer Atem

„Geht und macht den Taubenschlag sauber."

Lucy kniff mürrisch die Augen zusammen und murmelte etwas leise vor sich hin, traute sich aber nicht, der Burgherrin zu widersprechen „Aye, Mylady", sagte sie angespannt und warf einen verstohlenen Blick zur Speisekammer, bevor sie ihre Röcke hob und zur Tür schritt.

Helena verschränkte die Arme, beobachtete den Eingang zur Speisekammer und wartete, dass Colin hervortrat. Aber zur Überraschung war der Junge, der einen Augenblick später herausstolperte, einer von Pagans Dienern.

„Soll ich auch den Taubenschlag sauber machen, Mylady?", fragte er hoffnungsvoll, wobei er seine Hosen zuband.

„Wohl kaum." Sie schaute sich mit finsterem Blick in der Halle um. „Sagt mir, habt Ihr Colin du Lac gesehen?"

„Nay, Mylady." Er lächelte verlegen. „Aber ich war auch ... em ... beschäftigt."

Helena entließ ihn und schaute sich weiter in der großen Halle um. Wo würde er hingehen?

Sie schaute zu der Treppe, die zu den Speisekammern führte. Nach dem Übungskampf heute Morgen war sie hungrig. Vielleicht sollte sie sich ein Stück Käse holen, bevor sie nach ihm suchte.

Als sie die Treppe hinunterging, hörte sie ein Kratzen am unteren Treppenabsatz. Das war wahrscheinlich Miriel. Sie verbrachte recht viel Zeit in ihrem Arbeitszimmer, wo sie sich um die Wirtschaftsbücher kümmerte. Trotzdem legte Helena eine Hand an den Griff ihres Schwertes, als sie die Treppe hinunterschlich.

Es war dunkel. Die Fackeln an der Wand waren nicht entzündet. Miriel hätte sie angezündet.

Beim nächsten Kratzen zog sie ihr Schwert. Wer war da unten? Sicherlich würde niemand, der Gutes im Schilde führte, hier in der Dunkelheit ausharren wollen.

Wie eine Katze ging sie die letzten drei Treppen in die Dunkelheit hinunter.

Plötzlich ergriff jemand sie um die Taille. Ihr Herz raste. Sie hob ihr Schwert, aber so nah konnte sie nichts weiter tun, als den Griff auf die Schulter ihres Angreifers zu schlagen.

Er stöhnte vor Schmerz und ließ sie sofort los. „Scheiße!"

Helena runzelte die Stirn. „Colin?"

„Helena?", keuchte er.

„Was zum Teufel ..."

„Verdammt, Weib. Warum habt Ihr das getan?"

„Ihr könnt von Glück sagen, dass ich Euch nicht durchbohrt habe. Was macht Ihr hier, ganz allein im Dunkeln?"

Seine Stimme klang bitter. „Wer sagt denn, dass ich alleine war?"

„Ich ..." Sie schaute finster. Vielleicht *war er gar nicht* allein. Vielleicht war eine seiner Geliebten selbst jetzt hier bei ihm in der Dunkelheit.

Es machte nichts aus, sagte sie sich. Sie hatte etwas zu sagen, und sie beabsichtigte, es zu tun. Sie war eine Kriegerin von Rivenloch und sie beabsichtigte nicht, vor einer kichernden Dienerin zu fliehen, nur weil sie sie beim Vögeln gestört hatte.

Außerdem war sie sich ziemlich sicher, dass Colin sie täuschte.

„Hört mir zu. Ich bin gekommen, um Euch zu sagen, dass ich ..." Sie steckte ihr Schwert in die Scheide. „Ich habe mich entschieden. Ich werde Pagan nicht heiraten."

Sie konnte sein Grinsen hören. „Wirklich?"

Sein kühler Tonfall überraschte sie. „Aye, wirklich. Ich dachte, es würde Euch freuen."

„Freuen?"

Er war jetzt näher gekommen. Sie konnte ihn immer noch nicht sehen, aber der Duft von Zimt hing auf seiner Haut – dunkel, maskulin und exotisch.

„Aye", sagte sie und atmete den angenehmen Geruch ein.

„Und warum sollte ich mich freuen?"

Sie spürte die Hitze seines Atems auf ihrem Hals. „Ihr sagtet, dass Ihr nicht bei der Frau eines anderen Mannes liegen würdet." Sie schloss die Augen. Oh Gott, sie hatte vergessen, wie verführerisch er war ... seine Stimme, sein Duft und seine Wärme. „Aber jetzt ist alles in Ordnung. Ich beabsichtige nicht, Pagans Frau zu werden."

„Ehefrau? Geliebte? Wo liegt der Unterschied?", murmelte er und atmete tief ein an ihrem Haar. „Der Duft von Pagan hängt an Euch."

Eine Welle der Lust überkam sie und machte sie schwindelig und sie lehnte sich an ihn. „Das ist nur der Duft des Schwertkampfes, mehr nicht." Sie drehte ihren Kopf und versuchte ihn zu küssen, aber er zog zurück.

„Schwertkampf oder Liebesspiel?"

Sie ignorierte seine Frage und sagte leise: „Oh Colin, ich habe Euch vermisst. Erinnert Ihr Euch an den Geschmack meiner Lippen?" Sie streckte die Hand hoch, legte sie um sein Kinn und murmelte: „Hier. Lasst mich Euch erinnern."

Er erstarrte bei ihrer Berührung. „Ich werde Euch nicht mit einem anderen teilen."

Die Art und Weise, wie ihre Haut kribbelte und ihr Mund nach seinem hungerte, ließ es nicht zu, dass sie ein nay als Antwort akzeptieren konnte. „Beim Kreuz, habt Ihr mir nicht zugehört? Es gibt *keinen* anderen." Sie ergriff ihn am Nacken und gab ihm einen trügerisch zärtlichen Kuss.

Für einen winzig kleinen Augenblick weigerte sich Colin, Helenas verführerischen Machenschaften zum Opfer zu fallen. Aber als er erst einmal den Honig ihrer Zunge geschmeckt hatte, den verführerischen Duft von Schweiß und Kettenhemd an ihr gerochen hatte und die lüsterne Hitze ihres Verlangens spürte, war er ein verlorener Mann.

Er stöhnte und erwiderte ihren Kuss. Seine Sinne wurden nach ihrem Belieben herumgewirbelt wie die Blätter im Herbst, als sie ihre beharrlichen Lippen auf seine drückte.

Plötzlich macht es nichts mehr aus, dass er ihrer Liebe abgeschworen hatte, dass er hier auf Lucy gewartet hatte. Alle seine vernünftigen Absichten verflogen, als er in einer Wolke der lüsternen Erinnerung davongefegt wurde. Oh aye, er erinnerte sich an den Geschmack ihrer Lippen. Er erinnerte sich an den Geschmack ihres ganzen Körpers.

„Es gibt nur Euch", murmelte sie.

Und bei Gott, er glaubte ihr. Ihre Worte hörten sich lieblich und rein wie ein Versprechen von Herzen an.

Die Abstinenz hatte sein Verlangen geschärft und ihr leises Stöhnen, als ihre Finger durch seine Haare strichen, ließ seine Sehnsüchte außer Kontrolle geraten. Er nahm ihren Kopf zwischen seine Hände und legte seinen Mund auf sie, um den Kuss zu vertiefen, wobei er seine Zunge in sie hineintauchte, um ihren süßen Nektar zu probieren.

Dann senkte sie ihre Hände, um sich an seinem Gürtel zu schaffen zu machen und er knurrte zustimmend. Innerhalb eines Augenblicks glitt das Leder von seinen Hüften. Und dann strich sie ohne Vorspiel mit ihrer Hand über seinen Bauch und tiefer, wobei sie ihre Handfläche frech gegen ihn drückte. Erstaunt atmete er ein und Helenas Verlangen wurde von seinem offensichtlichen Bedürfnis nach ihr noch mehr angefeuert und sie stöhnte vor Vergnügen. Ihre Küsse wurden dringlich, dann fiebrig und dann hektisch, bis sie ihm aus Versehen auf die Lippe biss.

Er zuckte zurück und sie murmelte eine Entschuldigung. Aber sein Appetit nach ihr schwand nicht im Mindesten.

Er ergriff sie an den Schultern und drückte sie hoch gegen die kalte Kellerwand. Dort hielt er sie mit seinem Unterarm auf ihrem Schlüsselbein und benutzte seine freie Hand, um ihren Schwertgürtel zu öffnen.

„Nehmt mich!" beharrte sie.

Er lachte. „Geduld", atmete er und überlegte, wie lange *er* dann wohl noch warten könnte. Ihre Lüsternheit machte ihn verrückt.

„Aber ich will Euch jetzt", beharrte sie.

Er zitterte vor Verlangen. „Eure Rüstung ..."

„Oh Mist!"

Sein Mund verzog sich zu einem leichten Grinsen. Wenn er nicht selbst so verzweifelt gewesen wäre, hätte er ihre Ungeduld amüsant gefunden. Aber es würde beträchtliche Zeit dauern, ihr das Kettenhemd auszuziehen. Länger, als einen geeigneten Ort für das Beiliegen zu finden. Außer, wenn ...

„Zieht Eure Unterhose aus", murmelte er.

Bevor er den Vorschlag auch nur zu Ende vorgetragen hatte, wühlte sie bereits unter ihrem Kettenhemd.

Er trat zurück, um seine Hose schnell aufzubinden und ließ sie um seine Knöchel fallen. Er hatte es noch nie mit einer Frau im Kettenhemd getrieben, aber er hatte Frauen gegen eine Wand genommen, wenn nur wenig Zeit war und das Bedürfnis sehr stark.

„Haltet Euch an mir fest", sagte er ihr als sie sich ihrer Unterwäsche entledigt hatte.

Sie schlang die Arme um seinen Hals und er drückte sie gegen die Wand. Dann nahm er einen Arm unter ihr Bein und hob es an um seine nackte Taille. Das Kettenhemd rutschte an ihrem erhobenen Oberschenkel hoch. Er hob ihr anderes Bein und sie keuchte, als sie seine Absicht erkannte und schlang ihre Gliedmaßen eifrig um ihn. Das Kettenhemd rutschte leicht aus dem Weg - weit genug, um ihm Zugang zu dem Teil von ihr zu gewähren, der sich am meisten nach ihm sehnte.

Und dann drückte er sich vor und tauchte in ihre einladende Weichheit. Sie schrie vor Überraschung auf und drückte ihre Fersen fest auf seinen Po und umhüllte ihn tief und vollständig.

Sie tanzten mit wilder Anmut begleitet vom Klirren des Kettenhemds, immer schneller, bis Colin spürte, wie eine stetige Hitze in sein Blut stieg, als wenn die Reibung ein Feuer in ihm entzündete.

Helena hielt sich an ihm fest wie Moos an einem Fels, während ihr Kettenhemd an der Steinmauer schabte. Ihr Keuchen erfüllte die Luft und war wie Musik in seinen Ohren, während sie ihre Fingerspitzen in seine Schultern grub. Sie vergrub ihr Gesicht an seinem Hals. Ein oder zweimal spürte er das Zwicken ihrer Zähne, als würde sie gegen den primitiven Drang kämpfen, sich an ihm zu laben.

Aber wie lange er sein Verlangen noch hinauszögern könnte, wusste er nicht. Er zitterte vor Anstrengung und keuchte, wobei er versuchte sein Verlangen einzudämmen. Schließlich gab Helena einen Schrei von sich und erstarrte, als sie ihre Erlösung fand und Colin folgte ihr auf dem Kamm der Welle. Er bebte, während sie immer wieder gegen die Kellerwand stießen. Schließlich entspannte sie sich an ihm und auch er gab auf, nachdem er seine Kraft und seinen Samen abgegeben hatte.

Im Nachspiel der Leidenschaft neigte er seinen Kopf und küsste sie auf die Stirn. „Jetzt erinnere ich mich", murmelte er.

Und dann so plötzlich wie ein Blitz an einem ruhigen Sommerabend bewegten sich die Schatten auf der Wand. Jemand kam die Treppe mit einer Kerze herunter. Verdammt!

"Psst! Sir Colin", flüsterte jemand die Treppe hinunter.

Helena erstarrte an ihm.

„Scheiße!", zischte er. Es war Lucy. „Ich bin ... beschäftigt", rief er nach oben.

Aber Lucys Eifersucht war bereits erregt und sie war schon halb die Treppe hinuntergekommen. Vorsichtig löste er sich von Helena und ließ sie auf dem Boden herab und er konnte gerade noch seine Hosen hochziehen, als sie ankam.

Lucy erschien im Gang mit zornigem Blick. Sie kniff die Augen zusammen. „Beschäftigt? Seid Ihr das wirklich?" Sie streckte die Kerze vor. „Und wer ist die ..." Ihr offener Mund bildete einen perfekten Kreis vor Überraschung, als sie ihre Herrin sah. Und dann begann sie zu plappern wie ein nervöses Eichhörnchen, während die Flamme der Kerze entsprechend flackerte. „Entschuldigung, Mylady, Mylord. Ich bin nur gekommen, um Euch, Colin ... Sir Colin zu sagen, dass ich Euch wegen der Aufgabe, um die Ihr mich gebeten habt, nicht treffen kann, weil ich jetzt damit beschäftigt bin, den Taubenschlag sauber zu machen, wie Mylady befohlen hat."

Sie knickste ein paar Mal und floh dann nach oben, wobei sie die Kerze mitnahm.

Colin konnte sich schon fast vorstellen, wie sie jedem, den sie traf von der lüsternen Lady Helena und ihrem Treiben im Keller erzählen würde.

„Es tut mir leid", sagte Colin und band seine Hose zu. „Ich gehe ihr nach und stelle sicher, dass sie nicht tratscht."

Aber Helena legte ihre Hand auf seine und hielt ihn zurück. „Das wird sie nicht. Sie weiß, dass ich sie sonst den Taubenschlag ein Jahr lang jeden Tag saubermachen lasse." Und dann nahm sie seine Hände weg und zu seiner Überraschung löste sie die Bänder, die er gerade festgezogen hatte. „Kommen noch mehr Weiber", murmelte sie, „oder haben wir den Keller jetzt für uns allein?"

Er grinste.

Sein Bedürfnis war nicht mehr ganz so eilig jetzt und er nahm sich Zeit mit ihr, zog ihr das Kettenhemd aus und küsste sie zärtlich; dann streckte er sich auf dem Steinboden aus, so dass sie bequem auf ihm liegen konnte. Er merkte, dass seine Sinne in der Dunkelheit geschärft waren. Ihre Berührung erregte seine Haut und seine Ohren spitzten sich bei ihrem Flüstern und ihren Schreien und seine Nase flatterte nach ihrem Duft. Und als sie zusammen zum Höhepunkt kamen wie helle Engel, die dem Inferno des Verlangens entkamen und hoch in den Himmel stiegen, schwor er, dass er sogar ihre Seele schmecken könnte.

KAPITEL 20

helena fühlte sich, als würde sie in der Luft tanzen. Jedes Mal, wenn sie und Colin sich liebten, hatte sie anschließend dieses berauschende, belebende und beglückende Gefühl. Es war kaum zu glauben, dass es schon fast drei Monate her war, seit sie sich das erste Mal in der Kate im Wald geliebt hatten. Seither hatten sie es überall getan – im Taubenschlag, der Schreinerei, dem See, ihrem Zimmer, seinem Zimmer, im Wald und einmal sogar in einem Schrank. An diesem September Morgen begrüßte die Sonne sie oben auf dem neuen Westturm, wo sie sich auf dem duftenden Holz des erneuerten Bodens geliebt hatten.

Während Colin noch faul zwischen den Fellen lag, lächelte Helena ihn kokett an und stand dann auf, um sich anzukleiden. Sie wurde seiner Aufmerksamkeit nie müde, selbst wenn der Zeitpunkt oder der Ort ungünstig waren. Und Colin schien willens, jeder ihrer Launen beim Beiliegen nachzukommen.

Sie schwor sich, wenn Sie ihn jemals in einer dunklen Ecke mit Lucy Campbell erwischen würde, sie ihr eifersüchtiges Herz ignorieren würde. Schließlich wusste sie, dass sie nicht das Recht hatte, selbstsüchtig zu sein und ihn für sich allein zu beanspruchen, da sie immer noch nicht plante, ihn zu heiraten. Aber tief in ihrer Seele betete sie, dass er keine Freude an anderen Frauen finden würde und sie träumte, dass er sich nur für sie allein aufsparte.

Was Helena betraf, gab es keinen anderen Mann für sie. Colin war ihr erster Mann. Er würde auch ihr letzter sein. Sie konnte sich nicht vorstellen, bei einem anderen zu liegen.

Sie schlüpfte in ihr Kleid und spürte seinen lüsternen Blick auf sich.

„Müsst Ihr gehen?", flüsterte er.

„Gieriger Kerl."

„Oh, aye." Er betrachtete sie langsam von oben bis unten und ließ ihre Seele erschaudern. Oh Gott, es war so verführerisch, noch eine Stunde bei ihm zu bleiben. Aber es war schon spät am Morgen.

„Vielleicht heute Nachmittag", schlug sie vor, „im See."

Seine Augen weiteten sich. „Der See? Er ist zugefroren."

„Dünnhäutiger Normanne", neckte sie.

„Kaltherzige Wikingerin", antwortete er. „Wo sind die Seidenkissen mit dem Rosenduft, die Ihr mir andauernd versprecht?"

Sie kicherte. „Reicht Euch ein Strohhaufen in den Ställen?"

Er grinste. „Aye. Das wisst Ihr doch."

Sie drehte sich und zwinkerte ihm an der Tür noch zu. „Dann sehen wir uns später ... Stalljunge."

Während sie glücklich die Treppe hinunterging, dachte sie über alles nach, was sie von dem Normannen gelernt hatte. Für Colin war der Liebesakt eine Reise voller Abenteuer und Entdeckungen mit Augenblicken intensiver Konzentration und Zeiten mit ruhiger Einkehr.

Er konnte einen Augenblick so wild wie ein Wolf sein und im nächsten so zart wie ein Lamm. Manchmal liebte er sie, als würden sie einen blindwütigen Kampf führen. Andere Male quälte er sie stundenlang mit gehauchten Küssen und federleichten Berührungen. Einmal ließ er sich von ihr die Hände fesseln, sodass sie ihn in aller Ruhe missbrauchen konnte. Und einmal hatte er ihr die Augen verbunden, sodass jede Berührung eine sinnliche Überraschung war.

Er machte sie so zufrieden wie eine Katze mit Sahne und ihr größter Wunsch war, dass sie für immer so weiter machen könnten.

Aber während Colin sie im Bett erfreute, fand sie eine andere Art der Freude in ihren privaten Kämpfen mit Pagan und dahin war sie jetzt unterwegs.

Pagan hatte Helena Geheimhaltung hinsichtlich ihrer Treffen schwören lassen. Aufgrund ihres empfindlichen und schwerfälligen Zustands wäre Deirdre in Tränen ausgebrochen, wenn sie gewusst hätte, dass Helena weiterhin übte, während sie gezwungen war, im Wochenbett zu bleiben. Um Deirdres Gefühle zu schützen, hatten sie sich geeinigt, sich jeden Morgen in einer Lichtung im Wald zu treffen. Sie erzählten es niemandem, weder den Männern von Rivenloch, noch den Rittern von Cameliard, noch nicht einmal Colin. Helena trug ihre Rüstung jeden Tag in einem großen Korb, von dem sie behauptete, dass er voller Proviant für Bruder Thomas sei.

Dort unter den Tannen traf sie dann Pagan, der ihr half, ihre Rüstung anzulegen und mit ihr arbeitete, um ihre kämpferischen Fähigkeiten zu verbessern. Er forderte sie, stärkte ihre Muskulatur, schärfte ihre Technik und machte aus ihr eine bessere Kriegerin, als sie jemals zuvor gewesen war. Es war schade, dachte sie, dass ihre Schwester nicht kämpfen konnte, denn jetzt könnte Helena sie klar besiegen.

Aber mehr als der Gedanke, Deirdre zu besiegen wog der Ansporn, bei dem Turnier mitzumachen, dass Pagan für Rivenloch plante. Obwohl sie und Deirdre schon oft Schaukämpfe vorgeführt hatten, hatte Helena noch nie mit Männern in einem echten Turnier gekämpft. Der Gedanke, gegen Ritter von nah und fern im Wettbewerb zu stehen, Ehre und Preise zu gewinnen und Ruhm nach Rivenloch zu bringen, regte sie an.

Natürlich würde sie sich als Unbekannter anmelden müssen. Sobald die Männer entdecken, dass sie eine Frau war, würden sie sich entweder weigern mit ihr zu kämpfen oder nicht mehr richtig mit ihr kämpfen. Insbesondere Pagan wäre damit nicht einverstanden. Aber es war nicht ungewöhnlich, dass sich Ritter für Turniere in Rüstungen ohne Wappen anmeldeten. Manchmal taten sie es, um ihren glanzvollen Ruf zu verbergen und manchmal, um ihren Stand als Gesetzlose zu verheimlichen. Unerfahrene Krieger zogen es manchmal vor, unbekannt zu bleiben, bis sie sich einen Namen gemacht hatten. Aber was auch immer die Leute annehmen würden, wenn sie sie im Turnier kämpfen sahen, freute sich Helena doch auf den Augenblick, wenn sie ihren Helm triumphierend abnehmen würde und die Zuschauer schockiert keuchten.

Sie steckte das Leinentuch sorgfältig über ihrer Rüstung fest und machte sich bereit, durch das vordere Tor zu gehen; dabei lächelte sie und träumte vom Oktober und der Ehre, die sie dem Clan von Rivenloch bringen würde.

Colin stand nackt am Turmfenster und beobachtete, wie die Sonne die Eichenblätter eines nach dem anderen vergoldete. Der süße, feminine Duft von Helena hing noch im Zimmer, aber er war ebenso trügerisch wie die Frau selbst. Drei Monate waren vergangen und er hatte immer noch kein Wort der Verpflichtung von ihr erhalten.

Er konnte es genauso gut zugeben. Er war ihr Liebhaber. Ihre Kurtisane. Ihre Konkubine. Ihr Gefangener der Liebe.

Und es war sicherlich nicht freiwillig. Er hatte Helena so viele Heiratsanträge gemacht, dass er sie nicht mehr zählen konnte. Und das sture Weib hatte ihn immer wieder abgelehnt.

Er wusste nicht, was sie wollte. Er bezweifelte, dass sie es wusste. Sie, wie auch er, schienen sehr zufrieden zu sein mit ihrem häufigen Beiliegen. Und doch hatte er noch die Hoffnung, dass sie ihm eines Tages ihr Herz öffnen würde, dass sie die Verehrung in seinen Augen erkennen und zustimmen würde, ihre Liebe in der heiligen Verbindung der Ehe zu besiegeln.

Selbst Colin, der einst ein überzeugter Junggeselle war, konnte sehen, dass ihre Verbindung eine besondere war. Fürwahr, sie stritten sich viel. Aber ihre Worte waren nie grob. Helena und er waren einfach zwei Menschen, die ihre Meinung leidenschaftlich äußerten.

Außerdem wurden ihre Streitigkeiten unweigerlich auf einem ganz anderen Schlachtfeld beigelegt, einem, wo Schreie und Stampfen in Umarmungen und Seufzen umgewandelt wurden und sie beide als Gewinner hervorgingen.

Colin war klar, dass sie füreinander gemacht waren. Trotz des fehlenden Eheversprechens war er ihr treu und er nahm an, dass sie auch ihm treu war. Warum war sie dann so zögerlich, ihm ihr Herz zu schenken?

Während er nachdenklich über die Wiese blickte und überlegte, wie er ihr Vertrauen verdienen könnte, erblickte er eine leichte Bewegung bei den Bäumen.

Es war Pagan, der angezogen und bewaffnet in den Wald ging.

Colin runzelte die Stirn. Pagan stand nur selten bei Morgengrauen auf. Und doch war er dort und schien bereit für den Tag. Vielleicht, dachte er, war er auf Bitte von Lady Deirdre so früh aufgestanden. Vielleicht hatte sie eine dieser seltsamen Bitten ausgesprochen, die es häufig bei schwangeren Frauen gab, weil sie Heißhunger auf eine bestimmte Frucht oder ein Kraut hatten, das man nur in einer bestimmten Lichtung zu einer bestimmten Stunde finden konnte. Und da Pagan ein pflichtbewusster Ehemann war, machte er sich daran, ihre Wünsche zu erfüllen.

Colin lächelte wehmütig. Würde er jemals die Gelegenheit bekommen, eine solche unvernünftige Bitte für Helena zu erfüllen?

Einige Augenblicke später, als er sich fertig angezogen hatte und seine Lederstiefel anzog, erblickte er eine zweite Gestalt, die an der gleichen Stelle in den Wald ging.

Helena.

Er blinzelte.

Ein halbes Dutzend unehrenhafte Gedanken durchkreuzten sein Hirn – hässliche, schmerzliche, unmögliche Gedanken. Aber kopfschüttelnd schob er sie von sich. Es war nur ein Zufall. Helena ging jeden Morgen los, um Bruder Thomas zu treffen. Und Pagan ging zufällig zur gleichen Zeit in den Wald.

Unsicherheit nagte immer noch an ihm, als er sich vom Fenster abwandte. War es ein Zufall? Er wäre ein Narr, wenn er die Möglichkeit außer Acht ließ, dass Helena ihn ...

Ihn was, dachte er bitter. Ihn betrog? Pah! Sie schuldete ihm nichts. Weder sie, noch ihr Körper oder ihr Herz und schon gar nicht ihre Loyalität waren sein Eigentum. Sie hatte es deutlich gemacht, dass sie keine Verpflichtung wollte.

Vielleicht war das der Grund, warum sie ihm keine eindeutigen Versprechen gemacht hatte. Sie hatte vielleicht aufgegeben, Pagans Hand zu gewinnen, aber vielleicht hoffte sie, sein Herz zu gewinnen. Vielleicht hatte sie sich in Pagan verliebt. Es war ein herzzerreißender Gedanke, der an Colins Seele zerrte.

Der Rest des Tages war eine einzige Qual für ihn. Er konnte sich nicht dazu bringen, seine Verabredung mit Helena in den Ställen einzuhalten. Bei Gott, er konnte sie kaum anschauen, konnte kaum mit ihr sprechen, wenn er doch wusste, dass sie ihn vielleicht betrogen hatte. Ganz gleich, wie oft er versuchte, sich zu sagen, dass er sich geirrt hatte und unbesonnene Annahmen machte, ganz gleich, wie sehr er versuchte, sich selbst zu überzeugen, dass er und Helena nur ein kleines Abenteuer und bedeutungslosen Spaß teilten, so wusste er in seinem Herzen, dass das nicht stimmte.

Colin und Helena gehörten zusammen wie Adam und Eva. Und jetzt hatte er Angst, dass sie die tödliche Schlange in ihr Paradies hereingelassen hatte.

In den nächsten paar Tagen stand seine Unsicherheit auf Messers Schneide. Er weigerte sich, weder Helena noch Pagan zur Rede zu stellen und spionierte ihnen auch nicht nach, da er Angst hatte, was er erfahren könnte. Er hielt sich selbst in einem Zustand der Unwissenheit, der wenn schon kein Glück, so doch zumindest etwas Trost spendete. Er lenkte sich mit langen Übungseinheiten auf dem Übungsfeld ab und er bewaffnete sein Herz gegen die schmerzliche Möglichkeit, dass sein Garten Eden zerstört werden könnte.

Aber er konnte die Unwissenheit nicht auf ewig ertragen und eine Woche später hob die bösartige Schlange wieder ihren Kopf.

Lucy brachte ihm die Nachrichten zusammen mit einem Krug Bier, als er am Tisch stand und eine Pause von seinen Übungen machte.

„Da ist etwas, was Ihr wissen solltet, Colin", vertraute sie ihm an, während er sein Bier trank.

Er zuckte zusammen. Lucy war irgendwie der Meinung, dass sie ihn vertraulich ansprechen könnte, nur weil er einmal vorgehabt hatte, sie zu vögeln. „*Sir* Colin."

Sie zuckte mit den Schultern. „Eure Geliebte ..."

Er blickte sie scharf an.

Sie grinste. „Alle wissen es."

Er schaute finster und trank einen ordentlichen Schluck Bier. Er nahm an, dass sie Recht hatte. Wahrscheinlich wusste ganz Rivenloch, dass er Helenas Liebhaber war. Er überlegte, ob sie auch wussten, dass er seit einer Woche nicht bei ihr gelegen hatte. „Was ist los?"

„Ich fürchte", sagte sie, machte eine dramatische Pause und schaute sich um, ob jemand zuhörte, „Eure kluge kleine Henne bedient zwei Hähne." Sie wackelte mit den Augenbrauen.

Colin schluckte schwer. „Ich habe keine Zeit für Euer Geschwätz", knurrte er. „Ich muss mich auf ein Turnier vorbereiten." Er trank den Rest seines Bieres und drückte ihr den leeren Krug in die Hände.

„Wartet!", sagte sie und zog ihn am Ärmel. „Wollt Ihr denn nicht wissen, wer es ist?"

„Nay", antwortete er und schüttelte ihre Hand ab.

Aber wie ein langatmiger Dichter würde sie erst zufrieden sein, wenn sie alles gesagt hatte. „Es ist der Lord Pagan persönlich", flüsterte sie.

Es lief im kalt über den Rücken, als sie das bestätigte, was er bereits wusste. Aber er schloss die Augen gegen den Schmerz. Es würde nichts bringen, die Schwätzer auf der Burg über die Tiefe seiner Qual zu informieren.

Trotz des mitleidigen Schmollmunds war auch ein eifriges Glitzern in ihren Augen zu sehen. Sie genoss es zu tratschen und Chaos anzurichten. Mit dieser einen Nachricht schien es, als würde sie beides machen.

„Eure Dame geht fast jeden Tag zu ihm", vertraute Lucy ihm an. „Sie treffen sich im Wald."

Colin spürte, wie aus seinem Herzen ein kalter harter Knoten wurde. Irgendwie schaffte er es, einen neutralen Gesichtsausdruck zu wahren.

Als sie nicht die Reaktion erhielt, die sie erwartet hatte, zuckte sie mit den Schultern. „Ich nehme an, dass man ihm keinen Vorwurf machen kann. Schließlich ist seine Frau hochschwanger." Dann neigte sie ihren Kopf und schaute fragend zu ihm hoch. „Aber wenn Ihr jemals ein wenig Trost braucht, ein paar Umarmungen im Heu oder einen warmen Ort, wo ihr Euren Kopf ..." Sie senkte ihren Blick auf ihren großen Busen. „Ihr wisst, wo Ihr mich findet."

Was auch immer sie danach erwartete, er war sich ziemlich sicher, dass sie nicht erwartete, dass er sie am Hals packen und sie gegen die Stallwand drücken würde. Sie jaulte, ihre Augen traten hervor und sie fing an wie ein erschrockenes Huhn zu gackern.

Er tat ihr nicht weh. Er machte ihr nur Angst. Aber er wollte sichergehen, dass sie ihn genau verstand.

„Wem habt Ihr sonst noch davon erzählt?", schnauzte er sie an.

Sie schluckte. „Niemandem", quiekte sie.

„Seid ihr sicher?"

Sie nickte schnell.

„Ihr werdet es sonst niemandem erzählen. Nicht ein Wort. Wenn ich merke, dass Ihr ihre Namen in einem Atemzug geflüstert habt, drehe ich Euch Euren dürren Hals um. Versteht Ihr mich?"

Sie nickte wieder. Als er sie gehen ließ, stolperte sie, hob dann ihre Röcke und floh wie eine Henne, die von einem Fuchs gejagt wurde.

Als sie weg war, lehnte Colin sich erschöpft gegen die Wand. Er fühlte sich, als wäre seine Seele gerade aus ihm herausgerissen worden.

Verrat brannte in seinen Adern wie Säure. Ihm blieb die Luft weg. Sein Geist fühlte sich zerstört an. Er hatte Recht gehabt wegen Helena. Aber er war zu verliebt gewesen, um es zu glauben. Sie hatte ihn genauso überlistet wie die englischen Söldner vor so langer Zeit. Und wie ein Segler, der von einer Sirene in Versuchung geführt wurde, war er ihr blind in sein Verderben gefolgt.

Ein Teil von ihm fühlte sich bereits tot. Das war einfacher, als den Schmerz des Verrats zu ertragen. Schließlich fing er wieder an zu atmen. Und mit jedem rauen Atemzug legte er eine weitere Rüstung um sein Herz.

„Nay, nay, nay!", schimpfte Pagan. „Ihr haltet Euer Handgelenk wieder zu tief. Wenn Ihr gegen Faramond le Blanc gekämpft hättet, hätte er Euch den Kopf abgeschlagen."

Helena nickte. Sie wusste nicht, was in letzter Zeit mit ihr los war. Ihre Gliedmaßen arbeiteten nicht richtig mit und sie konnte sich nicht auf ihren Schwertkampf konzentrieren. Sie überlegte, ob es etwas damit zu tun hatte, dass das Turnier in weniger als einer Woche stattfinden sollte.

Es stimmte dass sie in den letzten paar Wochen vom Eifer in der Burg angesteckt worden war, als Diener und Handwerker die Vorbereitungen für das Großereignis durchführten. Alle waren aufgeregt und gereizt und Helena spürte jedes Mal ein Flattern in ihrem Bauch, wenn sie an die legendären Kämpfe dachte. Die Ritter trugen andauernd ihre volle Rüstung, trugen zu jeder Tageszeit Übungskämpfe aus und in der großen Halle übte Boniface die Lieder, die er bei dem anschließenden Fest vorführen wollte.

Colin schien ebenso von dem kommenden Turnier abgelenkt zu sein. Er kämpfte von Morgengrauen bis in die Nacht auf dem Übungsfeld. Daher hatte er seit Tagen nicht bei ihr gelegen.

Sie verstand das natürlich. Die meisten Ritter glaubten, dass sich die Kraft eines Mannes durch zu viel Beiliegen verringerte. Aber manchmal schien Colin wie ausgewechselt zu sein. Er war ein harter Krieger ohne Herz und ohne Seele geworden. Dieser neue Colin lachte niemals und lächelte selten. Tatsächlich schien er völlig in sich gekehrt zu sein. Wenn er an ihr vorbeiging, sprach er sie nur selten an. Und wenn er mit ihr sprach, fasste er sich kurz, als wenn seine Gedanken woanders wären.

Zugegebenermaßen dämpfte seine Grimmigkeit ihre

Vorfreude auf Rivenlochs großes Turnier. Sie konnte sich nur damit trösten, in dem sie darauf vertraute, dass er sich nach dem Turnier wieder in den Colin verwandeln würde, den sie kannte und liebte und sie lenkte sich von der Grübelei ab, indem sie in jedem wachen Augenblick übte.

„Faramond greift gern von oben an", fuhr Pagan mit seinen Ratschlägen fort. „Ihr müsst Euer Handgelenk angespannt halten, um seine Schläge zu parieren."

Helena lächelte. Pagan schien immer wieder zu vergessen, dass sie an dem Turnier ja gar nicht teilnahm. Zumindest soweit alle wussten, nahm sie nicht teil. Aber jetzt war sie so viel geübter – schneller, stärker, beweglicher – und sie wollte diese Gelegenheit nicht verstreichen lassen, ihre Talente an den Besten im Land zu testen.

Wenn Sie nur ihren nervösen Magen länger als eine Stunde unter Kontrolle halten könnte ...

Helenas Magen zog sich wieder zusammen und sie übergab sich in ihren Nachttopf.

Sung Li verschränkte die Arme über ihrer Brust und sie runzelte nachdenklich die Stirn. „Ich weiß, was Euch fehlt", erklärte sie.

Warum Miriels vorlaute Dienerin Helena ihr in ihr Zimmer gefolgt war, wusste sie nicht. Normalerweise lief die alte Frau wie ein treuer Hund hinter Miriel her. Aber aus irgendeinem Grund hatte sie Miriel heute Morgen verlassen und schien von Helenas Krankheit fasziniert.

„Es ist nur die Aufregung des Turniers."

„Ach. Und wie lang ist das schon so?"

Helena starrte die freche Dienerin finster an und erbrach dann den Rest ihres Frühstücks.

Sung Li klackte mit der Zunge. „Das ist nicht das

Turnier." Sie reichte Helena ein nasses Tuch und verkündete dann mit ihrer üblichen ungehemmten Offenheit: „Ihr tragt ein Kind."

Helena erstickte fast. Aber sie erholte sich, nahm das Tuch und tupfte sich die Stirn mit zitternden Händen ab. „Das ist unmöglich." Aber selbst, als sie es leugnete, merkte sie, dass es nicht nur möglich war. Es war sogar wahrscheinlich. Sie und Colin hatten oft genug beieinander gelegen, um eine ganze Herde von Kindern zu zeugen.

„Unmöglich?" Die dünnen weißen Augenbrauen der alten Frau schossen nach oben. Dann kniff sie die Augen zusammen. „Ihr wisst doch wohl, wie Kinder gemacht werden?"

Helena hatte keine Geduld mehr für Sung Lis Frechheiten. „Raus!" Sie zeigte zur Tür.

Unbeeindruckt von Helenas Befehl schlenderte Sung Li zur Tür. „Ihr solltet es dem Vater sagen." Die Dienerin konnte einer letzten Stichelei nicht widerstehen, bevor sie das Zimmer verließ. „Wenn Ihr wisst, wer es ist."

Helena warf das nasse Tuch nach ihr, aber es platschte nur gegen die geschlossene Tür.

Dann sank sie auf ihr Bett und knabberte an ihrem Daumennagel. Was, wenn Sung Li Recht hatte? Was, wenn sie schwanger war? Die alte Frau hatte eine unheimliche Gabe der Weissagung. Sie strich sich mit der Handfläche über ihren Bauch. Wuchs Colins Baby in ihr heran?

In ihrem Kopf kämpften Freude und Angst miteinander.

Ein Teil von ihr war ekstatisch bei dem Gedanken, Colins Kind zur Welt zu bringen. Schon jetzt stellte sie sich eine kleine Version von Colin mit dunklem welligem Haar und funkelnden grünen Augen vor. Oder vielleicht ein temperamentvolles Mädchen mit dunkelblonden Locken wie ihre. Colin würde ein wunderbarer Vater werden. Er würde mit ihrem Kind Angeln und Reiten gehen, alberne Lieder singen und aufregende Abenteuer erzählen. Er würde sein Lachen und seine Liebe teilen und zusammen könnten sie das Kind erziehen, dass es der beste Krieger würde, den Rivenloch je gehabt hatte.

Aber ein anderer Teil von ihr widersetzte sich der Unterwerfung als Mutter. Sie hatte schon beschlossen, dass sie sich nicht mit einem Ehemann belasten wollte. Und sie wollte definitiv nicht die Last eines Kindes. Sie hatte schon gesehen, was es aus Deirdre gemacht hatte. Ihre arme Schwester watschelte jetzt durch die Burg mit einem geistlosen Grinsen auf ihrem Gesicht, als würde es ihr überhaupt nichts ausmachen, dass sie wie ein verhätscheltes Haustier gehalten wurde. Aber Helena war ein Wesen der Wildnis, frei und unbehindert. Sie weigerte sich, sich zähmen zu lassen und fett wie eine Zuchtsau zu werden.

Wieder strich sie mit den Händen über ihrem Bauch. Wenn sie Colins Kind tatsächlich trug, war es jetzt noch nicht zu sehen. Keiner würde es in den nächsten ein oder zwei Monaten merken. Niemand würde versuchen, sie zum Heiraten zu zwingen oder sie ins Bett zu schicken wie ein krankes Kind.

Nach dem Turnier, wenn sie sich auf dem Schlachtfeld bewiesen hatte, würde sie darüber nachdenken, ihren Zustand zu verkünden. In der Zwischenzeit würde sie weitermachen, als wäre nichts passiert.

Schließlich hatte sich auch noch nichts geändert. Außer, dass ihr immer mal übel wurde. Und davon wusste nur Sung Li.

Sung Li.

Helena keuchte. Die aufdringliche Dienerin lief

vielleicht jetzt schon rum und erzählte der ganzen Burg davon. Sie stand auf und ergriff ihren Dolch.

Wieder überkam sie eine Welle der Übelkeit, schwächte ihre Knie und drohte, sie zusammenbrechen zu lassen. Vor ihr verschwamm alles und am Rande ihres Blickfelds flackerten schwarze Flecken.

„Scheiße."

Sie taumelte und kämpfte darum, aufrecht stehen zu bleiben. Schließlich zwang sie ihr Stolz, sich wieder in das Bett fallen zu lassen, bevor sie auf dem Boden ohnmächtig wurde.

Einen Augenblick, sagte sie sich. Gleich wird es vorbei sein. Dann würde sie der alten Dienerin mit dem großen Mundwerk nachgehen.

„Ich bin beschäftigt." Colin stieß nach vorn und stach wieder auf die Strohpuppe ein, wobei er seine Klinge bis zur Hälfte in ihr versenkte.

„Es ist wichtig", beharrte die alte Frau.

Er blickte Sung Li von der Seite an. Es schien unglaublich, dass seine Gewalttätigkeit sie nicht störte, wenn man bedachte, dass er die Klinge ebenso leicht durch ihren dürren Körper stechen könnte. Er zog sein Schwert heraus und machte sich bereit, wieder zuzustechen.

Aber gerade, als er die Waffe nach vorne stieß, erwischte sie ihn blitzschnell am Handgelenk und grub ihre winzigen Fingerspitzen zwischen die Sehnen in seinem Unterarm. Er erschrak, als das Schwert aus seinen betäubten Fingern glitt.

„Was zum Teufel ...?"

Sie ließ seinen Arm los und er schüttelte sein

Handgelenk, um das Gefühl zurückzubekommen.

„Sehr", sagte sie, „wichtig."

Er starrte sie an. Wie hatte sie das gemacht? Vielleicht war es der Trick einer alten Frau, so wie seine Großmutter ihn in die Knie zwingen konnte, als er noch ein Junge war, indem sie ihm ins Ohr kniff. „Vielleicht sollten wir Euch anmelden, im Turnier zu kämpfen", knurrte er.

Sie lächelte ihn undurchdringlich an. „Es würde die Ritter beschämen, wenn der Gewinner des Turniers eine Dienerin wäre."

Colin schüttelte den Kopf. Sung Li litt sicherlich nicht an mangelndem Selbstbewusstsein. Er überlegte, wie aus ihr überhaupt eine Dienerin geworden war. „Was wollt Ihr?"

Ihre Antwort war so schnell und direkt wie ihr Angriff gewesen war. Und ebenso überraschend. „Helena ist schwanger."

Sein Herz stand still. Eine ganze Zeit lang war er nicht in der Lage zu atmen. Aber viele Gedanken gingen ihm durch den Kopf.

Würde er tatsächlich Vater werden? Würde sie ihn jetzt heiraten? Wann würde das Baby kommen? War sie aufgeregt? Besorgt? Verärgert? Warum hatte sie es ihm nicht selbst gesagt?

Und dann kam ihm ein Gedanke, der alle anderen verschlang – ein so abscheulicher und widerlicher Gedanke, dass er schon fast seine Bitterkeit hinten im Hals schmecken konnte.

„Wirklich?", krächzte er. „Und weiß sie, wer der Vater ist?"

Sung Li schaute finster. „Ihr seid der einzige ..."

Er unterbrach sie mit einem humorlosen Lachen. „Seid Euch da nicht so sicher."

Sie kniff die Augen zusammen. „Ihr seid ein Narr, wenn ihr glaubt, dass es einen anderen gibt."

Colin war zu entmutigt, um Sung Li für ihre Frechheit zu schimpfen. Aye, er war ein Narr, aber nicht weil er glaubte, es gäbe einen anderen, sondern weil er es so lange nicht geglaubt hatte. Er war ein masochistischer Narr, weil er jeden Morgen von seinem Fenster aus beobachtete, wie sie zu ihrem Stelldichein in den Wald schlüpften. Und er war ein verfluchter Narr, weil er Helena trotz allem immer noch liebte.

„Das Kind ist von Euch", verkündete Sung Li mit einem entschlossenen Nicken, bevor sie davoneilte.

Colin wünschte sich, dass er sich auch so sicher sein könnte. Er holte sein Schwert zurück und wischte sich über die Augen. Es war nur Schweiß, versicherte er sich. Schließlich war sein Herz schon lange tot.

KAPITEL 21

helena hatte auf Rivenloch noch nie ein großartigeres Turnier gesehen. Überall hörte man die Klänge klirrender Schwerter, das Zupfen an Leiern, donnernde Hufe und Trommeln. Schottisches Bier und normannische Kuchen wurden angeboten. Diener standen mit Kräutern und Verbänden, Nadeln und Fäden für die Verwundeten bereit und das Halstuch von so manchem koketten Mädchen flatterte am Arm eines mutigen jungen Ritters.

Auf dem angrenzenden Feld standen Dutzende von Zelten wie riesige Blumen und ihre Fahnen flatterten stolz und trugen die Farben Gold und Azurblau, Silber und Schwarz und verkündeten die Namen der Ritter von nah und fern, die für ihre Ehre auf dem Turnierplatz von Rivenloch kämpften.

Auf der mit Blumen dekorierten Tribüne saßen Deirdre und Miriel rechts und links von Lord Gellir, wobei Helenas Platz leer blieb, weil sie die Gesellschaft schon früh mit der Begründung verlassen hatte, dass sie Kopfschmerzen hätte. Auf der Tribüne saßen außerdem die Damen der lokalen Clans, lärmende Kinder und die Lords, die zu alt waren, um zu kämpfen. Unterhalb der adligen Gesellschaften fand eine große Zahl an Bauern aus der ganzen Grenzregion ihren Platz, die jubelten und spotteten, Bier tranken und Unmengen von Fleischpasteten verschlangen.

Der beste Teil für Helena war natürlich der Kampf an sich. Alle schienen in bester Verfassung zu sein. Im Tjost besiegte Sir Adric le Gris fünf Gegner hintereinander. Der junge Kenneth zeichnete sich im Schwertkampf gegen einen erfahreneren Gegner aus. Es gab auch Handlungen von bemerkenswerter Ritterlichkeit: Ein siegreicher normannischen Ritter weigerte sich, von seinen besiegten Gegnern mehr als einen Laib Brot als Entschädigung zu nehmen. Sir Malcolm sorgte für einen denkwürdigen romantischen Augenblick, als er alle, die er besiegt hatte, bat, Blumen auf dem Grab seiner Frau niederzulegen. Zwei rothaarige Jungen von Lachanburn kämpften zum ersten Mal in einem Gefecht. Und Mochries vier Söhne kämpften für die Ehre ihres Vaters, der vor kurzem von den Engländern getötet worden war. Zu Helenas Befriedigung besiegte Colin seine ersten beiden Gegner sehr schnell, obwohl er sich über den Sieg nur wenig zu freuen schien.

Aber für Helena war die größte Aufregung, dass sie bereits zweimal angetreten war und ihre Kämpfe gewonnen hatte, ohne dass jemand einen Verdacht hegte, wer sie war oder dass sie eine Frau war. Ihr erster Gegner, einer der Lachanburn Jungen, erwies sich als zu umständlich und langsam für ihre schnellen Hiebe und Drehungen. Sie verwendete sein Übergewicht gegen ihn, lud ihn zum Angriff ein und tauchte dann ab, sodass er sich selbst im Wege stand. Der zweite Ritter, ein Mann von außergewöhnlicher Größe erwies sich als die größere Herausforderung, aber als sie erst einmal in Reichweite seiner langen Arme gekommen war, schaffte sie es, dass er über seine eigenen ungelenken Beine stolperte und er hilflos auf dem Rücken landete, wobei sie ihr Schwert an seinen Hals hielt.

Ihr nächster Gegner jedoch machte sie ein wenig nervös. Sie hatte keinen Zweifel an ihren Fähigkeiten. Ihre ersten Zweikämpfe hatten sie beruhigt, dass sie ein würdiger Gegner war. Und zu ihrer ungemeinen Erleichterung hatte die Übelkeit in den letzten paar Tagen nachgelassen und sie fühlte sich wieder kerngesund. Aber mit jeder Runde wurde der Wettbewerb schwieriger.

Sie beobachtete durch den schmalen Schlitz in ihrem Helm, wie Boniface zur Mitte des Turnierplatzes schritt, um den nächsten Kampf anzukündigen.

„Sir Rauve d'Honore, der für Lord Pagan von Rivenloch kämpft", verkündete Boniface, „gegen den Ritter im blauen Wappenrock."

Die Menge murmelte erwartungsvoll. Aber Helena war zu sehr damit beschäftigt, über den nächsten Kampf nachzudenken, als dass sie ihnen Aufmerksamkeit geschenkt hätte. Sie atmete tief durch. Das würde ein schwieriger Kampf werden. Sir Rauve war ein starker Gegner, der zweimal so groß wie sie und kühn und ausdauernd war. Aber sie durfte die Angst nicht in sich aufsteigen lassen. Pagan behauptete gerne, dass David Goliath *ohne* drei Fuß guten spanischen Stahls besiegt hatte.

Also marschierte sie schamlos auf das Feld und schnitt ein bedrohliches X in die Luft vor ihr. Sie würde diese Begegnung gewinnen. Für sich. Für ihren Vater. Für die Ehre von Rivenloch.

Vom ersten Schlag an wusste sie, dass es kein leichter

Sieg werden würde. Die Art, wie Rauves Klinge ihre parierte, erschütterte ihre Knochen. Helena senkte kraftlos den Arm, als sie vor Schreck rückwärts stolperte.

Glücklicherweise konnte sie zur Seite ausweichen, bevor er für einen weiteren Schlag ausholte. Sie schüttelte die Taubheit aus ihrem Arm und musterte ihn. Wenn sie innerhalb der Reichweite seiner Arme kommen könnte, wo er sie nicht treffen könnte ...

Sie sprang nach vorn und zielte auf seine Schulter. Aber obwohl er einen Schritt zurückging, schien ihre Klinge von seiner Schulter abzuprallen, wie Hagel von einem Helm prasselt. Sein nächster Schlag an ihre Brust brachte sie zu Fall und nahm ihr die Luft zum Atmen.

Ritterlich wartete er, dass sie wieder aufstand. Als sie wieder Luft bekam, stand sie auf. Sie duckte sich unter seinem Arm durch und schaffte es, ihn am Hinterkopf zu treffen. Aber der große Ritter schüttelte den Schlag ab wie ein Pferd, das sich der Fliegen entledigte.

Sie wich seinem nächsten Schlag an ihre Seite aus. Dann schlug er mit seiner ganzen Kraft zu. Zuerst spürte sie einen Schlag auf ihren Oberschenkel, der hart genug war, um die Verbindungen ihres Kettenhemds zu durchbrechen. Dann glitt die Klinge schnell entlang ihrer Hose und schnitt durch Tuch und Haut und Muskel. Sie stolperte vorwärts und zuckte bei dem brennenden Schmerz zusammen. Sie biss sich auf die Lippe und unterdrückte einen Schrei. Die Schmerzen waren so intensiv, dass sie dachte, dass ihr übel werden würde.

Von außerhalb des Turnierplatzes blickte Colin kurz auf die Kämpfer, schnaubte und schlug seine staubigen Handschuhe gegen sein Knie. Es würde ein kurzer Kampf sein, denn Rauves Gegner war nur halb so groß wie er.

Dann würde Colin wieder dran sein. Er sollte gegen einen Highlander kämpfen, irgendeinen wilden Kerl mit mehr Kraft als Eleganz, hatte er gehört.

Lauter Jubel war von der Tribüne zu hören und er blickte wieder hoch. Wie erwartet hatte Sir Rauve dem Gegner eine blutende Wunde zugefügt und ihn in den Staub gestoßen.

Inmitten des Lärms dachte er, dass er seinen Namen hörte. Er schaute auf die Menge.

„Colin!", hörte er den Ruf aus der Ferne. Er konnte sie nicht sehen, aber er erkannte Deirdres Stimme.

Wieder erhob sich Jubel und Colins Blick wandte sich zur Mitte des Turnierplatzes. Dieser Ritter mit dem blauen Wappen ... die Schwertführung, die Verschiebung des Gleichgewichts, die Art und Weise, wie der Schild gesenkt war, kam ihm bekannt vor ...

Ihm stockte das Blut in den Adern. Bei Gott, nay!

Er warf seine Handschuhe beiseite, zog sein Schwert und rannte vor, um den Kampf zu stoppen. Aber Sir Rauves Schwert hatte bereits seinen mächtigen Bogen nach unten begonnen.

„Helena!", brüllte er.

Die Zeit verlangsamte sich fürchterlich. Um ihn herum wurde es seltsam still. Am Rand des Turnierplatzes sah Colin sie jetzt – Deirdre, deren Mund in stillem Flehen offenstand. Pagan rannte von der anderen Seite des Feldes herbei. Colin hob sein schweres Schwert, als könnte er den Schlag von seiner Position aus abwehren. Aber es war zu spät. Rauves Schwert landete auf Helenas Helm mit einem schrecklichen metallischen Knall, den Colin für den Rest seines Lebens nicht vergessen würde.

„Nay!" Er sprang über den Zaun und rannte so schnell er konnte.

Halb blind vor Angst kam er bei ihnen an, bevor er merkte, dass Pagan Helena bereits erreicht hatte und ihren verbeulten Helm mit zitternden Händen vorsichtig abnahm. Sie war leichenblass und ihr langes Haar lag auf dem Boden ausgebreitet, während die Schockwelle über die Zuschauer wie ein Donner rollte.

Colin fühlte sich, als hätte ihm jemand einen Dolch in den Bauch gerammt.

Sir Rauve nahm seinen Helm ab und keuchte und lehnte sich schwer auf seinen Schwertgriff. „Mein Gott!", schluchzte er. „Nay!"

Pagan kniete neben Helena. Er strich ihr über die Stirn, hob ihre schlaffe Hand und suchte nach Lebenszeichen. „Nun kommt schon Helena, kommt schon, atmet, gebt nicht auf", flehte er.

Colin konnte sich nicht bewegen. Die Angst lähmte ihn. Er hatte die Lippen so fest zusammengepresst, dass sie taub geworden waren. Er fühlte sich, als wäre er in einem Augenblick um zehn Jahre gealtert.

„Wacht auf", zischte Pagan und drückte ihre Hand. „Hört Ihr mich? Wacht auf."

Aus Helenas Oberschenkel tropfte langsam und unaufhörlich das Blut auf den Boden. Kein Vogel, kein Wind und kein Flüstern der Menge störte Pagans beschwörendes Murmeln. Das Warten war so quälend, dass Colin dachte, dass er vor Angst verrückt werden würde.

Schließlich flatterten Helenas Augenlider – einmal, zweimal. Dann keuchte sie. Das Geräusch war, wie wenn ein Stein in einen spiegelglatten Teich geworfen wird, denn es breitete sich aus bis in die Menge. Erleichtertes Seufzen wurde zu einem lauten Jubel.

Tränen stiegen Colin in die Augen und sein Kinn

zitterte; dann beugte er den Kopf und bildete schweigend Wörter mit dem Mund, die zum Teil ein Gebet und zum Teil Fluch waren.

Er blickte auf Helena hinunter, die bereits den Kopf schüttelte und blinzelte, um wieder klar sehen zu können und es schien ihr nicht klar zu sein, wie nah sie dem Tod gekommen war. Das tollkühne Weib wollte schon wieder aufstehen.

Sie stützte sich auf ihre Ellenbogen, blickte zu Colin, der zu benommen war, um sich zu bewegen und ergriff Pagans ausgestreckten Arm. Mit seiner Hilfe stand sie auf und biss sich auf die Lippe, als sie ihr Gewicht auf das verletzte Bein verlagerte. Schweißtropfen erschienen auf ihrer Stirn aber sie weigerte sich, aufzuschreien.

Als sie dann Rauve sah, der niedergeschlagen über sein Schwert gebeugt war und aussah, als würde er jeden Augenblick in Ohnmacht fallen, rief sie mit gezwungener Lockerheit: „Sir Rauve! Ich habe noch nie solche Schläge wie Eure gespürt! Ich bin froh, dass ich Euch als Verbündeten habe."

Pagan kochte vor Zorn aber er wollte öffentlichen Ärger vermeiden und nahm ebenfalls ihre lockere Art an. „Er ist in der Tat beeindruckend, Mylady", verkündete er, „und es ist ein Zeugnis Eurer eigenen Fähigkeiten, dass Ihr ihm einen solch bewundernswerten Kampf geliefert habt."

Bei dieser ritterlichen Unterhaltung jubelte das Publikum und Rauve und Helena gaben sich die Hand. Dann, während Colin noch verwirrt dastand, lächelte sie ihm zu und humpelte vom Feld.

Was machte die kleine Närrin da? Sie war schwer gestürzt. Der Schnitt auf ihrem Oberschenkel musste schmerzhaft sein. Und doch verhielt sie sich, als wäre es ein

Mückenstich, als wäre sie nicht wenige Augenblicke zuvor dem Tode nah gewesen. Ihre Lockerheit ließ Zorn in ihm aufsteigen.

Verdammt! Ihm war das Herz fast stehen geblieben, als er sie fallen sah. Wie konnte sie es jetzt wagen, ihre Verletzung auf die leichte Schulter zu nehmen? Und wie hatte sie es wagen können, überhaupt an dem Turnier teilzunehmen? Es sah dem ungestümen Weib ähnlich, ihre eigene Sicherheit und die Sicherheit ihres Kindes für das kurze Vergnügen eines Schwertkampfs mit einem Normannen zu ignorieren. Scheinbar hatte das Kind in ihrem Bauch nichts an ihrer leichtsinnigen Art geändert.

Er fluchte leise. Wenn er irgendetwas zu sagen hatte, würde Helena nicht mehr kämpfen. Niemals mehr. Er würde verflucht sein, wenn er zuließ, dass sie ihrer beider Kind wieder in Gefahr brachte.

Ihr Kind, berichtigte er sich.

„Hier Colin", sagte Pagan leise. Er hob Helenas vergessenen Helm auf und gab ihn Colin. „Geht zu ihr. Sie hat große Schmerzen, obwohl sie das leugnet. Kümmert Euch um sie."

Colin musterte Pagan, der mit Sorgenfalten im Gesicht dastand und ihm wurde übel. Nun, da Helena außer Gefahr war, war wieder Platz für andere, dunklere Gefühle – Eifersucht, Zorn, Schmerz – und sie kämpften in ihm, während er versuchte, das schmerzhaft lebhafte Bild seines Freundes und seiner Geliebten in leidenschaftlicher Umarmung aus dem Kopf zu bekommen.

„Vielleicht solltet Ihr zu ihr gehen", knurrte er schließlich und schob den Helm weg. „Meines Wissens zieht sie Eure Gesellschaft vor." Er drehte sich um und ging weg, da er Angst hatte vor dem, was er Pagan antun würde, wenn er dablieb und aus Angst vor der Verletzbarkeit, die er ihm vielleicht offenbaren würde.

Jeder Schritt war die reinste Qual, aber Helena wusste, dass sie erhobenen Hauptes vom Platz gehen musste, um sowohl ihren Stolz zu retten als auch, um Rauves Schuldgefühle zu beschwichtigen. Also zwang sie sich, so normal wie möglich zu gehen, bis sie Zuflucht hinter den Wänden von Pagans Zelt fand.

Als Pagan kam, lehnte sie schwer an dem inneren Pfosten und hatte die Hände vor Schmerzen zu Fäusten geballt, aber sie wandte sich mit einem Lächeln zu ihm um. „Rauve ist sehr gut", sagte sie leise.

„Mein Gott, Helena", antwortete er und blickte auf ihren mit Blut durchtränkten Wappenrock. Er ließ ihren Helm auf den Boden fallen. „Legt Euch hin."

Sie blickte sehnsüchtig auf das Bett, aber Stolz ließ sie zögern.

„Ihr seid schwer verwundet", beharrte er. „Legt Euch hin."

„Es geht mir gut. Ich brauche keine ..." Konnte sie gerade noch sagen, bevor sie ihre Augen verdrehte und zur Seite kippte.

Als sie wieder wach wurde, hob Pagan sie auf ein Bett aus Stroh auf dem Boden und legte ihr etwas unter den Kopf. Dann öffnete er die Zelttür und rief nach draußen: „Ihr da! Geht und holt Colin du Lac! Jetzt sofort!"

Sie schloss die Augen und lächelte schwach, als er zu ihr zurückkehrte. „Colin und ich werden die gleichen Narben haben."

„Und ich vermute, dass Ihr das für bewundernswert

haltet?" Er zog seinen Dolch, um den blutigen Wappenrock durchzuschneiden. „Ihr seid ein törichtes Weib, Helena von Rivenloch", murmelte er, „und Ihr seid fast genauso stur wie Eure Schwester. Und ich bin der größere Narr. Ich hätte niemals ..."

„Macht Euch keine Vorwürfe. Ihr habt Recht. Ich *bin* stur." Sie hob ihren Kopf, um sich die Verletzung anzusehen. Wo das Kettenhemd auf ihrem Oberschenkel durchgeschnitten worden war, lief Blut aus der Wunde. Es machte sie schwindelig, das anzusehen.

Pagan öffnete den breiten Gürtel, der ihre Hosen hochhielt und schob das Kettenhemd vorsichtig von der Verletzung weg. Dann riss er das zarte Leinen ihrer Untergewänder auseinander und legte ihren Oberschenkel frei.

„Es ist doch in Ordnung, oder?", fragte sie zaghaft.

„Der Schnitt ist tief, aber er ist sauber. Es wird heilen."

„Dann werde ich also wieder kämpfen können?"

Er schaute finster und drückte ein Leinentuch auf die Wunde, um die Blutung zu stillen. „Unglücklicherweise, aye." Dann fuhr er fort: „Aber hört mir gut zu, Ihr werdet nicht mehr in diesem Turnier kämpfen."

Aber trotz seiner ernsten Warnung und dem pochen Schmerz in ihrem Oberschenkel plante sie bereits das nächste Ereignis. Kein Normanne könnte einer Kriegerin von Rivenloch verbieten, an einem Turnier in Rivenloch teilzunehmen.

Colin lief an der Seitenlinie des Platzes auf und ab und schlug sich mit der Faust in die Handfläche und hatte sein Kinn angespannt. Oh Gott, die Warterei machte ihn verrückt.

Aber er wollte verdammt sein, wenn es irgendjemand

merkte. Es war, als wollte sein Herz zerspringen und als könnte er nicht mehr atmen.

Sein Schwertkampf litt unter der Sorge. Im letzten Kampf hatte er tatsächlich seinen Schild fallen lassen. Wenn er nicht aufmerksamer war, könnte er sterben.

Sterben …

Was, wenn Helena starb?

Unvernünftige Angst zerrte an seinem Magen. Er unterdrückte sie mit einem Fluch. Bei Gott! Sie hatte den Platz zu Fuß verlassen. Also würde sie nicht sterben.

Zumindest nicht sofort. Solange kein Eisen in die Wunde gelangt war. Solange die Verbände häufig gewechselt wurden. Solange …

Er ging weiter auf und ab.

Ein Knappe kam aus Richtung der Zelte auf ihn zu gerannt und er blieb stehen. Noch bevor der Junge etwas sagte, ergriff Colin die Panik. Etwas stimmte nicht. Helena hatte Probleme. Er musste zu ihr gehen.

„Wo ist sie?"

„In Lord Pagans Zelt, Mylord."

Colin eilte vom Platz und schlängelte sich durch das Labyrinth an Zelten, bis er Pagans gefunden hatte. Er öffnete es und trat ein.

„Helena!", rief er heiser.

Gott sei Dank war sie da. Lebendig und in einem Stück. Sie zuckte bei dem Sonnenlicht, das plötzlich auf ihr Gesicht fiel, zusammen. Aber Pagan war auch da. Und als er auf sie starrte, wurden Colins größte Ängste bestätigt. Sie waren Geliebte. Es gab keinen Zweifel daran. Helena lag halbnackt auf dem Bett, und ihre Hose war soweit heruntergezogen, dass eine Hüfte und der blutverschmierte Oberschenkel freigelegt waren.

Pagan stand über sie gebeugt. Seine Hände und Augen bewegten sich über ihren Körper und berührten sie auf vertraute Art und Weise. Er berührte Teile von ihr, die einst nur Colin gehört hatten. Sie war zu Pagan gegangen, zu dem, in dessen Armen sie Trost fand. Und er hatte ihn ihr gegeben. Ihre Schuld war so offensichtlich, wie die Narbe einer gebrandmarkten Dirne.

Colin war blind vor Schmerz und Zorn. Er brüllte laut. Zornig ergriff er Pagan an der Vorderseite seines Wappenrocks und warf ihn quer durch das Zelt, als wäre er ein Fliegengewicht. Pagan landete an der Zeltwand und war fassungslos.

„Ihr verfluchter Mistkerl!"

Dieser wilde Fluch kam von Deirdre, die genau in dem Moment in das Zelt trat, als ihr Mann wie schmutzige Wäsche auf dem Boden geworfen wurde. Man musste kein Prophet sein, um zu sagen, wer ihn dorthin befördert hatte. Sofort warf sie sich an Colins Rücken und schlug mit ihren kleinen Fäusten auf ihn ein.

Für Colin fühlte es sich an, als wenn ein wildes Kätzchen auf ihm gelandet wäre, das zornig zischte und spuckte. Es war nervig und lenkte ab. Ohne nachzudenken griff er über seine Schulter und schob den Quälgeist vorsichtig weg.

Pagan knurrte, als er langsam wieder auf die Füße kam. Er sah plötzlich so gefährlich aus wie ein in die Enge getriebener Wolf. „Nehmt Eure Finger von meiner Frau", sagte er mit einem tödlichen Flüstern und seine Augen waren fast schwarz.

Colin blickte finster, aber er schaute kurz zu der schwangeren Frau, die er beiseitegeschoben hat. Er hatte Deirdre doch sicherlich nicht verletzt. Das war nicht seine Absicht gewesen.

Nay, sie schaute ihn immer noch mit ungedämpftem Hass an.

Schnell verwandelte sich seine Reue wieder in Zorn. „Eure Frau?", platzte er heraus. „Welche, Pagan?"

„Wie bitte?"

„Deirdre oder Helena?" Bitterkeit und Schmerz verursachten ihm Halsschmerzen, als er dem Mann entgegentrat, den er einst Bruder genannt hatte.

„Wie bitte?", fragten Helena und Deirdre einstimmig.

Colin warf einen reumütigen Blick zu Deirdre. „Warum erzählt Ihr es ihr nicht, Pagan? Wie Ihr und Helena Euch jeden Morgen im Wald trefft."

Helena atmete tief durch. „Ihr wisst es?"

Verrat zerrte an Colins Herz. Dass Helena es selbst zugab, bereitete ihm den allerschlimmsten Schmerz.

„Pagan?", fragte Deirdre keuchend. „Stimmt das?"

„Nay", sagte Pagan nachdrücklich.

„Aye", gab Helena gleichzeitig zu.

Daraufhin brach es aus Colin knapp, grob und humorlos hervor. „Wenn Ihr beieinander liegt, solltet Ihr zumindest daran denken, gemeinsam zu lügen."

„Colin", sagte Pagan, „hört mir zu. Es ist nicht, wie Ihr denkt."

„Das ist einerlei, Pagan." Verzweiflung machte ihn verbittert und rücksichtslos. „Wie Ihr schon einmal gesagt habt, eine Schwester so gut wie die andere. Wenn die eine wieder gesund ist", sagte er und zeigte auf Helena, „verspreche ich Euch, dass ihre Lippen ebenso süß schmecken werden wie diese."

Er ergriff Deirdre am Arm und zog sie an seine Brust. Dann küsste er sie so brutal wie auch leidenschaftslos. Sie hätte nach Honig schmecken können. Sie hätte nach

Zwiebeln schmecken können. Er wusste es nicht. Er wusste nur, als er sich zurückzog, dass sein Hunger nach Vergeltung nicht im Mindesten verringert worden war.

Pagan bekam gar keine Chance, ihn zu schlagen. Das letzte, woran Colin sich erinnerte, bevor sich alles vor ihm drehte, waren hellblonde Haare, ein Paar grüne Augen und die weibliche Faust einer Schwangeren, die auf sein Gesicht zukam.

KAPITEL 22

Als Deirdres Faust auf Colins Nase krachte, war Helenas erster Instinkt, ihn zu verteidigen. Sie ignorierte ihre Verletzung und stand auf mit der Absicht, ihrer Schwester zu folgen. Danach würde sie vielleicht auf Colin wegen des Kusses zugehen, den er Deirdre gegeben hatte, aber das konnte noch warten. Als sie ihre Fäuste hochhob, senkte sich unglücklicherweise ein grauer Schleier über ihre Augen. Sie schüttelte den Kopf und versuchte, das Schwindelgefühl loszuwerden, wobei sie damit kämpfte, das Gleichgewicht zu halten.

Pagan und Deirdre schrien einander an, aber ihre Stimmen hörten sich irgendwie gedämpft an, als wenn sie ein dickes Tuch vor dem Mund hätten. Colin stolperte und stöhnte, während er sich die verletzte Nase hielt.

Dann wurde die Zelttür geöffnet und helles Sonnenlicht fiel auf die chaotische Szene.

„Was zum Teufel ...?"

Es war Miriel. Sie stand da mit offenem Mund. Einen Augenblick später streckte Sung Li ihren Kopf herein und blickte düster auf das, was sie sah.

Pagan und Deirdre schauten einmal hoch und nahmen dann ihren Streit wieder auf.

„Ihr zieht voreilige Schlüsse", beschuldigte er sie.

„Das macht Ihr auch!" feuerte Deirdre zurück. „Ihr nehmt an, dass ich dumm genug bin, Euch zu glauben."

„Ihr stures Weib! Wollt Ihr denn noch nicht einmal zuhören ..."

„Was? Euren Lügen zuhören?"

„Hört auf, Ihr beiden!"

Alle wandten sich erstaunt schweigend um. Hatte Miriel tatsächlich so laut gebrüllt?

„Nun", sagte sie dann etwas ruhiger und verschränkte die Arme und Sung Li hinter ihr tat es ihr nach. „Kann mir jemand erzählen, was hier passiert ist?"

„Ein Missverständnis", erklärte Pagan.

„Aye", sagte Deirdre mit kalter Stimme. „Scheinbar habt Ihr Euer Eheversprechen missverstanden." Mit diesen Worten schob sie Pagan beiseite und verließ das Zelt.

Pagan trat in den Boden und fluchte. „Bei Gott! Ich wusste, dass es ein Fehler war." Er schaute Helena voller Zorn und Selbstverdammung an „Es tut mir leid, dass wir die Sache überhaupt angefangen haben."

„Nay!" Helena verspürte einen Augenblick der Panik. „Sagt das nicht", beharrte sie und klammerte sich an die Zeltwand, während sie auf ihren Füßen wankte. „Mir tut es nicht leid. Ich bin dankbar."

„Dankbar", sagte Pagan und schüttelte den Kopf. „Für was? Ihr könnt kaum stehen. Colin hat eine blutige Nase. Und Deirdre ...", er schaute traurig auf den Boden, „wird mir nie wieder vertrauen."

Helena tastete sich langsam entlang der Zeltwand, und setzte sich dann schuldbewusst wieder hin. Aye, Sie wollte unbedingt weiter mit Pagan üben, aber nicht auf Kosten von Deirdres Ehe. „Es ist alles meine Schuld."

Pagan schüttelte den Kopf. „Nay, ich bin schuld. Und ich muss die Sache wieder in Ordnung bringen." Er richtete sich auf und nickte Miriel zu. „Könnt Ihr Euch um ihre Wunden kümmern?"

„Natürlich", sagte Miriel.

„Natürlich", echote Sung Li.

Dann ging Pagan, um seine Frau zu suchen.

Helena hoffte, dass sie ihm zuhören würde. Und sie hoffte, dass Colin *ihr* zuhören würde. Wie konnte der Knappe nur glauben, dass sie ihn mit Pagan betrügen würde?

„Was ist mit Euch passiert?", fragte Miriel Colin.

Blut tropfte zwischen seinen Fingern, wo er seine Nase hielt. „Nichts, was frische Luft nicht heilen würde", sagte er mürrisch und ging an ihr vorbei nach draußen.

„Geht ihm nach", sagte Sung Li zu Miriel und trieb sie an. „Ich kümmere mich um Helena."

Miriel ging Colin nach und Sung Li half Helena zurück auf das Bett. Die Dienerin arbeitete eine Zeit lang schweigend und säuberte ihre Wunde gekonnt und streute seltsame Kräuter aus ihrem Beutel hinein.

Das Zelt bot nur wenig Privatsphäre. Eine Gruppe junger Knappen kam vorbei, während Sung Li ihr Bein verband. Sofort legte die keusche Dienerin einen Umhang über Helenas Bein und warf den Jungen einen finsteren Blick zu.

Helena fragte einen von Ihnen: „Haben Sie schon mit dem Bogenschießen begonnen?"

„Noch nicht, Mylady."

„Ihr solltet einen Tag warten, damit Eure Wunde heilen kann", erklärte ihr Sung Li.

Und damit sich die Gemüter beruhigen, dachte Helena. Gott sei Dank waren Miriel und Sung Li genau zum richtigen Zeitpunkt erschienen. Mit Colins grundlosen Zorn, Pagans finsteren Blicken und Deirdres bösartigem Schlag hätte sich sonst eine unangenehme Schlägerei entwickelt.

Aber sie hatte nicht vor, auch nur einen Augenblick des Turniers von Rivenloch zu versäumen. „Mir geht es gut."

„Euch geht es gut. Aber was ist mit dem Baby?"

Sie runzelte die Stirn. Daran wollte sie nicht denken.

„Wenn Ihr das Kind gefährdet", beharrte Sung Li, „wird er nicht sehr erfreut sein."

Helena wusste, dass Sung Li Colin meinte. „Er weiß es nicht." Dann kniff sie argwöhnisch die Augen zusammen. „Außer Ihr habt es ihm gesagt."

Sung Li hob die Augenbrauen. „Glaubt Ihr, dass ich mich gern ... wie habt Ihr es genannt? An meinem Zopf aufhängen lassen und langsam über dem Feuer geröstet werden würde?"

Helena hatte diese Drohung kurz nachdem Sung Li sie besucht hatte, ausgestoßen. Die gerissene alte Dienerin hatte vielleicht genug Zeit gehabt, um Colin die Nachricht zu überbringen.

Andererseits, wenn Colin wusste, dass sie von ihm schwanger war, hätte er sicherlich etwas gesagt.

Pah! Es war ihr einerlei, ob Colin sich freuen würde oder nicht. Sie war immer noch verärgert über seine grundlosen Vorwürfe. Wie konnte er glauben, dass sie in der Lage wäre ihn zu betrügen? Bei Gott, Deirdre war schwanger. Was glaubte er denn, was für ein hinterhältiges Biest sie war?

Außerdem, welches Recht hatte er, so plötzlich den eifersüchtigen Liebhaber zu spielen oder Ansprüche auf sie zu erheben? Und wie konnte er es wagen, ihre Treue zu fordern? Schließlich war er auch nicht treu. Sie hatte sich mit Herz und Seele Colin hingegeben und wie hatte er ihr das zurückgezahlt? Unzählige Male hatte sie gesehen, wie er von Treffen mit Lucy Campbell aus dem Keller nach oben in die Halle kam.

Bei dem Gedanken an Lucys selbstgefälliges Grinsen, ihrem rosigen Busen und ihrem frechen Blick erstickte Helena fast vor Zorn.

„Es ist mein Baby", krächzte sie, „nicht seins."

„Aha." Sung Li hob eine Augenbraue, während sie den Verband verknotete. „Ihr habt das Baby also ganz allein gemacht."

Helena bedachte die sarkastische Dienerin mit einem kalten Blick. „Hört mir gut zu, Ihr aufdringliche, alte Hexe. Es ist mir einerlei, was er denkt. Colin du Lac hat kein Recht, mir zu sagen, was ich tun und was ich nicht tun kann, wo ich hingehen und wo ich nicht hingehen darf. Oder bei wem ich liegen oder auch nicht liegen darf. Und er wird mich mit Sicherheit nicht daran hindern, in meinem eigenen Turnier zu kämpfen."

Sung Lis Gesicht wurde dann grimmig und sie ergriff Helenas Unterarm überraschend fest und kniff ihre dunklen, alles sehenden Augen zusammen. „Dieses Kind wird ein großer Krieger werden. Bringe sie nicht in Gefahr."

Sie? Die Prophezeiung der alten Frau ließ Helena erschaudern und machte sie sprachlos. Sie schluckte. Konnte das stimmen? Hatten sie und Colin eine Kriegerin gemacht, die Rivenloch Ruhm und Ehre bringen würde? Diese Möglichkeit ließ ihr Herz schneller schlagen. Selbst nachdem Sung Li sie losgelassen hatte, spürte Helena noch ein seltsames Kribbeln in ihrem Arm.

Tatsächlich bereute sie schon fast ihre groben Worte. „Ich werde das Kind nicht gefährden", beruhigte sie die Dienerin. „Schließlich steht heute Nachmittag nur das Bogenschießen auf dem Programm."

Obwohl sie sich das Gegenteil erhoffte, wusste Helena, dass es mindestens einen weiteren Tag dauern würde, bevor sie sich gesund genug fühlen würde, einen Schwertkampf zu führen. Ihr Bein schmerzte sehr. Um die Wunde herum hatte sich ein dunkellila Bluterguss gebildet. Sie konnte nur humpeln. Selbst bei längerem Stehen begann ihr Oberschenkel zu pochen.

Aber sie konnte nicht hier bleiben. Es würde nur schlimmer werden, wenn sie untätig herumlag. Ein untätiger Geist wurde von unerwünschten Gedanken heimgesucht. Gedanken an herumtreiberische Normannen und unangebrachte Eifersucht.

Eine Stunde später band Helena nervös ihr Haar zusammen und in einem Surcot in gedämpftem Grün gekleidet schaute sie zwischen den Pferden, die neben dem Platz festgebunden waren, auf den Wettbewerb. Es wäre wahrscheinlich weise, bis zur letzten Minute mit ihrem Auftritt zu warten. Weder Pagan noch Colin noch Deirdre würden ihrer Teilnahme zustimmen. Aber wenn der Wettbewerb begonnen hatte, würden sie wahrscheinlich nicht mehr öffentlich protestieren.

Das Horn des Widders ertönte und kündigte die Bogenschützen an. Sie atmete tief durch, schlang den Köcher über ihre Schulter, zog ihre Handschuhe an, nahm ihren Bogen und trat vor.

Zwanzig oder mehr Bogenschützen standen entlang der Schusslinie einige Meter von zwei Strohballen entfernt, lockerten ihre Arme, zupften an den Sehnen ihrer Bögen und betrachteten die Ziele. Colin war unter ihnen und seine Nase sah trotz Deirdres Schlag bemerkenswert intakt aus.

In dem Augenblick, als sie den Platz betrat, trafen sich ihre Blicke. Sie hatte das Gefühl, als würde die Zeit stillstehen und dass sie nicht atmen könnte.

Es erforderte all ihren Mut, über den Platz zu gehen, wobei Colins verurteilender Blick auf ihr ruhte, aber sie war zuversichtlich, dass er hier keine Szene machen würde. Sie ignorierte seinen schwelenden Blick, der auf ihrem Hinterkopf brannte, legte einen Pfeil an und zog ihn zurück, wobei sie sein Gleichgewicht und ihre Kraft prüfte.

Der Wettbewerb würde ihre volle Konzentration erfordern. Sie wusste, wenn sie auch nur einen Augenblick nachließ, wenn sie einen Wunsch zuließ, ein Bedauern, einen Gedanken an Colin du Lac, würde Zorn sie überwältigen und ihre Zielfähigkeit zerstören.

Colins Nase pochte immer noch von dem Schlag, den er von Helenas Schwester hatte einstecken müssen. Aber es war nicht so schmerzhaft wie sein gebrochenes Herz.

Natürlich würde Pagan lügen, um seine Ehe zu erhalten. Das hatte Colin so erwartet. Aber Helena ... sie hatte sich noch nicht einmal die Mühe gemacht, ihr Beiliegen bei Pagan zu leugnen. Bei Gott, sie hatte sogar gesagt, dass sie froh und dankbar darüber war. Sie verhielt sich, als wäre ihre Affäre ohne Konsequenzen.

Ohne Konsequenzen? Colin wusste es besser. Das Kind, das in ihrem Bauch heranwuchs, könnte sehr wohl Pagans sein.

Als der Wettbewerb der Bogenschützen begann, wurde Colins Blick unweigerlich zu Helena gezogen. Über eine

Sache hatte sie die Wahrheit gesagt – sie war in der Tat eine der besten Bogenschützen von Rivenloch. Sie hatte zwar nicht die Kraft einiger ihrer Gegner, die Stiernacken hatten, aber aus der Nähe wurde ersichtlich, dass sie äußerst präzise arbeitete. Ihm kam der Gedanke, dass sie eine gute Chance hatte, den Wettbewerb zu gewinnen.

Colin hingegen schoss gemäß seiner nachdenklichen Stimmung und vergrub seine Pfeile fast in den Strohpuppen, aber nur selten landeten sie sehr nah an der Markierung. Er schied in der dritten Runde aus.

Als er den Platz verließ, zog er den Handschuh von der Hand und schlug ihn gegen sein Bein.

„Sie ist gut", murmelte Rauve neben ihm und fügte erleichtert hinzu: „Der Schlag auf den Kopf hat ihrer Zielfähigkeit nicht geschadet."

Colin gab ein Knurren von sich. Sie *war* gut. Das machte es umso schmerzhafter, ihr zuzuschauen. Ein Teil von ihm litt immer noch unter dem Verrat. Aber ein Teil von ihm war auch beeindruckt von ihrem Talent. Sie sah wirklich aus wie eine Kriegerin von Rivenloch, wie sie breitbeinig da stand, während sie zielte und die Pfeile ohne zu zaudern losließ.

Ein unehrenhafter Teil von ihm wollte, dass sie kläglich versagte. Und doch bemerkte er, dass sein Bogenarm jedes Mal angespannt wurde, wenn sie schoss. Er wollte ihr verzeihen. Aber er konnte es nicht. Und doch empfand er trotz seiner verletzten Seele, trotz seines Verlustgefühls tatsächlich Stolz, als er beobachtete, wie sie einen Pfeil nach dem anderen in die Mitte des Ziels brachte.

Und als nur noch zwei im Wettbewerb verblieben waren – John Wyte, ein starker Bogenschütze von einer normannischen Truppe, und Helena – flatterte sein Herz vor Aufregung. Jeder von ihnen hatte zwei Pfeile abgeschossen und sie im gleichen Abstand zur Mitte platziert. Ein letzter Schuss würde über den Wettbewerb entscheiden.

John winkte, damit die jubelnde Menge still war. Er stellte seine Beine weit auseinander und zog seinen Bogen zurück, wobei sein bärtiges Gesicht äußerst angespannt war. Ungefähr ein Dutzend Herzschläge lang hielt er still.

Als er schließlich die Sehne losließ, landete der Pfeil einen halben Zoll von der Mitte entfernt.

Die Menge stand auf und applaudierte laut. Colin atmete tief durch. Wenn Helena sich Zeit nahm und den Pfeil im richtigen Winkel ...

John Wyte nickte Helena mit ernster Miene zu.

Während die Menge sich beruhigte, betrachtete Helena das Ziel und schüttelte die

Anspannung aus ihren Armen. Sie zog einen Pfeil aus ihrem Köcher und legte ihn an. Es wurde so still, dass Colin hören konnte wie die Sehne gestreckt wurde, als sie diese mit drei Fingern bis an ihre Wange zurückzog. Er spannte sich mit ihr an, als sie zielte und hielt und hielt ...

Dann ließ sie die Sehne los.

Der Pfeil flog direkt in die Mitte des Ziels. Die Zuschauer sprangen auf. Helena lachte vor Freude. Ein seltsam stolzes Gefühl stieg in Colin auf. Er spürte ihre Freude, als wäre sie seine eigene.

Dann erinnerte er sich. Dies war die Frau, die ihn verlassen hatte. Die gleiche Zielfähigkeit hatte ihren grausamen Pfeil durch sein Herz geführt.

„Wir wollen gehen", sagte er unbehaglich zu Rauve, steckte seinen Handschuh in seinen Gürtel und wandte sich zur Tribüne. Er konnte es nicht ertragen, Helenas Sieg, den sie direkt nach ihrem bitteren Verrat errungen hatte, mitzuerleben.

Er hätte ihr niemals den Rücken zuwenden sollen.

Helena nickte und winkte der Menge zu und befand sich im Freudentaumel. Sie hatte gewonnen! Was auch immer in der Zukunft passierte, sie hatte heute gewonnen! Nichts würde das ändern. Sie würde immer an das warme Glühen denken, das jetzt in ihr aufstieg, als sie sich stolz ihrem Clan zuwandte. Angesichts ihrer temperamentvollen Reaktion wusste sie, dass noch viele Generationen von Rivenloch Bewohnern die Geschichte von Helena, der Kriegerin von Rivenloch erzählen würden, die mit ihrem Bogen ein Dutzend normannische Ritter besiegt hatte.

Tatsächlich war sie so sehr im Siegestaumel, dass sie den Staub, der hinter ihr aufgewirbelt wurde, kaum bemerkte.

Eine rossige Stute hatte sich losgerissen. Willie, der jüngste Stalljunge auf Rivenloch, lief dem Pferd aufgeregt quer über den Platz hinterher.

Bevor er sie wieder einfangen konnte, nahmen zwei festgebundene Hengste den Duft der Stute auf. Sie begannen zu schnauben und zogen an ihren Seilen.

Die Stute lief an den Hengsten vorbei und nickte, als sie an ihnen vorbei tänzelte.

Die Hengste verdrehten die Augen. Sie wieherten, zogen mit ihren Köpfen an ihren Fesseln und scharrten mit den Vorderhufen. Mit einem mächtigen Kopfschütteln zog ein Hengst den Pfahl, an dem er festgebunden war, aus dem Boden und stieg auf den Hinterbeinen auf. Der andere befreite sich auch sofort. Beide Pferde stampften los, schwangen ihre Köpfe herum und suchten nach der Stute. Der Boden bebte, als die Hengste über den Platz schossen.

Einige Ritter liefen dem Pferden nach, pfiffen und schrien sie an, um sie abzulenken.

Durch den aufgewirbelten Staub erblickte Helena Willie. Er war zwischen den Pferden gefangen. Die Schlachtrosse liefen wie wild um ihn herum. Jeden Augenblick könnte er unter ihre Hufe geraten.

Mehrere Knappen bildeten einen lockeren Kreis um den Rand des Platzes und gingen langsam voran, wobei sie versuchten die wild gewordenen Tiere zu beruhigen. Aber sie bewegten sich zu langsam. Bis sie die Hengste erreichten, wäre Willie tot.

Helena ließ ihren Bogen fallen und nahm den Köcher von ihrem Rücken. Sie wandte sich an John, dem Bogenschützen neben ihr. „Gib mir Euer Schwert!"

Er kam ihrer Bitte nach. Sie atmete tief durch und drehte die Waffe in ihren Händen. Sie ignorierte den Zug auf ihrem Verband, durchbrach den Kreis der Ritter und begab sich in das Chaos auf der Mitte des Platzes.

Die Stute lief direkt an ihr vorbei mit vor Angst geweiteten Augen und Schaum vor dem Maul. Steine und Dreck wurden gegen Helenas Knöchel gewirbelt, als sie sich beim harten Schlag vom Schwanz der Stute duckte, woraufhin ihre Wunde brannte, als wenn sie sich wieder geöffnet hätte.

Die Hengste folgten der Stute auf dem Fuß.

Dazwischen lief Willie schreiend und zwischen Hufen und aufgewirbelten Steinen gefangen umher. Helena lief halbstolpernd auf ihn zu und schob ihn in Sicherheit an den Zaun des Platzes.

Dann griffen die beiden Hengste mit flatternden Nüstern und angelegten Ohren an. Ihre Köpfe bewegten sich über dem Staub und einen Herzschlag lang konnte

Helena den Wahnsinn in ihren Augen erkennen, der sie für alles außer der Stute blind machte. Der Donner ihrer Hufe ließ den Boden unter Helenas Füßen erbeben. Sie kniff die Augen zusammen, um sich gegen den aufsteigenden Staub vor ihr zu schützen und hob ihr Schwert, um gegen die riesigen Tiere zu kämpfen.

In dem Augenblick scheuten die Hengste. Sie schrien und zogen ihre Köpfe hoch und ihre Beine suchten auf dem lockeren Boden Halt. Noch mehr Staub wurde aufgewirbelt. Die Tiere waren jetzt so nah, dass sie ihren heißen, schnaufenden Atem spüren konnte. Sie tänzelten wie verrückt überall herum. Ein schrilles, zorniges Wiehern zerriss die Luft. Das letzte, was sie sah, waren ein Paar riesige Hufe, die sich in der Luft bewegten, bevor sie auf sie herab kamen.

KAPITEL 23

Etwas warf Helena auf den Boden. Der Sturz nahm ihr den Atem mit der ganzen Kraft eines Treffers im Tjost. Einen Augenblick lag sie hilflos da. Aber sie war es gewohnt, zu stürzen. Schnell kam sie wieder zu sich, schützte ihren Kopf mit einem Arm und tastete blind mit dem anderen nach ihrem Schwert.

Gerade als ihre Finger den Griff umschlossen, zogen grobe Hände sie wieder auf die Füße und durch die aufgewühlte Erde. Ihre langen Röcke behinderten sie, aber der Kerl, der sie auf den Boden geschubst hatte, nahm keine Rücksicht. Sie drehte sich und fiel auf ein Knie und ein brennender Schmerz fuhr ihr durch den verwundeten Oberschenkel. Und immer noch zog ihr Entführer sie weiter.

Schließlich kam sie aus dem aufgewühlten Dreck in Sicherheit. Sie strich eine Haarsträhne weg von ihrem Mund und wandte sich zu ihrem Fänger. Pagan. Seine seltsame Miene – als wenn er gleichzeitig weinen und ihr den Hals umdrehen wollte – sorgte dafür, dass sie ihre Empörung für sich behielt. Er sah gleichzeitig zornig, entsetzt und beraubt aus.

Kurz danach wurde die Stute eingefangen und vom Platz geführt. Mehrere Ritter kamen, um die Hengste mit leisen Stimmen und sanften Gesten zu beruhigen. Willie wurde an den Rand des Platzes gebracht, wo er mit dem Kopf zwischen den Knien saß. Pagan klammerte sich immer noch an sie und zitterte so sehr, dass Helena überlegte, ob er vor Zorn wohl explodieren würde. Selbst nachdem die Hengste gefangen waren und der Staub sich gesetzt hatte, weigerte er sich immer noch, seinen Griff zu lockern.

„Colin!", brüllte er.

Helena erblickte Colin auf der anderen Seite des Platzes mit gezogenem Schwert in seiner Hand und Entsetzen und Zorn in seinem Gesicht. Er kam zu Pagan, aber Helena bemerkte, dass er sein Schwert nicht in die Scheide steckte. Bei Gott, vielleicht hatte er vor Pagan zu töten.

Das würde sie natürlich nicht zulassen. Trotz all ihrer Fehler betete Deirdre Pagan an. Zumindest könnte Helena ihn für ihre Schwester beschützen. Als Colin also mit seinem funkelnden Schwert näher kam, befreite sich Helena von Pagan und trat Colin mit ihrer eigenen Waffe gegenüber.

Bevor Colin angreifen konnte, schnauzte Pagan ihn an: „Bringt sie vom Platz weg. Fesselt sie. Sperrt sie ein. Legt sie notfalls in Ketten. Aber sorgt dafür, dass sie nicht noch einmal an diesem Tag auf meinen Platz kommt."

Helena stand der Mund auf. Sie konnte nicht glauben, was sie da hörte. Sein Platz? Bei den Eiern des Teufels! Sie hatte sich auf diesem Platz gerade mit ihrem Schwert bewiesen. Sie hatte gerade den Bogenschützenwettbewerb gewonnen. Und sie hatte Willie das Leben gerettet.

Sie war versucht, sich umzudrehen und ihren Angriff auf Pagan zu konzentrieren. Aber Colin hatte immer noch ein Schwert.

Dann fauchte Colin sie an: „Mit Vergnügen!", und Helena hatte das Gefühl als würde ihr der Atem stocken.

Bei Gott! Verbündeten sich die Normannen gegen Sie? Auf ihrer eigenen Burg?

Colin griff nach ihr und sie schlug seine Hand mit ihrem Schwertarm weg und machte deutlich, dass sie seine Tyrannei nicht dulden würde.

„Macht kein Gezeter, Helena", murmelte Pagan hinter ihr.

„Wenn Ihr auch nur ein Augenblick lang glaubt, dass ich friedlich gehe, dann wisst Ihr nichts über die Kriegerinnen von Rivenloch", erwiderte sie.

„Verdammt, Weib!", fauchte Pagan. „Es ist zu Eurer eigenen Sicherheit."

„Macht Euch nicht lächer..."

„Legt Euer Schwert weg", befahl Colin.

„Ihr könnt mir gar nichts befehlen! Nicht auf meiner eigenen ..."

„Lasst es fallen."

Erzürnt schwang sie die Klinge nach oben und legte die Spitze an Colins Hals. In der Ferne hörte sie, wie die Menge keuchte.

Colins Augen waren so dunkel und kalt wie ein Grab, aber darunter befand sich eine tiefe und bittere Melancholie, ein Gefühl, bei der ihre Klinge zitterte, während sie ihn in Schach hielt.

Als er sein Schwert kapitulierend auf den Boden fallen ließ, erschreckte es sie.

„Colin?", fragte Pagan ungläubig.

„Ich kann es nicht", erklärte Colin. „Ich kann nicht mit dem Schwert gegen eine ... schwangere Frau kämpfen."

Erstaunt atmete Helena durch.

„Was?" Pagan drehte sich überrascht um.

Colins Blick war leer, als er sie anstarrte und deutlich sagte: „Ich werde das Kind von Lord Pagan nicht gefährden."

„Mein ...", begann Pagan völlig fassungslos. Dann trat er mit verschränkten Armen zwischen die beiden. „Stimmt das, Schwester? Seid Ihr schwanger?"

Sie wollte es leugnen. Schließlich glaubte noch nicht einmal der Mann, den sie liebte und der für das Kind verantwortlich war, dass es von ihm war. Unerklärlicherweise füllten sich ihre Augen mit Tränen und sie hatte einen Kloß im Hals und konnte nicht sprechen.

„Verdammt, Colin!", sagte Pagan. „Ich weiß, was Ihr glaubt, aber es ist unmöglich."

Noch immer schaute Colin misstrauisch. Es brach ihr das Herz und sie verfluchte ihre Gefühle in der letzten Zeit, über die sie nicht Herr geworden war. Sie merkte, wie ihr eine Träne über die Wange lief.

Mit einem heftigen Knall ließ sie ihr Schwert fallen. Dann musterte sie ihren ganzen Stolz, wandte sich zu der Menge mit funkelnden Augen und erhobenem Kinn.

„Ich danke Euch, Leute von Rivenloch, für Eure Unterstützung. Aber jetzt schmerzt mich meine Wunde und ich muss mich in die Burg zurückziehen." Auf ihre enttäuschten Rufe antwortete sie: „Keine Angst. Ich verspreche, dass ich morgen zurückkomme und einen noch größeren Sieg erreiche."

Dann gab sie das Schwert seinem Eigentümer zurück

und marschierte vom Platz, wobei sie durch ihre Tränen lächelte und den Zuschauern zuwinkte.

Colins Herz bebte in seiner Brust wie die Knie einer Jungfrau. Oh Gott! Als er Helena gesehen hatte, wie sie den Pferden mit dem Schwert in der Hand gegenüberstand, sie anschaute, als wären sie Drachen und sie der heilige Georg.

Bei dem Gedanken, wie schnell ihr Körper hätte zerfleischt werden können und das funkelnde Licht in den grünen Augen für immer erloschen wäre, wurde ihm fast schlecht. Und dann wurde ihm die erbärmliche Wahrheit klar. Trotz ihrer Sünden, trotz ihres Verrats und entgegen aller Vernunft liebte er Helena von Rivenloch mehr als das Leben selbst.

Aye, sie war eigensinnig und stur. Sie war aufsässig und ungezähmt. Sie hatte ihm sehr wehgetan, mehr als jede Faust es jemals getan hatte. Aber sie hatte auch das Feuer in seinem Herz entfacht und sein Blut in Wallung gebracht mit ihrer Leidenschaft und ihrem Stolz und ihrer Impulsivität.

Und er war ein verfluchter Mann, eine Geisel ihres Herzens.

„Folgt Ihr", sagte Pagan.

„Folgt Ihr ihr doch", sagte Colin niedergeschlagen.

„Scheiße!", fauchte Pagan.

Er ergriff Colins Arm und sie verließen den Platz, um hinter dem Stall relative Ruhe zu finden.

„Ich habe sie nicht angerührt. Das schwöre ich."

Colin wollte diese Unterredung nicht. Es war viel zu schmerzhaft, Pagans Lügen zuzuhören. Und er log. Deirdre wusste es. Helena hatte es mehr oder weniger gebeichtet. Bei Gott, Colin hatte sie mit seinen eigenen Augen gesehen.

„Colin, hört mir zu. Ich liebe Deirdre. Nur sie und sie allein."

Zorn kochte in Colin hoch. Es war schlimm genug, von einer Frau hintergangen zu werden. Aber von seinem ältesten Freund verraten zu werden ... „Vielleicht liebt Ihr nur sie", höhnte er, „aber Helena vögelt Ihr jeden Morgen im Wald."

„Beleidigt mich nicht mit unbegründeten Vorwürfen!"

„Unbegründet? Ich habe Euch *gesehen*, Mistkerl. Ich habe Euch *gesehen*."

„Was, Colin?", bellte Pagan. „Was habt Ihr gesehen?"

Es war zu schmerzhaft zu wiederholen. Colins Mundwinkel verzogen sich nach unten angesichts der Niederlage und er begann, sich abzuwenden.

Aber Pagan wollte ihn nicht gehen lassen. Er ergriff ihn an der Vorderseite seines Wappenrocks. „Was habt Ihr gesehen?"

Bitterkeit überkam Colin. „Ihr wisst, was ich gesehen habe."

Pagan schüttelte den Kopf. „Ihr habt gar nichts gesehen."

„Ich habe genug gesehen", fauchte Colin und forderte Pagan heraus, dies zu leugnen. „Ihr geht jeden Morgen zusammen in den Wald."

Zu seiner Überraschung nickte Pagan. „Aye. Das tun wir."

Lange Zeit blickten die beiden einander nur finster an und in Colins Kiefer zuckte ein Muskel.

Schließlich fragte Pagan: „Und dann?"

Ein hässliches Bild kam Colin in den Kopf und er schüttelte Pagans Hände von seinem Wappenrock ab. „Ihr Mist ..."

„Und dann?", wiederholte Pagan.

Hinter Pagan sah Colin, dass Deirdre näher kam. Trotz

ihrer früheren Gewalt ihm gegenüber wurde ihm klar, dass sie auch nur ein Opfer war. Er musste ihr die Einzelheiten von Pagans Sünden ersparen. Er murmelte leise: „Ihr habt Eurem Verlangen nachgegeben."

„Nay, ich habe *ihrem* Verlangen nachgegeben."

Schnell, bevor Deirdre ihn hören konnte, zischte er: „Ihr gebt Helena hierfür die Schuld?"

„Aye", verkündete er und verbesserte dann, „zum größten Teil. Sie hat darauf bestanden, dass wir uns jeden Morgen treffen. Aber nicht zum Vögeln, Ihr großer Narr, sondern zum *Üben.*"

„Was?"

„Üben. Wir haben den Schwertkampf geübt. Das ist alles."

„Erwartet Ihr, dass ich das glaube?"

Deirdre war nun nahe genug gekommen, um ihn zu hören. „Geübt?", fragte sie über seine Schulter.

Pagan zuckte zusammen.

Sie stand da mit geöffnetem Mund. „Ihr habt ... mit meiner Schwester ... geübt?"

Colin runzelte die Stirn. Wenn man Deirdres schmerzerfüllte Miene sah, könnte man glauben, dass Üben ein schlimmeres Verbrechen wäre als Untreue.

Pagan seufzte. „Colin, Ihr aufdringlicher Knappe. Jetzt seht, was Ihr angerichtet habt!"

Deirdre schossen die Tränen in die Augen und Colins Blick wurde noch finsterer. Waren alle Schottinnen so verrückt? Die Möglichkeit von Pagans Betrug hatte Deirdre irritiert, aber die Tatsache dass ihr Ehemann mit einer anderen Frau geübt hatte ...

„Wie konntet ihr?", fragte Deirdre mit elender Stimme.

Schuldbewusst senkten sich Pagans Schultern, als er

GLYNNIS CAMPBELL

sich zu ihr umwandte. „Es war nicht meine Absicht, meine
Liebe. Ich habe meinen Kopf verloren. Sie hat mich in einem
schwachen Moment erwischt."

Colin blickte von einem zum anderen. Dies war der
reine Wahnsinn. Während Deirdre mit verletzter Stimme
und Pagan in ruhigem Tonfall sich weiter unterhielten,
sprießte ein winziger Hoffnungsschimmer in Colins Brust.

Vielleicht sagten sie die Wahrheit.

Vielleicht hatten Pagan und Helena wirklich nur
Übungskämpfe ausgetragen. Aber um Deirdres Willen, die
aufgrund ihres Zustands nicht kämpfen konnte, hatten sie
ein Geheimnis daraus gemacht. Vielleicht hatte Pagan gar
nicht bei Helena gelegen, sondern nur das Schwert mit ihr
gekreuzt. Das bedeutete ...

Colins Herz raste und er überließ das Paar sich selbst.
Er musste Helena finden, bevor sie noch eine Dummheit
beging. Schließlich trug sie jetzt ein Kind ... ihrer beider
Kind.

Verdammtes Weib! Sie musste schon die ganze Zeit
gewusst haben, dass es seins war und doch hatte sie ihm
nichts gesagt. Stattdessen übte sie mit Pagan, kämpfte im
Turnier, rannte zwischen angreifende Pferde und wusste
dabei, dass sie das Kind gefährdete. War ihr eigen Fleisch
und Blut dem unbesonnenen Mädchen einerlei? Heilige
Mutter Gottes, hatte sie das Kind verlieren wollen?

Schmerz und Zorn stiegen in ihm auf. Bei Gott, er würde
tun, was Pagan befohlen hatte – sie fesseln, einsperren,
in Ketten legen, was immer notwendig war, um
sicherzustellen, dass sie weder sich noch das Kind
gefährden konnte.

Er brauchte nicht lang, um sie zu finden. Obwohl sie den
Platz mit langen, stolzen Schritten verlassen hatte, schonte

sie jetzt ihr verletztes Bein und humpelte langsam über den Burghof. Der Anblick dämpfte seinen Zorn, wenn auch nur für einen kurzen Moment. Obwohl ein Teil von ihm sie für Ihre Unbesonnenheit verprügeln wollte, sehnte sich ein anderer Teil von ihm danach, sie in den Arm zu nehmen.

Viele verschiedene Gefühle stiegen in ihm auf. Erleichterung und Zorn und Zärtlichkeit. Frust und Ungeduld und Verehrung. Lüsternheit und Zorn und Schuld. Aber Gott sollte ihm beistehen, in erster Linie glühende Liebe. Er liebte Helena. Und wenn das bedeutete, dass er sie vorsichtig in seine Arme nahm oder sie gewaltsam über seine Schulter warf, wusste er, dass Liebe die Basis eines jeden anderen Gefühls in ihm war.

Als er sie eingeholt hatte und neben ihr ging, wischte sie wütend die restlichen Tränen von ihrer Wange und zischte: „Ich will keine Entschuldigung von Euch. Lasst mich allein."

„Ich will mich nicht entschuldigen."

Er beugte sich und ergriff sie hinter den Knien. Mit einer einzigen großen Anstrengung hob er sie hoch in seine Arme.

Sie wehrte sich. „Lasst mich runter!"

Colin ging weiter in Richtung Burg.

„Ihr armseliger Normanne!" Sie wand sich in seinem Griff.

Er marschierte weiter.

„Lasst mich gehen!" Sie schlug gegen seine Schulter. „Oder ich rufe die Ritter von Rivenloch zusammen!"

Er ging weiter. Selbst wenn ihre ganze Armee hervortrat, um ihn mit Spießen und Lanzen zu ermorden. Was er tat, war zu ihrem eigenen Wohl und seiner geistigen Gesundheit. Er trug sie den ganzen Weg über den Rasen zur

Burg, wobei er ihre Proteste ignorierte. Er ging durch die Halle, die Treppe hoch in ihr Schlafzimmer. Und nicht einer von Rivenlochs Bewohnern versuchte ihn aufzuhalten.

Als sie über die Schwelle ihres Schlafzimmers traten, hatte Helena ihm schon einige blaue Flecken zugefügt und doch wusste er, dass er nicht in der Lage sein würde, sie physisch zu bestrafen. Das war auch ganz gut. Er bezweifelte, dass eine Tracht Prügel irgendeine Wirkung bei ihr haben würde. Nicht, wenn ihre Tollkühnheit noch nicht einmal davon gedämpft wurde, dass sie fast von Pferden zu Tode getrampelt worden wäre.

Aber sein Zorn hatte sich noch in keinster Weise abgekühlt. Er stellte sie auf ihre Füße und schlug die Tür mit einem Knall zu.

„Hier werdet ihr den Rest des Turniers verbringen", bellte er und tippte sie mit dem ausgestreckten Zeigefinger an die Nase. Seine Stimme war heiser vor Emotionen, aber er schaffte es, ruhig zu bleiben. „Ihr könnt Euch hier mit Handarbeit beschäftigen oder aus dem Fenster schauen, wenn Euch danach ist, oder schlafen. Aber Ihr werdet nicht auf den Platz kommen."

Sie schaute ihn ungläubig an. „Wagt es nicht, mir Befehle zu erteilen! Ihr seid weder mein Ehemann, noch mein Lord oder mein Befehlshaber."

„Das wird schon bald in Ordnung gebracht", versicherte er ihr. „Muss ich Euch an das Bett ketten oder werdet Ihr mir Euer Ehrenwort geben und hierbleiben?"

„Was meint Ihr mit in Ordnung bringen?"

„Ich habe nicht die Absicht, dass Ihr ein Kind ohne Vater auf die Welt bringt."

Helena biss die Zähne zusammen. Genau aus diesem Grund hatte sie sich jeder Art von Verpflichtung widersetzt.

Nur weil sie sein Kind trug, dachte der anmaßende Normanne, dass er ihr Befehle erteilen könnte.

Sie ärgerte sich immer noch über sein Misstrauen und seine Eifersucht und sagte mit nachlässiger Grausamkeit. „Warum glaubt Ihr, dass das Kind ohne Vater sei? Ihr habt es doch selbst gesagt. Pagan ist der Vater des Kindes."

Zu ihrer Überraschung schüttelte er den Kopf. „Ich bin der Vater des Kindes. Und das wisst Ihr genau."

Sie biss sich auf die Lippen.

Fast unbemerkt schlich sich eine Traurigkeit in seine glühenden Augen. „Oder wolltet Ihr es mir niemals sagen?"

Sie schluckte schwer und wandte sich dann wieder zu ihm. Sie wollte nicht, dass er sah, dass sie in ihrer Entschlossenheit wankte. Ihre Finger krallten sich an der Fensterbank fest. Wenn Sie ihn nur nicht lieben würde ... wenn sie ihm gegenüber hartherzig sein könnte ... verfluchter Normanne! Er hatte sie genau in die Lage gebracht, in der sie am wenigsten sein wollte – in die Ecke getrieben, verletzlich, machtlos.

„Ich werde mich nicht in eine Ehe zwingen lassen", warnte sie ihn. „Ich bin eine Kriegerin von Rivenloch. Ich weigere mich, das Eigentum irgendeines Mannes zu werden."

„Ich bin nicht *irgendein Mann*." Er ergriff sie am Ellbogen und drehte sie zu ihm hin. „Ich bin der Mann, der Euch liebt. Der ein Kind in Euren Leib gepflanzt hat. Der unzählige Male um Eure Hand angehalten hat. Der Euch treuer war als ein Ehemann."

„Treu!", spottete sie. „Was ist mit all den Morgen, an denen ihr und Lucy Campbell in der Speisekammer gevögelt habt?"

„Ich habe sie nicht gevögelt."

Sie grinste.

„Das schwöre ich auf meinen Sporen. Ich habe sie gelehrt zu kochen. Um Euch eine Freude zu machen."

Sie kniff die Augen zusammen. Die Abendessen auf Rivenloch waren in letzter Zeit wirklich genießbarer geworden.

Und doch änderte das nichts. Colin hatte ihr einst vielleicht Vergnügen bereiten wollen, aber jetzt wollte er sie unter Kontrolle haben. Sie riss sich von ihm los und fing an, aufgeregt auf und abzulaufen, wie ein eingesperrter Wolf.

„Jetzt wollt Ihr mir aber keine Freude mehr machen", griff sie ihn an. „Ihr nehmt mir mein Schwert, haltet mich von meinem eigenen Übungsplatz fern und Ihr wollt mich von einem starken Krieger in eine ... eine jammernde Ehefrau verwandeln."

„Nay."

„Männer wollen Frauen nur zähmen, sie unterwerfen und sie erobern."

„Nay."

„Eben noch habt Ihr mir gedroht, mich an das Bett zu ketten." Helena hatte nicht weiter herumzetern wollen, aber als sie einmal angefangen hatte, konnte sie nicht mehr aufhören. „Ihr Männer seid erst zufrieden, wenn ihr einer Frau die Seele genommen und sie kleinlaut und schwach nach eurem Willen geformt habt und sie zu einem watschelnden, faulen und folgsamen Haustier reduziert habt. So wie Pagan es mit Deirdre gemacht hat." Sie keuchte, als sie merkte, was sie da gesagt hatte.

„Ich würde Deirdre weder brav noch schwach nennen." Er berührte seine Nase. „Zumindest nicht direkt in ihr Gesicht."

Er hatte teilweise Recht. Deirdre war nicht vollständig unterworfen worden. Andererseits hatte er sie nicht gekannt, bevor sie durch die Ehe verändert wurde. „Früher war sie wild", erinnerte sie sich, „unabhängig und kompromisslos. Pagan hat sie verändert."

„Und glaubt Ihr, dass sie ihn nicht auch verändert hat?", neckte Colin.

Helena kniff die Augen zusammen.

„Bevor Pagan Deirdre geheiratet hat", sagte er, „war er stark, immer in Kontrolle und selbstsicher." Er lächelte kurz. „Ein ziemliches Ekel manchmal." Colin schüttelte den Kopf. „Jetzt ist er so formbar wie Blei. Eure Schwester hat ihren Ehemann gezähmt."

Helena runzelte die Stirn. „Und doch hat Pagan die Kontrolle über Rivenloch ergriffen", erklärte sie.

„Nur auf Befehl des Königs und auf Bitten Eures Vaters."

„Er hat Deirdre verboten zu kämpfen." Sie verschränkte die Arme selbstzufrieden.

Er nickte. „Wie bei jedem seiner Ritter, der nicht in der richtigen Verfassung wäre, um zu kämpfen."

Sie hob ihr Kinn. „Sie kann noch nicht mal ihre eigenen Entscheidungen fällen, ohne ihn um Zustimmung zu bitten."

„Und er trifft keine ohne ihre Zustimmung."

Sie schaute finster. Das konnte sie nicht glauben. Männer, die es gewohnt waren die Führung zu übernehmen, gaben diese niemals ab. Colin verstand nicht. Wie könnte sie es ihm erklären?

„Es ist wie ein Kampf", sagte sie. „Es gibt immer zwei Seiten. Eine gewinnt und eine verliert. Einer ist der Sieger und einer das Opfer. Nur im Ehekampf gewinnt immer der

Mann." Sie hielt seinem Blick stand und überlegte, ob sie zu ihm durchgedrungen war.

Das letzte, was sie erwartet hätte, war, dass er in Gelächter ausbrechen würde. „Der Ehekampf?"

Sie erstarrte bei seiner Verhöhnung und biss die Zähne zusammen, damit sie ihre Faust nicht in seinem amüsierten Grinsen versenkte.

Dann machte er den Fehler, herablassend seine Hände auf ihre Schultern zu legen, während er versuchte, das Lachen zu unterdrücken. Sie schüttelte seine Hände ab und schlug fest gegen seine Brust, sodass er einen Schritt nach hinten stolperte.

Daraufhin hörte er auf zu lachen, aber in seinen Augen war immer noch ein Rest Heiterkeit zu sehen. „Höllenkatze, Liebling, die Ehe ist kein Kampf zwischen Feinden." Dann wurde sein Blick weicher. „Es ist ein Bündnis."

Helena hob defensiv ihre Fäuste. Obwohl sie sich aus seiner Umarmung befreit hatte, fühlte sich ein Teil von ihr in die Ecke getrieben und in dem funkelnden, wissenden und verführerischen Zauber seiner Augen gefangen. Die Schlacht hatte begonnen und schon hatte er sich einen Vorteil erarbeitet.

Bevor sie zuschlagen konnte ergriff er blitzschnell ihre Handgelenke.

„Es gibt keinen Eroberer und keinen Eroberten", sagte er leise. „Erinnert Ihr Euch nicht?"

Ihre Arme waren außer Gefecht gesetzt und so beschloss sie, ihre Beine als Waffen zu benutzen. Aber er kannte sie nur zu gut. Bevor sie das Knie heben konnte, sprang er vor und drückte sie mit verstörender Vertrautheit gegen die Steinmauer.

Im Stillen verfluchte sie ihren meuternden Körper, dem

selbst bei dieser feindseligen Berührung warm wurde. Sein Duft von Leder, Rauch und Gewürzen erfüllten ihre Nase. Seine Stimme grollte wie weit entfernter Donner. Und seine Hüften drückten sich besitzgierig gegen ihre.

„Manchmal hat der Mann die größere Macht", und sein Atem bewegte die Locken an ihrer Wange, kitzelte ihr Ohr und ließ ihre Seele erschauern.

Dann, gerade als ihre Knochen anfingen wie Eisen in der Schmiede zu schmelzen, ließ er sie plötzlich los. Sie stolperte gegen die Wand und musste erst einmal Luft holen. Er trat zurück und hob seine Handflächen als Geste der Kapitulation. In seinen Augen war Lüsternheit zu sehen, sein Mund war vor Hunger leicht geöffnet und in seiner Hose war eine verräterische Beule. „Und manchmal", flüsterte er, wobei das Verlangen seine Stimme rauer werden ließ, „ist er der Frau ausgeliefert."

Helena schwirrte der Kopf. Sie schaute Colin du Lac an, der atemlos, gierig und mit bloßgelegten Gefühlen vor ihr stand. Er hatte ihr Küsse gestohlen, ihre Leidenschaft gegen sie verwendet und ihren Körper immer wieder genommen. Ebenso oft hatte sie ihn verführt und verhext und überwältigt. Wenn sie sich liebten, hatte es niemals einen klaren Sieger gegeben. Vielleicht würde das auch in der Ehe so sein, wagte sie zu hoffen.

„Erobern", sagte er atemlos, „oder erobert werden. Es ist mir einerlei, Höllenfeuer. Aber versagt mir nicht Eure Liebe."

Nach diesen süßen Worten der Kapitulation konnte Helena nicht anders, als ihm Gnade zu erweisen.

Sie stieß sich von der Wand ab, wobei ihr Blut bereits vor Erwartung erhitzt war und ihr Fleisch nach seiner Berührung gierte und sie konnte gerade noch flüstern: „Sir Colin du Lac, ich fordere Euch zum Beiliegen heraus."

Irgendwie fanden sie das Bett. Schon bald wurde ihr Kampf ein verschwommener Nebel aus Nachgeben und Herrschen, Sehnsucht und Befriedigung. Kleidungsstücke lagen im Zimmer herum und leise Schreie erfüllten die Luft, als ihre Gliedmaßen sich im sinnlichen Kampf miteinander verschlangen. Eine Zeit lang steuerte Colin den Angriff des Verlangens und dann ergriff sie die Zügel und steuerte sie entlang des von ihr gewählten Weges. Eine Zeit lang überragte er sie wie ein erobernder Held und dann schwang sie sich zum Sieg und kommandierte ihn von ihrem erhöhten Platz. Er stöhnte vor Gier nach ihr und sie keuchte ihre Leidenschaft für ihn, bis ihre Stimmen zusammen klangen und sie in gemeinsamem, glücklichem und unleugbarem Triumph schrien.

Danach lag Helena an Colins Seite gekuschelt und seine Beine umgaben sie wie die Wurzeln eines Baumes und Locken ihres Haares lagen über ihm wie Efeu, das sich an eine Eiche klammert.

„Ich warne Euch, ich werde nicht Euer Eigentum", murmelte sie und strich mit dem Finger über sein Brustbein.

Er lachte leise. „Und ich werde nicht Eure Geisel."

„Ich werde das Schwert nicht aufgeben."

Er lächelte. „Ich werde meine Kochtöpfe nicht aufgeben."

Von draußen hörten sie den Donner von Hufen, den Jubel vom Turnierplatz und die undeutlichen nahenden Stimmen von Geliebten, die sich stritten. Aber sie hatte das Gefühl, als würde sie weit weg davon in einer eigenen Welt schweben.

Colin strich ihr mit der Fingerspitze über die Nase. „Ich werde meine herumtreiberische Art aufgeben."

„Dann gebe ich ..." Sie überlegte einen Augenblick. So schwer es ihr auch fiel, mit dem Kloß im Hals ein

Versprechen abzugeben, so wusste sie doch, dass es vernünftig war. „Ich werde bis nach der Geburt des Kindes keine Übungskämpfe bestreiten."

„Pah! Ihr werdet bis nach der Geburt des Kindes nicht mit *Pagan* üben."

Sie drehte ihren Kopf, um ihn anzusehen.

Er hob ihre Hand zu einem Kuss. „Sung Li hat mir gesagt, dass unser Kind ein großartiger Krieger wird."

„Aye?"

„Dann muss er sich an die Schlachten gewöhnen. Und dafür verdient Ihr den *besten* Übungspartner", prahlte Colin. „Was sagt Ihr? Jeden Tag bei Morgengrauen?"

Helenas Augen wurden feucht, während sie mit fast unerträglicher Zuneigung in seine funkelnden Augen blickte. Er würde also nicht versuchen, ihre kriegerische Art zu ändern. Vielleicht würden sie eine glückliche Ehe führen.

„Natürlich", warnte er, „erst, nachdem Euer Bein verheilt ist."

„Natürlich."

„Und nur mit stumpfen Klingen."

Ihr Mund verzog sich zu einem Lächeln.

„Sie."

„Was?"

„Sie. Sung Li hat gesagt, dass es ein Mädchen werden würde."

„Ein Mädchen?" In Colins Gesicht war eine Vielzahl von Gefühlen abzulesen, aber vorherrschend war Verwunderung. „Noch eine Kriegerin ..."

Dann wurde ihre liebevolle und vertraute Unterhaltung durch ein plötzliches Klopfen an der Tür unterbrochen.

KAPITEL 24

h elena stand sofort auf und suchte nach ihrer Waffe. Colin warf ihr einen Surcot zu.

„Colin du Lac!", hörte man ein dumpfes Brüllen. „Seid Ihr da drin?"

Helena runzelte die Stirn. Die Stimme war zweifellos verändert und sie hörte sich sehr wütend an.

„Da drinnen?", murmelte Colin und zog seine Hosen an. „Leider nicht mehr." Er zwinkerte Helena frech zu.

„Ihr unzivilisierter und feiger Knappe!", brüllte Deirdre. „Wenn Ihr meine Schwester auch nur angerührt habt, schwöre ich bei Gott ..."

Pagans ruhigere Stimme war nun neben Deirdre zu hören. „Er würde ihr nicht wehtun, meine Liebe."

„So?", schnaubte sie. „Schließlich hat er sie geschwängert, oder?" Sie klopfte noch fester an die Tür. „Erzählt mir nicht, dass das ihre Idee war."

Helena schluckte. Es gab scheinbar viel, was Deirdre nicht über sie wusste. Unter den Umständen war es vielleicht das Beste, wenn sie sich ankleidete.

„Wenn Ihr ihr auch nur ein Haar auf ihrem Kopf angerührt habt, Ihr rückgratloser Wurm ..."

Colin zog ein langes Hemd über den Kopf. „Ihr müsst Euch keine Sorgen machen", rief er zurück. „Sagt es Ihr, Pagan. Sie muss sich keine Sorgen machen."

„Seht Ihr?", sagte Pagan. „Seht Ihr? Ihr müsst Euch keine Sorgen machen. Und jetzt ist es glaube ich das Beste, wenn wir die beiden allein lassen ..."

„Ich gehe erst, wenn ich sie gesehen habe. Hört Ihr mich, Ihr Mistkerl?" Sie hämmerte wieder an die Tür. „Öffnet diese Tür."

Helena fluchte leise, während sie mit den Bändern ihres Surcots kämpfte. Hektisch zupfte sie an ihrem Rücken und versuchte, ordentlich auszusehen.

„Ich befehle es Euch!", brüllte Deirdre. „Öffnet sofort diese Tür!"

Colin hob eine Augenbraue und bat Helena schweigend um Erlaubnis, sie hereinzulassen. Oh Gott, dachte sie, er sah wirklich unwiderstehlich gut aus. Seine Hose war zerknittert und die Bänder seines Hemds nicht zugebunden Er strich sich schnell mit den Fingern durch die Haare, die aussahen wie die Mähne eines wilden Hengstes und sein sinnlicher Blick und der Schweiß auf seiner Stirn ließen keinen Zweifel hinsichtlich dessen, was sie gerade getan hatten. Helena konnte sich jedoch nicht ewig vor ihrer Schwester verstecken. Insbesondere jetzt, da sie vorhatte, den Normannen zu heiraten. Sie atmete tief durch und nickte.

„Verfluchter Knappe! Öffnet die ..."

Colin riss die Tür so schnell auf, dass Deirdre fast ins Zimmer fiel.

„Deirdre", sagte Helena unbekümmert, als wenn sie gekommen wäre, um über das Wetter zu reden.

Deirdre sah sehr besorgt aus. Sie schob Colin beiseite

und ging zu Helena. „Geht es dir gut? Hat er ..." Dann sah sie den Zustand von Helenas Kleid und ein schon fast sichtbarer Zorn schien in ihr hoch zu kochen. Sie drehte sich zu Colin, der Pagan freundschaftlich mit einem Nicken begrüßte. „Ihr!"

Reflexartig bedeckte Colin seine Nase.

Pagan trat zwischen sie. „Deirdre, es besteht kein Grund ..."

„Ihr werdet sie noch heute heiraten", verkündete Deirdre und ihre eisblauen Augen funkelten. „Versteht ihr?"

Daraufhin stellten sich Helena die Nackenhaare auf. „Du kannst mir nicht befehlen zu heiraten!"

Über die Schulter sagte Deirdre. „Ich kann es und ich werde es tun. Es ist zum besten, Helena. Ich werde es nicht zulassen, dass du einen Bastard gebärst."

Helena war außer sich. Scheinbar hatte ihre Schwester ihre herrische Art doch nicht verloren. „Und was, wenn ich mich entscheide, einen Bastard zur Welt zu bringen?"

„Sei nicht töricht."

„Nenn mich nicht töricht."

„Du bist töricht."

„Bin ich nicht."

„Ich passe nur auf dich auf, Helena."

„Du musst nicht auf mich aufpassen." Sie legte die Hände an die Hüften. „Und ich brauche dich bestimmt nicht, dass du meinen Bräutigam aussucht. Insbesondere, nachdem du Miriels gestohlen hast."

Deirdre keuchte und kniff dann die Augen zusammen. „Das war zu ihrem Besten und das weißt du auch. Wir hatten das vereinbart. Wir hätten alles getan, um ihr den Schmerz zu ersparen ..."

Pagan räusperte sich. Zweifellos war sein Stolz immer noch von der Tatsache verletzt, dass die Schwestern darum gekämpft hatten, wer sich *opfern* müsste, ihn zu heiraten. „Helena", sagte er, „seid vernünftig. Es ist wirklich die beste Lösung. Ihr könnt ein Kind nicht alleine aufziehen. Ihr könnt nicht ..."

Colin richtete sich zu voller Größe auf und tippte mit dem Zeigefinger gegen Pagans Brust. „Sie kann alles tun, was sie will!"

„Oh aye, Colin!", brüllte Deirdre. „Gott bewahre, dass ihr Euch mit einer Ehefrau belasten müsstet. Es ist ja viel besser, all die Dienerinnen zu vögeln und zu schwängern."

Colin stand ungläubig mit offenem Mund da. „Habe ich das gesagt?"

Pagan blickte Colin streng an. „Ihr werdet sie heiraten."

„Kommandiert ihn nicht herum!", rief Helena und stieß Pagan in die Schulter. „Es ist unser Kind und wir entscheiden, was zu tun ist."

„Du kannst nicht klar denken, Hel", sagte Deirdre. „Dein Zustand hat dich unvernünftig gemacht."

Helena war sprachlos vor Zorn.

Colin biss die Zähne zusammen. „Nennt sie nicht unvernünftig! Sie ist die klügste Frau, die ich kenne."

Deirdre hob eine Augenbraue. „Und warum hat sie dann bei Euch gelegen?"

Es juckte Helena, ihre ungezogene Schwester zu ohrfeigen, aber dieses eine Mal ließ sie sich nicht von ihrer Impulsivität leiten.

„Deirdre!", schimpfte Pagan. „Es reicht."

Helena biss die Zähne zusammen. Es war in Ordnung, dass er ihre Schwester zurechtwies. Aber es tat ihr in den Ohren weh, wenn sie hörte, dass Pagan Befehle erteilte.

„Seht Ihr?", sagte sie zu Colin. „Seht Ihr, wie er sie herumkommandiert?"

Colin schüttelte den Kopf. „Schrecklich."

„Genau", stimmte sie zu.

„Ich würde so etwas nie tun", sagte er.

„Das dachte ich mir."

„Aber", fügte Colin hinzu, „ich hätte mir nicht vorgestellt, dass Ihr auf solche Beleidigungen zurückgreifen würdet."

„Nay", gab sie zu. „Ich würde wahrscheinlich mit meinem Schwert antworten."

„Und ich würde hinter Euch stehen, meine Liebe."

„Wie immer."

Gleichzeitig verschränkten Sie die Arme und wandten sich zu Pagan und Deirdre um, die überrascht schwiegen.

Pagan war der erste, der die lange Stille durchbrach. „Ich habe Euch doch gesagt, dass wir sie alleine lassen sollten", murmelte er kopfschüttelnd.

Deirdre seufzte widerwillig. „Sie haben schon beschlossen zu heiraten, nicht wahr?"

„Oh aye, das würde ich so sagen."

„Also war das alles umsonst?"

„Oh, nay. Ich denke, sie werden eine lustige Geschichte beim Hochzeitsessen zu erzählen haben."

„Scheiße."

Wie sich herausstellte, wurde die Geschichte beim Hochzeitsessen in Form einer extrem langen und detaillierten Ballade von Boniface erzählt und von der Leier begleitet. Helena fand, dass Deirdre nicht weniger verdient hatte.

Rivenlochs große Halle war voller Musik und Fröhlichkeit und die Tische bogen sich unter der üppigen

Mischung aus herzhaften schottischen Gerichten und delikaten normannischen Speisen. Der Duft von Ingwer und Galgantwurzel, Verjus und Senf und Zimt und Bier hingen in der Luft. Die neuen Trophäen des Turniers zierten die Wände zusammen mit den erbeuteten Flaggen und Silbersporen und dem goldenen Pfeil, den Helena im Bogenschützenwettbewerb gewonnen hatte.

Inzwischen kannte Helena die meisten Cameliards mit Namen und sie hatte angefangen, sie als Bewohner von Rivenloch zu betrachten. Der einzige Fremde in ihrer Mitte an diesem Abend war Sir Rand von Morboch, ein gutaussehender Adeliger, der behauptete, er sei von Miriel verzaubert. Helena musste lächeln, als sie beobachtete, wie er versuchte, mit ihrer kleinen Schwester eine Unterhaltung zu beginnen. Miriel mochte süß, schüchtern und ruhig erscheinen, aber sie war kein unschuldiges Mädchen mit großen Augen. Tatsächlich glaubte Helena, dass in ihr mehr kriegerisches Blut floss, als sie bereit war zuzugeben. Sir Rand stand wahrscheinlich eine größere Schlacht bevor, als er erwartet hatte.

Was Helena und ihren geliebten Gegner betraf, so wusste sie, dass der Weg vor ihnen steinig werden könnte. Manchmal machte Colin seinen Einfluss geltend und kämpfte um Autorität, aber manchmal hatte sie die Oberhand. Mit Geduld und Liebe würden sie ihre Streitigkeiten beilegen und am Ende wären sie beide siegreich.

Es macht ihr nichts aus, sich seinem Willen ein wenig zu beugen, solange er ihr ein wenig nachgab. Wie Pagan gesagt hatte, als er ihr sein Hochzeitsgeschenk überreichte - ein Paar Schwerter aus Toledo Stahl. Es waren die besten Klingen und sie waren biegsam und gaben bei den Schlägen des Gegners ein wenig nach.

Sie hatte gerade ihren zweiten Apfelkuchen verspeist und einem anzüglichen Lied von Boniface gelauscht, als Helena plötzlich spürte, wie Colin seine Hand kühn auf ihr Bein legte. Sie hielt die Luft an, während seine Finger sich ihren Weg unaufhörlich zwischen ihre Oberschenkel bahnten. Sie erstarrte und überlegte, ob es jemand merken würde. Als sie errötete, verzogen sich seine Lippen zu einem selbstgefälligen kleinen Lächeln.

Aber was er konnte, konnte sie schon lange. Ebenso kühn legte sie ihre Hand unter den Tisch und ihre Handfläche glitt über seinen Oberschenkel, um sich zu rächen und seinen Schwanz zu umfassen. Sein scharfes Einatmen war eine süße Belohnung.

Als er sich von seinem Schock erholt hatte, schaute er sie lüstern an und sagte: „Meine Liebe, seid Ihr erschöpft? Wollt Ihr Euch in unser Schlafzimmer zurückziehen?"

„Aye", sagte sie und drückte ihre Finger gegen ihre Schläfen. „Ich glaube, das Kind hat mir heute Abend meine Kraft genommen."

Mit ihrer harmlosen Unterhaltung machten sie niemandem etwas vor. Das Gelächter und die Scherze begannen sofort. Eine Menge lärmender und betrunkener Gratulanten folgte ihnen, als sie eilig die Treppe hinauf flüchteten und gingen erst weg, als Colin die Schlafzimmertür vor ihnen zuknallte.

Drinnen entdeckte Helena, dass Deirdre sich für Bonifaces Lied gerächt hatte. Es war schalkhaft, aber es war trotzdem eine Rache. Ihr Hochzeitsbett war nicht mit Leinen überzogen, sondern mit schimmernden Laken in heller Seide. Ein Kessel, der fürchterlich nach Jasmin stank, kochte im Kamin. Und einer der Hunde winselte neben dem

Bett und war zweifellos von der Tatsache beleidigt, dass um seinen Hals genug stinkende Gewürze gebunden waren, um die Kuchen für ein ganzes Jahr zu würzen.

Colin schüttelte amüsiert den Kopf und beugte sich dann herab, um den Hund zu streicheln, während Helena die Botschaft auf dem Bett nahm.

„Hel", las sie laut vor, „mögest du lernen, dich den Gepflogenheiten deines normannischen Ehemannes zu beugen. Deir."

Colin lachte und strich mit der Hand über das Bett. „Seide? Ich glaube, daran könnte ich mich gewöhnen."

Sie warf die Botschaft beiseite und grinste ihn lüstern an. „Und mir fallen bereits Gepflogenheiten ein, denen ich mich für Euch beugen könnte."

„Wirklich?" Er knurrte seine Zustimmung und stand auf, um ihr gegenüberzustehen, wobei er eine Locke ihres Haares um seinen Finger wickelte, um sie näher zu sich heranzuziehen.

Aber der furchtbare Gestank vom Kessel war plötzlich so überwältigend und bevor er seine Lippen auf ihre legen konnte, rümpfte er die Nase und wandte sich mit einem Niesen ab. „Zum Teufel! Das Gebräu stinkt."

„Wir könnten es in den Abort schütten."

Er nickte. „Das mache ich." Mit einem lüsternen Versprechen in seinem Blick und einem weiteren Niesen bat er sie: „Wartet hier. Bewegt Euch nicht."

Sie kam seiner Bitte nach und strich über den weichen Stoff der Laken und blickte zu dem Hund, der sie traurig anstarrte.

Colin kam sofort zurück, schloss die Tür und warf den leeren Kessel in seiner Eile schon fast quer durch den Raum. „Also. Wo waren wir stehengeblieben?"

Sie grinste. „Ich war im Begriff, Euch nach meinem Willen zu beugen."

Er lächelte listig, als er sie an sich zog. „Euer Wille also?"

„Mm."

„Und ist das Euer Wille, Mylady?" Er strich mit der Hand an ihrem Kinn entlang, streichelte ihre Wange und zog sie nah an sich heran, um sie zärtlich auf den Mund zu küssen, einmal, zweimal. „Ist er das?"

„Aye", seufzte sie an seinen Lippen.

„Und wie ist es hiermit?", fragte er und ließ seine Finger an ihrem Hals hinunter und über ihren Busen wandern und neckte sie am Ausschnitt ihres Surcots und tauchte dann tiefer, bis sie erwartungsvoll erschauderte. „Ist dies Euer Wille?"

„Oh aye", atmete sie.

Dann öffnete er die Bänder ihres Surcots und zog das Oberteil herunter, um eine Brust freizulegen. Sie schloss die Augen und biss sich auf die Lippe und wartete auf den entzückenden Schock seiner Berührung.

Aber er kam nicht. Stattdessen knurrte er: „Oh, zum Teufel."

Sie öffnete die Augen. „Was?"

Er schaute finster. „Ich kann nichts machen, wenn der verfluchte Hund jede meiner Bewegungen beobachtet."

Sie unterdrückte ein Lächeln.

„Wartet", sagte er. „Genau hier."

„Mm-hm." Sie war lange nicht so ungeduldig wie Colin. Sie hatten schließlich noch ein ganzes Leben vor sich.

Er blickte kurz auf ihre nackte Brust und das Verlangen verdunkelte sofort seine Augen und ließ ihren Unterleib erbeben. „Genau hier", krächzte er.

Dann, zog er den Hund an seinem stinkenden Halsband zur Tür und schob ihn hinaus.

Als er sich gegen die geschlossene Tür lehnte, ließ er seinen sinnlichen Blick über ihren Körper schweifen und ihr Herz raste vor Verlangen.

„Kommt, Ehemann", lockte sie ihn. „Mir wird kalt."

Er kam ihrer Bitte nach und wärmte sie mit seinem Blick. Und seinen Berührungen. Und seinen Küssen. Tatsächlich dachte sie schon bald, dass sie vor Gier verbrennen würde.

Und dann hörte sie ein Kratzen an der Tür.

Sie versuchte, es zu ignorieren. Schließlich musste jeder, der eine Braut und ihren Bräutigam in ihrer Hochzeitsnacht störte, entweder dumm oder verrückt sein. Sie vergrub ihr Gesicht an Colins Hals und badete ihn in Küssen.

Kratz, kratz, kratz.

Sie seufzte an seinem Ohr und hoffte, das Geräusch zu übertönen. Aber sie merkte daran, wie er seine Schultern anspannte, dass er es auch gehört hatte.

„Was ist denn jetzt schon wieder?", zischte er gereizt.

Das Kratzen wurde beharrlicher und wurde jetzt noch von einem Winseln begleitet.

Helenas Lippen zitterten vor unterdrückter Heiterkeit. „Das ist der Hund."

„Bei den Eiern des Teufels! Was will er denn jetzt?" Verärgert riss er sich los und öffnete die Tür. „Was willst du?"

Schuldbewusst schaute der Hund hoch und Helena musste bei dem lustigen Anblick lachen. „Oh Colin, erlöse das arme Tier, bevor es vor Scham stirbt."

Colin zog seinen Dolch und schnitt den stinkenden Kranz vom Hals des Hundes ab. Der Hund schüttelte sich, um den restlichen Gestank loszuwerden und lief schwanzwedelnd davon.

Colin steckte das Messer in die Scheide und schloss die Tür wieder. „Also. War das jetzt alles?"

Helena schaute sich im Zimmer um. „Da sind noch die seidenen Laken."

„Die?" Er grinste verführerisch, als er näherkam und sie in seine Umarmung zog. „Die können bleiben."

ENDE

VIELEN DANK, DASS SIE MEIN BUCH GELESEN HABEN!

Hat es Ihnen gefallen? Wenn ja, posten Sie bitte eine Bewertung, damit Andere sie sehen können! Sie können einer Autorin kein größeres Geschenk machen, als die Liebe für ihre Bücher weiterzugeben.

Es ist wahrlich eine Freude und ein Privileg, dass ich meine Geschichten mit Ihnen teilen darf. Zu wissen, dass meine Worte sie zum Lachen oder Seufzen gebracht haben oder eine geheime Stelle in Ihrem Herzen berührt haben, ist das Salz in der Suppe und gibt mir den Mut, weiter zu machen. Ich hoffe, dass Sie unsere kurze, gemeinsame Reise genossen haben und dass ALLE Ihre Abenteuer gut ausgehen!

Wenn Sie mit mir in Kontakt bleiben wollen, können Sie sich gern für meinen monatlichen, elektronischen Newsletter unter www.Glynnis.net anmelden und dann erfahren Sie als Erste(r) alles über meine Neuerscheinungen, besondere Rabatte, Preise, verkaufsfördernde Maßnahmen und viel mehr!

Wenn Sie mich im täglichen Leben begleiten wollen ...
Freunden Sie sich mit mir auf Facebook an
Liken Sie meine Autorenseite auf Facebook
Folgen Sie mir auf Twitter
Und wenn Sie ein Super-Fan sind,
werden Sie Mitglied des Campbell – Leser Clans

Vorschau auf ...

DES RITTERS BELOHNUNG

Band 3 der Reihe
Die Kriegerinnen von Rivenloch

Rand stand selbstbewusst in der Mitte von Rivenlochs riesigem Übungsplatz mit über der Brust verschränkten Armen. Mit seinen vierundzwanzig Jahren hatte er die Blicke so manch eines Weibes auf sich gezogen, aber keine, die der Überprüfung gleichkamen, der er jetzt standhalten musste.

Das war also Helena, Miriels Schwester. Sie war ein hübsches Mädchen mit smaragdgrünen Augen, einer wilden Lockenmähne und ausladenden Brüsten. Wenn die Rüstung und das bedrohliche Schwert, das sie umgeschnallt hatte, ganz zu schweigen von ihrem Cameliard Ehemann nicht gewesen wären, wäre sie gefährlich verführerisch.

Im Augenblick konnte er jedoch nur daran denken, dass sie ihn umkreiste wie ein Stallmeister, der ein Pferd kaufen will und sie kniff die Augen zusammen, während sie seine Brust und seine Beine anstarrte und mal zufrieden nickte oder vor Unzufriedenheit mit der Zunge klackte. Er erwartete schon fast, dass sie ihm den Mund aufreißen wollte, um seine Zähne zu überprüfen.

„Ihr seid also gekommen, um Miriel den Hof zu machen?", fragte sie, blieb vor ihm stehen und verschränkte die Arme herausfordernd.

Miriel. Nicht Muriel. Oder Miriam. Oder Mirabel. Verdammt. Er musste sich den Namen des Mädchens merken. „Aye, mit Eurer Erlaubnis."

Da ihr Vater, Lord Gellir, schwachsinnig geworden war, mussten Miriels Freier scheinbar die Erlaubnis ihrer beiden älteren Schwestern einholen.

„Glaubt Ihr, dass Ihr sie beschützen könnt?", fragte sie.

„Sie beschützen?"

„Könnt Ihr kämpfen?"

Er unterdrückte ein Lächeln. Er war sechs Jahre lang Söldner gewesen. Natürlich konnte er kämpfen. „Wenn es sein muss."

Dann zog sie ihr Schwert in einer fließenden Bewegung und trat ihm gegenüber. „Beweist es."

Er löste die Arme aus ihrer Verschränkung. Sie meinte es doch sicherlich nicht ernst. Er runzelte die Stirn. Vielleicht war es eine List.

„Schauen wir mal, was Ihr könnt", drängte sie.

Er blickte zu den Zuschauern. Sir Rauve und sein Kamerad standen da zusammen mit ein paar anderen Rittern, außerdem ein kleiner Junge, der am Daumen lutschte, und drei Dienerinnen. Keiner schien von Helenas Herausforderung überrascht zu sein.

„Mylady, ich glaube nicht ..."

„Kommt schon, kämpft gegen mich." Sie stieß mit der Schwertspitze gegen seine Brust.

Er trat einen Schritt zurück. Verflucht! Sie meinte es ernst.

„Bei allem Respekt, Mylady, ich kann nicht ..."

„Kann nicht was? Miriel beschützen? Dann dürft Ihr ihr nicht den Hof machen."

„Natürlich kann ich sie beschützen, aber ..."

„Dann beweist es." Mit ihrer linken Hand zog sie sein Schwert aus der Scheide. „Zeigt es mir." Sie reichte ihm die Waffe mit dem Griff voran.

Er nahm das Schwert, weigerte sich aber, es zu schwingen. „Mylady, es hat nichts zu tun mit ..."

Sie schlug ihr Schwert so schnell in seine Richtung, dass er den Schlag nur noch mit seiner Klinge parieren konnte. Vor Erstaunen verpasste er es fast, auch ihren zweiten Schlag abzuwehren. Er trat zurück, aber sie folgte ihm und schwang ihr Schwert so unerwartet schnell, dass er gerade noch ausweichen konnte.

Das konnte nicht wahr sein. Es konnte nicht sein, dass er einen Übungskampf mit einer Dame austrug. Es war unschicklich. Und würdelos. Und nicht ritterlich.

Natürlich hätte er sie deutlich besiegen können. Er war viel stärker und sicherlich viel erfahrener, ganz gleich, wie schnell sie sich bewegte. Aber er wagte es nicht, seine ganze Kraft auszuspielen.

„Mylady, ich bitte Euch, hört auf!"

Sie stupste ihn an der Schulter. „Was? Keine Eier?", höhnte sie.

„Bei Gott! Ich werde nicht mit einer Frau kämpfen."

„Und was ist, wenn die Frau Euch töten will?"

Ihre Augen funkelten wie grünes Feuer und er überlegte, ob sie ihn tatsächlich töten wollte. Vielleicht hatte Sir Rauve das gemeint, als er sagte, dass Rand keine Stunde durchhalten würde.

Aber als er Ritter geworden war, hatte er geschworen, niemals einer Dame etwas zuleide zu tun. Er war zwar ein halb-schottischer Bastard und ein niederer Söldner, aber er befolgte stolz die Verhaltensweisen der Ritterlichkeit.

Er betete, dass er das Richtige tat und warf sein Schwert kapitulierend auf den Boden.

„Helena!", schrie jemand von außerhalb des Übungsplatzes.

Er wandte sich von Helenas Augen ab, in denen jetzt ein böses Funkeln zu sehen war und schaute zu der Person, die gerufen hatte. Eine hübsche junge Frau lief über den Rasen, wobei sie ihre sperrigen Röcke in den Fäusten zusammengerafft hatte und ihr offenes Haar wehte hinter ihr wie ein dunkler Flügel. Ihr wunderschönes Gesicht war so zart und blass wie eine Apfelblüte und voller Sorge.

„Töte ihn nicht!", rief sie und blieb neben den anderen am Zaun stehen.

Helena rief über die Schulter. „Ich wollte ihn nicht töten." Ihr Mund verzog sich auf einer Seite zu einem Lächeln. „Ich wollte ihn nur verstümmeln."

Miriel wollte nicht zulassen, dass Helena Rand auch nur ein Haar krümmte. „Nay!" Sie hob ihre Röcke und fing an, über den Zaun des Übungsplatzes zu klettern.

„Mylady." Sir Rauve ergriff sie an der Schulter und versuchte, sie aufzuhalten. „Am besten haltet Ihr Euch aus der Sache raus."

Sein herablassender Tonfall ärgerte Miriels freundliches Naturell. Trotzdem brachte sie ein süßes Lächeln zustande, als sie in beißendem Ton sagte: „Lasst mich los, Ihr großer Ochse."

Seine dunklen Augen weiteten sich überrascht, aber er ließ sie sofort los.

Als sie über den Platz eilte, konnte Miriel sich kaum noch beherrschen. Verflucht! Sie war es leid, wie ein hilfloses Kind behandelt zu werden. Schließlich hatte sie Rivenloch vor den Engländern gerettet. Es war ihr

Geheimgang gewesen. Ihre Waffen. Und ihre Genialität. Auch wenn niemand davon wusste. Sie war kein Kleinkind, das man verhätschelte und in Watte packte. Insbesondere nicht von einer Schwester, die nur wenige Jahre älter war als sie.

Helena würde alles zerstören.

Als Miriel näherkam, seufzte Helena und ihr Gesicht wurde vor Herablassung weicher. „Dummes Ding, ich wollte ihm nur eine Lektion erteilen."

Vielleicht lag es daran, dass Miriel so viele Jahre geschwiegen hatte, dass sie jetzt nicht schreien konnte. Oder daran, dass sie vorgegeben hatte, hilflos zu sein, obwohl sie Männer, die doppelt so groß waren wie sie, leicht überwältigen konnte. Oder, dass sie im Schatten ihrer berühmten Schwestern stand. Was auch immer der Grund war, im Gegensatz zu allem, was sie von Sung Li über Selbstbeherrschung gelernt hatte, im Gegensatz zu ihrem üblichen, zurückhaltenden Verhalten, als Miriel spürte, wie die Wut in ihr hochkochte, handelte sie impulsiv.

Wütend schob sie Helena weg.

Überrascht stolperte Helena rückwärts, aber ihr Kriegerinstinkt war stark. Aus Gewohnheit hob sie ihre Schwertspitze und legte sie an Miriels Hals, woraufhin die Zuschauer am Zaun entsetzt aufschrien, da sie noch nie gesehen hatten, dass jemand die sanftmütige Miriel mit einer Waffe bedrohte.

Ebenso überraschend war die Geschwindigkeit, mit der eine zweite Klinge Helenas wegschlug.

Rands Dolch war dafür verantwortlich und sowohl Miriel als auch Helena drehten ehrfürchtig den Kopf zu ihm hin.

Es passierte so schnell, dass Miriel kaum wusste, was sie sagen sollte. Und der arme Rand runzelte verwirrt und fasziniert die Stirn und stand unschlüssig da, wobei seine Hände den Griff seines Dolches festhielten.

Helenas Überraschung wandelte sich schnell in Widerwillen. Sie kochte innerlich und ihr Stolz war zweifellos verletzt, weil Rand die Oberhand gewonnen hatte. Ihre Demütigung war vollständig, als Sir Rauve vom Zaun herüberrief: „Braucht Ihr Hilfe, Mylady?"

„Nay!", schnauzte sie ihn an. Dann murmelte sie zu Miriel: „Jetzt sieh nur, was du getan hast? Warum bist du dazwischen gegangen?"

Miriel stand da mit offenem Mund. Dass Helena ihr die Schuld so einfach in die Schuhe schob, machte sie nur noch entschlossener, sich ein und für alle Mal ihrer Schwester zu widersetzen. „Weil dies nicht deine Angelegenheit ist", fauchte sie, „du überhebliches, aufdringliches Weib. Es geht nur mich etwas an."

Der Schock auf Helenas Gesicht war unbezahlbar.

Bevor sie den Mut verlor, wandte Miriel sich Rand zu, der so verwundert aussah wie ein Fuchs, der von einem Paar verrückter Hennen in die Enge getrieben worden war. Sie warf ihr Haar nach hinten über die Schulter, ergriff ihn an seinem Wappenrock und zog ihn zu sich heran. Dann küsste sie ihn fest auf den Mund.

Melden Sie sich unter www.glynnis.net an und erfahren Sie als Erste(r) alles über Neuerscheinungen.

ÜBER GLYNNIS CAMPBELL

Ich bin eine USA Today Bestsellerautorin von verwegenen, abenteuerlichen, spannenden, historischen Liebesromanen mit über einem halben Dutzend preisgekrönter Bücher, die bereits in sechs Sprachen übersetzt wurden.

Aber bevor ich die Rolle der mittelalterlichen Heiratsvermittlerin übernahm, habe ich in der Mädchen-Band, „The Pinups", auf CBS Records gesungen und meine Stimme den MTV-Animationsserien „The Maxx", „Blizzard's Diablo" und den Starcraft-Videospielen und Star Wars-Hörbüchern geliehen.

Ich bin mit einem Rockstar verheiratet (wenn Sie wissen möchten, mit wem, kontaktieren Sie mich) und habe zwei Kinder. Ich schreibe am Liebsten auf Kreuzfahrtschiffen, in schottischen Schlössern, im Tourbus meines Mannes und zuhause in meinem sonnigen Garten in Südkalifornien.

Ich nehme meine LeserInnen gern mit an Orte, wo kühne Helden liebenswerte Fehler haben und die Frauen stärker sind als sie aussehen, wo das Land üppig und wild ist und Ritterlichkeit an der Tagesordnung ist.

Ich freue mich immer wieder, von meinen LeserInnen zu hören. Schicken Sie mir daher gern eine E-Mail an glynnis@glynnis.net. Und falls sie ein Super-Fan sind und Teil meines inneren Kreises werden wollen, melden Sie sich an, um ein Mitglied des Glynnis Campbell Leser-Clans auf Facebook zu werden. Dort können Sie hinter die Szenen blicken, erhalten Vorschauen auf noch nicht erschienene Bücher und besondere Überraschungen!

Lightning Source UK Ltd.
Milton Keynes UK
UKHW040630240222
399177UK00001B/20

9 781634 801010